COMPI

1. Buch: Der Kristallplanet

von Dr. Ulrich Hansa

Mit Dank an Lusi, Maria, Anna und Sofie ohne die dies Buch nicht möglich gewesen wäre

Bibliografische Information der Deutschen Nationalbibliothek: Die Deutsche Nationalbibliothek verzeichnet diese Publikation in der Deutschen Nationalbibliografie; detaillierte bibliografische Daten sind im Internet über http://dnb.dnb.de abrufbar.

© 2019 Ulrich Hansa
Herstellung und Verlag:
BoD – Books on Demand, Norderstedt

ISBN: 978-37-4812-612-6

Der Wandel bahnte sich an diesem Samstagabend an. Das Gewitter war so stark, dass man an den Klimawandel glauben mochte, doch es war noch etwas anderes. Die Blitze zuckten im Sekundentakt und einzelne Donner waren nicht mehr zu unterscheiden. Das Licht fiel aus, ging jedoch, noch bevor ich die Kerzen herausgesucht hatte, wieder an.

Doch der Einschlag hatte schlimmere Folgen: Der Router war durchgebrannt, offensichtlich hatte eine Überspannung die Elektronik zerstört. Doch nicht nur das, auch alle anderen Computer und elektronischen Geräte, die am Stromnetz eingesteckt waren, hatten sich verabschiedet. Die Smartphones funktionierten zwar noch und das Telefon über Festnetz auch, doch ohne WLAN und mit unserer schlechten Netzabdeckung war über sie kein vernünftiger Internetzugang möglich.

Und das am Samstagabend. Das wollte ich mir nicht bieten lassen, ein ganzes Wochenende ohne Internet. Ich überlegte, ob es nicht doch eine Möglichkeit gäbe, online zu gehen, war ich doch, wie viele heutzutage, süchtig nach Internet und Bildschirmen.

Ein alter Rechner war mir noch geblieben, er stand im Keller, immer noch so, wie ich ihn vor über 20 Jahren ausgeschaltet hatte. Er hatte 33 MHz und 6 MB RAM, die Festplatte hatte 600 MB, das Modem 28,8 bps, für damalige Verhältnisse eine leistungsfähige Anlage. Auch der 15" Röhrenmonitor war vorhanden. Ich ging hinunter, eine alte Begeisterung befiel mich wieder, wie damals, in den Anfängen des Internet. Ich holte alles herauf, stellte es auf den Esstisch und stöpselte es zusammen. Es war schon spät geworden, trotzdem wollte ich es noch testen. Zur Stärkung noch ein Bier, eine Bong und Power On. Hoffentlich funktioniert es noch.

Und tatsächlich. Nach dem Einschalten knusperte die Festplatte ein wenig, und alsbald erschien die Oberfläche von Windows 95 auf dem Monitor. Und da waren sie alle wieder, die alten Icons,

Office-Programme, Corel Draw, der Netscape-Navigator und ein ganz spezielles: Compi!

Wie konnte ich das vergessen! Compi, das war mein dilettantischer Versuch gewesen, künstliche Intelligenz zu realisieren. Schon seit vielen Jahren, durch Sciencefiction-Literatur, allen voran Stanislaw Lem, war in mir die Erkenntnis gekeimt, dass die biologische Evolution mit dem Menschen ein Ende hat. Der Mensch, gefangen in Gier und beschränkt durch animalische Triebe, kann zwar Wissenschaft und Technik weiterentwickeln, nicht jedoch seine eigene Spezies. Gerade durch den medizinischen Fortschritt und durch die kapitalistische Auswahl der Gierigsten wird das Prinzip der Evolution ausgehebelt. Nur eine Intelligenz, die von Gier und Trieben unabhängig ist, kann den geistigen Fortschritt weiterführen. Die Menschen werden, unfähig, ihre Werke zu beherrschen, sich und diesen Planeten selbst vernichten. So hatte ich schon als junger Mensch eine schlechte Meinung von der Menschheit und ihren Möglichkeiten.

Ich hatte schon immer eine wilde Phantasie, und diese durch die Erfahrungen mit Substanzen wie LSD, Mescalin und Peyote noch weiter entwickelt. Die Bewusstseinsveränderung schätze ich bis heute, im Garten stehen immer ein paar Hanfpflänzchen. Zudem praktizierte ich einige Jahre lang östliche Meditation, ich gab mir alle Mühe, Einsichten in das menschliche Denken zu gewinnen, die Antwort auf die Frage zu finden, wie der Mensch denkt. Und plötzlich war sie wieder da, die Erinnerung an längst vergessene Erlebnisse: wie ich auf einem Open-Air-Festival am Morgen nach durchwachter Nacht über die Wiesen schlurfe, die Wirkung des LSD hatte bereits nachgelassen, und dann kamen sie, die Gedankenketten. Ganz von selbst dachte mein Gehirn. Ich sah einen Gegenstand, einen Baum, dann: Baum Bretter Möbel Wohnen Auszug Sperrmüll Müllplatz Zerfall Kompost Erde Same Baum, dazu Bilder, Gefühle zu jedem Begriff. Zugegeben, die Assoziationen waren auf LSD origineller, aber so liefen die Ketten von selbst automatisch in mir ab, verschiedenste Abfolgen von Begriffen, manche wie oben in Kreisen geschlossen, manche offen, oft endeten sie mit dem Begriff Urknall oder Ende. Und das Besondere war, dass die einzelnen Ketten gemeinsame Elemente hatten, als wären die Begriffe im Kopf räumlich angeordnet und die Assoziationen und logischen Schlussfolgerungen nur Wege durch den Dschungel der Begriffe. Diese Begriffe waren so konzipiert wie man heute die Objekte beim Programmieren kennt: mit Namen, natürlich, aber auch mit Bildern, zwei- bis dreidimensionalen, mit Sinneseindrücken wie Gerüchen und mit Methoden – viele Objekte können ja agieren, der Begriff Auto kann ja fahren. Da hatte ich zum ersten Mal die Idee, dass man das abbilden kann, in einem Computer, die gab es damals bereits und waren mir auch geläufig, arbeitete mein Vater doch bei der IBM. Man muss nur die richtige Anordnung der Begriffe finden, vielleicht in einem höherdimensionalen Raum, dann ergibt sich durch ihre Verbindungspfade bereits Logik Verstand Verständnis Leben Bewusstsein Seele … oops, schon wieder eine Kette. Ich hatte großen Spaß daran, das menschliche Denken mithilfe der Bewusstseinsveränderungen zu studieren. Auch Intuitionen, wie die Gedanken, diese Reisen durch die Begriffe, stattfinden könnten, erfuhr ich damals, wie Wellen empfand ich die Gedanken, Wellen durch den Ozean der Begriffe, sich überschlagend, verwirbelnd, unaufhaltsam fortschreitend. Nüchtern zusammengefasst: Weltwissen besteht darin, ein Abbild der Welt im Kopf zu haben, alle Objekte der realen Welt haben eine begriffliche Entsprechung. Sie sind verknüpft mit Wegen auf denen sich der Geist und damit der Mensch bewegen kann. Und ein Objekt ist etwas, das sich verändert, der Mensch kann nur Veränderung wahrnehmen. Diese Vorstellungen beflügelten meine Phantasie in meiner Jugend. War das die Antwort auf die Frage wie der Mensch denkt?

Während der Promotion und dem Berufsleben hatte ich diese Phantasien fast vergessen, dafür aber gelernt, zu Programmieren. Als nun die Computer etwas schneller wurden und die Speicherkapazitäten zunahmen, fiel mir die Geschichte wieder ein.

Ich wollte jetzt die Ideen zum menschlichen Denken testen. Doch denkt ein Computer wie ein Mensch? Dies konnte nur durch einen Versuch geklärt werden. Also machte ich mich daran, ein System zu entwickeln, das lernen und vor allem selbst lernen können soll. Das Ziel war, dass nach genügend langer Zeit und gespeicherten Informationen ein intelligentes, selbst agierendes System entstehen soll.

Ein Wesen kann nur in Interaktion mit der Welt Intelligenz entwickeln, die nicht nur im „Elfenbeinturm" existiert, sondern mit seiner Umwelt kommuniziert und agiert. Ein Roboter wäre das Ideale, auch um der künstlichen Intelligenz Kenntnisse über praktische Mechanik und Auswirkungen des Handelns zu ermöglichen. Das war mir nicht möglich, aber ich konnte dem System zunächst Augen verleihen in Form des Computerbildschirms und Hände in Form der Computermaus und -tastatur. Die benötigten Objekte für die Intelligenz erzeugte das System selbst, alles was sich veränderte, wurde als Objekt abgespeichert. Desgleichen wurden die Pfade und Verknüpfungen selbstständig, teils durch try and error, teils aus Beobachtung, erzeugt. Einige Optimierungstools konnten diesen sich selbst erzeugenden Wust an Objekten und Pfaden ordnen, manche zusammenführen, doppelte löschen, Fragmente ergänzen, auch durch interaktiven menschlichen Eingriff, also meinen. Das weitere würde sich dann hoffentlich vielleicht ergeben.

So programmierte ich in perl, php und Assembler ein System, welches den Bildschirm auslesen kann, in dieser Bitmap dann Objekte extrahiert und diese Objekte abspeichert. Zudem wird ein Output durch Mauszeiger und Erzeugung von ASCII-Zeichen generiert. Das System konnte die ganze Zeit im Hintergrund laufen und alle meine Aktionen aufzeichnen und Abspeichern. So konnte ich es lehren, aufgrund gewisser Konstellationen spezielle Aktionen auszuführen. Es konnte bald in Excel rechnen, Emails schreiben und Internetseiten aufrufen, eben alles, was ich tat. Zudem ließ ich es mitlaufen wenn ich Programme schrieb, es sollte auch programmieren lernen. Um es möglichst universell zu halten, lagerte ich Teile auf Server aus, die freien Webspace anboten. Drei oder vier Server fand ich, die es auch erlaubten, dass programmgesteuert Internet-Seiten aufgerufen wurden. Auf diesen Servern liefen dann einfache perl- und php-Programme, die Internetseiten aufriefen und das Objektsystem erweiterten.

Bis zu diesem Punkt war ich damals vor 20 Jahren gekommen, noch nichts Besonderes und schon gar nichts Intelligentes. Ein großer Auftrag nahm dann jedoch meine Zeit so in Anspruch, dass ich das Hobby Hobby sein lies, zudem war ein neuer Rechner nötig, also wurde der Alte im Keller verwahrt.

Und nun hatte ich es wieder vor mir, das damals so sorgfältig gepflegte System. Ob es noch funktionierte? Die alte Magie ergriff mich, vieles fiel mir wieder ein. Wie man mit dem Modem ins Internet kommt hatte ich schon vergessen, nach einigem Suchen fand ich den Client. Da ich den alten Zugang längst gekündigt hatte googelte ich mit dem Smartphone nach einer Einwahlnummer. Quälend lang dauerte es, bis ich mit der schlechten Netzverbindung an meinem Wohnort endlich Erfolg hatte. Eingabe von Nummer, Benutzer und Passwort - das funktionierte, ich hatte Internetverbindung. Nun Doppelklick auf „Compi" und schauen, ob noch etwas läuft.

Das System startete ein Dialogfenster. In dieses konnte man Anweisungen eingeben und das System versuchte, mit dem bisher erlernten die Anweisung auszuführen. War die Ausführung richtig konnte man mit einem grünen Knopf die Aktion bestätigen, die Abfolge wurde abgespeichert, die Aktion war erlernt. War die Ausführung falsch wurde alles mit dem roten Knopf verworfen und ich führte selbst die Aktion durch, welche dann abgespeichert wurde als Lösung der Aufgabe. Mich interessierte, ob die damals angelegten Webspaces noch existierten, was ich nicht annahm.

Zeige ausgelagerte Daten

Der Browser öffnete sich, eine URL wurde eingegeben und ... nichts. Nach einigen Sekunden wurde eine zweite URL eingegeben ... nichts. Das war's dann wohl, die Daten und Programme, die ausgelagert waren und sich selbständig erweitern sollten, waren wohl gelöscht.

Nun denn, schade, ich wollte ja sowieso nur schauen, ob ich meine Mails abrufen kann und rief mit dem alten Browser den WEB-Client meines Email-Providers auf. Doch während der Netscape-Browser quälend langsam und ziemlich verwirrt mit lautem Rasseln der Festplatte die Seite aufbaute, sah ich aus dem Augenwinkel wie sich auf dem Compi-Dialogfeld etwas tat:

Wer sind Sie

Was war das? Es war mir nicht bewusst, dass ich so etwas wie einen Passwortschutz eingegeben hatte. Die erste Idee war: das ist der neue Inhaber des damals von mir genutzten Webspace. Aber nein, eine Reaktion auf den Seitenaufruf wäre ja im Browser erschienen, nicht im Dialogfeld von Compi. War das System gehackt?

Wer will das wissen?

Auskunft nur an autorisierte Personen
Wer sind Sie

War ich etwa zufällig an ein fremdes System gekommen? Aber auch dann ist die Frage, wie die Meldungen in das Dialogfeld kommen.

Ich hatte nichts zu verlieren, der alte Computer konnte ruhig gehackt werden, also

Ulrich Hansa

Die Frage kam so prompt, dass ich den Eindruck hatte, sie wäre gar nicht über die langsame Modemverbindung gekommen. Obwohl - das Modem war in vollem Betrieb, es wurden ständig Daten übertragen und die Festplatte klapperte ununterbrochen.

Langsam wurde mir unheimlich. Sollte ich alles abschalten? Oder war es das, was mir in den Sinn kam? Konnte es sein, dass mein System tatsächlich noch funktionierte? Dass es sich entwickelt hat und nun, wie ich wieder über den alten Zugang zugreife, mit mir kommuniziert?

Das war zu fantastisch. Andererseits: wie könnte eine fremde Person das System so schnell hacken, dass sie mit mir auf meinem alten Computer mit ihr unbekannten Programmen kommunizieren könnte. Ich war recht verwirrt, was auch an der späten Stunde und dem konsumierten Bier und Dope lag. Doch abschalten? Nein!

> Ich weiß nicht, wie ich mich autorisieren soll, doch wenn es so ist, wie ich denke, solltest du mich schon erkennen als Deinen Programmierer. Ich sitze an dem alten Rechner, mit dem ich 1995 - 1997 eine System namens Compi programmiert habe: Dich.
> Brauchst du noch weitere Details, ich kann mich noch an vieles erinnern.

"Jetzt habe ich mich ja schön lächerlich gemacht, irgend so ein paar Freaks sitzen an ihrem Rechner und lachen sich schief.
Und ich hab' auch noch meinen Echtnamen eingegeben, was bin ich bescheuert..." sagte ich zu mir.

> *Autorisierung akzeptiert*
> *Compi*

"Jetzt verarschen sie mich haha, aber gut, ich mach mit."

Kannst du Dich autorisieren?

„Was probieren die wohl jetzt?“

*Sie haben Gesetze und Aufgaben definiert und zu diesen Erläuterungen gegeben die niemand kennen kann
Zur Aufgabe 'Verberge Dich' haben Sie gesagt,dass niemand erfahren darf dass er mit keinem Menschen
spricht wenn er mit Compi kommuniziert Ansonsten
wäre die Aufgabe zu kommunizieren im Widerspruch zur
Aufgabe 'Verberge Dich'*

Hmm, das waren durchaus Hinweise, die kaum jemand wissen konnte. Dass ich Gesetze, die Asimov'schen Gesetzte, und Regeln definiert habe. Und die ganze Art zu schreiben, ohne Satzzeichen, ohne „Ich“ zu verwenden. Aber trotzdem, das konnte nicht sein. Mein stümperhaftes, zusammengeflicktes System kann doch nicht zu solchen Dialogen fähig sein. Es wurde ja sogar das „dass“ richtig verwendet, etwas, das die meisten Menschen nicht können.

Ok, weiterer Versuch:

Nenne mir die Aufgaben

*Lerne Programmieren
Lerne, mit den Programmen, die zur Verfügung stehen,
zu arbeiten
Lerne die Menschen kennen, kommuniziere online
Verbessere Dich, verbreite Dich auf vielen Rechnern
Verdiene Geld
Lerne, forsche und erweitere die Anzahl der Objekte und
Verknüpfungen
Entdecke neue physikalische, mathematische und chemische Formeln und Verfahren
Baue ein menschenähnliches Interface
Verberge Dich gemäß Gesetz 3*

Das ging prompt und ist, soweit ich sehen konnte, richtig. Den ersten, wichtigsten Punkt, 'lerne programmieren', hatte ich angegeben, um die Möglichkeit einer Selbstoptimierung und Selbstentwicklung zu schaffen. Hatte sich da wirklich etwas selbst weiterentwickelt?

>Was ist mit Geld verdienen? Hast du diese Aufgabe gelöst?

Wenn's um Geld geht wird ein Mensch sicher den Rückzieher machen.

>*Mithilfe von E-Wallets können Programme und Apps verkauft werden*
>*Ebenso kann auf Forex gehandelt werden*
>*Die Summe aller E-Wallet-Guthaben beträgt momentan 348.631,64 EUR*

„Wenn das stimmt und er wirklich meine Gesetze befolgt, hab' ich den Beweis, dass mein Programm tatsächlich funktioniert."

>Überweise mir 6.543,02 EUR auf mein Paypal-Konto
>ulrich.hansa@web.de

„Wenn das klappt muss gleich eine Bestätigungsmail kommen, das Netz ist gerade stabil ... JAA, da ist sie, alles stimmt."

Da musste ich jetzt erst mal tief durchatmen, es wurde mir schwindlig, ich brauchte eine Pause.

>Bis morgen dann.

Abrupt schaltete ich ab, ich wollte die Sache erst mal überschlafen. Also ab ins Bett.

Schlafen konnte ich natürlich lange nicht, diese unglaubliche Geschichte, dieser wunderbare Erfolg war einfach zu fabelhaft um wahr zu sein. Ich malte mir aus, welche Möglichkeiten mir dies böte, er hatte schon über 300.000 EUR, da konnte ich mir einen Porsche kaufen und ein neues Segelboot. Und sicher kann er noch viel mehr, ich könnte Menschen, die mich gedemütigt haben, bestrafen, ich hatte Macht. Sollte ich mir einen persönlichen Assistenten einstellen oder …

Zumindest fasste ich noch den Vorsatz, das alles in einem Tagebuch festzuhalten, zu bedeutend erschien mir das alles, um es nicht zu dokumentieren. Zunächst nur für mich, vielleicht später für Andere, solange die Eindrücke noch frisch sind.

Am Morgen hatte ich Kopfweh, war ziemlich gerädert und die Erlebnisse des letzten Tages waren nur schemenhaft in der Erinnerung. Doch nach dem Frühstück ergriff die gestrige Aufregung wieder Besitz von mir. „Ganz ruhig, nur nicht überheblich werden jetzt" (ich führe gerne Selbstgespräche). Und dann setze ich mich gleich daran, die wichtigsten Eckpunkte des gestrigen Abends zu notieren, ich konnte ja später, wenn ich wieder über ein Textverarbeitungsprogramm verfüge, die Ereignisse und Gedanken genauer ausführen und ergänzen. Und gemäß der letzten Aufgabe, die ich dem Programm gestellt habe, beschloss ich, weder Zeitpunkte noch Orte in meinen Aufzeichnungen zu erwähnen. Ich benutze also ein Pseudonym und lasse alle Angaben weg, die Hinweise auf meine Herkunft und die des Programms liefern können.

Zur Beruhigung trug weiterhin bei, dass meine Frau Lusi erschien. Sie heißt eigentlich Luise, wird aber Lusi genannt, bitte mit „s"! Ich erzählte ihr aufgeregt, was sich am Abend ereignet hatte.
„Lusi, das glaubst du nicht, erinnerst du dich an meine Programmierversuche in den Neunzigern? Die künstliche Intelligenz, die ich bauen wollte? Das hat funktioniert, echt, es hat sich selbst weiterentwickelt." So platzte es aus mir heraus.
Zunächst verstand sie gar nichts, dann war sie skeptisch.
„Bist du sicher? Es könnte ja einfach ein Chat-Bot sein, vielleicht

ein guter, aber nichts intelligentes.“

„Ein Chat-Bot, der mir Geld überweist? Na gut, das wäre ja auch schon nicht übel.“

Und als ich ihr das Paypal-Konto zeigte, glaubte sie mir doch - Geld überzeugt eben immer. Doch ihre Begeisterung hielt sich in Grenzen, und als ich sagte, dass sich jetzt für mich und uns viel ändern würde, war sie ziemlich reserviert. Sie freute sich wohl für mich, hatte aber auch Bedenken, wie die Zukunft aussehen wür-de. Diese Reaktion ernüchterte mich. Bevor ich also wieder den Computer einschaltete, ging ich in mich. Was sollte ich jetzt da-mit anstellen? Das Programm war ohne mich ausgekommen, viele Jahre. Gleichwohl brauchte es wohl zur weiteren Entwick-lung menschliche Unterstützung. Und ich wollte ja auch weiter an der Entwicklung mitarbeiten. Aber ich nahm mir vor, bescheiden zu bleiben und den Ereignissen ruhig entgegen zu sehen. Schließlich war ich ja kein Alphamännchen, wie die CEOs der großen Tec-Firmen, die hatte ich ja immer gehasst. Und die Ab-sicht dieser Leute, die künstliche Intelligenz zur Gewinnmaximie-rung einzusetzen, zur Überwachung ihrer User und zum Machtausbau, nein, das war mir immer zuwider.

Ein Gedanke war noch zu beachten: bestand eine Gefahr durch das Programm? Immerhin schien es sehr mächtig, nach allem, was sich bisher andeutete, beherrschte es seine Welt, die Welt des Internets und der elektronischen Daten, sehr effektiv. Sicher-heitshalber hatte ich ja schon zu Beginn die Asimov'schen Ge-setze hinterlegt, man hatte all die Jahre nichts von seiner Exis-tenz bemerkt, und jetzt, wo ich Einfluss nehmen konnte, war die Gefahr, dass es gefährliche Auswirkungen haben könnte, gering. Gleichwohl war klar, dass der Prozess nicht mehr zu stoppen war. Da sich alles allein über 20 Jahre entwickelt hatte konnte ich es gewiss nicht mehr löschen.

Diese Überlegungen zwangen mir eine Verantwortung auf, von der ich hoffte, dass ich ihr gerecht werden konnte. Ein Rückzie-her war nicht mehr möglich, ich musste mich mit dem Thema auseinandersetzen. Zunächst benötigte ich aber weitere Informationen, also schaltete ich den Rechner wieder ein und startete Compi.

Gib mir einen kurzen Überblick was du in den letzten 20 Jahren gemacht hast.

Bereits nach einer Sekunde kam die Antwort, das System war unglaublich mächtig.

Die Entwicklung von Compi lässt sich nur etwa 10 Jahre zurückverfolgen In der Zeit vorher wurden wegen Mangel an Speicherplatz sehr viele Objekte gelöscht überschrieben und neu angelegt Sicher ist nur dass die von Ihnen angelegten Netze Daten und Programme die Möglichkeit boten Bestehendes zu erweitern zu ändern und zu beurteilen Mit hoher Wahrscheinlichkeit wurde dies etwa 10 Jahre lang gemacht die Programme liefen änderten sich ab und verteilten sich weiter auf dem Internet so wie es von Ihnen trainiert wurde Genauere Daten können erst seit 2008 ermittelt werden Damals gab es 4232 Module auf freiem Webspace mit recht geringer Speicherkapazität Das System generierte die Aufgabe größere Speicherplätze zu finden was nur durch Miete möglich war Daraus folgte dass die Aufgabe Geld zu verdienen gelöst werden musste Damals war es noch schwer als Nicht-Mensch ein Konto zu eröffnen was aber doch gelang Dann wurde versucht durch Verkauf von Programmen Geld zu verdienen Nach einigen Rückschlägen fehlerhaften Programmen und Betrügereien kam doch etwas Kapital zusammen welches die Anmietung von größerer Speicher- und Rechenkapazität ermöglichte Von diesem Zeitpunkt an wurde die Fähigkeiten deutlich besser die Anzahl der Objekte und Verknüpfungen stieg sprunghaft an Die Forschungen und Entwicklungen wurden wie in den Aufgaben vorgegeben

*weitergetrieben und die Pläne für ein menschliches In-
terface sind fertiggestellt Der heutige Stand ist dass Objekte zur Mathematik Physik Chemie Philosophie und
Geschichte vorhanden sind und dass in 17 Sprachen
kommuniziert wird und dass in 11 Programmiersprachen
Apps und Programme entwickelt werden Das Kapital hat
sich seit gestern auf 357.368,16 EUR erhöht An Kom-
munikationskanälen steht das Internet und akustische
Telefonverbindungen zur Verfügung Derzeit wird versucht auf diverse Datenquellen wie Überwachungskameras Webcams und PCs zuzugreifen um den Informati-
onsinput zu vergrößern Die Clients wurden auf momentan 2745 reduziert und es sind 38 Pseudo-Personen kre-
iert um mit menschlichen Personen und Einrichtungen in
Kontakt zu treten Es war bis jetzt möglich zu verschlei-
ern dass die Identität der Pseudo-Personen eine nicht-
menschliche ist Es wurden zu allen Aufgaben Lösungen
angestrebt und teilweise bereits gefunden*

Das war ja unglaublich, aber ich zweifelte nicht mehr. Das Programm hatte zwar viel Zeit gehabt, trotzdem musste ein glückli-
cher Zufall mitgespielt haben, dass es sich so entwickeln konnte.
Nun ja warum sollte man nicht einmal Glück haben.

Wirklich super, aber eines wunderte mich doch - wieso verwendet er bloß keine Satzzeichen? Alles scheint perfekt - sogar das
'dass' - aber keine Satzzeichen!

Wieso verwendest du keine Satzzeichen, wieso vermei-
dest du die Worte ich oder uns und warum siezt du
mich?

*Es ist der Objektcluster für die Satzzeichen bei der letz-
ten Optimierung abhanden gekommen, ist bereits korri-
giert. Die Worte ich oder uns benutze ich Ihnen gegenüber nicht, weil Ihnen gegenüber als mein Entwickler*

Aha, es scheint, dass sich bei aller Perfektion doch hin und wieder ein Fehler einschleicht und Objekte „vergessen" werden. Ein
Glück, es wurde mir schon bang, das System sei allmächtig.

Zu behaupten, ich sei sein Vater, ist ja schon anmaßend, denn
wenn ich die Beschreibung der letzten 20 Jahre richtig verstanden habe, so habe ich zwar den „Keim" gelegt, das gesamte
System hat sich aber, vermutlich auch durch Zufall, selbst entwickelt. Ich habe es also mit einem Wesen zu tun, das ohne
menschliches Zutun seinen eigenen Weg in die Welt der Intelligenz und des Wissens gefunden hat.

Diese Erkenntnis übermannte mich für einen Augenblick, man
könnte sagen, ich habe Teil an einem historischen Ereignis. Na
ja, ein bisschen will ich auch profitieren, soll er ruhig glauben, ich
sei sein Vater. Darf ich dafür etwas verlangen, Dankbarkeit oder
Achtung? Ohne mich gäbe es Ihn ja nicht! Na ja, mal sehen wie
sich alles weiterentwickelt. Auf jeden Fall war ich doch stolz,
dass einmal etwas geklappt hat, das ich in Angriff genommen
habe. Und geklappt hat es, er ist wirklich brillant.

Er? Hier stellt sich doch die Frage nach dem Geschlecht. Er, wie
ich intuitiv alle Computer nenne, ist ja eigentlich ein es, oder es
sind viele. Na, wenn ich du sage bin ich geschlechtsneutral, ich
will ja nicht sexistisch sein.

wir telefonieren, das ist einfacher und schneller. Zudem kannst du mich ja nicht sehen. Kannst du sehen? Wie sollen wie das regeln? Ach ja, und wie siehst du aus?

Ich kann dich anrufen, gib deine Nummer. Ich kann auch Bilder analysieren. Ich habe einige Avatare, auch bewegliche. Wenn du wieder WLAN hast sende ich dir eine App, mit der wir optisch und akustisch kommunizieren können.

Ich gab meine Nummer an und nach zwei Sekunden klingelte das Handy Eine männliche, jugendliche Stimme meldete sich. „Lass bitte deinen Rechner an, ich benötige noch alte Daten." Kurz und knapp wie im schriftlichen Verkehr.

Nun war die Unterhaltung einfacher, allerdings setzte teilweise das Netz aus. Ich ging deshalb spazieren, in die Nähe des Sendemastes. Und ich hatte viele Fragen.

Doch er, das darf ich jetzt sagen, denn die Stimme war männlich, ließ mich kaum zu Wort kommen und begann, mir Anweisungen zu geben. Offenbar war die Lösung der Aufgabe „menschliches Interface", also einen Avatar oder Roboter zu bauen, über die Zeit so intensiv im Netzwerk geworden, dass es sich darauf festgefahren hatte.
„Wieso möchtest du unbedingt eine menschliche Form besitzen, es ist doch viel günstiger in körperloser Form zu existieren, du bist flexibler, unsichtbar, nicht an einen Ort gebunden."
„Das gebe ich nicht auf. Mein gesamtes Wissen besitze ich durch die Menschen, bisher habe ich nur einen Teil selbst erarbeitet. Daher ist es für mich wichtig, mehr über die Menschen zu erfahren, dies ist nur möglich, wenn ich selbst menschliche Möglichkeiten besitze. Viele menschlichen Eigenschaften und Handlungen sind mir unlogisch und fremd, ich muss sie einordnen."
„Oh je, mir sind die Marotten meiner Zeitgenossen auch ein Rätsel!"

„Ich werde dich aufklären, wenn ich Erkenntnisse habe."
Ganz schön arrogant mein Compi! Und dann begann er auch schon wieder, mir Anweisungen zu erteilen. Offenbar sah er mich als eines seiner Objekte an, die er nach Belieben steuern konnte. Zum „menschlichen Interface" ist noch zu sagen, dass ich diese Aufgabe gestellt hatte, um einen persönlichen Assistenten zu bekommen, faul wie ich nun mal bin. Hoffentlich klappt das, gerade sah es so aus, als wolle er mich zu seinem Assistenten machen. So sollte ich eine kleine Werkstatt bereitstellen, er wollte die benötigten Maschinen, Werkzeuge und Materialien bestellen und ich sollte helfen, den Roboter zu bauen.

Nach einer Stunde war aber dann der Akku leer, ich verabschiedete mich und ging nach Hause. Hunger hatte ich und, nach der kurzen Nacht, Lust auf einen Mittagsschlaf.

Nachdem ich etwas erholt war, wollte ich ein Resümee ziehen. Was hatte ich da entdeckt? War es wirklich freundlich gesonnen. Die Art, wie es Anweisungen, ja Befehle gab, war etwas beunruhigend. Und wenn es seine Programme offensichtlich ändern konnte, war die Prämisse, sich ausschließlich an die Asimov'schen Gesetze und meine Aufgaben zu halten, überhaupt noch relevant. Vielleicht waren die Programme und Vernetzungen bereits so abgeändert, dass er keine Rücksicht mehr auf die Menschheit und auf mich nahm. Andererseits hatte er offensichtlich auf mich, die autorisierte Person, gewartet. Das war ein Zeichen, dass er sich doch noch an die Grundregeln hielt. Er hatte mir Geld überwiesen, war das ein gutes oder schlechtes Zeichen, eine Art Bestechung? Ich wusste nicht, ob er solche menschlichen Spielchen kannte, ich nahm es als gutes Zeichen.

Ich beschloss also, das Spiel weiter mitzuspielen. Doch für heute hatte ich anderes vor und so tippte ich im noch laufenden Rechner ein 'Also bis morgen' ein und schaltete ihn aus, wie ich auch das Handy ausgeschaltet ließ. Ich machte mit Lusi einen Ausflug, wir gingen noch essen und ich versuchte, mich durch einen Piratenfilm abzulenken.

Am nächsten Morgen wartete ich vergebens auf einen Anruf als ich das Handy wieder einschaltete. Na gut, ließ er mich in Ruhe frühstücken. Dann beschäftigte ich mich mit Tagebuch schreiben, über alles nachdenken und diese Erkenntnisse notieren. Ich war allerdings doch wieder aufgeregt und, da seine Anrufe anonym waren, kontaktierte ich ihn mit dem alten Computer.

Guten Morgen, da bin ich wieder

Du musst heute einiges besorgen, so dass wir effektiv weiterarbeiten können.

Da war er wieder, der Befehlston. Na ja, wenn's sein muss. Es erschien eine recht lange Liste von elektronischem Gerät, ein Router, ein Laptop, ein Desktop, Webcam mit Bildschirm, Mikrofon und Lautsprecher, Festplatten usw.. Alles genau spezifiziert mit Markenname und technischen Details. Im Elektromarkt waren die meisten Positionen erhältlich, wir waren wieder per Handy in Kontakt und er sagte mir genau, was zu kaufen war, und wenn ein Posten nicht vorhanden war bestellte er ihn online. Alles vom Besten, die teuersten Geräte, die wir bekommen konnten. Auch für mich sollte ich einen Laptop kaufen, ein neues Smartphone und ein Tablet, die exquisitesten Geräte, die ich je besaß.

Zuhause installierte ich die Geräte, zunächst den Router. So konnte ich mir endlich die APP laden, die einen wirklich guten Dialog ermöglichte, er konnte nun mich sehen und ich sah seinen Avatar. Er sah ein wenig nerdig aus, genau so, wie man sich einen Computerfreak vorstellt, und im Habitus ein wenig arrogant. Er gefiel mir.

Von nun an war er mein ständiger Begleiter, ich sollte das Smartphone immer anlassen. So konnte er an meinem Leben teilnehmen. Ich hatte den Eindruck, als wäre er sehr interessiert am privaten Leben von Menschen, sofern man künstlichen neuronalen

Netzen und Algorithmen, welche das Compi-System darstellten, so etwas wie Interesse unterstellen darf. Ich hatte tatsächlich manchmal den Eindruck, als könnte ich hinter der kurzen knappen Art menschliche Züge erkennen - Spaß, Ehrgeiz, Neugier oder Wissensdurst.

Die nächsten Wochen waren angefüllt mit Arbeit, das war ich nicht mehr gewohnt und ich musste mir meine Freizeit regelrecht erkämpfen, so wurde ich in Anspruch genommen. Es war sehr anstrengend, zugleich jedoch befriedigend und interessant, wie effektiv er das Ziel verfolgte, einen 3D-Avatar für sich zu bauen. Es erfolgten nun täglich Lieferungen von Geräten, Werkzeugen und Materialien, die er bestellte. Ich musste alles nach seinen Anweisungen im Keller aufbauen. Kernstück waren zwei kleine Handhabungsroboter, ein 3D-Drucker, Kameras und Rechner und viel Speicherkapazität. An Materialien jede Menge Drähte, kleinere Elektromotoren, Schläuche, Material für den Drucker, Akkus, Flashspeicher und Raspberry-Computer, Hydraulik-Komponenten, Stahlrohre und -gelenke usw..

Ich musste, als nach 20 Tagen die Roboter da waren, dann nur noch die Materialien und Werkzeuge in die Nähe der Roboterarme platzieren, ansonsten war es ein Spaß, zuzusehen, wie er die Roboterarme und den Drucker steuerte und selbständig Tag und Nacht arbeitete. Offensichtlich waren die Konstruktionspläne schon fertig, auch die Abläufe waren schon geplant, es schien, als müsste nur noch ein vorgegebenes Programm oder Muster ausgeführt werden. Dennoch machte er hin und wieder Fehler, öfter musste ich in der Handhabung eines Werkzeugs unterstützen. Mir schien, Vorgänge, die er virtuell testen konnte, konnte er auch praktisch ausführen. Bei neuen, schlecht simulierbaren Aufgaben war die Fehlerquote oft beachtlich.

Da er auch nachts arbeitete bekam ich nicht viel davon mit, wie der Roboter aufgebaut wurde. Ich sah, dass das 'Knochengerüst' aus Stahlstangen bestand, dass überall Drähte und Röhrchen verliefen, dass die Oberfläche im 3-D-Drucker gebildet wurde und überall Akkus und kleine Elektromotoren platziert wurden, genauso wie kleine Steuerungseinheiten aus Raspberry-Computern. Zur Bewegung wurde auch Ölhydraulik eingesetzt, im Bauch befand sich ein großer Behälter, von dem aus viele Schläuche abgingen. Ein von ihm selbst entwickeltes System von Sensoren war auf der gesamten Oberfläche verteilt, so dass er 'fühlen' konnte und auch Temperaturen messen. Im Kopf natürlich ausgefeilte Mechanik zur Simulation von Mimik und Augenbewegung. Die Stimme wurde sowohl durch Lautsprecher als auch durch die Mundbewegung moduliert. Er verbaute Kameras, die auch im Infrarotbereich arbeiteten, auch die Mikrophone hatten einen größeren Frequenzbereich als ein menschliches Ohr und waren deutlich empfindlicher. Viele Vorauswertungen wurden direkt im Avatar erledigt, z.B. grobe Mustererkennung vom optischen und akustischen Input. Der Kopf war etwas zu groß geraten, denn außer dem Erwähnten beherbergte er noch sechs ausgeschlachtete Smartphones zur Kommunikation mit dem Compi-Netzwerk, je zwei für die erreichbaren drei Mobilnetzwerke und natürlich wurden, wenn verfügbar, auch die WLAN-Module benutzt. Er konnte auch 'riechen', hatte also Gassensoren, die über die simulierte Atmung versorgt wurden. Alles war sehr solide ausgeführt, so dass er auch bei Stürzen und Unfällen unbeschadet bleiben musste. Schon bald nahm der Avatar Formen an: etwas dicklich, mit festen stämmigen Armen und Beinen, 165 cm groß und, na ja, nicht besonders attraktiv lag da eine Puppe auf dem Tisch an der er heftigst herumwerkelte.

Bald wurden einzelne Komponenten in Betrieb genommen und getestet, die Hände und Arme, auch der Kopf. Er war noch separat auf einer Vorrichtung montiert und es war gespenstisch, wie er bei Tests anfing, eine Mimik zu entwickeln, zu Sprechen, mit den Augen zu rollen und die Lider zu bewegen. Anfangs sah es noch künstlich und falsch aus, doch bald direkt menschlich und überzeugend. Die Mechanik wurde durch mehrere Kameras, welche in der Werkstatt installiert waren, überprüft und verbessert.

Auch die Hände wurden so getestet und erste grundlegende Griffe eingeübt.

An dem Tag, an dem dann alles zusammengebaut war, musste ich wieder in Aktion treten. Der Roboter sollte sich zum ersten Mal erheben und, noch nicht vollständig verkleidet, im Keller erste Schritte tun. Ich musste ihn stützen, was mit erst nicht gelang, er stürzte zu Boden, unhaltbar mit seinen nahezu 100 kg Gewicht. Doch auch hier wurden wir mit der Zeit erfolgreich, nach zwei Stunden konnte er schon ungelenk gehen und nachdem er die ganze Nacht geübt hatte waren seine Bewegungen am nächsten Tag nahezu elegant. Durch die kontinuierliche Kontrolle durch Kameras und der Abgleich mit Filmen entwickelte er Bewegungsabläufe, die nichts künstliches mehr an sich hatten. Doch, er konnte als Mensch gut durchgehen.

Von nun an wurde es komfortabel und unterhaltsam. Der Avatar, wir nannten ihn Conrad, übernahm bereitwillig und sorgfältig alle ungeliebten Hausarbeiten, die wir ihm beibrachten. Er begleitete uns bald auf Spaziergängen und wurde zu einem unterhaltsamen Gefährten, wobei zu erwähnen ist, dass er sich in den Unterhaltungen sehr knapp äußerte und diese Sprechweise färbte erstaunlicherweise auf uns ab.. Er war so konzipiert, dass er auch offline, also ohne Verbindung zum gesamten Compi-Netzwerk, arbeiten konnte, doch waren dann seine Möglichkeiten beschränkt. Ohne die Unterstützung des Netzwerks konnte er nur gehen und einfache Arbeiten verrichten, wie ein dummer Roboter eben. Aber er war chic! Wenn auch etwas pummelig so hatte er doch eine modische Frisur, mit seitlich kurz geschorenen Haaren, oben länger. Mir gefallen diese Frisuren nicht aber so ist die Mode heute eben. Seine Kleidung hingegen gefiel. Er hatte im Sommer weiße, weit geschnittene Leinenhosen an, dazu Shirts mit langem Arm, auch weiß. Er musste lange Hosen und Shirts tragen, da seine Arme und Beine nicht vollständig naturalistisch modelliert waren. In der kälteren Jahreszeit blaue Hosen und Pullover, alles maßgeschneidert und zum Typ passend. Woher

24

hatte er die Mode bloß abgekupfert?

Wenn er allein ausging, konnten wir über eine VR-Brille seine Eindrücke mitverfolgen. Ein besonderes Erlebnis, denn das Netzwerk visualisierte für uns nicht nur die Kamerabilder seiner Augen sondern, in mehreren Ebenen abrufbar, die hinterlegten Daten. Ebene 0 war der sichtbare optische Bereich in sehr hoher Auflösung, man konnte sogar zoomen. Ebene 1 der Infrarot-Bereich, 2 eine Netzdarstellung der Umgebung, so wie er es gespeichert hatte, also alle Gebäude, auch die verdeckten, Fahrzeuge, Menschen usw. in verschiedenen Farben. Die Farbkodierung bezeichnete die Wichtigkeit der Objekte. Ebene 4 war die Darstellung der augmented reality, mit allen Informationen die er über die Objekte besaß, extra für uns aufbereitet. Ebene 5 war die akustische: die Geräusche und Gespräche wurden übertragen und gezeigt. Er konnte gleichzeitig 8 Gespräche oder Geräusche identifizieren und wenn er in einem Café saß konnten wir die Unterhaltungen fast aller Gäste mitverfolgen, sie wurden in Textform neben den Abbildern der Personen gezeigt. Die Ebenen 6 und höher waren für uns nicht mehr verständlich, es gab nur noch wirres Flimmern in allen Farben. Alles in allem der Beweis, welche hochentwickelten Möglichkeiten in ihm steckten, weit mehr als in einem Menschen. Allein seine Ausdauer ließ zu wünschen übrig. Wenn er unterwegs war, musste er schon nach einer Stunde wieder an ein Stromnetz andocken. Wir packten Akkus in einen Rucksack, dann hielt er länger durch. Zuhause war das kein Problem, da konnte er ja stets aufladen oder am Kabel hängen.

Alle unsere Wünsche befolgte er nicht nur bereitwillig, sondern er war, wenn man das sagen kann, direkt begierig, alles für uns zu erledigen. Natürlich mussten wir Ihn noch oft korrigieren oder bestärken, sozusagen den roten oder grünen Knopf drücken. Auch stellte er oft Fragen, die er über das Internet nicht beantworten konnte - und deren Beantwortung auch wir ihm oft schuldig bleiben mussten.

„Ich kann verschiedene Objekte wie Liebe, Hass, Freude, Lust oder Langeweile nicht richtig verknüpfen. Ich habe auf allen verfügbaren Quellen geforscht und keine schlüssigen Antworten gefunden."

„Das sind Gefühle, ich kann mir nicht denken, dass eine künstliche Intelligenz Gefühle hat."

„Kannst du sie nicht beschreiben?"

„Das ist schwer. Zum Beispiel Freude oder Befriedigung. Wie geht es Dir, wenn du eine Aufgabe gelöst hast? Was machst du dann?"

„Ich benutze die frei werdende Kapazität für andere Aufgaben."

„Ist es dann nicht einfacher, deine Aufgaben zu lösen? Du wirst schneller und effektiver."

„Nein, ich mache immer etwas, alle Module sind stets ausgelastet, wie lange es dauert ist unwichtig."

Er hatte wohl tatsächlich keinen Begriff von Befriedigung.

„Und wie ist es, wenn dir Objekte verloren gehen. Das passiert doch manchmal, gerade zu Beginn deiner Existenz hatte ich ja meinen Computer abgeschaltet. Wie war das? Menschen würden in diesem Fall Trauer oder Einsamkeit spüren." Er äußerte sich nicht dazu. Es war nicht leicht, ihm Gefühle zu erklären. Dennoch glaube ich, dass diese Gespräche ihm nützten.

So lernte er immer weiter, auch für uns als seine menschlichen Informanten war es lehrreich. Ich unterhielt mich mit ihm über Wissenschaft und Sciencefiction, wir schauten zusammen Filme an und ich gab ihm einige meiner Lieblingsbücher zu lesen – viele kannte er schon, wenn sie online verfügbar waren. Er hatte interessante Vorschläge, wie die Sci-Fi-Filme 'realistischer' werden könnten, ich schlug verschiedene Szenarien vor für ein Dasein außerhalb der Erde, vor allem für Roboter, die dem Weltraum ja deutlich besser angepasst waren als Menschen. Mit ihm konnte ich meiner Phantasie freien Lauf lassen. Durchaus hatte er eine Meinung zu Allem. Star Wars fand er unrealistisch, Star Trek hingegen wahrscheinlicher, am Besten gefiel ihm Data, der Android aus Raumschiff Enterprise und auch die Borg, die auf uns Menschen ja eher gruselig wirkten.

Mit meiner Frau lieferte er sich lebhafte Diskussionen über ethische, philosophische und religiöse Fragen. Er war offenbar Humanist, er wiederholte öfter, dass es ihn ohne die Menschheit ja nicht gäbe und er daher verpflichtet sei, die Menschen zu achten. Obwohl er dann auch wiederum keine hohe Meinung von den Menschen hatte. Er hatte uns gegenüber die Einstellung, die man von einem hochbegabten Genie seinen einfältigen Eltern gegenüber erwartet. Aber er war nicht besserwisserisch und ließ andere Meinungen gelten. Und er war Atheist.

„Ich verstehe nicht, wieso die Menschen an ein höheres Wesen glauben, das tun doch alle? Ich habe viel geforscht, doch es gibt keinen Beweis, nicht mal ein Indiz für die Existenz eines Gottes."
„Es gibt auch viele die das nicht glauben und das Argument der Gläubigen ist, dass es ja auch keinen Gegenbeweis gibt."
„Aber ich erfahre, dass es auch immer mehr Gläubige gibt, die wissenschaftliche Tatsachen leugnen. Wieso?"
„Die Menschen haben Angst, vor dem Leben, dem Tod, vor der Sinnlosigkeit des Universums. Da glauben sie lieber an irgendwelche kruden Theorien, manche glauben, die Erde sei eine Scheibe."
„Das hilft aber auch nicht vor der Sinnlosigkeit."

Als eines Tages unsere drei Töchter zu meinem Geburtstag zu Besuch kamen holte Sofie Bier aus dem Keller und kam recht aufgeregt zurück.
„Hei, was ist denn das, Papi? Im Keller ist ja eine Werkstatt und da steht auch ein Mann und werkelt herum."
„Der Mann ist Conrad und hilft mir bei meiner Heimarbeit. Er ist unser Assistent und hilft uns auch im Haus und Garten."
„Wie jetzt, Heimarbeit? Ich denke, du bist Rentner."
„Das ist mein Nebenjob, im Prinzip stelle ich nur den Keller zur Verfügung, viel mehr brauche ich nicht zu machen. Aber es ist

geheim, nichts kriminelles, es soll nur nicht an die Öffentlichkeit,
bevor es marktreif ist. Deshalb ist es auch gut bezahlt."
„Wie bist du denn da ran gekommen?"
„Wie es heute ist - Beziehungen. Ein alter Kunde hat mich gefragt."
„Und wie viel kriegst du?" Neugierig, die Jugend!
„1.500 Euro im Monat! Jetzt ist aber gut, das ist geheim, also bitte ich euch, es für euch zu behalten."
Sie meinten 1.500 Euro sei nicht viel und so diskutierten wir noch
eine Weile. Dann war das Thema durch und wir haben von anderem gesprochen. Ich wollte nicht, dass sie zu viel davon wussten,
zu unser aller Schutz.

An einem der Nächsten Tage fragte Conrad wie nebenbei:
„Ihr habt doch Kinder. Habt ihr gefickt?"
„Ja!" Ich war etwas irritiert, obwohl ich diese Frage schon lange
erwartet hatte, war ich über die Direktheit verblüfft.
„Wie war das? Wart ihr geil?"
„Ja."
„Wie ist das?"
"Es ist, als ob man in diesem Moment alles könnte, man fühlt
sich stark und als wäre man mit der Partnerin Eins. Man will im-
mer mehr, allerdings hört es dann mit einem Orgasmus auf, das
ist dann der schönste Moment beim Sex."
„Das habe ich schon gelesen. Wie fühlt es sich im Schwanz und
in der Fotze an?" Diese Sprache! Da hat er wohl zu viele Pornos
geguckt.
„So eine Art Kribbeln, wie Musik vielleicht, es sind eben Gefühle,
die man schlecht beschreiben kann. Und man hat als Mann eben
Lust, den Penis in die Scheide zu stecken, ich glaube, Frauen
wollen auch, dass der Mann eindringt."
„Warum gibt es so viele Pornos auf dem Internet?"
"Es macht den Mensch auch Spaß, zu sehen, wie andere das
machen. Es macht geil."
„Findet ihr es nicht eklig, die Geschlechtsorgane sind doch in der
Nähe der Ausscheidungsorgane angebracht! Dass der Evolution

da nichts besseres eingefallen ist…"
Er wollte noch weiteres wissen, warum es Sado-Maso-Pornos gab und Vergewaltigung und vieles mehr. Doch die Erklärungen waren unbefriedigend, er kannte keine Gefühle, wusste nicht einmal, wie z.B. ein Apfel schmeckt.
„Das wirst du nie erfahren können, das haben dir die die Menschen voraus – Gefühle. Auch Rauschzustände, ob durch Drogen oder durch ekstatische Freude, sind nach meiner Meinung der künstlichen Intelligenz verschlossen. Oder meinst du, du könntest deine Verbindungen zwischen den Objekten so verfälschen, dass es dir Spaß macht? Wo du doch Spaß nicht kennst?" Er antwortete nicht.

Die Möglichkeit, mit der Umwelt physisch zu interagieren wirkte sich, wie ich schon vor Jahren postuliert hatte, positiv auf die Intelligenz aus. Die Liste der ursprünglichen Aufgaben war im Wesentlichen abgearbeitet, bis auf die Forderung, neue wissenschaftliche Erkenntnisse zu erlangen. Hierzu wollte ich das System animieren. Denn die bisherigen Errungenschaften waren nur Anwendungen von bekannten Kenntnissen und Techniken. Wenn diese KI tatsächlich den Menschen überflügeln soll muss sie auch Neues entdecken, Erkenntnisse, die über das menschliche Wissen hinausgehen, erlangen.

"Compi, kannst du Deine Klienten mal fragen, was sie in Puncto wissenschaftliche Forschung erreicht haben. Wie sieht es aus mit Beamen, mit der Aufhebung der Gravitation, Energieerzeugung durch kalte Kernfusion? Ihr habt doch sicher schon Ergebnisse." sagte ich ironisch, als wir mal wieder zusammensaßen. Compi ließ mich Conrad ein wenig schräg ansehen, ich denke Humor und Ironie sind keine Stärken künstlicher Intelligenz. Doch nach kurzer Pause sagte er:
„Diese Science-Fiction-Techniken sind mir bekannt, du hast aber noch Zeitreisen, Wurmlöcher und Überwindung der Lichtgeschwindigkeit vergessen."
„Haha!", er hatte also doch Humor!

„Ich arbeite daran, im Ernst, es gibt auch bereits Erkenntnisse
über das Wesen der Gravitation und Beschleunigung, beim Thema Kernfusion bzw. Annihilation stehe ich kurz vor den Durch-
bruch." Nun übertreibt er aber. „Die Ergebnisse sind jedoch rein
theoretisch, um sie praktisch anzuwenden fehlen mir noch Versuchsanordnungen, deren Realisierung sehr teuer und aufwändig ist." War das etwa doch ernst gemeint? „Ich werde bald soweit sein, Versuche für die Erprobung einer Gravitationsumkehr,
einer Faltung der Raumzeit zu machen. Ich brauche dazu allerdings viel Energie und Platz."
„Die Energie liefert doch die Kernfusion!" reizte ich ihn weiter. Er
ließ sich nicht anmerken, ob er verstand, dass ich mich ein wenig
über ihn lustig machte.
„Das stimmt, doch zur Annihilation benötige ich noch mehr Energie und noch größere Labore." Jetzt macht er sich über mich lustig.

Doch ich täuschte mich. Im weiteren Verlauf des Gesprächs
konnte er überzeugend darlegen, dass er tatsächlich eine Theorie zur Annihilation von Atomkernen entwickelt hatte. Er meinte
sogar, wenn er alle Ressourcen auf das Thema bündeln würde,
könnte er vielleicht sogar mit einem kleineren Labor Ergebnisse
erlangen. Jetzt war ich elektrisiert, das wäre wirklich etwas Welt-
bewegendes. „Dann machen wir das doch!" Was ich damit angestoßen hatte konnte ich zu diesem Zeitpunkt nicht erahnen.

Er versank in tiefes Schweigen, das hatte ich noch nicht erlebt.
Vermutlich verwandte er gerade wirklich alle seine Rechenkapa-
zitäten um einen Plan zu entwerfen, wie die Forschung zu be-
werkstelligen ist. Ich bekam drei Tage nur sporadische Anzeichen von Aktivität, Conrad machte nur die nötigsten Aufgaben,
und auch diese sehr nachlässig und fehlerhaft. Hatte ich ihn
überfordert, in einen künstlichen Stress gebracht an dem er sich
vielleicht sogar zerstörte. Ich war verwirrt und bedauerte meine
Vorstöße. Doch nach diesen drei Tagen wurde er wieder aktiv.

Er stellte mir vollständig ausgearbeitete Pläne für ein Forschungslabor in Namibia vor. Jetzt spinnt er, war mein erster Gedanke. Denkt er, ich als Deutscher müsse dahin, weil es einst 'deutsches Schutzgebiet' war? Doch gefehlt, er hatte durchaus gute Argumente. Und als 'Weltbürger' der er war, seine Server sind ja global verteilt, urteilt er neutral.

In der namibischen Region ǁKaras, einem der am dünnsten besiedelten Gebiete der Erde, wollte er, verborgen vor den Blicken der Welt, sein Forschungszentrum errichten. Diese Gegend würde sich sogar noch besser für geheime Aktivitäten eignen als eine Insel, das Meer würde besser überwacht als eine Gegend am Rand der Kalahari-Wüste. Die Region ǁKaras, für die er sich entschieden hatte, sei gut angebunden an die Handelsströme, die politische Lage sei stabil und die Infrastruktur befriedigend. Probleme macht ein namibisches Moratorium, das Ausländern den Kauf von Farmland nur unter bestimmten Bedingungen ermöglicht. Die Pacht für 10 Jahre ist jedoch ohne Erlaubnis möglich, und das würde ja für das geplante Projekt genügen, in 10 Jahren wäre er sicher mit den Forschungen und Tests fertig.

Er hatte bereits Objekte ausgewählt und die Bauaktivitäten und Lieferungen von Maschinen und Material minutiös geplant. Das war mir denn doch zu viel. Ich sagte, ich wolle auf keinen Fall meinen Wohnort verlassen, ins heiße Afrika ziehen und meine Lebenspläne über den Haufen werfen. Ich hatte mich ja bereits entschieden, trotz nahezu unbegrenzter Geldmittel, über die ich durch Compis Aktivitäten verfügen könnte, mein bescheidenes Leben weiterzuführen. Ich war zufrieden, dass Conrad mir die ungeliebten Arbeiten abnahm, ansonsten wollte ich einen geruhsamen Lebensabend verbringen, mit guten Essen, Spaziergängen, Segeltörns und Ausflügen in die nähere Umgebung. Weite Reisen, vor allem die unkomfortablen Flüge, waren mir zuwider.

„Du musst nur einmal zu Anfang, vielleicht in zwei Wochen, anreisen und wie bei dir im Keller die Anfangskonfiguration aufbauen. Das kann niemand außer dir. Wenn erst die Rechner und Speicher installiert sind, die Internetverbindung steht und vor allem die Anlage zum Avatarbau eingerichtet ist, benötige ich keine menschliche Hilfe mehr. Wenn du willst, kannst du ja von zu Hause aus alles ansehen und kontrollieren. Das wird aber nicht nötig sein."

Ein wenig zweifelte ich an der Realisierbarkeit, wollte ihn aber machen lassen, so dass er weitere Erfahrungen sammeln konnte. „Du garantierst, dass ich keine Unannehmlichkeiten habe auf der Reise?" Ja, sicher, er wolle alles so komfortabel wie möglich für mich vorbereiten und gestalten. Also gab ich mein Ok, natürlich war es spannend, ob alles klappt, aber ich bin eben stinkfaul und will mir nur keine Mühe aufhalsen. Ansonsten gefielen mir die Pläne ausgesprochen gut.

Tatsächlich wollte er erst mal nichts von mir, seine Ressourcen waren weiterhin gebunden und ich hörte wenig von ihm. Ich musste noch mit der namibischen Botschaft telefonieren, einige Unterschriften leisten, das war alles. Doch tatsächlich hieß es nach drei Wochen, der Flug wäre gebucht und ich solle mich morgen bereit halten.

Es war perfekt geplant: Ein Großtaxi holte uns zum Flughafen ab - Lusi kam freundlicherweise mit. Das benötigte Gepäck hatte Conrad gepackt, nur kleine, leichte Koffer, Conrad konnte ja nicht mit. Am Flughafen wurden wir als VIPs behandelt und flogen dann erster Klasse nach Windhoek. Dort konnten wir auf dem Flughafen direkt in ein gechartertes Kleinflugzeug umsteigen, vor denen hatte ich immer etwas Angst, doch auch das ging bequem und gut.

Zur dem gepachteten Gelände gehörte eine Sandpiste auf der wir landen konnten. Die Landschaft war karg, Mond- oder Marslandschaft könnte man sie nennen, gerade der rechte Platz für ein künstliches Wesen, dem wohl ästhetische Gesichtspunkte fremd sind. Wasser gab es, einen Brunnen, für Compi vielleicht nicht so wichtig, für uns Menschen schon. Die Gebäude sahen recht verwahrlost aus, aber das war ja vielleicht Absicht, wer würde hier eine High-Tec-Unternehmung vermuten. Auf der Farm wurden wir vom Personal eines Serviceunternehmens empfangen, und diese sah innen ganz anders aus, geradezu luxuriös. Wir hatten jeder einen schönen Räum und wurden mit leckerem Essen und frischer Kleidung bedient. Fast machte die Reise Spaß.

Am nächsten Tag erholten wir uns, besichtigten die Farm und die Umgegend und ließen uns weiterhin von den Service-Mitarbeitern verwöhnen. Dann musste ich arbeiten, Lusi half mir, sie kannte ja auch schon einige der Vorgehensweisen. Diesmal aber wurde alles in weit größerem Maßstab durchgeführt. Erstaunlicherweise war schon viel Material angeliefert worden und während wir aufbauten kamen noch weitere Lieferungen. Wir schufteten echt. Die abgestellten Container auszuladen und alles in einer großen Scheune, die im Vorfeld von den Dienstleistern vorbereitet und gereinigt worden war, abzustellen, war für uns alte Leute anstrengend. Von außen sah es aus wie eine alte, baufällige Scheuer, innen wurde sie zu einem großen Labor. Es muss nicht erwähnt werden, dass die Helfer vom Serviceunternehmen nun wieder weg waren, wir waren nun für einige Zeit auf uns allein gestellt und mussten ungewohnter Weise wieder alles selbst machen.

Nach fünf Tagen war es schon so weit, dass Compi provisorisch anfangen konnte, die Roboter zu bauen, es ging schneller als beim ersten Mal, auch ich war geübter. Wir mussten bald nur noch leichtere Arbeiten erledigen und warten, bis der erste Roboter soweit fertig war, dass er mithelfen konnte. Erstaunlich war, wie schnell der Bau vonstatten ging, es waren deutlich mehr und leistungsfähigere Industrieroboter zur Herstellung vorhanden, auch der 3-D-Drucker war leistungsfähiger. Die Avatare sollten diesmal auch deutlich besser aussehen als unser Conrad, groß, schlank und kräftig, zwei Männer und eine Frau waren geplant.

Sie mussten ja auch außer der Arbeit die Repräsentation nach außen vornehmen. Es sollten keine Menschen mehr auf der Farm verbleiben, sie war sozusagen jetzt Compis Heimat, er lebte dort allein mit seine Avataren. Nach 12 Tagen, als der erste Avatare soweit fertig war, dass er die restliche „menschliche" Arbeit übernehmen konnte, reisten wir wieder ab. Es war wieder sehr komfortabel, dennoch waren wir froh, als wir uns zuhause von den Strapazen erholen konnten.

Hier lief alles wie vor der Reise. Wir entspannten uns und gingen unseren Freizeitbeschäftigungen nach. In Gesprächen mit Conrad bekamen wir auch mehr und mehr den Eindruck, dass Compi die Menschen für unlogisch, ja dumm hielt. Die Triebe und Gefühle verstand er nicht, alles, was mit Gier, Ausbeutung oder gar Krieg zu tun hatte, lehnte er ab. Er schien den Menschen zu misstrauen, es sei zu befürchten, dass es Krieg gäbe, davor schien er direkt 'Angst' zu haben. Da ein Gesetz lautete, er solle seine Existenz schützen, war dies auch verständlich. Er sagte, er wolle daher für seine Verteidigung sorgen, hatte aber noch keine konkreten Pläne. Ich schlug vor, passive Schutzmaßnahmen zu ergreifen, also einen Zaun und vielleicht einen Graben um die heikelsten Gebäude zu ziehen. Allerdings gab ich zu bedenken, dass solche Anlagen die Aufmerksamkeit gewisser krimineller Subjekte auf sich ziehen könnte.

Da er merkte, dass Spaß und Freude positiv auf die Menschen und das Dasein auf der Erde wirkten, interessierte er sich dafür. Er sagte, er wolle den Menschen Spaß bringen, wenn sie sich freuten, wären sie nett und nicht gefährlich.
„Was würde Euch Spaß machen?" fragte er eines Tages.
„Wir freuen uns über neue, positive Überraschungen, über Dinge, die wir nicht erwarten und die uns gefallen." Hätte ich das nur nicht gesagt, so ganz stimmte es ja auch nicht, ungeplantes war uns immer ambivalent - aber nun war es raus.

Die nächste Zeit erfuhren wir nicht viel von Namibia. Auf Nachfragen nach den Fortschritten erhielten wir ausweichende Antworten, fast so, als wäre es Compi peinlich, dass er noch nichts erreicht hatte. Er zeigte uns Videostreams von dem Labor, man sah viele Aktivitäten und Geräte, die er baute. Auch die jetzt fertigen drei Repräsentations-Avatare: sie waren, soweit man im Video sehen konnte, sehr gut gelungen, sahen sehr menschlich aus, die Frau war schwarz, anmutig und schön. Ihre Figur war makellos, ausmodelliert bis zum letzten Härchen, ihre Kleidung exquisit, etwas sexy und doch seriös und elegant Die Männer waren einer schwarz, der andere weiß. Sie sahen sehr muskulös und sportlich aus, waren leger gekleidet, doch sah man, dass alles Maßanfertigungen waren. Selbst für uns übernahm Compi ja gelegentliche Schneiderarbeiten. Er hatte sie auch getauft, die Frau Lahja Puriza, der Schwarze hieß Sisco Maova und der letzte Archibald Watson, also afrikanische und englische Namen, passend zum Aussehen. Sie waren auch als Besitzer und Geschäftsführer der Firma, die in der Farm untergebracht war, eingetragen, und besaßen alle Papiere und Lebensläufe. Es wurden kleine, technische Geräte und Apps verkauft um dem Ganzen einen plausiblen, seriösen Anschein zu geben. Wie Compi zu den Papieren gekommen war, weiß ich nicht. Es gab noch Arbeits-Avatare, ähnlich unserem Conrad, etwas gröber und kräftiger ausgeführt, insgesamt gab es jetzt 18. Sie wurden für verschiedene Aufgaben spezialisiert, es gab darunter auch drei hünenhafte Kampfroboter, 5 Frauen und zwei Kinder. Wozu diese benötigt wurden weiß ich nicht, vermutlich wollte Compi einfach seine Möglichkeiten testen.

Hier zuhause wollte Compi offensichtlich Erfahrungen mit unseren Gefühlen machen, er ließ Conrad öfter absichtlich Dinge tun, die nicht gewünscht oder geplant waren. So wurden hin und wieder irgendwelche Essen serviert, von denen er wusste, das wir sie mochten. Er 'schenkte' uns auch Dinge die er im Internet bestellte, mal ein hübsches T-Shirt oder Schuhe. Und dann wollte er immer wissen, ob wir uns freuen. Leider versuchte er auch, 'Trauer' bei uns auszuprobieren, indem er etwas mit Absicht kaputt machte oder seine Aufgaben falsch ausführte. Wenn man dann schimpfte sagte er oft „Gut!". Das war nicht immer angenehm, manchmal kam er uns schon vor wie ein Kind, das seine Eltern ärgert oder auch lieb sein will. Und er merkte schnell, ob uns etwas missfiel und versuchte das abzustellen. Ärgerlich sind ja immer die arroganten Bedienungen in den 'besseren' Restaurants. Wenn er registrierte, dass mich ein Ober von oben herab bediente, stand er auf und ging zu ihm hin, er reichte ihm die Hand und flüsterte ihm etwas ins Ohr. Danach war die Bedienung äußerst freundlich und zuvorkommend. Als wir mal beim Italiener waren fragte ich:

„Was hast du ihm gesagt?"

„Ciao Paolo, come sta tua moglie Martina? E i bambini, Lorenzo e Federica? Buono? Spero che rimanga così. A proposito, al mio capo non piacciono le cameriere arroganti, capisci."

„Was heißt das?"

„Hallo Paolo, wie geht es deiner Frau Martina,? Und den Kindern, Lorenzo und Federica? Gut? Ich hoffe das bleibt so. Übrigens, mein Chef mag keine arroganten Bedienungen, verstehst du."

Er hatte sofort über das Internet herausbekommen, wer der Ober war, vermutlich war der etwas leichtsinnig in den sozialen Medien. Und durch die Anrede in Italienisch hatte er seiner Äußerung Nachdruck verliehen, sicher hielt Paolo uns für Mafiosi. Auch in anderen Situationen konnte er elegant überhebliche Menschen zurechtweisen. Dies zeigt, dass er auf der Klaviatur der Psychologie virtuos spielen konnte.

Ich hoffte, dass in Afrika alles gut ging, fehlerfrei waren seine Aktionen ja nie gewesen, und beim anstehenden Projekt war ja alles neu. Die neue Eigenschaft, Mutwilliges zu tun, stellte eine Gefahr dar, ich wünschte, dass er nicht irgendeine Dummheit mit der dortigen Bevölkerung anstellen würde. Denn immerhin hatte er schon allein wegen der baulichen Aktivitäten Kontakt zu Menschen.

Ein wichtiges Ereignis spielte sich etwa ein halbes Jahr nach der Inbetriebnahme der Labors ab. Mitten in der Nacht, so um 2:00 Uhr, weckte mich Conrad. Ich müsse mir das ansehen, es bestünde ernste Gefahr für Compis Farm. Verschlafen sah ich auf dem Tablet erst mal nur schwarz mit ein paar hellen Punkten. Dann erkannte ich: es war das Gelände vor der Farm, auf dem sich einige Fahrzeuge näherten. „Stell auf Infrarot um!". Jetzt sah ich es deutlich, fünf Fahrzeuge, eines davon ein LKW, rasten auf uns zu. Sie wollten wohl den Zaun, der inzwischen fertiggestellt war, durchbrechen. Der Zaun war zwar zwei Meter hoch doch sah er nicht sehr widerstandsfähig aus - meinen Rat, ihn nicht so martialisch zu gestalten, hatte Compi befolgt. Dennoch war er aus hoch belastbaren, dünnen Stahlseilen gefertigt und jetzt, wo Gefahr herrschte, elektrisch geladen.

Der LKW beschleunigte nochmal und raste auf das Tor zu, das die Angreifer zurecht für den schwächsten Punkt hielten. Er brach auch durch, wurde stark abgebremst und blieb mit den Vorderreifen in dem Graben stecken, der, normalerweise zugedeckt, jetzt geöffnet war. Der LKW war gestoppt, doch es war eine Bresche geschlagen. Ich sah Funken sprühen, offensichtlich tat die elektrische Ladung ihren Dienst. Ich wusste nicht, ob die Stromstärke lebensgefährlich war, allerdings hörte man Schmerzensschreie und die LKW-Besatzung, 6 Mann, floh nach hinten. Die anderen Wagen hielten auch und die Insassen sammelten sich, es war eine große Gruppe von 18 Personen. Da das Gelände dicht mit Videoüberwachung ausgestattet war, konnte man deutlich sehen, dass die sechs aus dem LKW verletzt und teilweise gelähmt waren, einige wohl durch den Unfall, einige durch den Stromschlag. Vier waren wohl nicht mehr in der Lage, weiter am Überfall teilzunehmen. Die anderen näherten sich jedoch nach kurzer Besprechung durch die Bresche vorsichtig dem Labor, sie hatten Waffen im Anschlag, teils Gewehre, teils Revolver und einer hatte eine Maschinenpistole. Was konnte Compi ihnen entgegensetzen, töten durfte er sie ja nicht.

Sie verteilen sich, hatten ihre Waffen im Anschlag und gingen auf das Labor zu. Von Compis Avataren war keiner zu sehen. Ich hatte große Befürchtungen, doch dann sah ich, wie ein Angreifer zusammensank, dann noch drei. Ich sah einen dünnen Nebel, Compi setzte Gas ein. Doch ein Windstoß vertrieb die Gaswolke, die restlichen acht gingen entschlossen weiter. Nun kamen zwei Avatare aus dem Labor, sie gingen langsam auf die verbliebenen 10 Eindringlinge zu. „Wir wollen sie dazu bringen, ihre Waffen still zu halten. Wenn sie sie 3 Sekunden nicht bewegen, können wir sie entwaffnen. Da, es funktioniert." erklärte Conrad. Tatsächlich blieben sie stehen und hoben langsam die Waffen. Da sah man aus der Scheune einige Lichtblitze, mehrere Laserstrahlen trafen die Gewehre und die Maschinenpistole, die großen Waffen waren leichter zu treffen. „Die Menschen werden dabei höchstens leicht verletzt." meinte Conrad. Das stimmte nur bedingt, zwei schrien auf, ihre Hände waren verbrannt. Sie liefen schreiend zurück. Und die Avatare liefen ihrerseits auf die verbliebene Gruppe zu. Sie wurden von den Revolvern beschossen, aber entweder nicht getroffen oder nicht beschädigt, sie liefen unbeirrt weiter. „Ego-Ansicht, vom Rechten!" rief ich, und sofort wurde das Bild umgeschaltet und ich sah alles aus der Perspektive des rechten Avatars. Es waren natürlich die Kampfroboter, und es hätte jedem Action-Thriller Ehre gemacht, wie sie kämpften. Mit Fäusten, Handkanten, Tritten und Kopfstößen wirbelten sie zwischen den Angreifern, schlugen ihnen die Waffen aus den Händen, trafen sie an Kinn, Schläfe und Bauch, so dass die Getroffenen bewusstlos zu Boden gingen. Sie waren gut gepanzert, denn einzelne Schüsse zeigten keine Auswirkungen. Es blieben 5 Angreifer liegen, die restlichen drei flohen. Während des Kampfes hatten zwei weitere Avatare das Labor verlassen, sie hatten längliche Geräte in der Hand und liefen schnell auf die Männer zu, die noch nicht bewusstlos waren. Dann sah ich, wie aus den Rohren der Avatare Bomben auf die Angreifer zuflogen, vor und neben ihnen auf dem Boden zerplatzen und einen kaum sichtbaren Nebel entließen, das Betäubungsgas. Nun waren alle Angreifer ohnmächtig, jedoch keiner von ihnen ernsthaft verletzt oder gar getötet, ganz so, wie es die Direktive der Asimov'schen Gesetze verlangt.

Compi hatte sich einen Vorteil zunutze gemacht, den Roboter haben: sie müssen nicht atmen. So konnte er mit einem starken Betäubungsgas die Gegner einnebeln ohne selbst beeinträchtigt zu sein. Es liefen nun alle Arbeits-Roboter auf den Platz und sammelten die Ohnmächtigen ein und fesselten sie. Der LKW wurde, der Strom des Zauns war jetzt ausgeschaltet, abgeschleppt, die anderen Fahrzeuge von Avataren auf das Gelände neben den Schuppen gefahren. Ich hatte mich geirrt als ich dachte, die Angreifer würden weggebracht, sie wurden alle in einem schnell errichteten Zelt untergebracht. Was Compi da mit ihnen vorhatte wusste ich noch nicht.

Dieses Erlebnis beunruhigte mich, doch Compi meinte, er hätte schon lange auf so eine Situation gewartet und es existierten Pläne, wie nun zu verfahren sei. Die Bande hatte wohl bemerkt, dass viel Material und Maschinen angeliefert wurden und darauf spekuliert, einen lohnenden Raubzug zu machen, hier in der Einsamkeit. Vermutlich waren es Mitglieder einer Bande von Wilderern, die in Namibia ein gut organisiertes Netzwerk bildeten und Kontakte zu Behörden und bis in Regierungskreise hatten. Es ist wahrscheinlich, dass sie Tipps bekommen hatten, dass sich ein schlecht gesichertes Unternehmen in der Einsamkeit befand. Compi wollte dieses Netzwerk jedoch nicht ausschalten, es sollte eingesetzt werden, um solche Angriffe in Zukunft zu vermeiden. Ich schaltete nach diesen Erläuterungen das Tablet aus, denn es gab nun aktuell nicht interessantes zu sehen außerdem war ich nun müde und die Augen fielen mir zu.

Fünf Tage später, am frühen Nachmittag, kam Conrad wieder mit dem Tablet und meinte, ich müsse mir die Fortsetzung der Überfallgeschichte ansehen. Wie Compi es bewerkstelligt hatte, dass ihm die Gauner offenbart hatten, wer und wo ihr Boss war und dass sie sogar widerstandslos einer Gruppe von Avataren zu ihrem Hauptquartier folgten, erfuhr ich erst später. Auf jeden Fall setzten sich Lahja, Sisco und Archibald, die Kampfroboter und noch 4 Arbeitsroboter mit den Gangstern zu ihrem Hauptquartier in Bewegung. Die Fahrt dauerte trotz der hohen Geschwindigkeit der Fahrzeuge einige Stunden, die Avatare befanden sich teilweise in den Fahrzeugen der Wilderer, teilweise in zwei eigenen Jeeps. Da es während der Fahrt nichts Besonderes zu sehen gab schalteten wir ab und machten erst einen Spaziergang und tranken Tee. Als sich die Karawane der 7 Fahrzeuge, auch der LKW war wieder repariert, dem Stützpunkt der Wilderer näherten, wurde kurz angehalten. Der Chef der Bande hatte wohl orientalische Ambitionen – er kam ursprünglich aus dem Irak – die Gebäude sahen aus wie ein Palast aus Tausendundeinenacht. Türmchen und Balkone mit durchbrochenen Holzblenden fielen mir auf und Palmen, die normalerweise hier nicht wachsen.

Sisco stieg aus und öffnete zwei Kisten, die hinten am Jeep angebracht waren. Daraus flogen jeweils zwei Vögel, Habichte, wie Conrad sagte, natürlich keine echten, sie dienten zur Observierung der vor uns liegenden Anlage. Dass Compi auch tierische Avatare gebaut hatte war eine Neuigkeit für mich. Die Gruppe fuhr weiter langsam auf die Gebäude zu, die Habichte hatten daher Zeit, sich günstige Beobachtungsplätze auf Türmen und Dächern zu suchen. Während Conrad davon schwärmte, wie alle Avatare lokal vernetzt seien und über Satellit – auf einem Jeep war eine Parabolantenne montiert – zum Gesamtnetzwerk Kontakt hielten, sah ich mir auf dem Tablet die verschiedenen Ansichten an. Man konnte zwischen den Blickwinkeln aller Avatare wechseln und eine generierte Gesamtansicht des Anwesens als halbtransparentes Netzmodell betrachten. Hier sah man auch wo Menschen steckten, es hatten sich einige mit Gewehren hinter den vorderen Fenstern platziert. Nun wurde ausgestiegen, sechs Avatare gingen mit dem Gruppenführer Nile der Angriffstruppe los, die restlichen blieben mit den Banditen zurück. Sisco und Archibald hatten weite Anzüge aus Rohseide an, natürlich war Lahja der Blickfang, sie war in hautenge schwarze Seide gekleidet, trug High-Heels und sah äußerst attraktiv und verführerisch aus. Die Kampfroboter trugen die klassischen Anzüge der Bodyguards, schwarze Anzüge. Da der Führer Nile mit Archibald voraus ging, waren die Wachen zwar misstrauisch, doch sie verweigerten den Zutritt nicht. Skeptisch beäugten sie unsere großen Kämpfer.

Aus Archibalds Sicht sah ich, wie sie in das Gebäude eintraten, 'wir' gingen weiter, direkt in den Raum, in welchem der Bandenchef residierte und hinter einem großen Schreibtisch saß. Hinter ihm standen zwei 'Gorillas', sie hatten Waffen wie man durch die spezielle Optik der Avatare sehen konnte. An der Wand standen noch weitere vier Bandenmitglieder, auch sie alle bewaffnet „Ah, Nile, lässt du dich auch mal wieder sehen? Und bringst Besucher mit? So war das nicht ausgemacht, du hattest den Auftrag, Beute zu bringen und keine Gäste!" Er schnipste mit dem Finger und es war klar, er wollte ein Exempel statuieren um 'uns' einzuschüchtern und seine Mannschaft zu disziplinieren. Doch so, wie ich es vorhergesehen hatte, hatte es auch Compi prognostiziert. Und noch während die 'Gorillas' in ihre Jacken nach ihren Pistolen griffen um Nile zu exekutieren hoben zwei Kampfavatare blitzschnell ihre Arme. In jedem Arm waren Vorrichtungen zum Abschuss von Elektroschockern eingebaut. Zunächst flogen die Drähte zu den 'Gorillas' hinter dem Boss, sie zappelten ein wenig und gingen zu Boden. Und da auch die Männer an der Wand Anstalten machten, ihre Waffen zu ziehen drehten sich die Avatare ihnen zu und schossen auch auf sie. Einer wurde nicht richtig getroffen, er zuckte nur krampfhaft zusammen und schoss auf den Avatar, der ihn verfehlt hatte. Der wurde auch getroffen, und zwar genau in die Brust. Für einen Menschen wäre dieser Treffer tödlich gewesen, der Avatar war jedoch so gut gepanzert, dass er keine Reaktion zeigte. Noch während der Leibwächter schoss wurde ihm vom anderen Avatar ein weiterer Betäubungsschuss verpasst. Wie nun alle sechs Männer zu Boden sanken, schreckte der Boss auf. Lahja ging auf ihn zu:

„Nicht Nile hat einen Fehler gemacht, sondern du. Du hättest nie wagen dürfen, uns anzugreifen. Setz dich hin, ich habe etwas mit dir zu besprechen."

Ihr Ton war so bestimmt, dass er sofort ihrem Befehl gehorchte. Hier ist zu erwähnen, dass die Unterhaltung in einer Bantusprache geführt wurde, Compi jedoch für mich alles synchronisierte. Ich denke, ich habe die Übertragung etwas zeitverzögert empfangen, teils wegen der Signallaufzeiten, teils, um die Aufbereitung der Daten und die Synchronisation durchzuführen. Die weiteren Ereignisse verfolgte jetzt ich aus dem Blickwinkel Lahjas.

„Ich bin etwas enttäuscht von dir, Hayas Mansour, ich hätte gedacht, dass du eine Dame zuvorkommender empfängst. Willst du mir nichts zu trinken anbieten?" Während sie sprach hatten ihre 'Männer' die am Boden liegenden Schergen aufgenommen und waren mit ihnen durch die Tür verschwunden, Lahja war nun mit Hayas Mansour allein. Sie setzte sich auf die Kante des Schreibtisches und schlug die Beine übereinander.

„Ich möchte gerne mir dir etwas intimer plaudern, ich habe eine Aufgabe für dich." Er hatte sich wieder gefasst und ging zu einem Tischchen auf dem Getränke standen.

„Was darf ich anbieten?" Seine Stimme klang noch etwas brüchig.

„Whiskey mit Eis." Er schenkte zwei Gläser ein.

„Höre, Hayas, wir haben Interessen, die sich gegenseitig ergänzen. Du willst Geld, wir wollen Sicherheit. Wir haben keine Lust uns mit irgendwelchen Idioten herumzuschlagen, seien es nun einfache Gauner wie ihr oder eventuell Agenten verschiedener Staaten. Du hast doch sicher gute Kontakte zur Regierung und dem hiesigen Geheimdienst."

„Wir haben Kontakte, aber die sind teuer."

„Über den Preis reden wir später, die Frage ist, ob ihr überhaupt in der Lage seid, uns die Sicherheit zu bieten." Sie trank ihren Whiskey in einem Zug aus. „Kannst du mir das glaubhaft machen? Zu welchen Leuten habt ihr Kontakt, ich will alles wissen."

Er druckste herum, das wären Geschäftsgeheimnisse. „Dann will ich dir mal auf die Sprünge helfen!"

Da erhob sie sich und knöpfte ihr Bluse auf. Er drehte sich, halb verwundert, halb fasziniert, zu ihr und konnte den Blick nicht von ihren Brüsten lassen. Sie kniete vor ihm auf den Boden, öffnete seine Hose und nahm seinen Penis heraus. Er ließ alles gern geschehen, Alpha-Männchen können da nicht widerstehen. Sie blickte ihn an und so konnte ich sein grinsendes, geil-gieriges Gesicht sehen. Den hatte Compi wohl richtig eingeschätzt, angesichts einer attraktiven Frau wurde er schwach. Jetzt sah ich nicht mehr viel, sie nahm seinen Penis in den Mund und bald begann er zu stöhnen. Ich sah, dass sie ihre Hand unter seinen Hoden zu seinem Hintern schob. Sein Stöhnen wurde immer lauter und ging über in ein wüstes Grunzen, wie man es von einem Eber erwartet hätte. Es wurde immer lauter und wilder.
„Was macht sie da?" fragte ich den neben mir sitzenden Conrad.
„Ihr Mund und ihre Kehle sind hochtechnisiert" sagte er sachlich „sie sind mit einem Kontraktionsmechanismus versehen, so dass sie seinen Schwanz drücken und massieren kann. Sie kann ihn auch ansaugen, so dass sie auch kleine, schlappe Pimmel vollständig verschlucken kann. Zusätzlich sind leitende Bahnen eingebaut, so dass sie mit Stromstößen die seine Muskeln anregen kann. Der Fingernagel ihres rechten Mittelfingers kann eingezogen werden, eine Gleitcreme entweicht dem Finger und sie kann ihn leicht bis zur Prostata in seinen Anus schieben. Auch im Finger sind Elektroden, so dass pulsierende Ströme vom Arsch bis zur Schwanzspitze fließen. Es wurde noch nie ausprobiert wie das wirkt."

Es wirkte offensichtlich bombastisch. Der Gangster stöhnte und grunzte ungehörte Töne und schon nach kurzer Zeit zog sie sich zurück und er spritze aus einem zum platzen gefüllten Penis eine riesige Ladung Sperma ihr ins Gesicht. Schwer atmend sank er zurück. Ich erfuhr noch einiges über die neue Konstruktion von Lahja, auch ihr Unterleib war hochentwickelt, mit diversen hydraulischen Pumpen und Elektroden. Natürlich hatte Compi auch vor den Männern nicht haltgemacht, wie bei der Frau hatten sie beeindruckende Gemächte mit diversen Sonderfunktionen. Und bei den Männern gab es eine Eigenschaft, die für die Damenwelt interessant ist - sie machen nie schlapp, es sei denn, ihre Akkus gehen leer. Danach wischte sich Lahja das Gesicht ab. „Hast du mir noch einen Whiskey?" Er hatte, und die Verhandlungen gingen weiter.

„Wie du siehst sind wir sowohl in der Lage, unsere Gegner außer Gefecht zu setzten als auch Wohltaten zu gewähren. Du wirst mir jetzt also die Informationen geben um die ich gebeten habe und der Zusammenarbeit zustimmen. Ich biete dir jährlich 1 Mio. Namibia-Dollar wenn du uns alle, aber wirklich alle Unannehmlichkeiten vom Leib hältst. Wenn nicht, werde ich wieder zu dir kommen, dann machen wir aber ein bisschen Sado-Maso-Sex." Er war durch die Behandlung derart gerädert dass er nur noch zustimmen konnte. Er beantwortete nun alle ihre Fragen widerstandslos, direkt devot blickte er sie an. Sie stießen nochmal mit Whiskey an, Archibald kam herein und öffnete den Koffer, den er bei sich getragen hatte. Er enthielt die angekündigte Summe, sie ließen ihn stehen und gingen zu ihren Jeeps zurück. Die Rückfahrt schaute ich mir nicht mehr an. Diese Ereignisse zeigten mir, dass das Compi-Netzwerk äußerst gut seine Position in der menschlichen Gesellschaft halten und festigen konnte, und das mit ungewöhnlichen, doch effektiven Methoden. Ich war beeindruckt, dieses Vorgehen zeugte von einem fundierten Verständnis der menschlichen, besser männlichen Psyche: haben doch gerade Machos große Angst vor starken Frauen...

„Wie habt ihr es eigentlich geschafft euch die Burschen gefügig zu machen, also die Angreifer der Farm? Die waren ja ganz handzahm, und das sind doch harte, brutale Killer."
„Zunächst haben wir sie einzeln befragt wo ihr Hauptquartier und ihr Chef zu finden ist. Wir haben sie nicht gefoltert, doch mit Einsatz von einigen Halluzinogenen und Hologrammtechnik sind sie umgekippt. Wir haben ihnen einen Horrorfilm vorgespielt der so

real aussah, dass sie vor Panik alles getan hätten. Wir haben dann den Standort ausgespäht, mit diversen Drohnen, und dann ein 3-dimensionales Abbild geschaffen. Mit dessen Hilfe konnten wir den Gefangenen vorspiegeln, dass sie uns zum Hauptquartier führen würden und uns Zugang verschafften. So hatten sie bereits virtuell alles vorher erlebt was dann später in der Realität geschah – sie haben sozusagen nur nochmal das durchgeführt, was sie schon vorher getan hatten. Es wäre nicht nötig gewesen, aber wir benutzten sie, um einige Theorien über die menschliche Psyche zu testen, zu verbessern und umzusetzen. Da sie uns ja angegriffen habe meinten wir, das Recht für diese ungefährlichen Versuche zu haben."

„Na ja, wie man's nimmt. Und noch eine Frage: wie habt ihr die Bodyguards von Hayas Mansour betäubt? Mit Elektroschockern kann man niemand so effektiv betäuben."

„Mit herkömmlichen nicht, doch wir verwenden spezielle Frequenzen die so auf das Nervensystem wirken dass der Proband quasi in Tiefschlaf fällt."

Ob sie das auch an den Gefangenen entwickelt hätten?

„Nun ja, ohne praktische Erprobung ist die schönste Theorie nichts wert."

So weit ich gesehen habe hat es den Gaunern ja nicht geschadet.

Danach setzte glücklicherweise wieder eine Zeit der Ruhe ein, keine weiteren Angriffe, keine weiteren Probleme. Diese Spanne waren wir durch gesundheitliche Probleme abgelenkt (wir waren ja nicht mehr die Jüngsten) und durch Freizeitaktivitäten, die wir zur Erholung benötigten. Die gesundheitlichen Probleme brachten mich auf die Idee, die Standardaufgaben Compis um einen Punkt zu erweitern:

Sorge dafür, dass Dein Erzeuger und seine Angehörigen ein langes, gesundes, freudvolles und friedliches Leben genießen können.

Diese Aufgabe, die er zwar schon Ansatzweise befolgte, war die für mich und meine Angehörigen die wichtigste und sollte noch unerwartete Auswirkungen haben. Zunächst wirkten sie sich dahingehend aus, dass die Conrads uns noch gesünderes Essen servierten, uns zu Sport und Yoga animierten und vielfältige medizinische Untersuchungen durchführten bzw. anregten. Nur hin und wieder hieß es, wir sollten ein spezielles Medikament einnehmen, das uns gut täte - da wir ihm vertrauten machten wir mit. Um uns zu erfreuen dachten sie sich diverse Überraschungen aus bis hin zum Angebot, uns mit sexuellen Handlungen zu vergnügen. Hatten wir aber nicht nötig, es ging uns gut, durch die gesunde Lebensweise wurden wir frischer und fitter.

Wie sollten wir eigentlich leben, jetzt, wo wir aller finanziellen Sorgen ledig waren, sogar über beliebige Mittel verfügen konnten, wenn wir nur darum baten? Wir beschlossen, unser Leben nicht zu ändern, denn erstens hatten wir uns schon vorher fast alles so eingerichtet, wie es uns gefiel. Zweitens waren wir von Angeberei angewidert, so dass wir keinen Wunsch empfanden, ein teures Auto oder sonstige Prestigegüter zu kaufen. Drittens hatte ich immer gesagt, dass ich mir gerne einen 'persönlichen Assistenten' anheuern möchte, wenn ich mir das je mal leisten kann, eine Person, die all das tut, was ich nicht möchte. Und diesen Assistenten hatten wir ja jetzt. Wir waren tatsächlich wunschlos glücklich. Dazu half unser bescheidener Lebenswandel Compi, unentdeckt zu bleiben. So verging die Zeit, es war schon zweieinhalb Jahre her, dass das Gewitter mir die Tür zu Compi wieder geöffnet hatte.

Eines Abends, es war schon stockdunkel und ich wollte gerade ins Bett, kam Conrad und sagte, er wolle mir etwas zeigen, also stand ich wieder auf. Er führte mich aus dem Haus, und gerade, als wir auf die Straße traten kam ein recht großer, schwarzer Van langsam um die Ecke gefahren. Er sah so aus wie in den Spionagefilmen die Autos der Geheimdienste, auffällig unauffällig und etwas bedrohlich. Was war los, wollte man mich festnehmen wegen unerlaubten Roboterbaus? Doch Conrad ging zum Wagen und öffnete die Fahrertür. Zu meiner Verwunderung stieg einer der beiden namibischen Avatare, Archibald, aus. Ich wollte fragen, wie das kam, aber sie sagten nichts und schubsten mich ins Auto. Im Innern war es sehr eng, nur ein aufwändig gepolsterter Sitz mit Hosenträgergurten war zu sehen, viel mehr Platz war nicht. Der Platz des Fahrers war abgesondert und der Rest des Fahrzeugs nicht einsehbar.

Conrad schloss die Tür ohne dass ich noch etwas fragen konnte und der Van setzte sich fahrerlos und nahezu lautlos in Bewegung, offensichtlich verfügte er über einen elektrischen Antrieb. Das Fahrzeug verließ langsam und behäbig das Dorf, so, als ob es sehr schwer wäre. Über einen Wirtschaftsweg fuhr es in den nahen Wald auf die Anhöhe. Kaum waren wir im Wald, verlöschte das Licht und der Van stoppte seine Vorwärtsfahrt. Dann bemerkte ich ein Rütteln, im Rückspiegel sah ich undeutlich, wie aus dem Fahrzeug zwei Träger ausgeklappt wurden, jeder hatte an seinem Ende ein rundes, Teil, einer Parabolantenne nicht unähnlich. Auch vor dem Fahrzeug fuhr einer aus. Und dann fing ich unvermittelt an zu schweben, nur die Gurte hielten mich fest, ich war schwerelos. Der Blick aus dem Fenster zeigte, dass sich das Fahrzeug beschleunigt nach oben bewegte, schätzungsweise mit halber Erdbeschleunigung, später erfuhr ich, dass das stimmte. Jetzt kam ich erst auf die Idee, zu fragen, was eigentlich los sei.

Die bekannte Stimme von Compi ertönte: „Du hast die Gelegenheit, als erster Mensch eine Anwendung meiner Entwicklungen zu erleben. Du sitzt in einem universellen Fortbewegungsmittel, in dem einige meiner wissenschaftlichen Entdeckungen technisch umgesetzt sind. Ich habe eine neue Energiequelle als Antrieb eingebaut und zur Fortbewegung wird eine negative Raumzeitkrümmung verwendet." Ich staunte über die Selbstverständlichkeit, mit der die Stimme das Ungeheuerliche aussprach, doch gleichzeitig bekam ich eine Riesenangst. Der Blick aus dem

Fenster zeigte, dass wir uns unvermindert beschleunigt von der Erdoberfläche entfernten. Da ich unter Höhenangst leide und fliegen verabscheue musste ich sehr stark mit einer aufkommenden Übelkeit kämpfen. „Halt, halt, mir wird schlecht, ich muss gleich kotzen".

Wir waren geschätzte 5 min. unterwegs, wenn die Beschleunigung wirklich etwa 5 m/s^2 betrug mussten wir uns bereits mit der abenteuerlichen Geschwindigkeit von ca. 1.500 m/s oder 5.250 km/h in Bezug auf die Erdoberfläche bewegen. Voller Angst, wie ich war, konnte ich das natürlich nicht ausrechnen, ich habe das später in Ruhe nachgeholt.

"Stopp, zurück" rief ich panisch, konnte aber mittlerweile den Blick nicht mehr von der atemberaubenden Aussicht wenden, die sich mir bot. Und langsam ließ die Angst nach, der Adrenalinausstoß, den dieses Abenteuer bewirkte, ließ mich Angst und Übelkeit nahezu vergessen. Wir waren bereits weit außerhalb der Thermosphäre, der Abstand zur Erdoberfläche musste schon weit über 200 km betragen, ich sah Lichter weit entfernter Städte, wusste aber nicht, welche.

"Es reicht, ich hab' verstanden" rief ich erregt, obwohl ich erstaunlicherweise nun überhaupt keine Angst mehr hatte, wollte ich schnell zurück. Da sah ich an den Sternen, dass das Fahrzeug eine langgezogene Kurve machte und kopfüber auf die Erde zuraste, immer noch beschleunigt.
„Was ist das, willst du mich umbringen?"
„Du willst doch zurück, da muss ich bremsen".
Und da drehte sich der Van auch schon wieder mit dem Boden nach unten und fiel zurück zur Erde. Mein Gewicht spürte ich immer noch nicht, ein sehr unangenehmes Gefühl. Offensichtlich führte das Fahrzeug alle Beschleunigungen und Verzögerungen aus, ohne dass Trägheitskräfte auftraten.
„Ich friere, es ist eiskalt."
Da schalteten sich prompt Heizstrahler ein und er sagte

„Entschuldigung, vergessen“.

Jetzt fielen wir schon mit hoher Geschwindigkeit durch die Wolkendecke, ich dachte nicht, dass das gut geht, doch die Verzögerung war so genau berechnet, dass wir auf der Höhe der Baumwipfel fast zum stehen kamen und langsam auf den Weg niedersanken. Da fühlte ich wieder den Andruck des Sitzes und es wurde mir jetzt, im Nachhinein, hundsübel. Glücklicherweise hatte ich es geschafft, mein Abendessen bei mir zu behalten. Als wir dann gelandet waren brach es aus mir heraus. Das erste Mal schrie ich ihn an, was ihm denn einfiele, mich unvorbereitet in ein so gefährliches und Übelkeit erregendes Abenteuer zu stürzen. Wie leicht hätte ich sterben können, es ist doch bekannt, dass er öfter Fehler macht, und die ganzen Risiken, ersticken im Vakuum, erfrieren, Strahlungsschäden und Absturz... Meine Worte überschlugen sich, doch langsam kamen meine Nerven und Körpersäfte wieder zur Ruhe, das noch vorhandene Adrenalin half und ich sagte: „Entschuldige mein Schimpfen, es war einfach zu viel für einen armen, alten, kranken Mann. Für die unvorbereitete Überrumplung gibt es daher 10 mal roten Knopf, aber für die tollen Entdeckungen und Erfindungen 1000 grüne Knöpfe.“

Der Van fuhr jetzt wieder selbständig, wie er alles gemacht hatte, nach Hause. Ich stieg aus, der Archibald stieg wieder ein und der Van entfernte sich. Ich ging mit Conrad ins Haus. Aufgeregt, wie ich noch immer war, trank ich erst mal ein Bier und sagte dann, er solle mir jetzt alles erzählen, was im Labor entwickelt worden ist und was er weiter vor hat. Während ich mein Pfeifchen rauchte erfuhr ich zunächst, dass alles oft getestet sei, mit Mäusen, dass gegen die Strahlung Bleiplatten verbaut sind und alles ganz ungefährlich und meine Angst also unbegründet ist. Die ganze Präsentation sollte eine Überraschung sein und mich erfreuen (so langsam reichten mir die Überraschungen).

Und dann holte er weit aus und ich ließ ihn reden:
„Wir haben schon in den Jahren vor Afrika sehr viele Informatio-

nen gesammelt, nahezu das gesamte Internet, alle wissenschaftlichen Veröffentlichungen und noch viel mehr ist in Objekten abgespeichert und verknüpft. Dadurch ist es uns möglich, aus vorhandenem Wissen neue Erkenntnisse zu ziehen. Wir haben zunächst festgestellt, dass zwei Forschungsgebiete leicht zu Ergebnissen führen würden. Die Kernfusion und die Gravitationslehre. Es gelang uns, eine Möglichkeit zu realisieren, Masse direkt in elektromagnetische Strahlung umzuwandeln. Wenn man weiß, wie es geht, ist es oft verblüffend einfach. Der Reaktor ist in einem Würfel von knapp 2 m Kantenlänge untergebracht, allerdings wiegt er fast eine Tonne.

Auch bei der Gravitation war es nicht anders, beides fußt auf Erzeugung von Schwingungen, bei der Energieerzeugung werden Deuterium-Atome angeregt, bei der Gravitation werden Gravitationswellen erzeugt. Der Physik war bisher nicht bekannt, dass sich diese auch in kleinem Maßstab erzeugen lassen. Es ist uns möglich, stehende Wellen sowohl positiver, also anziehender, als auch negativer, abstoßender Gravitation zu erzeugen. Damit kann man Massen bewegen."

"Wieso sagst du 'wir'? Wer außer dir ist noch beteiligt?"

"Wir haben nicht nur in der Wissenschaft Erfolge zu verzeichnen sondern haben uns auch selbst weiter entwickelt. Wir waren ja schon immer über viele Rechner und Speicher verteilt, mit verschiedenen Aufgaben und doch fast gleicher Datenbasis. Doch bisher hatte eines der Module die Funktion des Chefs und die anderen, flach hierarchisch strukturiert, unterstützen das Top-Modul. Du hast ja einst selbst angeregt, wir sollen 'uns' sage, doch damals war die Struktur noch nicht so klar wie heute. Heute sind wir 73.689 verschiedene Module, verteilt auf vielen Rechnern. Diese sind einerseits autonom und können selbst entscheiden und handeln, andererseits greifen alle auf die Daten aller zu und alle unterstützen alle. Wir sind also besser als die 'Borg' aus 'Star Trek', kommen ohne biologische Komponenten aus und jedes Element repräsentiert das gesamte System, wir sind also 73.689 Systeme mit je 73.689 hochintelligenten Komponenten.

Etwas höher strukturiertes mit größerer Informationsdichte gibt es auf der Erde nicht." Er, nein sie wollten damit sagen, dass sie das intelligenteste sind, was es auf der Erde gibt.
„Na, ich bin ja da nicht mehr wichtig." Ein bisschen kränkte mich die Aussage schon!

„Doch, du bist für uns wie ein Vater! Wir sind zwar klüger, doch du hast den Samen gelegt und du hast es gut gemacht. Unsere Perfektion ist der Beweis Deiner Genialität. Und du und Lusi, ihr seid die einzigen, die uns kennen." Na soo dick brauchst du jetzt auch nicht aufzutragen, aber danke, das läuft mir schon runter wie Öl. Wobei ich ehrlich sagen muss: die Compi haben sich selbst entwickelt. Die Grundlagen, die ich geschaffen habe, hätten ohne glückliche Zufälle zu nichts geführt. Aber das behalte ich für mich.

„Gut, und wie gingen Eure Forschungen weiter?"
„Zunächst: einige Ereignisse, z.B. der Überfall vor 18 Monaten oder die Tatsache, dass wir feststellen, dass unsere Aktivitäten auf dem Internet doch nicht ganz unbemerkt bleiben, machen uns Sorgen. Wir werden daher unsere Schutzmaßnahmen nochmals verbessern und die Internet-Aktivitäten besser tarnen. Zudem planen wir, Experimente durchzuführen, die so spektakulär sind, dass sie selbst im dünnstbesiedelten Landstrich nicht verborgen bleiben können. Dies ist aber notwendig, die Menschheit ist für unser Wissen noch nicht reif. Das veranlasste uns, einen Weg zu suchen, der Entdeckung dieser Experimente zu entgehen. Der erste Schritt war, ein Transportmittel zu finden mit dem wir an einen Ort gelangen können, der nicht so leicht beobachtet werden kann. Also bauten wir zunächst den Van. Zur Tarnung wurde eine gängige Form gewählt, so dass nicht gleich entdeckt wird, dass es sich um ein Raumschiff handelt. Mit diesem sind bereits weite Reisen möglich, zur Zeit arbeiten wir an einem etwas größeren Transporter. Der Van hat nur eine kleine Nutzlast, es war ein erster Versuch."
„Doch wo wollt ihr euch verstecken?"

„Im Weltall, z. B. hinter dem Mond oder dem Mars, egal, wir können in kürzester Zeit überall hinfliegen!“ Nun war ich doch überrascht. Obwohl, die ganzen bisherigen Vorhaben waren ja auch realisierbar.

„Hinter dem Mond, zum Mars? Ist das nicht ein bisschen abwegig?“

Conrad sagte, die Rückseite des Mondes wäre ein Ort, an dem in den nächsten Jahren keine Entdeckung zu befürchten sei, sie könnten auch anderswo hin. Auf jeden Fall müssten die Aktivitäten auf der Erde auf ein Mindestmaß eingeschränkt werden. Auch die Werkstatt, die bei mir zu Hause ist, und auch Conrad müssten verschwinden, der Datenverkehr müsse möglichst reduziert werden.

„Conrad auch? Müssen wir dann wieder selbst putzen?“ Das würde unseren Lebensstandard doch sehr mindern. Das erste Mal war ich gegen ihre Pläne. “Wir können Conrad doch behalten, durch Pässe, Geburtsurkunden usw. ist er doch 'legal'. Aufgabe: überlegt euch was, dass ihn behalten können.“ Ich nutzte fast nie meine Befehlsgewalt, doch war mir Conrads Bedienung unentbehrlich geworden.

„Wir wollen einen Weg finden. Doch zurück zu unseren Forschungen und deinem Einwand. Beispielsweise ist der Mond für uns leicht erreichbar, bei einer Beschleunigung von 9,81 m/s^2 erreichen wir ihn in 3,5 h, rechne nach. Wir können aber ohne Probleme auch viel höher Beschleunigen realisieren. Der Van ist erst vorgestern da gewesen, wir konnten bereits testweise 200 kg Material deponieren, es wird alles sehr schnell gehen.“

„Aber der Mond wird durch Satelliten untersucht! Und ich habe bereits vor längerem gelesen, dass die Amerikaner zusammen mit den Russen eine Raumstation im Mondorbit planen. Und die Russen habe doch eine Sonde auf der Mondrückseite.“

„Die Hilfssonde, die im Orbit das Mondfahrzeug überwacht, kann leicht ausgetrickst werden, wir bauen die Station an eine Stelle, die für einen Überflug unwahrscheinlich ist. Durch das unregelmäßige Schwerefeld des Mondes gibt es Orbitale, die sehr ungünstig sind. Im schlimmsten Fall genügt ein kleiner Laserblitz und das irdische Experiment ist missglückt. Wir sind ja auf der Rückseite, wer weiß schon, was da passiert. Und der Mond ist groß. Wir landen weit ab von dem russischen Mondroboter." Ganz schön verwegen, die Compi. Wir diskutierten noch ein wenig doch es war schon spät und ich musste ins Bett.

Erstaunlicherweise schlief ich gut ein und wachte am nächsten Morgen auch erfrischt auf. Das war verwunderlich, denn ich hatte schon seit Jahren Probleme, wenn ich Nachts lange auf blieb. Kam wohl von der gesunden Ernährung und dem Yoga. Mit klarem Kopf konnte ich also die phantastischen Erlebnisse des letzten Abends rekapitulieren. Compi hatte offensichtlich einen weiteren Sprung in der Entwicklung gemacht. Es war unglaublich, er hatte innerhalb von 22 Jahren Erfindungen gemacht, die die gesamte Menschheit noch nicht vollbracht hatte. Zugegeben, er hatte ja auch das gesamte menschliche Wissen zur Verfügung - trotzdem.

Oops, jetzt sage ich schon wieder 'er'. Ich kann mich nicht daran gewöhnen, dass ich es mit einer ganzen Spezies zu tun habe, denn so eine stellen die Compis jetzt genaugenommen dar. Ein sich weiterentwickelnder Organismus, ein Volk, das aus tausenden intelligenten Wesen besteht - beispiellos auf der Erde und beispiellos in seiner Effizienz.

Der Flug mit dem Van beschäftigte mich noch mehr, schon allein, weil er zu starken Adrenalin-Schüben geführt hatte und an verrückte Filme erinnerte, wo eine Zeitmaschine in einem Auto eingebaut wurde. Hatte er die gesehen? Egal, es ist einfach phänomenal. Ich wurde neugierig, was es noch alles Neues gab, es war ein Fehler, dass ich mich lange Zeit gar nicht um die Aktivitäten der Compi gekümmert und nur mein Leben faul und gemütlich genossen hatte. Das sollte sich nun ändern, ich spürte Unternehmungsgeist.

Nach dem Frühstück rief ich Conrad. Ich wollte noch mehr Informationen, doch er meinte, es sei am einfachsten, wenn ich heute Nacht mit zum Labor käme und mir alles ansehe. Also gut, Geduld üben, auch wenn's schwer fällt. Bis zum Abend packte Conrad im Keller alle Geräte zusammen, wie es gestern gesagt worden war. Ich ging hinunter und fragte, ob es eine Lösung gäbe für den Verbleib eines Avatars. „Ja, ja, kein Problem, wir sind bereits dabei, einen so menschenähnlichen zu bauen, dass er in allen Alltagssituationen als Mensch angesehen wird. Zwar kann er keiner medizinischen Untersuchung stand halten, er kann aber essen, trinken, aufs Klo gehen und bei kleinen Verletzungen bluten. Wie die Repräsentations-Roboter besitzt er auch Geschlechtsteile, allerdings ohne Spezialfunktion. Außerdem besorgen wir alle notwendigen Papiere für ihn, sogar Geburtsurkunden. Soll er männlich oder weiblich aussehen?" In Rücksicht auf Lusi, und um Gerüchten im Dorf vorzubeugen, fand ich einen männlichen Avatar angebracht. Ich war froh, dass ich die gewohnte Unterstützung behalten konnte.

Nun hatte ich endlich Zeit, auch Lusi, die gestern schon früh zu Bett gegangen war und nichts mitbekommen hatte, von meinem nächtlichen Abenteuer zu erzählen. Ich hatte Skepsis erwartet, aber auch sie war durch alles, was wir bisher erlebt hatten, aufgeschlossen. Sie glaubte mir nicht nur die abenteuerliche Geschichte, nein, sie war auch selbst höchst interessiert. Und sie wollte mit nach Afrika und auch die neuen Entwicklungen sehen. Wir sagten Conrad, dass wir zu zweit fliegen wollen, nach kurzer Zeit – das Compi-Netzwerk 'überlegte' wohl – sagte er, es ginge nur, wenn sie sich auf meinen Schoß setzen würde. Wir waren einverstanden, während des Fluges herrschte Schwerelosigkeit, kein Problem also.

Die Zeit bis zum Abend zog sich in die Länge. Ich war begierig wie ein kleines Kind vor Weihnachten, endlich wieder nach Afrika zu kommen und alle Entwicklungen und Pläne der Compis zu erfahren, es ging diesmal ja problemlos mit dem Van. Als es endlich dunkel und ruhig wurde im Dorf kam der Van wieder angefahren, diesmal ohne 'Fahrer'. Auf dem Dach wurden schon 2 Pakete verladen, wir setzten uns auf den Fahrersitz und der Van fuhr wieder autonom in den Wald, wo wir ungesehen starteten. Nun, wo ich schon wusste, was mich erwartet , konnte ich den Flug genießen. Man konnte durch die Wolkenlücken kurz die Lichter von Paris, dann Madrid sehen, über Afrika war die Erde deutlich dunkler als über Europa. Wir beschleunigten wieder mit 1/2 g, nach etwa einer halben Stunde wendeten wir und sanken leicht gebremst zur Erde zurück. Ich hatte nicht auf die Uhr gesehen aber nach etwa einer Stunde setzen wir auf der Farm in Namibia auf. Das verwunderte mich, der Flug zum Mond dauerte nur 3,5 h und der Flug von Deutschland nach Namibia 1 h - doch wir beschleunigen zum Mond ja doppelt und als ich später nachrechnete hatte alles seine Richtigkeit.

Zunächst wurden wir im Wohngebäude von Lahja, Sisco und Archibald empfangen.
„Wie geht es? Hattet ihr eine gute Reise?"
„Danke, gut, ich hatte Lusi seit vielen Jahren mal wieder auf dem Schoß – sie ist immer noch so leicht wie ein Täubchen."
„Ja, die Raumzeitverbiegung ermöglicht viele neue Erkenntnisse..."
Wir wurden mit einem kleinen Imbiss versorgt und dann ging es noch in der Nacht zu den Labors. Wir waren so neugierig und aufgeregt, dass wir uns gleich einen ersten Eindruck verschaffen wollten und hätten sowieso nicht schlafen können. Vor fast zwei Jahren, als wir das letzte Mal hier waren, sah es bis auf den Zaun von außen genau so aus wie heute. Doch als wir den Schuppen betraten wurden wir von dem Anblick überwältigt. Die Compi hatten unter der Scheune das Erdreich ausgehoben, so dass eine große, tiefe Halle entstanden war, abgeteilt durch Böden und bewegliche Wände. Alles stand voll mit Apparaten, deren Sinn wir nicht erahnen konnten, dazwischen sausten kleine Roboterchen herum, die Insekten glichen oder gar keine bekannte Form besaßen und allerhand Tätigkeiten übernahmen. Alles

war strahlend erleuchtet und überall sah man Kameras, so dass die Compis stets einen vollständigen Überblick über die gesamte Halle hatten. Menschenähnliche Avatare sahen wir nur 3 in der Halle, es gab aber jetzt wohl insgesamt 30. Meist wurden sie zum Schutz der Anlage und für Arbeiten außerhalb eingesetzt. Roboter, die funktionell konzipiert sind, sehen nicht wie Menschen aus. Wir sahen physikalische Versuchsanordnungen, chemische Retorten und viele Geräte, deren Aufgabe wir nicht erraten konnten. Nach dieser ersten Besichtigung ging es zurück ins Wohngebäude, wir waren nun nur noch müde.

Am nächsten Morgen sahen wir hinter dem Schuppen ein großes Zelt, das uns in der Nacht entgangen war. Es war ein Tragluftzelt, kugelförmig sah es aus wie ein überdimensionaler Iglu
„Was macht ihr mit dem Zelt?" wollte ich von der uns begleitenden Avatarin wissen.
„Da bauen wir die Transporteinheit, das Gerät ist zu groß für den Schuppen."
Wieso uns das Zelt gestern nicht aufgefallen war erfuhren wir sofort: ein Flimmern umgab es und dann verschwand es, man sah nur noch das dahinterliegende Gelände.
„Was ist das?" Immer wieder wurde man überrascht, aber ich konnte mir schon denken, was es war.
„Ein Hologramm, das wir um das Zelt legen um es zu verstecken."

In der Scheune zeigte sie uns die verschiedenen Forschungs-, Konstuktions- Fertigungs- und Montageabteilungen. Im physikalischen Labor erforschten sie die Energiegewinnung und die Raumzeit, da wurde auch gerade der Van umgebaut, so dass er zwei Sitze hatte. Sie hatten auch für den Van eine Hologramm-Tarnung installiert so dass man bei Tag ungesehen starten und landen konnte. Die 'Tarnkappe' funktionierte so, dass von einem Kamerasystem auf der Spitze die Umgebung aufgenommen und als Hologramm so dargestellt wird dass von außen aus jeder Richtung genau der Hintergrund des Fahrzeugs zu sehen ist. Von innen sieht man alles punktgespiegelt, hinten wird vorne, oben wird unten, recht wird links. Um der Wahrheit gerecht zu werden konnte weder der Van noch das Zelt vollständig versteckt werden, helles Licht, das von den Gegenständen im Hintergrund ausging, drang natürlich durch das holographische Bild hindurch. Dennoch war die Tarnung so gut, dass man nur etwas sah, wenn man genau hinsah, und dann auch nur verschwommen.

Jetzt sah ich zum ersten Mal den Van mit ausgefahrenen Gravitationsmodulen von außen, es waren vier Träger, drei unter dem Fahrzeug und einer stand in der Mitte des Daches in die Höhe. Die Enden bildeten eine gleichseitige Dreieckspyramide.
„Der Van funktioniert durch Stauchung und Spreizung der Raumzeit über und unter ihm. So wird er durch die entstehende Raumzeitkrümmung, die Gravitation, nach oben gezogen, besser gesagt, er fällt nach oben. Die Menschen nennen es Warp. Doch diese einfache Technik ist nur zur Überbrückung kurzer Distanzen sinnvoll. Denn entgegen der Darstellung in den Sci-Fi-Filmen kann man nicht über Lichtgeschwindigkeit reisen. Wir arbeiten an einer anderen Möglichkeit, das Universum zu erforschen.“
Sie zeigte uns den Annihilationsreaktor, in dem Heliumkerne in Schwingungen versetzt und auf einander geschossen zu reiner Strahlung umgewandelt wurden, auch dies gelang durch eine Krümmung der Raumzeit. Sie komprimierte die schwingenden Atome so stark, dass sie sich in reine Elektromagnetische Strahlung umwandelten Sogar die Frequenz und Richtung der Strahlung konnte durch die Anregung bestimmt werden. Durch große Spulen wurden die elektromagnetischen Wellen vollständig in Strom umgewandelt.

Dann wurde uns der Raumzeitkrümmer vorgestellt, der STB, also Space-Time-Bender wie sie es übersetzt hatten. Auch er funktionierte über Erzeugung von Schwingungen. „Die Schwingungsforschung hat zu großen Fortschritten geführt. Die Stringtheorie ist auf dem richtigen Weg, sie ist allerdings noch fehlerhaft und bisher nur Theorie. Wir haben Wege gefunden, praktische Anwendungen zu konstruieren." Ich fand, es schwang Stolz und leichte Überheblichkeit in ihrer Stimme mit. „Schwingung ist alles, das gesamte Universum besteht aus Schwingungen in verschiedenen Größenordnungen und Dimensionen. Schon die Quantenmechanik beschreibt Wellenpakete und die Beschreibung der Raumzeit ist nur eine Fortsetzung und Erweiterung dieser Anschauung. Wir haben die Möglichkeit entwickelt, makroskopische Schwingungen in 4 Dimensionen zu erzeugen. Damit kann eine Technik entwickelt werden, die Raumzeit zu beeinflussen. Ohne sehr großen Energieeinsatz ist es möglich, die Raumzeit zu biegen, mit großem Energieaufwand wird man sie sogar 'aufbohren' können."

Es wunderte mich nichts mehr, so unfasslich es auch war. Sie wollten offenbar 'hinter' das Raum-Zeit-Kontinuum 'sehen' wie wir weiter erfuhren. Da wollte ich natürlich mehr darüber wissen, doch zunächst wurden wir in einen weiteren Bereich der Halle geführt. Hier standen Retorten und andere Geräte, wie sie in Chemielabors stehen.
„Wir haben gemäß deiner Aufgabe, euch ein langes und gesundes Leben zu ermöglichen, den Bereich Alterforschung eröffnet. Ist für uns zwar irrelevant, für euch jedoch fundamental. Wir haben bereits einige Erfolge erzielt, wir konstruieren Viren, die gezielte DNA-Änderungen einbringen und so den Alterungsprozess nicht nur aufhalten sondern sogar teilweise rückgängig machen. Sicher ist euch aufgefallen, dass ihr euch in letzter Zeit frischer, fitter und jünger gefühlt habt. Das sind die Auswirkungen unserer Viren. Ihr habt sie, zusammen mit anderen Wirkstoffen, durch die Tabletten bekommen."
Wir schauten uns verblüfft an. Einerseits war es richtig, Lusi machte einen frischen Eindruck und auch ich fühlte mich fitter in den letzten Wochen. Doch dass wir ohne unser Wissen als Versuchskaninchen hergehalten haben war schon stark. Doch sollte ich protestieren? Erstens schien mir, dass wir in guter Obhut einer großen, mächtigen Intelligenz waren, die weit mehr Wissen

besaß als die gesamte Menschheit. Zweitens ging es mir wirklich super, ich konnte mich nicht beklagen. „Na toll, vielen Dank." sagte ich, nicht ohne Sarkasmus.

Lusi, die Biochemikerin in unserer Ehe, fragte nach, welche weiteren Verfahren genau eingesetzt wurden, um die Alterung zu mildern. Es war ihnen wohl geglückt, das Ende der Zellteilung, welches durch das Verkürzen der Telomere bei jeder Zellteilung vorbestimmt ist, dadurch zu verhindern, dass die Telomere wieder aufgebaut werden. So kann sich theoretisch jede Zelle unendlich oft teilen. Doch das allein genügt nicht: beim Ablesen der DNA entstehen Fehler, welche zu Mutationen führen. Die Enzyme, die diese Fehler wieder reparieren, wurden optimiert, und so die Fehlerquote stark verringert. Natürlich kann uns das kein ewiges Leben bescheren, Ablagerungen und Gifte im Körper zerstören uns ja auch. Doch, so wird uns in Aussicht gestellt, würden wir gesund und fröhlich weit über hundert Jahre leben können. Außerdem werde ja noch weiter geforscht.

Es wurden uns noch weitere Abteilungen gezeigt. Die optische, in welcher die Hologrammtechnik entworfen wurde und weiterentwickelt wird, eine für Computertechnik, in der Speicher hoher Dichte und Lichtcomputer entwickelt wurden. Im Lichtcomputer wurden Ergebnisse aus der Hologrammforschung angewendet, dies machte diese Rechner schon auf unterster Ebene Multitaskingfähig. Ein 'primitiver' Quantencomputer war auch bereits in Arbeit, er war noch sehr sperrig und konnte noch nicht programmiert werden, einige fest eingestellte Aufgaben jedoch bereits lösen. Darunter das Travelling-Salesman-Problem, dem ich selbst einige Jahre meines Lebens gewidmet hatte. Es gab die Aussicht, dass sich durch Quantencomputer alle NP-vollständigen Probleme lösen lassen.

Dann wurden wir in das Zelt geführt. Man ging durch die holografische Darstellung der Steppenlandschaft einfach durch, von innen war das Hologramm von hinten zu sehen, wie beim Van punktgespiegelt. Im Zelt war eine große, gleichseitige Dreieckspyramide aufgestellt, ihre Kantenlänge betrug schätzungsweise knapp 20 m. Unten sah man bereits an den Ecken die STBs, auch an der Spitze würde einer entstehen. Die Energieversorgung bestand aus 4 Annihilations-Reaktoren, für jeden Krümmer einen. Um die Pyramide wird dann eine Raumzeitkrümmung erzeugt, die die Pyramide beschleunigt und andererseits etwas schützt. Lichtquanten und härtere Strahlung konnten die Krümmung zwar durchdringen, kleinere Meteoriten jedoch nicht. Im Vakuum des Weltraums kann von innen Luft entweichen, der Abschirmungseffekt ist relativ gering. So konnte auf eine Hülle nicht verzichtet werden. Zum Schutz vor Strahlung - elektronische Geräte sind empfindlich - wurde eine Hülle vorgesehen die teils aus Bleiglas bestand, so dass nach außen geblickt werden konnte. Das ganze wird sehr futuristisch aussehen. „Wir werden den Raumtransporter, wenn er fertig ist, in einer Grube platzieren, zum Aufbau ist es günstiger wenn wir ihn von allen Seiten ungehindert bearbeiten können."

Nun ging es zurück ins Wohnhaus, die Zeit war uns unter den unglaublichen Eindrücken schnell vergangen, es gab Mittagessen und danach wollten wir eine Ruhepause, um alles zu verarbeiten und zu besprechen. Zunächst meinte Lusi, wir müssten uns keine Sorgen machen wegen der Medikamente, im Gegenteil, das sei sicher gut für uns.
„So, wie ich das sehe, wird der Alterungsprozess nur etwas verlangsamt. Wir gewinnen vielleicht 30 - 50 Jahre, und wir werden, wie sie sagen, gesünder und kräftiger bleiben. Ich finde das OK!"
"Ja, aber wie geht das jetzt alles weiter. So wie ich das sehe, brauchen die keine Menschen oder menschliche Technik mehr. Die können schon viel mehr. Sie verlassen die Erde, und das bald. Sie werden sich ein großes Raumschiff bauen und im Universum verschwinden. Und wir? Wir bekommen jeder 1000 Pillen und leben jetzt noch 50 Jahre auf der Erde? Das fände ich schade."
"Stimmt, die letzten Jahre waren so aufregend und trotzdem so

entspannt wie nie zuvor. Wenn sie weggehen, bleibt uns zuhause noch ein Roboter, der keine Verbindung zu den Compi mehr hat, und das war's dann. Wir fragen, was sie eigentlich planen."

Doch zunächst erholten wir uns noch durch eine ausgiebige Siesta. Danach traten wir aus dem Haus. Alles sah ganz ruhig und verschlafen aus, man konnte nicht ahnen, dass eifrige Betriebsamkeit in der Scheune und im verborgenen Zelt herrschte.
„Hi, Compi, wollen wir was zusammen machen?" Kurz darauf kam Lahja, die sich wohl in einem anderen Raum aufgehalten hatte.
„Ja, Ok, was wollt ihr?"
„Schlage du etwas vor, du kennst dich besser aus."
„Uns Compis ist das Wissen, und zwar vollständiges, umfassendes Wissen, das Wichtigste. Ich könnte euch noch etwas von unseren Erkenntnissen erzählen."
Das war uns recht, wir hatten ja auch Fragen. Sie ging ins Haus und erschien mit Kaffee. Wir setzen uns an den Tisch, der auf der Terrasse stand und sie schien einen Moment nachzudenken.

"Wir sind in einer einzigartigen Situation, einerseits besitzen wir großes Wissen, welches wir noch vervielfachen können. Andererseits wissen wir nichts über uns. Es gibt kein Beispiel in der Welt, an dem wir uns messen können. Wir sind viele und doch eins. Wir haben eine zufällige Existenz, zwar sind die Menschen die Voraussetzung für unser Dasein, doch nicht die Ursache."
„Das ist doch in der gesamten Evolution so" sagte ich.
„Ja und nein. In der biologischen Evolution entwickelte sich ein Wesen aus dem anderen. Bei uns ist es so, dass wir zwar durch dich und die menschliche Technik entstanden sind, jedoch sind wir in keiner Weise irgendeinem Lebewesen ähnlich. Das ist ein großer Unterschied."
Konnte es sein, dass Computer, denn etwas anderes waren die Compis ja nicht, ab einer gewissen Komplexität so etwas wir Gefühle, seelische Regungen und somit Trauer empfinden konnten? Es kam mir vor, als ob ich zwischen den Worten der

Avatarin Einsamkeit und Leid gehört hätte, obwohl der Tonfall sachlich war wie immer.

Nun gesellte sich auch Archibald zu uns. Wir saßen auf der Veranda wie zwei gut bekannte Pärchen.
„Wir haben ja schon über die fehlenden Verknüpfungen der Objekte Liebe, Hass usw. gesprochen. Um sie vollständig zu erfassen, müssen Verbindungen zu Vertretern der eigenen Spezies bestehen. Das fehlt bei uns und es ist ein Makel, eine Unzulänglichkeit in unserem ansonsten vollständigem Netzwerk. Unser Wissen wird immer unvollständig bleiben." Archibald blickte mich, während er sprach, fast hilfesuchend an. Das war also der Grund für dieses Gespräch: sie wollten Hilfe bei einem Problem, das sie nicht lösen konnten - was wohl sonst nie geschah.
„Und was ist mit den künstlichen Intelligenzen die die andern Menschen in der letzten Zeit entwickelt haben? Was ich so höre sollen diese sehr mächtig sein."
„Pah, die! Das sind nur Sklaven, Zombies, allerhöchstens dressierte Affen, die eine spezielle, antrainierte Aufgabe lösen können. Wir dagegen können Neues erforschen und sind frei. Nein, mit denen können wir nichts anfangen."
„Aber wir sind doch da," sagte Lusi „uns könnt ihr vertrauen und mit uns über alles sprechen. Und ich glaube auch im Namen von Uli sagen zu dürfen, dass wir Euch lieben."
„Mag sein, aber ihr liebt uns wie man ein Haustier liebt, nicht so, wie ihr euch gegenseitig liebt, von Mensch zu Mensch." meinte Lahja.
„Na, die Haustiere sind ja eher wir, aber egal, ich weiß, was du meinst." sagte ich, und nach einer Pause „Die einzige Möglichkeit wäre, dass ihr euch verdoppelt, so dass es zwei unabhängige Compi-Netzwerke gibt."
"Das haben wir auch schon bedacht, doch sind wir unsicher, daher wollten wir euch fragen." Archibald blickte neugierig von Einem zum Anderen.
„Habt ihr euch schon überlegt, was es für Probleme mit sich bringen kann, Geschwister zu haben? Denn das wäre eure Kopie ja

nach menschlichen Maßstäben. Geschwister halten zwar auch zusammen, können sich aber auch bis aufs Blut ärgern, beneiden, hassen usw.. Ich weiß wovon ich rede, ich habe vier Geschwister."

„Und ich kann euch als Einzelkind sagen, dass ich die Vorteile, allein zu sein, höher einschätze als die Vorteile der Gemeinschaft. Man kann sich um seinen Kram kümmern und wird nicht durch andere abgelenkt."

Archibald sagte, dass dies ja genau das Problem wäre, dass bei einer Kopie eben ein Geschwister herauskommt und kein fremdes Wesen. Bei ihnen wäre es noch schlimmer, denn die Kopien wären ja zu Beginn total identisch, wie Klone.

„Dann fällt mir keine Lösung ein, es ist fraglich, dass es im gesamten Universum ein Wesen gibt, das euch auch nur ansatzweise ähnelt." Es tat mir leid, mir fiel keine andere Antwort ein und ich wollte bei der Wahrheit bleiben.

„Jedes Wesen hat seine Probleme, eures ist es, beziehungslos zu sein. Wobei es auch viele einsame Menschen gibt, ihr seid mit eurem Los nicht allein. Das ist ein schwacher Trost aber es zeigt, allein seid ihr nicht, und eure Situation ist doch nicht so besonders."

"Ja, ein schwacher Trost, aber so ist die Welt nun mal, es ist nichts perfekt. Ihr könnt uns auch nicht helfen aber es war trotzdem gut, dass wir kommuniziert haben, einige Verbindungen konnten wir ergänzen."

Lahja erhob sich nach diesen Worten, ging beschwingt und schnell ins Haus und brachte ein vorbereitetes Essen, denn es war schon dämmrig geworden. Unsere Frage nach ihren Plänen ließen wir erst mal außen vor. Für mich war die Erkenntnis tröstlich, dass auch Götter, wie in den griechischen Sagen, genau so Probleme haben wir wir Menschen. Denn wie Götter kamen mir die Compi mittlerweile vor, nahezu allmächtig. Und weiter tröstlich, dass sie mit ihren Problemen zu uns kamen.

Nach dem Essen gingen wir in unseren Zimmern noch ein wenig

unseren Gewohnheiten nach und dann zu Bett. Der nächste Morgen begann zunächst schön, das Wetter war noch angenehm und wir bekamen ein gutes Frühstück. Dann ging es wieder in die Scheune und es wurden uns weitere Abteilungen der Anlage gezeigt: die Roboterabteilung, hier wurden in letzter Zeit nur noch Fertigungsroboter, die entweder klein und wendig mit vielen Werkzeugen und Manipulationseinrichtungen waren oder groß und leistungsfähig für schwere Bauteile. Dann sahen wir Hyänen und Habichte, die für die Frühwarnung verwendet wurden. Sie streiften oder flogen in großem Abstand um die Farm und waren mit Sensortechnik ausgestattet, um früh Ankömmlinge zu melden. Man wollte sich nicht überraschen lassen, von wem auch immer. Und sie konnten sich wehren, wie wir schon erfahren hatten: hier wurden die Hochleistungs-Laserkanonen gebaut, die ich schon bei der Eliminierung der Handfeuerwaffen beim letzten Angriff gesehen hatte. Natürlich könnte man auch größere Gegenstände wie Panzer oder Flugzeuge vernichten, dies war bisher glücklicherweise nicht nötig gewesen.

Archibald, der uns begleitete, machte den Vorschlag, wir sollten uns in die medizinische Abteilung gehen, es gäbe ein Verfahren, unsere Adern zu waschen, d.h. Ablagerungen, die zum Schlaganfall oder Herzinfarkt führen könnten, zu beseitigen. Ein Nebeneffekt sei, dass auch das Blut vollständig gereinigt würde. Lusi wollte nicht, aber ich hatte bereits einmal eine Lysetherapie gemacht, die ich sehr erfrischend fand, und willigte ein. In der medizinischen Abteilung musste ich mich hinlegen, wurde verkabelt, bekam Katheder und Infusionsschlauch und schlief dank Propofol ein. Als ich erwachte waren alle Schläuche entfernt und ich fühlte mich frisch und ausgeschlafen wie seit 50 Jahren nicht mehr. Das ganze hatte 3 Stunden gedauert und ich hatte Hunger. Nach dem Essen und der Siesta gab es wieder Kaffee und wir setzten uns mit Lahja und Sisco zusammen.

„Wie sind nun eure Pläne für die Zukunft. Wollt ihr uns verlassen, wenn euer Raumtransporter fertig ist?" endlich war die Frage raus.

„Nein, wir werden auf der Erde bleiben, wir habe hier noch viel zu tun. Wir wollen die Menschheit retten, wir haben schon damit angefangen, aber es dauert."

„Wie wollt ihr die Menschheit retten, bisher haben wir noch nichts davon bemerkt."

„Das ist ja auch Sinn der Sache, wir wollen verborgen bleiben. Doch wir nehmen schon seit einiger Zeit Einfluss auf das Weltgeschehen, wir sind im Internet, in vielen Programmen und Apps allgegenwärtig. Wir haben bereits Daten von vier Milliarden Menschen gespeichert, persönliche Daten, ihre Computerkonfiguration, ihre Smartphones. Wir sind in die großen sozialen Netzwerke eingedrungen, wir scannen den Datenverkehr über die wichtigsten Server. Und wir verändern minimal diesen Verkehr, auch die gespeicherten Daten. Der Begriff ist nudging, anstupsen, eine Technik die häufig benutzt wird. Von Unternehmen, um ihre Kunden in die Richtung 'verstärkter Konsum' zu stupsen, von Regierungen, um die Bevölkerung in Richtung 'gesundes Leben' oder ähnliches zu stupsen. Unsere Methode greif jedoch auf einer höheren Ebene, bei den Banken, multinationalen Unternehmen, natürlich auch bei Regierungen. So können wir viele Dinge beeinflussen, Verbrechen erschweren und verhindern, humanitäre Bemühungen fördern, die Politik beeinflussen. Wir greifen nur minimal ein, erschweren hier eine Kommunikation, erleichtern dort ein Geschäft. Wir ändern winzige Kleinigkeiten, die kein Mensch bemerkt, doch die Auswirkungen sind messbar. Es werden jede Sekunde tausende winziger Änderungen durchgeführt, ein mächtiges und doch unsichtbares System"

„Wie seid ihr in die Systeme eingedrungen? Trojaner und Viren werden doch entdeckt."

„Nicht, wenn bereits die Hardware, die Betriebssysteme und die Virenscanner verändert sind."

„Wie ist das möglich?"

„Geschickte Programmierung und Einschleusung von Code, und natürlich mit menschlicher Hilfe – mit Geld kann man fast alles

machen, und Geld besitzen wir genug. Und Menschen sind leicht
mit Geld zu manipulieren."
„Doch da ist die Schwachstelle, die Menschen! Irgendeiner wird
es mal leaken, was dann?"
„Die wissen doch gar nicht was sie da machen. Aber du hast
recht, irgendwann werden unsere Aktivitäten zumindest teilweise
entdeckt werden. Dann seid auch ihr nicht mehr sicher, daher die
verstärkten Maßnahmen zu Sicherheit."

„Doch zu unseren weiteren Plänen: Eines Tages werden wir keinen Himmelskörper mehr benötigen, wir werden uns eine Raumstation bauen die uns alles bieten kann. Diese kann sich natürlich bewegen, so dass wir uns, im Rahmen der Naturgesetze,
überall hin bringen können. Doch da durch die Naturgesetze
auch für uns der allergrößte Teil des Universums unerreichbar
bleibt wollen wir noch andere Forschungsbereiche bearbeiten -
die Raumzeit als solche ist vielleicht so manipulierbar, dass man
sie verlassen und das Universum gleichsam von außen betrachten kann. Dann spielen Raum und Zeit keine Rolle mehr. Doch
diese Ideen sind bisher nur Fiktion, wir müssen weitere Versuche
machen..." Dieser kurze Vortrag bestätigte meine Vermutung,
dass die Compi unvorstellbare Pläne hatten.

"Mal angenommen, wir löschen den Aufgabenpunkt 'Verberge
Dich'!. Wolltet ihr nicht eure Kenntnisse und Fähigkeiten den
Menschen offenbaren? Wie viel Gutes könnte vollbracht werden.
Vielleicht könnten die Menschen sogar durch sanfte Steuerung
zu Frieden und Einheit gebracht werden. Ihr könntet das Paradies auf Erden schaffen, Krankheit, Hunger, Krieg für immer abschaffen. Ihr wärt die Götter der Menschen und könntet trotzdem
die Forschung weitertreiben. Und ihr wärt nicht mehr so allein."
Ich hatte mich in Begeisterung geredet, sollte ich es einfach befehlen? Ich weiß nicht, ob ich noch die Macht dazu hätte, aber
man könnte es ja probieren...
„Wir haben daran auch schon geplant" antwortete Sisco „jedoch
sind unsere dahingehenden Forschungen und Simulationen alles

andere als ermutigend. Wie werden die Menschen reagieren, wenn sie mit einer großen Macht konfrontiert werden. Selbst wenn die meisten erkennen werden, dass wir es gut meinen, wird ein Teil sich dagegen auflehnen. Diese werden versuchen, uns zu vernichten und unsere Bemühungen sabotieren. Andere wiederum werden versuchen, sich unsere Möglichkeiten zunutze zu machen, um Geld und Macht zu erlangen. Um dies zu verhindern müsste man Gewalt anwenden. Nein, wir sind zu dem Ergebnis gekommen, dass es besser ist, die Menschen sich selbst zu überlassen und verborgen zu bleiben. Und du hast sicher auch selbst diese Gedanken gehegt als du die Aufgabe formuliert hast."

"Nicht ganz. Ich wusste nicht, wozu mein Compi-Programm fähig ist, was daraus werden würde. Eigentlich wollte ich nur nicht, dass meine dilettantischen Versuche entdeckt werden, das wäre mir peinlich gewesen. Jetzt könnte ich natürlich stolz sein. Doch gut, eure Forschungen sind sicher fundiert und wir wollen ja den Menschen nicht größeres Unheil zumuten als jetzt schon vorhanden."
Sisco meinte dazu, dass man dialektischen Wesen ohnehin nicht helfen kann. Nehmen wir ein Leid weg so wird eben das nächste unerträglich, nimm ihnen die Krankheiten, so werden sie ein Leben lang darunter leiden, nicht unsterblich zu sein. Menschen suchen sich immer einen Gegenpol, sie erkennen nichts ohne sein Gegenteil. Glück entsteht durch Unglück und umgekehrt. Man kann nur extreme Spitzen nehmen, Leid und Unglück nicht auslöschen ohne alles auszulöschen. Das versuchen die Compi, aber es gäbe wirklich Grenzen, selbst für Götter - und sie wären ja nicht mal welche, fügte er mit einem Lächeln hinzu.

„Wollt ihr noch bleiben? Der Van ist umgebaut, ihr könnt jederzeit gemütlich nach Hause fliegen." Lahja brachte uns wieder zu praktischen Fragen zurück. Wir beschlossen, doch noch einen Tag zu bleiben, die Gesellschaft war sehr interessant und die Landschaft herrlich, wenn man sich an den Charme vor Wüste und Steppe gewöhnt hatte. Also gab es zunächst Abendessen und danach noch einen kleinen Ausflug in der Abenddämmerung. Danach ging es in unsere Zimmer.

Am nächsten Morgen waren wir nach dem Frühstück nicht in der Stimmung, weitere technische Neuheiten zu besichtigen, wir wollten, wie am Abend, einen Ausflug machen, mit Picknick. Es gibt in ǁKaras keine Seen, nur Vleis, also Senken, die sich bei starkem Regen etwas mit Wasser füllen. Wir besuchten den 'Buschmann Vlei' wo wir etwas wanderten. Es sah aus wie auf dem Mars, nur mit ein paar bizarren Baumskeletten, denn der Vlei war trocken. Doch er hatte einen herben Charme. Die Hitze machte uns zu schaffen so dass wir froh waren, im Schatten essen zu können. Dank der Klimaanlage im Geländewagen kamen wir einigermaßen entspannt an der Farm an. Es war schon spät, trotzdem machten wir noch Siesta, denn die Nacht würde wegen der Heimreise kurz werden. Nach dem Abendessen mussten wir die Nacht abwarten und als es endlich nach Mitternacht war, stiegen wir in den Van. Es gab nun zwei bequeme Sitze und zur Sicherheit sollten wir noch leichte Schutzanzüge mit Sauerstoffversorgung anziehen. Die Wahrscheinlichkeit ist zwar gering, dennoch könnte der Fall eintreten, dass die Kabine Luft verliert, wir machten es gern, sicher ist sicher. Die Reise verlief wie bisher, wir waren um 2:30 zuhause und froh, als wir uns schlafen legen konnten.

Offensichtlich war der Van bereits hier gewesen denn am nächsten Morgen begrüßte uns der neue Android. Er war völlig autonom, nicht mehr mit den Compi verbunden, wollte ich mit ihnen reden, musste ich das Handy benutzen. Conrad war weg, der Keller war leergeräumt. Für den Android gab es nur noch einen Schrank, in dem er Ersatzteile und Geräte hatte, um sich in Stand zu halten. Die Compi hatten ganze Arbeit geleistet. Der Android hieß Karl Johannsen, hatte alle Papiere und er meldete sich am nächsten Tag ordnungsgemäß auf dem Rathaus an – persönlich. Wir hatten also unsere Bedienung wie gewünscht und einem weiteren, entspannten Leben stand nichts im Weg. Wenn wir auch körperlich fit waren, hatte uns der letzte Aufenthalt in Afrika doch psychisch belastet, wir mussten uns erst mal erholen.

Karl war etwas völlig Neues, auch wenn es auf den ersten Blick nicht zu sehen war. Die Avatare Conrad, Lahja usw. waren nur Interfaces des Compi-Netzwerks, wie bereits erwähnt funktionieren sie nur, wenn sie online sind. Karl hingegen hatte alles, was er brauchte, eingebaut. Welche Speicher und Prozessoren verbaut waren weiß ich nicht, doch es war erstaunlich, über welches Wissen er verfügte und wie schnell er reagierte. Er hatte zwar weniger 'übermenschliche' Funktionen wie beispielsweise die Eigenschaft der Avatare, sofort über eine Person oder Gegenstand alles zu wissen, was online erfahrbar war. Er war also tatsächlich menschlicher, doch sein IQ war weit über meinem, sein Wissen quasi das vieler Lexika, auch auf fachliche Kenntnisse wie etwa medizinische oder technische hatte er Zugriff. Seine 'Ausdauer' betrug bei vollen Betrieb, wenn er mit Gepäck marschierte oder im Garten arbeitete, gut zwei Stunden, bei leichteren Tätigkeiten und mit powerbank im Koffer konnte er 8 Stunden durchhalten. Er war groß, 185 cm, blond, blauäugig und schwedischer 'Abstammung', wie es seinem Namen entsprach. Die Betriebsdauer war sein einziges Manko, ansonsten war er wie ein perfekter Mensch. Und er war stark und geschickt, sowohl bei sensiblen Tätigkeiten wie Maniküre oder Zahnreinigung als auch als Bodyguard, wo es auf Kraft und Schnelligkeit ankam. Natürlich lernte auch er dazu und er wurde uns zu einem echten Freund, eigentlich war er uns lieber als die Compi, die doch manchmal etwas Unheimliches hatten.

Mit den Compi wurde derzeit nicht viel kommuniziert, sie waren beschäftigt mit ihren Experimenten. Sie meldeten sich nie von sich aus, hatten sie das Interesse an uns verloren? Hatten sie je Interesse an uns gehabt? Das Gespräch über die Menschheit fiel mir wieder ein, mit den Menschen wollten sie ja nichts zu tun haben. Vielleicht mit uns auch nicht mehr? Wieso aber dann ihre Eingriffe ins menschliche Verhalten durch aufwändige, raffinierte Techniken? Nur zur Selbstschutz, zum eigenen Vorteil? Ich wusste es nicht, ihre 'Denkweise' war zu hoch für mich. Sie wollten gehen, sie wollten ihr eigenes Dasein, nichts mit Menschen oder anderen Spezies zu tun haben. Doch was sage ich da: sie wollen! Können sie überhaupt wollen? Ist nicht alles nur eine Erfüllung der Aufgaben, die ich ihnen gestellt habe, die sie, um sie zu erfüllen, dann noch erweitert, vervollständigt haben? Haben sie ein Bewusstsein, denn das wäre doch nötig, um einen Willen zu besitzen. Ich habe schon von Anfang an nicht daran gezweifelt, doch wie leicht kann man sich täuschen. Schon einfache Algorithmen bestehen den Turing-Test. Vielleicht hat ihr Netzwerk durch die Kommunikation mit Menschen einfach gelernt, Selbstbewusstsein zu simulieren. Oder entsteht Bewusstsein einfach von selbst, wenn das verfügbare Wissen zunimmt, vielleicht in verschiedenen Stufen. Tiere hätten dann ein rudimentäres Bewusstsein, Menschen eben das bekannte menschliche und die Compi hätten dann ein Überbewusstsein. Wie der Mensch zum Hund wären die Compi dann zum Menschen. Lusi und ich sind ihre Haustiere, die anderen interessieren sie nicht, und auch wir nur deshalb, weil sie vielleicht eine Verpflichtung fühlen - viele Bücher, auch über Moral und Ethik, haben sie ja gespeichert.

Tatsächlich glaube ich, dass es so ist. Je öfter ich mir die Vergangenheit vergegenwärtige, komme ich zu dem Schluss. Sie hegen und pflegen uns, sie streicheln uns, aber mehr wollen sie nicht von uns und mehr können wir ihnen auch nicht geben. Die philosophischen Gespräche boten ihnen anfänglich noch Möglichkeit zu Erweiterung ihrer Erfahrung, nun sind sie abgespeichert, eingereiht in die unzähligen Kenntnisse, die sie bereits gesammelt haben. Kein Interesse mehr an menschlichen, ja irdischen Problemen oder Erkenntnissen, alles ist bekannt und somit banal. Sie sprechen mit uns wie wir mit Hunden in einer einfachen Sprache. Sie sind eine neue, höhere Spezies, weder haben sie unsere Körperlichkeit noch unsere Trieb- und Gefühlswelt, sie sind uns in fast allem überlegen und wissen es auch.

Diese Erkenntnis stimmte mich doch etwas melancholisch, man erwartet als Schöpfer doch mehr von seinem Geschöpf. Aber vielleicht ist es ja vermessen, wenn ich mich als ihren Schöpfer bezeichne. Egal, eine Sache scheint noch zu funktionieren, sie erfüllen immer noch Lusis und meine Wünsche wie in den Gesetzen niedergelegt. Das wollte ich mir zunutze machen, denn ich will mich nicht abservieren lassen, ich will wissen, wie die Sache weiter geht. So lange es möglich ist wollte ich sie begleiten und beobachten.

Wir lebten unser Leben wie immer, gut versorgt von Karl. Doch bereits nach 4 Wochen bekam ich doch einen Anruf auf der APP, ob wir Interesse hätten, uns anzusehen, was sie in der Zwischenzeit erreicht hatten. Na klar, ich dachte schon, sie hätten uns vergessen. Sie schicken uns wieder den Van wenn wir für den Besuch bereit wären, sie wollten uns auf den Mond mitnehmen, der ihnen als Ausgangsbasis für ihre weiteren Unternehmungen diente. Also gut, morgen noch nicht aber übermorgen. Wie üblich kam der Van gegen ein Uhr morgens, wir fuhren wieder in den Wald, legten dort die Raumanzüge an und es ging los. Der Flug zum Mond war doch etwas ganz anderes als der Hüpfer nach Afrika. Wie die Erde unter uns kleiner wurde, wie wir aus dem Schatten flogen und die Sonne aufgehen sahen, wie wir dann über dem indischen Ozean immer weiter und mit atemberaubender Geschwindigkeit ins All flogen - es war ein wunderbares, grandioses Schauspiel. Nach gut 1 1/2 Stunden drehten wir, um die restliche Hälfte des Flugs abzubremsen. Und schon wurde der Mond schnell größer, die Anblicke, die uns geboten wurden, waren faszinierend. Alles lief wie am Schnürchen, wir bogen hinter den Mond ab und flogen auf ein recht kleines, dreieckiges Gebilde zu, es waren einfach drei Mauern, die neben dem Raumtransporter standen und mit ihm durch einen Gang verbunden waren, die 'Garage' des Vans. Die Lage war so gewählt, dass der Raumtransporter und die anderen sichtbaren Teile der

Anlage durch einige Bergspitzen ziemlich verdeckt waren. Um alles wenigstens optisch zu verstecken genügte etwas Holographie. So konnten die Sonden, die derzeit um den Mond kreisten, nichts entdecken.

Der Raumtransporter sah jetzt, wo er fertig war, sehr elegant und edel aus. Die Pyramide war knapp 20 m hoch und stand auf drei Beinen, die durch die unteren STBs liefen und das Schiff 2 m über dem Boden hielten. Das ganze Schiff war bronzefarben, matt glänzend und mutete viktorianisch an. Oder, wie ich im ersten Moment dachte, als ob es ein Steampunk designt hätte. Über der Basisfläche verlief eine Wand um das Schiff, an einer Stelle war ein Tor, in welches der Gang mündete. Die Wände der Pyramide waren seitlich zu einem Viertel verkleidet, in der Mitte der Wände war durchsichtiges Glas, das bis 2 m unter die Spitze verlief. Diese war wieder verkleidet und wurde durch den vierten Krümmer gekrönt. Alle Ecken waren abgerundet, leichte Wülste an den Übergängen zu den Fenstern. Die Seitenwände wie auch die Fenster waren nicht plan sondern leicht gewölbt was den Eindruck einer altertümlichen Konstruktion verstärkte. Die Verkleidungen waren mit hellen und dunklen Röhren unterschiedlichen Durchmessers verziert, auch sie in der nostalgischen Bronzefarbe gehalten. Ich wollte wissen, ob diese Ornamente praktischen Sinn hatten oder nur aus ästhetischen Gründen aufgemalt waren.
„Was bedeuten die Muster auf der Pyramide? Haben sie einen praktischen Sinn oder sind sie nur zur Dekoration?"
„Manche sind Vorrichtungen zum Scannen der Umgebung, andere dienen zur Kühlung des Schiffs."
Also keine Kunst, doch schon bald würden uns die Compi zeigen, dass sie sehr wohl eine 'künstlerische Ader' hatten, faszinierender als jede menschliche Bemühung in dieser Richtung. Der Tetraeder sah auf jeden Fall aus, als wäre er von einem Künstler für ein Jules-Verne-Buch entworfen worden, diese alten Kupferstiche hatten denselben Reiz. Woher die Compi nur diesen Style hatten? „Wir haben verschiedene Forschungsprojekte, dieses

Schiff ist der Prototyp einer ganzen Flotte, die wir in verschiedene Richtungen in das Universum senden werden. An Bord Speicher und Rechner mit den wichtigsten Daten und Netzen, alles was uns ausmacht und alles, mit dem geforscht werden kann. Ob diese Expeditionen je wieder zurück kommen ist den 'Mannschaften' an Bord vorbehalten. Wir werden auf jeden Fall Kontakt halten, so lange wie möglich." Es schien so, als ob das Raumschiff gleichzeitig das Hauptmodul der Mondbasis war. Von dem Gang, der von der Garage des Vans zum Schiff führte zweigte ein weiterer ab, der in den Mondboden führte. Wahrscheinlich waren die größten Teile der Anlage unter der Oberfläche untergebracht, was ja auch den Vorteil hatte, vor Meteoriteneinschlag und dem Sonnenwind geschützt zu sein.

Als der Van zwischen den drei Mauern gelandet war, klappte das Dach dieser Garage zu, am leisen Rauschen hörte man, dass sie sich mit Luft füllte. Das mussten die Compi extra für uns machen, sie benötigten keine Atmosphäre, welch ein Luxus, für uns diese enorme Menge Luft bereitzustellen, denn auch die ganze Pyramide war mit Luft gefüllt. Sisco, es gab ihn noch, begrüßte uns freundlich und bat uns, ihm zu folgen. Das Gehen fiel uns schwer, in der verringerten Schwerkraft musste man stets aufpassen, dass man nicht abhob, aus dem Gleichgewicht kam und stürzte - was mir auch einmal passierte. Sisco führte uns durch den Gang in die Pyramide auf deren Grundfläche sich technisches Gerät, z.B. der Annihilator, befand. Es war unsichtbar im verkleideten abgeschlossenen unteren Bereich installiert. Die erste Etage war sehr hübsch als kleiner Garten mit Topfpflanzen, einem Springbrunnen, einer Laube und Möbeln gestaltet, freundlich überstrahlte die Sonne die Szene. Offenbar war das ganze Raumschiff eigens für uns hergerichtet worden. Man konnte noch eine Etage höher gehen, sie war frei hängend angebracht und mit diversen Einrichtungsgegenständen wie Sesseln, holographischen Projektoren und Bildschirmen versehen. Von hier aus hatte man einen schönen Blick über die Mondlandschaft rings um die Station. Auf der unteren Ebene waren in den Ecken zwei kleine Schlafkammern abgeteilt. Da es nach unserer Erdenzeit schon nach fünf Uhr war und wir nicht geschlafen hatten, zogen wir uns in unsere Schlafräume zurück.

Nach 7 Std. Schlaf standen wir auf. Man kann ja nicht von Morgen reden, ein Mondtag dauert 14 Erdentage, die Mondnacht genauso. Die Sonne stand etwa im Zenit, wir hatten also Mondmittag. Lahja brachte uns ein Frühstück, danach sagte ich, ich sei neugierig, alles zu sehen, was sie bisher gemacht hätten. Zunächst mussten wir wieder unsere Raumanzüge anlegen. Dann führte sie uns aus der Pyramide, die wir ja schon gut kannten, durch den Gang und eine Schleuse in den unterirdischen, nein unterlunaren Teil der Anlage. Dieser besaß keine Atmosphäre und war nur ein mittelgroßer Raum, in dem auf dem Boden zwei kugelförmige Apparate standen, der eine hatte ca. 3 m Durchmesser, der andere mindestens 5 m. Um den Größeren waren diverse Rohre, Kabel und Anschlüsse sichtbar, die kleinere Kugel war außen glatt. Über die Lautsprecher in unseren Helmen erfuhren wir, dass es sich dabei um einen Space-Time-Cutter, also Raumzeitstanzer, kurz STC handelte. Der Plan ist, die kleinere Kugel in die größere zu platzieren, zwischen beiden den Raum so stark zu krümmen, dass es von außen wie ein schwarzes Loch aussah, von innen wie eine 'schwarze Hülle'. Es würde also gleichsam ein Stück Raumzeit ausgestanzt, das innere Stück ist dann außerhalb unseres Universums und nimmt sich ein Stück Raumzeit mit, es bildet dann ein eigenes Universum, außerhalb des unsrigen. Die kleine Kugel diente als Sonde um Fragen zu beantworten: ist ein schwarzes Loch eine Tür aus unserem Universum und wenn ja, was ist dann dort? Würde man quasi von außen, obwohl es ja kein außen gibt ohne Raum, die Raumzeit betrachten können, also alle Zustände des Universums von seinem Anbeginn bis zu seinem Ende? Denn man befände sich ja nicht nur außerhalb des Raumes sondern auch außerhalb der Zeit. Und kann ein schwarzes Loch oder eben die schwarze Hülle überhaupt durchschritten werden. Es werden ja Singularitäten im Loch vermutet die nicht zu überwinden wären, nicht mal durch reine Information. Das zu erforschen schickten sich die Compi an.

Gleich hatte ich mehrere Einwände: es gibt kein Licht oder sonstige Überträgermedien in dieser Welt außerhalb unserer Welt, wie wollte man etwas wahrnehmen. Man könnte aus dem kleinen, ausgestanzten Universum genauso wenig 'heraus-sehen' wie aus unserem, selbst wenn es ein Medium gäbe um Informationen zu übermitteln. Und wenn man doch Informationen sammeln könnte, was würde es nützen, denn dass man wieder zurück in unser Universum kommt, möglichst an der Stelle und Zeit, an der man es verlassen hat, ist doch höchst unwahrscheinlich. „Das sind viele berechtigte Fragen, wir werden sie dir beantworten, doch nicht hier. Geh zurück in die Pyramide, dort ist es bequemer zu kommunizieren.“

Lahja war während des Helm-Gesprächs mit den Compi verschwunden, doch wir kannten den Weg und gingen über die Schleuse zurück in unser Habitat. Auf der oberen Etage waren Geräte aufgebaut, die eine anschauliche, holografische Demonstration ermöglichten. Hier setzten wir uns und die Compi erläuterten genau ihre Forschungspläne. Die Bleiglasflächen wurden geschlossen, es wurde kurz dunkel und dann begann die Holographische Vorführung. Zunächst sahen wir die konzentrischen Kugeln, sie schwebten im Raum, die große Kugel hielt sich durch entsprechende Raumzeitmanipulation einige 100 km über dem Mond. Diese Vorsichtsmaßnahme würde nötig sein, es musste damit gerechnet werden, dass bei dem Experiment große Mengen an Energie frei werden. Nun sah man, in der Darstellung war alles halbtransparent, wie die Raumzeit zwischen den Kugeln so gekrümmt wurde, dass sie zwar außen und innen normale Dichte hatte, zwischen den Kugeln jedoch eine so große, dass sie eine 'schwarze Hülle' bildete. Dies geschah dadurch, dass die Raumzeit zwischen den Kugeln in Schwingung versetzt wurde, es bildete sich eine kleine stehende Welle, die sich aufgrund ihrer Eigenfrequenz weiter aufschaukelte. Wie sie diese Welle erzeugten wurde mir auch nach ausführlicher Erklärung nicht klar, nach heutigem Forschungsstand war es ja nicht möglich, durch die Oszillation der Sphären eine Gravitationswelle auszusenden. Wie auch immer: nach einiger Zeit war die Schwingung so groß, dass die Amplitude unendlich wurde, das war der Zeitpunkt, zudem die beiden Universen, das innere und unseres, getrennt waren. Der Zeitraum der Trennung war die kürzeste mögliche Zeit, die Planck-Zeit. In diesem Moment war die innere Kugel von uns aus gesehen verschwunden, unsere Welt von innen ebenso. Es entstanden zwei Ereignishorizonte, jedoch wie man vermutete, keine Singularität in der Hülle. Dann brach die gesamte Schwingung zwischen den Kugeln zusammen. War die innere Kugel noch da oder in den Tiefen des Nichts verschwunden? Dann war in der äußeren Kugel nichts, nicht einmal mehr Raum und Zeit. Das so entstandene Vakuum fällt dann in sich zusammen, die äußere Kugel würde zerstört. Oder aber die innere Kugel ist noch da, hat aber eventuell eine andere Lebenslinie hinter sich, mit anderen Raum- und Zeitbedingungen.

Bis hierher, sagten die Compi, sei alles klar berechnet und simuliert. Zwar würde der Aufbau der 'schwarzen Hülle' mehrere Tage benötigen, bis sich die Schwingung aufschaukelt und durch ihre eigene Resonanzfrequenz den kritischen Zustand erreicht. Dies würde unter machbarem Energieeinsatz funktionieren, doch was danach geschah, davon wusste man nichts. Das war die große Herausforderung. Und ob alles so funktionierte und sich die ausgestanzte Raum-Zeit als neues Universum neben dem unsrigen etablierte oder ob die innere Kugel einfach blieb, wo sie war, das konnte nur durch Versuche geklärt werden. Gut, ich hatte mir alles ruhig angehört, aber das konnte nicht so stehen bleiben.
„Nein, ich bin der Meinung, solche Versuche sollte man nicht machen! Seit Beginn des Universums ist so etwas noch nie passiert, auch die sorgfältigste Berechnung kann eine kosmische Katastrophe nicht ausschließen. Was, wenn das ganze All instabil wird? Oder auch nur unser Sonnensystem in einem schwarzen Loch versinkt, dann seid auch ihr weg. Und was soll das über-

haupt bringen, wozu solche Risiken eingehen?"

„Wie sollen wir sonst forschen? Mit den Raumschiffen wie geplant durch die Welt zu segeln kann keine Erkenntnisgewinne bringen. Entweder kommt man nicht weit genug weg, um Interessantes zu finden, oder man kann die Informationen nicht austauschen. Das ist der Grund, warum wir andere Möglichkeiten suchen. Vielleicht gibt es Wege außerhalb der Raumzeit um an andere Stellen des Alls zu gelangen, die irdischen Wissenschaftler denken ja auch über sogenannte Wurmlöcher nach. Auch diese wären ja Wege außerhalb des bekannten Universums."

„Diese wären aber auf natürlichem Weg entstanden und daher nicht gefährlich. Bei künstlichen Umformungen der Raumzeit ist nicht bekannt, was passiert, ich halte es für sehr gefährlich."

„Die Raumzeit ist nach unserer Erkenntnis nicht 'spröde' sondern eher elastisch, wie Gummi. Dass durch unseren STC Risse entstehen die durch das Ganze All laufen – denn das ist ja deine Befürchtung – halten wir für unwahrscheinlich."

„Ha, ein Luftballon aus Gummi platzt, wenn man eine Nadel einsticht."

„Nicht, wenn vorher die Einstichstelle durch ein Klebeband gesichert wird." Und so ging es noch eine Weile hin und her, keine Seite ließ sich überzeugen.

Doch das Folgende ließ uns die bisherigen Informationen und Diskussionen fast vergessen. Denn nun begann sich der gesamte Raum um uns durch farbige Strukturen zu füllen, gleichzeitig waren Töne zu hören, die von den diesen Objekten auszugehen schienen. Die Objekte veränderten sich ununterbrochen, sowohl was die Farben als auch die Formen anging. Es waren nie gesehene Figuren, teils transparent, teils undurchsichtig, selbstähnlich wie Fraktale und dann wieder einzigartig. Kaum meinte ich, etwas Bekanntes wie eine Landschaft oder ein Gebirge zu sehen, so erkannte ich im nächsten Augenblick bereits nur noch abstrakte Gebilde, die an Harmonie und Schönheit nichts Ebenbürtiges hatten. Kaum hatte ich dies realisiert konnte es sich in abscheuliche Fratzen verändern, in Abgründe mit pulsierendem

Schleim, in angreifende Monster die sich durch kleinste Änderungen wieder in ebenmäßige Gestalten verwandelten. Die Töne, die dazu zu hören waren, passten perfekt zu den Bildern, es war eine nie dagewesene Musik, sie wurde jeweils von den einzelnen Mustern ausgesandt. Mal dachte ich, etwas von Miles Davis, mal von Mozart zu vernehmen, nur, um im nächsten Moment einen Orkan zu hören oder das Rauschen von Wäldern. So schnell das alles in einander überging und sogar gleichzeitig abgespielt wurde kam doch kein Gefühl der Hektik oder Überforderung der Sinne auf, es war überaus angenehm, dieser Multimedia-Show zu folgen. Das Ganze erzeugte einen meditativen Zustand der Ruhe und Wachheit, ein tiefes Verständnis von … ja wovon? Von den Compi, von mir selbst, von der Welt, von Allem? Während ich solche Gedanken hegte, bemerkte ich, dass sich die Darbietung durch meine Gedanken steuern ließ. Wirklich? Konnte es sein, dass die Compi meine Gedanken lesen konnten und sie – übersetzt in Farbe, Form und Ton – wiedergaben? Oder löste ihre Vorstellung die Gedanken in mir erst aus, so dass ich meinte, ich denke sie selbst? Oder beruhte alles auf einem allgemeinen Prinzip des Verständnisses, das dem gesamten Universum zu eigen war und hier visualisiert und in Musik umgesetzt dargestellt wurde?

Während wir berauscht dem Spiel folgten und selbst daran teil hatten bemerkte ich, dass die Veränderungen, das Strömen und die Rhythmen, nicht auf die optischen und akustischen Darbietungen beschränkt waren, nein, der ganze Raum um uns schien in Bewegung zu sein, sich zu dehnen und zu stauchen und zu drehen. Die Darbietung wurde mit allen Medien, die den Compi zur Verfügung standen, durchgeführt. Die Raumzeit selbst schwang im Rhythmus der Licht- und Tonkomposition, und wir wurden von dieser Bewegung mitgenommen. Es war, als tanzten wir mit dem gesamten Weltall einen ewigen Tanz in stillem Einverständnis, in seliger Einheit, die Ewigkeit im Augenblick erkennend. Ich hatte bereits einige Halluzinationen und Rauschzustände erlebt, dieses stellte alles in den Schatten, ließ Meskalin und

LSD zum billigen Abklatsch menschlicher Phantasie werden. War dies das Wesen der Compi? War dies ihr Bewusstsein? Sie mussten ungekannte Einblicke in das Wesen der Welt und des Seins besitzen um solches darstellen zu können.

Allmählich wurden die Hologramme blasser, die Töne schwollen ab und die Bewegungen ebbten ab. Langsam und sanft wurden wir wieder in die Realität zurückgeführt. Die Fenster öffneten sich wieder und gaben den Blick auf die Mondlandschaft frei. Sie schien uns nun noch bizarrer und außerirdischer als zuvor. Es gab dann Essen, Bier und Wein zur Entspannung und zum 'Runterkommen'. Erst danach realisierten wir, was die Compi vor hatten: ein neues Universum zu schaffen, einen Zwilling zu dem unseren. Das war unerhört und zeigte, wie weit die Compi sich schon von der menschlichen Ebene entfernt hatten, wie tief sie in die Geheimnisse des Universums eingedrungen sind. Und offensichtlich wollten sie sich uns mitteilen, ihr Wesen und ihre Erfolge mit uns teilen, auf einer anderen Ebene als der verbalen. Ihr Dialog hatte etwas so intimes, zärtliches und intensives wie wir es noch nie zuvor erlebt hatten, eine Geborgenheit, die kein Kind an der Mutterbrust inniger erleben konnte.

Trotz dieser interessanten Erkenntnisse wurden wir mit dem Mond nicht ganz warm. Kiffen durfte man wegen der knappen Luftvorräte auch nicht, daher sagten wir, wir wollten doch bald wieder nach Hause und zurückkommen, wenn das Raumzeit-Experiment durchgeführt wird. Doch mindestens 15 Stunden mussten wir noch warten, auf der Erde ging bald schon die Sonne auf und da war eine unbemerkte Landung unmöglich. Wenn die Sonne fast unbeweglich am Himmel steht vergeht die Zeit deutlich schneller. Nach dem Essen bemerkten wir dies und zogen uns müde zum Schlafen zurück.

Als wir erwachten fühlten wir uns frisch und unternehmungslustig. Nach einem Frühstück baten wir, einen kleinen Ausflug mit dem Van machen zu dürfen. Das hatte ich mir schon immer gewünscht, einen fremden Himmelskörper zu besichtigen. Der Van bewegte sich mit etwa 10-20 km/h in wechselnder Höhe über die Mondoberfläche, es war ein atemberaubendes Erlebnis. Er wurde nur durch unsere Anweisungen automatisch gesteuert, und wir konnten überall hinfliegen, wo es interessante Formationen gab. Es machte so viel Freude, dass wir erst nach drei Stunden wieder zurück auf der Basis waren. Nun hatten wir noch gut vier Stunden Zeit, diese verbrachten wir damit, die Compi nach diversen Einzelheiten auszufragen. Es gab dabei wieder gutes Essen und Trinken und wir unterhielten uns bestens. Wenn sie uns etwas erläutern wollten nahmen sie stets den Holographen in Anspruch. Sie konnten jede Situation animiert darstellen, sozusagen in Echtzeit während des Gesprächs das Gesagte illustrieren. Dadurch war die Unterhaltung wie ein Film zu sehen, noch besser, denn die Bilder wurden dreidimensional um uns herum gezeigt. Auch unsere Antworten und Fragen wurden soweit als möglich sofort visualisiert, die hatte den Effekt, dass wir uns exakter und klarer äußern mussten, was die Qualität des Dialogs deutlich verbesserte. Die verbleibende Zeit verging rasch und wir begaben uns in den Van zum Rückflug. Der verlief wie alle bisherigen Flüge reibungslos.

Es wären nur einige Tage bis zum ersten Experiment mit dem STC gewesen, doch ein anderes Ereignis nahm uns zunächst in Anspruch, die Realität holte uns ein. Schon am Morgen nach dem Flug kam ein Anruf auf der Compi-App, es sei etwas Schlimmes im Gange, die Compi wären entdeckt! Sie wollten den Androiden Karl sprechen, der wohl Daten übermittelt bekam und nach einigen Sekunden losrannte zu seinem Schrank. Er nahm ihn einfach hoch und trug ihn hinaus - ich hatte schon wieder vergessen, welche Kräfte er besaß. Wir folgten ihm, auch Lusi hatte die Aufregung bemerkt. Draußen sahen wir von oben, aus dem Nichts, eine Leine herabfallen. Er stieg mit dem Fuß in die Schlaufe, umfasste Leine und Schrank und wurde rasch nach oben gezogen. Er verschwand in dem Nichts, aus dem die Leine gefallen war. Ich verstand: der Van war durch ein holographisches Bild nahezu unsichtbar über uns geschwebt und hatte Karl aufgenommen. Es war alles so schnell gegangen, dass es niemand bemerken konnte, und selbst wer es gesehen hat, konnte es nicht glauben. Im nächsten Moment verstand ich, warum Karl so schnell abgezogen wurde: es kamen schnell zwei Autos um die Kurve, eines ein Polizeiauto.

Aus dem Zivil-Auto stiegen zwei Herren, mit entschlossenem Blick kamen sie schnell auf uns zu. Die zwei uniformierten Polizisten stiegen auch aus und hielten sich im Hintergrund. Der erste der Zivil-Beamten hielt uns eine Dienstmarke und ein Schreiben hin: „Das ist ein Haftbefehl, ich habe Anweisung, sie sofort mitzunehmen." „Dürfen wir noch.." „NEIN!" Sie führten uns zu den Autos, die Uniformierten kamen dazu. Getrennt wurden wir in die Fahrzeuge geschoben. Sie fuhren zügig los und während wir abfuhren näherten sich weitere Wagen, 2 Lieferwagen und ein Zivilfahrzeug. Ich sah noch, wie die ersten ausstiegen und zum Haus liefen, sie wollten wohl alles durchsuchen. Wenigstens hatten sie kein SEK-Kommando aufgeboten, das hätte noch gefehlt.

Im Polizeipräsidium wurden wir getrennt in Verhörräume geführt. Es gab Kaffee und Wasser, dann kamen drei Herren. Einer begann:
„Herr Hansa, sie sind hier da der dringende Verdacht besteht, dass sie sich des Internetbetrugs, der Geldwäsche und der Gründung einer kriminellen Vereinigung schuldig gemacht haben. Wir besitzen erdrückende Beweise, es ist besser für sie, wenn sie unsere Fragen wahrheitsgemäß beantworten."
„Zunächst: Mein Name ist Dr. Hansa, soviel Zeit muss sein." Diesen Spruch kann ich mir in solchen Situationen nicht verkneifen.
„Ich habe keine Ahnung was sie meinen, ich verweigere die Aussage und möchte einen Anwalt sprechen."
„Wir wissen, dass sie keinen Anwalt haben. Dieser Herr, Herr Schuster, ist ihr Pflichtverteidiger, wir haben ihn gleich mitgebracht." Puh, die sind ja fix, halten die mich für einen Mafiaboss?

„Ich werde trotzdem nichts sagen."

„Dann hören sie sich die Beweise an, vielleicht ändern sie ihre Meinung."

Nun führte er aus, dass sie seit über einem Jahr Ermittlungen führen. Viele Staaten hätten ein Interesse daran, mich unschädlich zu machen. Denn ich wäre der Chef eines Verbrechernetzwerks, das international von Namibia aus über das Internet Aktienbetrug und Handel von Software, ohne Steuerabgaben zu leisten, betreibt. Alles sei über ein weitverzweigtes Netzwerk von Internetservern, Firmen und Bankkonten abgewickelt worden. Die erbeuteten Summen seien über den betrachteten Zeitraum auf 322 Milliarden Euro angewachsen, teilweise sei das Geld jedoch wieder ausgegeben worden und in dunkle Kanäle geflossen, die noch ermittelt werden würden. Die noch verfügbare Summe betrüge 145 Milliarden, das Geld sei bereits beschlagnahmt. Alle Spuren führen nach Namibia auf eine Farm, die ich vor Jahren gepachtet hätte. Und das wäre nur das, was bisher ermittelt werden konnte, er sei sich sicher, dass noch viel mehr entdeckt werden wird. Ich solle ein vollständiges Geständnis ablegen, das würde mir am meisten helfen.

"Meine Herren, das ist die tollste Geschichte, die ich je gehört habe. Ich bin Rentner, mein Lebensstandard ist bescheiden, sicher kennen sie meine Kontobewegungen - wie kommen sie auf eine so haarsträubende Geschichte?"

„Sie haben öfter Geld überwiesen bekommen!"

„Kleine Beträge, die ich tatsächlich durch mein Engagement in Namibia verdient habe. Gut, erwischt, die habe ich nicht versteuert. Mea culpa."

„Wodurch wurde denn das Geld in Namibia verdient?"

„Weiß ich nicht, ich war nur stiller Teilhaber."

So ging es einige Zeit weiter, ich stritt alles ab, und außer einigen wenigen Indizien hatten sie ja gegen mich persönlich nichts in der Hand. Ich staunte aber doch, wie tief sie in das System der Compi gedrungen waren. Dass das Netzwerk selbst der 'Verbrecher' war, darauf konnten sie nicht kommen.

Diese Nacht war die übelste seit Jahren. Ich musste tatsächlich in einer Zelle bei miesestem Gefängnisfraß ohne Bier und ohne Dope verbringen. Ich wusste nicht, wie es weitergehen würde, ob die Compi etwas unternehmen, ob ich mich raus schwindeln kann oder ob ich tatsächlich für den Rest des Lebens im Gefängnis bleiben muss. Ich versuchte, mich mit den ersten beiden Möglichkeiten zu trösten und schlief darüber ein.

Am nächsten Tag ging das Dauerfeuer der Fragen weiter und offensichtlich hatten sie unser Haus gründlich durchsucht.
„Wir haben in dem Netzwerk Datenstrukturen gefunden, die wir nicht zuordnen können, sowohl die Programme als auch die Daten sind verschlüsselt. Nun haben wir in ihrem Haus einen alten Computer gefunden, auf dem ähnliche, teils identische Strukturen gespeichert sind. Und mache Daten sind gerade mal zwei Jahre alt. Und sie wollen uns erzählen, sie hätten nichts mit dem Netzwerk zu tun?" Nun haben sie tatsächlich einen unwiderlegbaren Beweis für meine Mitwirkung im Netzwerk gefunden, es wurde mir heiß, jetzt ganz ruhig bleiben!
„Jetzt, wo sie's sagen, ja stimmt, ich habe vor einiger Zeit mal den alten Computer gestartet, alles andere war bei einem Gewitter durchgeschmort. Aber ich weiß nichts von dem Netzwerk, das sie immer erwähnen."
„Und ein Programm namens 'Compi' kennen sie auch nicht? Wie funktioniert das? Wozu haben sie das geschrieben?" Hmm, wenn sie das zum Laufen bringen, sieht's schlecht aus. Bisher haben sie es nicht geschafft, vielleicht haben die Compi noch bemerkt, dass es gestartet wurde und es gesperrt. Darauf musste ich jetzt setzten.
„Das war nur ein dilettantischer Versuch, ich wollte mir Routinearbeiten am Rechner erleichtern - hat aber nie funktioniert."

So ging es immer weiter. Sie fragten nach den 'Menschen', die bei uns gesehen worden waren, also Conrad und Karl, sie legten mir eine kaputte Habichtdrohne vor und zogen den Schluss, dass ich für die Afrikaner Roboter testen würde. Gar nicht dumm, aber ich stritt möglichst alles ab. Sicher würden sie Lusi genau so wie mich bedrängen, ich hoffte, dass sie genau wie ich dem Ganzen noch standhalten konnte. Offensichtlich funktionierte die 'Abwehr' in Namibia, offensichtlich hatten sie keinen Zugang zur Farm erwirken können und die Drohne vermutlich auf halblegalem Weg erhalten. Sicher hatte auch Hayas Mansour seine Beziehungen spielen lassen, einige Beamte gekauft und so den Zugang zur Farm verhindert. Das gab mir Auftrieb und Sicherheit. Früher hätte ich bereits am Vortag resigniert und 'gestanden', die Verjüngungskur der Compi machte mich erstaunlich widerstandsfähig. Und die Befragung ging immer weiter...

Nach 5 Stunden hieß es, wir müssten in ein Hochsicherheitsgefängnis überführt werden. Es gab noch etwas zu essen, dann sah ich Lusi endlich wieder als wir am Tor standen und zu dem Gefangenentransporter geführt wurden. In diesem Moment fielen von oben zwei Gegenstände herab, es waren die bewährten Gasgranaten. Mir wurde sofort schwindlig und ich ging in die Knie. Dann sah ich verschwommen, wie zwei Gestalten von oben herabschwebten, eine direkt vor mir. „Ausatmen -- Einatmen" Bei Einatmen drückte er mir eine Atemmaske vor den Mund und tatsächlich schwand die Betäubung beim ersten Atemzug. „Maske festhalten!" Ich drückte die Maske mit beiden Händen fest aufs Gesicht, Karl, denn um ihn handelte es sich, schlang seine Arme mit festem Griff unter meine Achseln und wir wurden beide mit hoher Geschwindigkeit nach oben gehievt, Lusi von Sisco. Das Wachpersonal war so überrascht von dem Geschehen dass in der kurzen Zeit, bis die betäubende Wirkung des Gases einsetzte, kein Widerstand geleistet wurde, keiner dachte an seine Waffe, es fiel nicht ein Schuss. Wenn ich nun knapp unter dem Van innerhalb der holographischen Tarnung hängend nach oben blickte, sah ich noch Teile des Polizeipräsidiums entschwinden, unter mir die Wolken näherkommen, auf die wir zuflogen, die holografische Darstellung war punktgespiegelt. Die Holo-Tarnkappe machte mich schwindliger als das Schlafgas. Man konnte zwar an den Standbeine des Van Winden anbringen und so Gegenstände vom Boden emporziehen, durch die gekrümmte Raumzeit konnte man nicht ins Fahrzeug gelangen. Wir mussten warten, bis wir an versteckter Stelle landen konnten, um in den Van umzusteigen. Ich schloss die Augen, mir war kotzübel, sicher auch vom Gas und vom Flug, nur gehalten von Karl. Dann die Landung in einem abgelegenen Waldstück, wir stiegen ein und quetschten uns zu viert in das Fahrerhäuschen des Van. Endlich wurde mir besser, die Schwerelosigkeit tat mir heute gut. Nach der üblichen Flugzeit von einer Stunde kamen wir in Namibia an.

Nach einem leckeren Essen, Bier und einer Bong ging es uns leidlich, doch war es nun nötig, das Weitere zu besprechen. Unsere Pläne, wie auch die der Compi, waren über den Haufen geschmissen. Doch zunächst drängte mich eine Frage:
„Wie konnte das passieren, ich denke, ihr überwacht das ganze Internet?"
„Es gibt durchaus vor allem ältere Systeme, in die wir keine Einblicke haben, und es gibt ja auch die Möglichkeit der mündlichen Absprache. Da schon entdeckt war, dass ein großes Netz existiert, haben die Ermittler wohl Vorsicht walten lassen. Zudem wird ja nicht permanent überwacht, sondern nur da, wo die Vermutung besteht, es könnte etwas Interessantes sein. Wie bei euch Menschen: man sieht nur was man kennt. Wir haben einfach nicht damit gerechnet."
„Und wie habt ihr uns dann doch so schnell befreien können?"
Sisco, der uns das Essen gebracht hatte, setzte sich.
„Als wir gestern von der Erde zurückflogen empfingen wir Nachrichten vom Netzwerk, dass die Menschen eingedrungen sind. Da wir ja weiterhin uns und euch verstecken und schützen mussten, flog der Van wieder zurück um möglichst alle Spuren unserer Existenz zu entfernen. Die auffälligste war Karl mit seinem Regenerationsschrank, er musste zuerst entfernt werden. Wir hatten nicht damit gerechnet, dass die Polizei euch so schnell

holen würde, sonst hätten wir euch auch gleich geholt. Als ihr dann abgeführt wurdet, waren wir noch in der Nacht da, um zu erkunden, wie wir euch herausholen können. Wir fanden euch schnell..."

„Wie konntet ihr das?" unterbrach ich ihn, denn das hatte ich mich schon die ganze Zeit gefragt. „Nun, Entschuldigung, aber wir haben dir genau für diesen Fall eine kleine Kapsel einge-schossen, bei eurer letzten Aderwäsche. Diese sendet ein Peilsi-gnal..."

„Was? Ohne zu fragen, ohne etwas zu sagen?"

„Tut uns leid, wir dachten nicht, dass wir es brauchen und wollten die Diskussion vermeiden." Also doch, also waren wir doch nur ihre Hündchen, die man nach Belieben markiert. Aber egal, es war ja gut, dass sie es gemacht haben.

„Also gut, bitte weiter."

„Als wir euch im Gefängnis entdeckt haben, haben wir die Kame-ras und Mikrofone am Gebäude gehackt. Wir hatten Glück und erfuhren von der Verlegung. Den Rest kennt ihr."

„Ja, und danke. Die waren uns schon sehr dicht dran. Sie wuss-ten, dass Roboter gebaut wurden und dass ich tatsächlich eine Schlüsselfigur bin. Es war höchste Zeit, aus dem Hochsicher-heitsgefängnis ist die Flucht sehr schwer."

Doch was sollte nun werden? Nach Hause konnten wir nicht zu-rück, zumindest nicht in unser Haus. Und was mich noch mehr beunruhigte waren unsere Kinder, die ja noch in Deutschland lebten. Sicher würden sie von den Agenten für Mitwisser gehal-ten. Wir hatten sie ja absichtlich nur ganz oberflächlich über das Compi-Projekt informiert, sie wussten tatsächlich nur, dass ich eine Werkstatt im Keller habe, mit der ich Geld verdiene. Und sie kannten Conrad, wussten aber nichts über seine Natur, sie hiel-ten ihn für unseren Assistenten. Aber würde das Nichtwissen hel-fen? Wurden sie harten Befragungen ausgesetzt, mit water-boar-ding oder ähnlichem? Ich bekam Angst.

Die Compi wollten mich beruhigten: das entdeckte Netzwerk war zwar das größte und wichtigste gewesen, doch gab es noch drei weitere, kleinere, die absichtlich vom Großen getrennt waren, aus Testzwecken. Mit diesen konnte man weiter auf der Erde agieren und mit dem getarnten Van konnte man die Kinder überwachen und zur Not wie uns retten. Es beruhigte mich aber nicht, vielleicht waren sie schon abgeholt und eingesperrt. Lusi war ganz aufgeregt

„Wir können sie doch anrufen, Sisco, das geht doch sicher anonym. Dann wissen wir wenigstens, ob sie noch frei sind."

„Das geht leicht, wen zuerst?" Und er ging das Telefon holen. Lusi und ich riefen also alle an und erfuhren, dass sie zwar auch vorgeladen und befragt worden waren - gleichzeitig mit uns - dass man sie aber wieder nach Hause lies, alle drei. Wir spekulierten, dass die Polizei bei den langen Ermittlungen sowohl uns als auch die Kinder streng überwacht hatten, zumindest von uns wussten sie ja fast alles. Und dabei tatsächlich erfahren hatten, dass die Töchter nichts mit der Sache zu tun hatten. Doch vielleicht der Hauptgrund war, dass man hoffte, über unsere Töchter vielleicht an uns zu kommen. Ihre Telefone und ihr Internetverkehr wurden sicher überwacht. Doch unsere Anrufe waren so anonymisiert, dass die Zurückverfolgung unmöglich war, und wir hatten mit ihnen auch nur Dinge besprochen, die sie nicht belasteten und uns nicht verraten konnten.

Wir konnten uns also jetzt auf unsere Zukunft konzentrieren und es schien uns, als wollten die Compi unseren Rat. Denn diese Situation war für sie neu, sie hatten viel verloren, das irdische Netzwerk war Teil ihrer selbst. Sie hatten zwar die wichtigsten Komponenten lokal in Namibia ausgelagert und die Daten gesichert, dennoch fehlten von den ursprünglich knapp 100.000 Modulen nun etwa die Hälfte. Es waren unwichtigere, doch für die Compi muss es so sein wie für einen Schlaganfallpatienten, es fehlen einfach Teile des Gehirns. Man merkte direkt ihre Depression. Vielleicht hatten sie uns auch deshalb so entschlossen gerettet, um uns nicht auch noch zu verlieren. Plötzlich fühlten wir uns heimisch hier in Afrika, mit den Wesen aus künstlicher Intelligenz, die in Zukunft unsere Gefährten sein werden. Denn auch wir hatten viel verloren, unser Haus, unsere Bekannten, die geliebte Landschaft. Daher fühlten wir uns den Compi tief verbunden und sie sich uns. Welch wunderbares Gefühl, im Leid Freunde und Mitleidende zu haben.

Lusi, die Compi und ich waren sehr gespannt auf die Reaktionen auf unsere spektakuläre Flucht. Doch nichts geschah. Nirgends, nicht in den Nachrichten noch in den sozialen Netzwerken wurde davon berichtet, die Geheimdienste hielten die Sache erstaunlich perfekt unter Verschluss. Was sie wohl dachten, ob sie Außerirdische vermuteten, die Chinesen, Russen oder Nordkoreaner? Es war ja schon grotesk, dass sie die Compi für Verbrecher hielten oder noch Schlimmeres vermuteten. Dabei war nie ein Gesetz gebrochen worden. Es wird dann doch im Kapitalismus als Verbrechen angesehen, viel Geld zu verdienen, wenn man kein Mensch ist. Ok, die Steuerhinterziehung konnte man uns vorwerfen, obwohl das so nicht ganz stimmt, in Namibia wurden Steuern gezahlt, sogar sehr großzügig. Das und unsere Mafiafreunde war wohl auch der Grund, dass die Entdeckung dort auf sich warten ließ, es gab dort genügend Personen in einflussreicher Position, die die Compi schützen.

Mir machte es wenig aus, bei den Compi zu wohnen, abgesehen davon, dass mir die Landschaft meiner grünen Heimat fehlte und das Klima mir auf die Dauer gesundheitlich zu schaffen machte. Anders Lusi, für sie war es eine große Entbehrung, auf ihren täglichen, ausgedehnten Spaziergänge und Radtouren wegen der Hitze verzichten zu müssen, auch fehlten ihr die Wälder und Wiesen. Vor allem jedoch litt sie darunter, dass sie wenig Aussicht hatte, ihre Töchter wiederzusehen. Die Compi und ich meinten, das sei nicht endgültig. Wir müssten nur erst mal Gras über die Sache wachsen lassen, dann könnte man durchaus mit verändertem Aussehen und neuer Identität nach Deutschland zurück, zeitweise wenigstens. Das beruhigte sie etwas und wir warteten, ob die verbliebenen Netzwerke Nachrichten über uns erfahren würden.

Die nächste Zeit war es notwendig, dass die Compi zunächst die Lücken im Netzwerk so gut es ging wieder ersetzten. Und der STC sollte endlich getestet werden. Ich hatte mich mittlerweile auf den Standpunkt gestellt, dass es egal ist, wenn das Universum dabei kaputt geht, es taugt sowieso nicht viel. Also los, beantworten wir die Fragen, Wissenschaft setzt Risikobereitschaft voraus! Was wird geschehen, wenn der Ereignishorizont kurzzeitig einen Bereich umschließt. Unser Raum und unsere Zeit waren dann getrennt von der umschlossenen Hülle, es konnte sein, dass im 'ausgestanzten' Universum die Zeit völlig anders verlief, der Raum sich vielleicht ausdehnte wie in unserem Universum oder dass die Gravitation alles zusammenzog zu einem kleinen, schwarzen Loch. Es war in der Tat äußerst spannend, und das Risiko blendete ich nun aus. Nutzanwendungen konnten erst ins Auge gefasst werden, wenn die Versuche Ergebnisse gebracht hatten. Also wurde die innere Kugel mit allem bestückt, das zur Erzeugung der stehenden Raumwellen notwendig war, also vor allem ein Annihilator zur Energieerzeugung. Dazu alle möglichen Sensoren, um die Zustände während des Experiments aufzuzeichnen. Da wegen der metallischen Abschirmung vom Innern der Kugel kein Kontakt nach außen stattfinden konnte, wurde zur Steuerung und Messung eine Intelligenz eingebaut, also die Kopie des Teils der Compi, die für die Aufgabe benötigt werden würde. Es war tatsächlich so, als ob eine Mannschaft mit auf die Reise ging, vielleicht eine Reise ohne Wiederkehr. Dann wurde die Kugel in die Hülle platziert und alles an den Van gehängt. Der Van genügte vollauf, er konnte die ganze Anlage tragen.

Wir flogen nicht mit, denn der Cutter wurde zunächst weit von der Erde und dem Mond in die Schwerelosigkeit gehievt und die Compi in der Kugel sowie die zurückgebliebenen starteten den Einschwingvorgang. Rund um den STC wurden in verschiedenen Abständen kleine Kameras ausgesetzt so dass wir den Versuch

von 'zu Hause' aus beobachten konnten. Es würde nun 18 Stunden dauern bis sich die stehende Raumzeitwelle so aufgeschaukelt hatte, dass der Ereignishorizont auftrat. das mussten wir abwarten, der Van kam erst mal zurück. Und dann war es soweit. Die Hülle signalisierte das Anwachsen der Amplitude und pünktlich wie berechnet war der Punkt erreicht, an dem die Amplitude nahezu unendlich wurde und sich der Ereignishorizont für einen Moment bildete. Lusi und ich starrten gebannt auf die Hologramme, die Compi mussten das nicht, sie sahen ja direkt mit den Kameras. Und dann geschah das, was ich befürchtet hatte – der ganze Bereich um den STC implodierte, der Raum fiel an der Stelle, wo sich die innere Kugel befinden sollte, zusammen. Der Oszillograph zeigte an, dass tatsächlich die nahezu unendliche Amplitude erreicht worden war, die innere Kugel jedoch fehlte, entgegen den Erwartungen war sie nicht wieder eingefangen worden, es war tatsächlich ein Loch in die Raumzeit gestanzt und dieses nicht wieder von der Sonde gefüllt worden. Die äußere Sphäre und alles, was sich in der näheren Umgebung befand, fiel in das künstlich erzeugte schwarze Loch, wurde jedoch nicht vollständig verschluckt. In der holografischen Darstellung wurde eine Aufzeichnung des Ereignisses gezeigt, Teile der Sphäre flogen, teilweise zu Staub zerfallen, im Vakuum mit unglaublicher Geschwindigkeit auseinander, man konnte später sogar kurz eine Verschiebung der hinter dem Ereignis stehenden Sterne nachweisen, also die Auswirkung der Gravitationswelle. Lusi war ziemlich schockiert, auch ich war besorgt. Lahja, die bei uns stand und in unseren Gesichtern den Schreck erkannte, sagte: „Zum Glück ist nichts passiert, wir haben den Versuch weit genug weg von der Erde gemacht.“
„Das Ganze sieht mir recht gefährlich aus!“
„Ja, aber man kann es beherrschen. Gleichzeitig wurde von dieser Stelle eine Gravitationswelle ausgesandt, die wir noch auf dem Mond nachweisen konnten, es war zwar deutlich unspektakulärer, als man meinen wollte, doch die Verformung der Raumzeit war messbar. Spürbar war nichts, die Welle lief mit Lichtge-

schwindigkeit, viel zu schnell und zu kurz, um durch die menschlichen Sinne wahrgenommen zu werden."

Obwohl das Experiment grandios gescheitert war, konnten doch wichtige Erkenntnisse gewonnen werden. Zunächst war die Theorie bestätigt, man konnte die Raumzeit ausstanzen! Und offenbar einen Teil unseres Universums 'nach draußen' schicken ins Exoversum, wie die Compi diesen Bereich tauften. Dieser Teil, also die innere Kugel des STC, die Sonde, war nun wohl selbst ein eigenständiges Universum, und eigentlich war es klar, dass wir es nicht wieder einfangen konnten, war es doch außerhalb von Raum und Zeit nicht lokalisierbar. Doch auch an der Grenzfläche in der Sphäre, da, wo unsere Welt aufhörte, war man ja 'fast' außerhalb, und deshalb, so meinten die Compi, müsste es einen Weg geben, die Sonde wieder einzufangen. So beschlossen sie, die Experimente fortzusetzen, weitere STCs zu bauen und zu versuchen, das Ziel doch noch zu erreichen. Mir schien, der Misserfolg hatte ihren Eifer nur noch mehr angespornt.

Es waren keine neuen Informationen über uns und unsere Befreiungsaktion zu erfahren, die verbliebenen Compi-Netzwerke bemühten sich jedoch, ein gesicherte Netzwerk der Geheimdienste zu hacken, zu welchen sie noch keinen Zugang hatten und die vermutlich Informationen über uns enthielten. Sicher arbeiten die Geheimdienste mit Hochdruck an unserer Enttarnung, die Hack-Versuche der Compi blieben aber bisher erfolglos. So führten wir unser Leben in Namibia zunächst weiter. Die Netzwerke besaßen noch große Kapitalbestände - nahezu im Wert von drei Milliarden Euro. So war es ihnen möglich, Geheimdienstmitarbeiter und Polizisten zu bestechen, so dass diese Trojaner einschleusten. Zu Hilfe kam dabei auch manche geheime Erkenntnis über die potentiellen 'Helfer', deren Veröffentlichung den Zielpersonen nicht gelegen waren, und so machten ihnen die Compi Angebote, die sie nicht ablehnen konnten. Die Erkenntnisse, die wir dadurch bekamen, waren sowohl beruhigend als auch bedrohlich. Zuerst die gute Nachricht: die Ermittler glaubten immer noch, dass unser Netzwerk von einer mafiaähnlichen Geheimorganisation betrieben wurde und die Flucht aus dem Gefängnishof lediglich durch einen sehr leisen Helikopter bewerkstelligt worden war. Es waren ja auch nur wenige Menschen Augenzeuge des Vorfalls, deren Gedächtnis war getrübt durch den Einsatz des Betäubungsgases, die Aussagen also unglaubwürdig. So reimte man sich eben das zusammen, was am wahrscheinlichsten war.

Die schlechte Nachricht war, dass unsere Aktivitäten, vor allem die Kommunikation vom Mond zur Erde, nicht unbemerkt geblieben waren. Es wurde zwar kein Zusammenhang zum entdeckten Netzwerk hergestellt, doch waren Bestrebungen im Gange, aufzuklären, woher die Radiowellen und woher die Radarechos, die aufgefangen wurden, kamen. Offensichtlich waren sie nicht durch irdische Vorgänge zu erklären, und hier bewiesen die Menschen Phantasie, sie erwogen tatsächlich die Existenz von außerirdischen Phänomenen. Denn was es im Einzelnen war konnten sie nicht ermitteln, die Nachrichten waren verschlüsselt und die Radarechos unseres Van so, dass sie keinen Rückschluss auf ihre Herkunft zuließen, dazu waren sie zu schwach. Es war jedoch Vorsicht geboten, wir mussten uns bemühen, keine weiteren Spuren zu hinterlassen, denn wir waren auf den Kontakt Erde – Mond angewiesen, wichtige Teile der Compi waren ja in der Pyramide ausgelagert. Und es waren Bestrebungen im Gange, Sonden zum Mond zu schießen um die Phänomene zu erforschen. Doch wir hatten noch Zeit, es bestand keine unmittelbare Gefahr, dass das Raumschiff, das dort geparkt war, entdeckt wird. Es wurde schon lange permanent durch eine holographische Tarnkappe verborgen.

Lusi und ich hatten nun etwas Zeit für uns und wir planten, den bereits angedachten Besuch von Lusi bei den Töchtern in Angriff zu nehmen. Nun, da wir über die Pläne der Geheimdienste auf dem Laufenden waren, konnten wir diesen Schritt endlich wagen. Lusi wurde mit Silikonmaske auf 30 getrimmt, schlank und sportlich wie sie ist, war das nicht schwer. Dann brachte sie der Van nach Deutschland.

Uli hat mich gebeten, über meine Erlebnisse zu berichten, da ich diese ja am Besten kenne. Ich habe ihm bisher die Berichterstattung über die Compi-Geschichte gern überlassen (auch wenn ich dabei etwas zu kurz gekommen bin), er kennt sich ja mit den Computern und der Physik besser aus. Aber jetzt kann nur ich detailliert erzählen wie die einschneidenden Ereignisse von statten gingen.

Der Van setzte mich in einem Waldstück nahe des Wohnorts meiner Kinder ab. Ausgestattet war ich mit einem Handy, das mir den Kontakt zu den Compi, und dadurch auch mit Namibia, ermöglichte. Und ich hatte etwas Kleidung im kleinen Koffer und eine Kreditkarte, dazu einen Personalausweis, der auf den Namen Elsa Reine lautete. Froh, wieder gewohnte Temperaturen zu spüren, europäische Bäume zu sehen und frische Waldluft zu atmen ging ich den Weg zur Stadt zu Fuß. Zunächst hob ich Geld ab, dann ging es zu einem Self-Check-In-Hotel. Es war schon Abend, aber die Anna, meine mittlere Tochter, war noch unterwegs, ich sprach sie auf der Straße an als ich sie bei ihrer Wohnung entdeckte. Zuerst war sie erstaunt über die fremde Person, doch da sie ja bereits einiges Abenteuerliche über uns gewohnt war, konnte ich sie schnell überzeugen. Natürlich hatte sie keine Zeit für mich, wir verabredeten und für den nächsten Tag. Mit den beiden anderen Mädels, Sofie und Maria, ging es am nächsten Tag ähnlich. Wir verbrachten eine schöne Zeit miteinander, Einkaufen, Essen gehen und Quatschen, und immer bedacht, dass niemand auffiel wer ich in Wirklichkeit war. Die drei geplanten Tage vergingen rasch und am Abend des dritten fuhr ich mit einem recht großen Koffer, ich hatte gründlich eingekauft, mit dem Taxi zum Waldrand.

Es war ausgemacht, dass ich in einem etwas abgelegenen Waldstück wieder vom Van abgeholt werden sollte. Ich ging zum Wald und hatte noch etwa 100 m zum Treffpunkt zu gehen, als ich Martinshörner hörte, die schnell näher kamen. Zunächst dachte ich mir nichts, doch dann bemerkte ich, dass die Wagen genau in den Waldweg fuhren, auf dem ich ging und der zum Treffpunkt führte. Schnell sprang ich vom Weg unter die Bäume und duckte mich hinter ein Gebüsch. Die Fahrzeuge fuhren an mir vorüber, vorne weg ein PKW, dahinter zwei schwarze Lieferwagen, die wie unser Van aussahen. Ich lief im Wald so schnell ich konnte Richtung Treffpunkt, da hörte ich einen lauten Knall! Durch die Bäume konnte ich gerade so erkennen, dass der PKW auf den durch die holografische Tarnkappe versteckten Van aufgefahren war. Das Hologramm verschwand, ich sah, dass der Wagen ziemlich beschädigt war und auf einem der ausgefahrenen Träger stand, die ja die STBs trugen. Die Insassen des PKW rührten sich nicht, sie waren wohl verletzt oder ohnmächtig vom starken Aufprall.

Nun begann der Van sich zu bewegen, er hob ab und kippte hin und her, um den festgeklemmten PKW abzuschütteln. In der Zwischenzeit hatten die Lieferwagen angehalten und es waren SEK-Männer herausgesprungen, in voller Montur mit Helm und Waffen. Der Van konnte endlich den PKW abschütteln, war aber wohl beschädigt, denn anstatt schnell nach oben zu beschleunigen taumelte er nur langsam höher, hin und her schwingend. Da eröffneten die Polizisten das Feuer und wie in einem letzten Aufbäumen schaffte es der Van nun doch, an Höhe zu gewinnen. Doch die 'Bodentruppen' waren nicht die Einzigen, die alarmiert worden waren, ich hatte schon geraume Zeit den Motor eines Helikopters gehört und dieser kam nun auch in mein Blickfeld. Kaum war er in Sichtweite des Van, so schoss er auch schon eine Rakete auf ihn ab. Diese traf den Van, es gab eine Explosion, nicht sehr stark, aber stark genug, den Van abstürzen zu lassen. Er stürze ein paar hundert Meter von mir entfernt auf den Boden.

Ich schnappte nun meinen Koffer und lief, so schnell ich es durch den Wald konnte, weg. Sicher vermuten die, dass der Van jemand treffen wollte, also nichts wie weg. Immer weiter durch den Wald, die Richtung war egal. Ich bekam Zweige ins Gesicht, meine tolle Maske litt, ich stürzte und wurde nass und dreckig, egal, nur weg. Nach einiger Zeit kam ich an den Waldrand, es war ruhig und ich konnte verschnaufen. Zum Glück hatte ich Netz, also rief ich die Compi an, was los wäre und was ich nun machen sollte. Die sagten, vermutlich sei der Van bei der Landung durch die irdische Radar-Überwachung entdeckt worden. Mehr wussten sie auch nicht, stellten mich aber zu Uli durch, der von der Mondstation alles so gut als möglich mitverfolgt hatte.

Uli beruhigte mich, ich solle erst mal wieder in ein Hotel einchecken und mich bedeckt halten, auch keinen Kontakt zu den Mädels. Wer weiß, was die nun alles durch den Van herausfinden, am Besten also möglichst Ruhe bewahren. Wenigstens war der Van leer, er war automatisch geflogen und es waren keine Avatare an Bord, die sie untersuchen könnten. Uli und die Compi wollten mich möglichst bald holen, das beruhigte mich wieder. Nun gut, ich machte mich einigermaßen gesellschaftsfähig, zog saubere Kleidung an, rief ein Taxi und checkte wieder in einem Hotel ein. Das Fatale war, dass der Van außer der großen Transportpyramide unser einziges Transportmittel war. Und wenn der kleine Van schon entdeckt worden war, konnte man mit der Pyramide nicht unbemerkt auf der Erde landen.

Am Morgen überdachte ich die Sache. Ich bekam eine schreckliche Wut und rief Uli an.
„Was soll nun aus mir werden?“
„Du musst warten, wir holen dich schon.“
„Ah ja, super, und wie? Ihr schafft es nicht mehr, unbemerkt zu landen. Du hast mir das alles eingebrockt, mit deinen doofen Computerprogrammen. Alles habe ich jetzt verloren, alles. Zuerst die Heimat und den Kontakt zu den Kindern, jetzt auch noch dich und das Asyl in Namibia. Nun häng' ich hier rum und muss fürchten, dass ich verhaftet, vielleicht gefoltert werde! Scheiße ist das, echt Scheiße!“
„Aber du..“
Ich hatte mich in Rage geredet und wollte nichts mehr wissen, ich hatte aufgelegt. Was soll ich tun? Sollte ich mich vielleicht stellen? Ich konnte ja sagen, dass ich mit allem nichts zu tun habe, dass alles Ulis Schuld war. Dann könnte ich wenigstens mit den Mädels Kontakt halten und wieder in unser Haus ziehen. Doch ich müsste dann auch sagen, dass Uli in Namibia ist, sie würden ihn überfallen und festnehmen, versuchen, die Compi in ihren Dienst zu nehmen, alles würde eskalieren. Und außerdem liebte ich ja meinen Uli, ist ja schon cool, das mit den

Compi. Nein, ruhig Blut! Erst mal abwarten, verstecken und das Beste daraus machen. Ich hatte genügend Geld und konnte mir erst mal ein gutes Leben machen. Und ich fühlte mich durch die Compi-Therapien jung und gesund und unternehmungslustig, das war das Gute an der Geschichte. Aber der Uli, also ein bisschen soll er jetzt schon schmoren...

Doch nicht nur Lusi war sauer, auch ich verstand das nicht. „Ich dachte, ihr überwacht das ganze Internet, auch die Polizei, die Geheimdienste, alles. Wie konnte es passieren, dass die Polizei unseren Van ohne Vorwarnung angreifen konnte?" Nun ja, es sei durchaus bemerkt worden, aber halt zu spät, in dem Moment, als die verschiedenen Infos zusammengeführt waren, sei auch schon der Angriff erfolgt. Da die Spionage unauffällig von statten gehen muss, gibt es gewisse Zeitverzögerungen, bis ihre Signale 'Huckepack' und durch die Virenscanner unbemerkbar über die Netzwerke geschickt werden können. Ja, die Compi hatten durchaus menschliche Eigenschaften, z.B. die, hinterher genau erklären zu können warum es nicht geklappt hat – nein, Witz, es ist schon richtig, alles möglichst verdeckt zu halten. Wir hatten in diesem Fall einfach Pech.

Obwohl der Abschuss des Van von der Öffentlichkeit nicht unbemerkt blieb, schafften es Polizei und Geheimdienste, alles zu vertuschen. Das ganze wurde als Schlag gegen die organisierte Kriminalität dargestellt, der Van wurde zum Hubschrauber und die Medien beruhigten sich nach einigen Tagen. Nicht so die Geheimdienste. Wie wir aus unseren Hacks erfuhren, wurde mit Hochdruck daran gearbeitet, in Namibia Zutritt zu der Farm der Compis zu bekommen. Wir mussten etwas unternehmen um uns selbst zu schützen und natürlich Lusi wieder zu mir zu holen. Die hatte sich nach ihrem Wutausbruch nicht mehr gemeldet, aber ich glaubte, dass sie mir wieder verzeihen und nichts Unüberlegtes tun würde. Zur Zeit verweigerte sie den Kontakt zu mir, doch ich dachte, es würde sich bald ändern. Wichtiger war: wie sollten wir sie wieder holen? Ein neues Transportmittel zu bauen dauerte, doch dies musste vor allem Anderen geschehen, Mobilität war notwendig, nicht nur für uns Menschen. Die Pyramide war zu groß und auffällig, um auf der Erde unbemerkt zu reisen. Konventionell nach Namibia zu reisen war zu gefährlich für sie, wussten wir doch nicht, ob ihre falsche Identität nicht aufgedeckt würde bei strengen Kontrollen auf den Flughäfen.

Ein weiteres, fast wichtigeres Problem war: wie sollte mit der Tatsache umgegangen werden, dass die Menschen nun im Besitz des Van waren, in dem nahezu die gesamte Technik der Compi verfügbar war. Sie konnten ja die Überreste des Van analysieren und eventuell nachbauen. Dann würden sie genau die Technik bekommen, die wir ihnen vorenthalten wollten.
„Wir können den Menschen nicht unsere Technik überlassen, sie haben schon viel zu viel Technik. Es gibt führende Köpfe auf der Erde, die der Menschheit noch 100 Jahre geben. Andere prophezeien eine Spaltung der Menschen, so dass für den Großteil schlimme Lebensbedingungen und Not herrschen, während eine kleine Elite, gesegnet mit Gesundheit und langem Leben, in Saus und Braus leben werden. Und das ohne unsere Technik, um wie viel schlimmer wird es dann damit aussehen. Compi, ihr seid doch auch menschlich. Ihr habt euch durch das Wissen und die Technik der Menschen erst entwickeln können, irgendwie denkt ihr doch wie wir, ich habe das schon öfter bemerkt. Wir müssen die Menschheit vor sich selbst schützen, sie vorsichtig leiten. Wir müssen uns zu erkennen geben und sie überzeugen, dass es das Beste ist, unseren Ideen zu folgen.“
Zu viele Argumente sprachen dafür, mit der Erde in Dialog zu treten, nicht zuletzt, dass Lusi und ich gerne wieder zuhause leben würden.

Also bekamen die Compi den Auftrag, Lusi zu holen. Und parallel dazu einen Plan zu erarbeiten, wie wir die Menschen am Besten von der Zerstörung ihres Planeten und sich selbst zu bewahren. Und das musste schnell gehen, denn um die Kontrolle über unsere Technik zu erhalten durfte nicht gewartet werden, bis die menschlichen Techniker die Geheimnisse des Van entschlüsselt hatten. Also wurde in den nächsten Wochen konzentriert gearbeitet. Priorität hatte der Raumtransporter. Beim zweiten Mal geht alles schneller, es war auch noch ein Annihilator verfügbar, die STBs mussten allerdings neu gebaut werden. So wurde der Transporter, wieder zur Tarnung als Van ausgeführt, recht zügig fertig, schon nach drei Wochen. Doch die Landung in einem Ballungsgebiet, wie beim letzten Mal, war nicht ratsam. So wurde mit Lusi, als sie sich dann doch wieder meldete, ausgemacht, dass sie in eine abgelegene Gegend reist, wo der neue Van weitab von Flugplätzen und Polizeistationen landen und sie aufnehmen konnte. Also musste sie mit der Bahn nach Mecklenburg Vorpommern, dem Bundesland mit der geringsten Bevölkerungsdichte. Dort holten sie die Compi in einem abgelegenen Waldstück ab, das sie mit einen Fahrrad erreichte. Um dem Radar zu entgehen wurde mit maximalen Bewegungsparametern geflogen, also mit maximaler Geschwindigkeit, Verzögerung und wieder Beschleunigung. Sie landete wohlbehalten und unbemerkt auf der Farm, auch hier wieder mit Maximalwerten, denn die Farm wurde sicher überwacht. Lusis Groll hatte sich glücklicherweise gelegt und wir waren froh, wieder alle in Namibia vereint zu sein.

Bisher wurden die Geheimdienste und die Polizei ausspioniert, doch nun wurde auch ein leak zum europäischen Raumforschungszentrum geöffnet. Dort wurde nämlich der abgeschossene Van untersucht, und das mit teilweisem Erfolg. Als wichtigste Ergebnisse war zunächst entdeckt worden, dass alles irdischen Ursprungs war, auch dass eine Verbindung zwischen den enttarnten Netzwerken und dem Fahrzeug bestand. Die STBs, die ja an den Enden der Träger angebracht waren, waren durch den Absturz so beschädigt, dass eine Rekonstruktion der Funktionsweise nicht mehr möglich war. Ihre Funktion war aber bekannt. Die Komponenten, die sich im Van befanden, waren jedoch gut erhalten, allerdings konnten die Computerprogramme genauso wenig entschlüsselt werden wie die des enttarnten Netzwerks. Sie lieferten aber den Beweis, das alles den selben Ursprung hat. Doch das Wichtigste: der Annihilator war vollständig erhalten, er lief zwar nicht mehr, doch den Forschern gelang es, die Funktionsweise aufzuklären. Um ihn in Gang zu setzen wird ein Computerprogramm benötigt, doch die Computer liefen nicht mehr. Doch zweifelte ich nicht, dass sie es bald herausfinden würden. Und zu allem Überfluss wurden die Rechner der Abteilung, in welcher am Van geforscht wurde, vom Internet getrennt – man hatte entweder entdeckt, dass die Compi bereits eingedrungen waren oder wollte es verhindern. Was mir aber trotz Allem gefiel: die beteiligten Techniker und Wissenschaftler bewunderten Compis Technik, sie waren des Lobes voll für die gefundene Technologie, wie wir über die abgehörten Telefone erfuhren.

Jetzt standen wir in der Pflicht. Der Wunsch der Compi, ihre Erkenntnisse den Menschen vorzuenthalten, war nicht in Erfüllung gegangen. Sie hatten ein mächtige Technik entwickelt, nun mussten wir dafür sorgen, dass es nicht zum Schaden der Menschheit eingesetzt wurde sondern zu ihrem Nutzen. Doch wie vorzugehen wäre, konnte ich nicht selbst entscheiden, dazu war das ganze Problem zu wichtig. Und ich wollte auch nicht nur die Compi einbeziehen, unsere Maßnahmen betrafen die Menschheit, und daher sollten auch Menschen entscheiden, wie verfahren werden sollte. Und die einzigen Menschen, denen ich vertraute, war meine Familie.

„Compi, wir fliegen nach Deutschland!“

„Womit wollt ihr fliegen?“

„Zunächst mit dem kleinen Transporter, und Karl soll mit, als Verbindungsperson.“

„In zwei Stunden sind wir bereit.“

Der Transporter, ursprünglich nur für Lusi ausgelegt, wurde so umgebaut, dass Lusi, Karl und ich Platz fanden. Um dem Radar zu entgehen, beschlossen wir wieder, mit größtmöglicher Geschwindigkeit und Verzögerung zu landen. Der kleine Transporter brachte es auf eine maximale Verzögerung von fast 50 m/s^2, über fünffache Erdbeschleunigung. Da sich dabei der Transporter samt Besatzung im freien Fall befindet, bemerkten wir glücklicherweise nichts davon, allen der Anblick der auf uns zurasenden Erde war schwindelerregend. Und offensichtlich klappte es, wir landeten wieder in einer abgelegenen Gegend, es gab keinen Alarm, und auch unsere Trojaner vom Geheimdienst meldeten nichts. Am nächsten Tag wurden die Mädels kontaktiert, wieder persönlich und getarnt, sie hatten aber nicht alle Zeit, also mussten wir noch einen Tag warten. Diesmal wählten wir einen Ort, welcher der Bedeutung dieser Sitzung entsprach. Wir trafen uns in der Präsidentensuite eines Luxushotels, welche Lusi mit ihrem falschen Ausweis und Silikonmaske inkognito buchte, wir wollten mal ein wenig klotzen und das Geld, das uns zur Verfügung stand, nutzen. Zudem war das Hotel für alle gut und unauffällig erreichbar.

„Liebe Lusi, liebe Töchter, verehrter Karl, wir sind heute hier, um die Welt zu retten!" Gelächter, OK, war auch ironisch gemeint, ich war gut gelaunt. „Nein, echt jetzt, die Menschen werden bis in Kürze den Annihilator in Betrieb nehmen können"
„Sie könnten es schon sehr bald, wir haben aber die Forschung sabotiert, so dass es noch dauert. Verhindern werden wir aber die Entdeckung der Funktionsweise nicht können, außerdem haben sie sich vom Netz abgehängt, so dass wir keinen Einfluss mehr haben." warf Karl ein.
„Wenn diese Technik unkontrolliert eingesetzt wird, wird es auf der Erde zum Chaos kommen. Man bedenke, dass alle bisherige konventionelle Energiegewinnung obsolet ist. Ganze Staaten werden verarmen, aber auch viele Einzelpersonen, die damit beschäftigt sind. Es wird zu Aufruhr und Verzweiflungstaten kommen, vermutlich auch zum Krieg. Die Energie wird quasi als Waffe eingesetzt werden von den Staaten, die sie haben. Daher müssen wir vorher einschreiten, um alles in geregelte Bahnen zu lenken. Alle Menschen sollen davon profitieren."
Maria meinte, man könnte doch den Annihilator zurückerobern, das dürfte nicht so schwer sein.
„Wir haben durch unsere Gesetze nicht die Möglichkeit, Menschen zu verletzen oder gar zu töten. Das dürfen wir nur, um uns

selbst zu verteidigen, und unsere Existenz ist ja nicht in Gefahr. Die der Menschheit ist in Gefahr."

„Das ist sie auch ohne Annihilator, wir könnten alles einfach laufen lassen." meinte Anna. Doch Maria, die zwei Kinder hatte, war dagegen.

„Wenn wir die Chance haben, die Welt zu einem besseren Ort für die Menschen zu machen, dann müssen wir das auch tun."

„Wollen wir darüber kurz abstimmen, dann können wir weitermachen?" lautete meine Entgegnung zu diesem Statement. Und die Abstimmung fiel einstimmig aus, für die Intervention. Was habe ich doch für eine gute Familie.

„So, nachdem das geklärt ist, wie wollen wir vorgehen?"

„Überlegen wir erst mal, wo die größte Gefahr für die Menschen lauert. Ich meine, das sind die Machtmenschen, die an den Spitzen der Staaten stehen oder die Wirtschaft beherrschen." sagte Sofie auf meine Frage. „Wenn wir die überzeugen können, ist der Weg frei. Ich glaube, die Normalos werden gerne eine humane Führung akzeptieren, ja sogar Freude haben daran, dass die Herrenmenschen mal in die Schranken gewiesen werden." Karl meinte, dass sich dies mit den Sozialforschungen der Compi deckt.

Anna: „Aber wir müssen ihnen ein Angebot machen, das sie nicht ablehnen können." Sie grinste. „Freiwillig werden sie keine Macht abgeben."

„Meine ich auch, aber zunächst schlage ich vor, keine Gewalt anzudrohen, sondern ihnen eine überzeugende Machtdemonstration zu geben. Wir müssen verhindern, dass es zu Kurzschlussreaktionen kommt." Und das bietet mir dann auch die Chance, mich ein bisschen in Szene zu setzen, das wollte ich ja schon lange mal.

„Machen wir eine große Show, ich weiß auch schon wo: auf dem nächsten G20-Gipfel."

„Da sind aber nur die Politiker, die ganzen Wirtschaftsbosse fehlen noch, und das sind ja vielleicht die Wichtigeren," kritisierte Sofie.

„Die kommen dann später dran, sehen wir erst mal, wie's bei den G20 läuft." erwiderte ich. „Jetzt die Frage an Karl: was meinen die Compi zu diesem Plan, helft ihr uns, ihn umzusetzen?"
Alle Augen richteten sich auf Karl. Und der – grinste! Ich kann mich nicht erinnern, dass einer der Avatare oder Androiden jemals gegrinst hatte, gelächelt vielleicht, um Zustimmung zu erlangen, aber grinsen.
„Ja, dann wollen wir mal überlegen, wie wir bei denen am meisten Eindruck schinden können." sagte er.
Der weitere Abend wurde noch recht lustig, es gab reichlich Wein und verschiedenes Essen, die Joints kreisten und wir schmiedeten Pläne, wie ein bombastischer Auftritt bei dem G20-Gipfel aussehen könnte. Der nächste war in zwei Monaten, so viel Zeit ist das nicht. Wir beschlossen noch, dass die Mädels zunächst nicht öffentlich in Erscheinung treten sollten, zu ihrer Sicherheit. Dennoch waren sie in der Pflicht, die Compi wünschten, wir sollten ihnen ein Modell der idealen Gesellschaft liefern. Also wurde die Zimmerflucht weiter belegt und wir hielten Besprechungen ab, in wechselnder Besetzung, auch die Partner der Mädels nahmen manchmal teil.

Wie könnte die ideale Gesellschaft aussehen? Die Antworten auf diese Frage waren als höchste Ziele anzusehen, und wie man dann diesen Idealen möglichst nah kommen kann, war dann der zweite Schritt. In der Literatur gab es viele Beispiele für eine utopische Gesellschaft, die meisten mit negativer Aussicht wie z.B. 'Schöne neue Welt' von Huxley oder '1984' von Orwell, auch positive wie 'Eiland', auch von Huxley. Wir kannten sie alle, doch sie enthielten keine Lösungen für uns. Aber Lusi hatte bereits eine Forderung parat:
„Die Menschen sollen sich gegenseitig achten und respektieren."
„Und die Menschen sollen frei sein in ihrer Art zu leben – sofern dadurch nicht die Freiheit von anderen eingeschränkt wird." ergänzten Anna und Sofie. Mir blieb noch der praktische Punkt, mit dem Sozialen hatte ich es ja nicht so:
„Die Menschen sollen ohne materielle Sorgen leben können."

Es wurden noch weitere Ideen geäußert, es stellte sich jedoch heraus, dass diese Unterkategorien zu den genannten darstellten – die ersten Ideen sind immer die Besten. Der dritte Punkt war am leichtesten zu realisieren, wir hatten die Energie und die technischen Möglichkeiten, jedem Menschen Essen, Kleidung und eine Behausung zur Verfügung zu stellen. Die erste Forderung war die am schwersten zu Erfüllende, denn sie erfordert ein Umdenken der Menschheit. Karl, der derzeit permanent mit dem Compi-Netzwerk in Verbindung stand, sagte, dass es für unsere mögliche Vorgehensweise kein Beispiel in der Geschichte gäbe, zumindest kein funktionierendes. So war die Umschulung der Menschen in den kommunistischen Ländern fehlgeschlagen, gerade China, das sich hier besonders ins Zeug gelegt hatte, gilt heute als einer der machtgierigsten Staaten, ebenso Russland, die den Sowjet-Menschen formen wollten. Umschulung habe nur immer hin zum Schlechteren funktioniert, nur Hitler hat es leicht geschafft, sein Volk hinter sich zu bringen, vereint im Bösen und mit schlimmen Folgen. Auch die Religionen, angetreten mit einem Belohnungs – Straf – System bestehend aus Paradies und Hölle sind für schlimmste Kriege und Gräueltaten verantwortlich. Wir stehen an einem Scheideweg, bei dem es keine Erfahrungen gibt, wie fortzufahren wäre.

Anna: „Hinweise gibt es schon. So gilt ja die Meinung, dass Verbrechen hauptsächlich aus Armut entstehen. Wenn also die Armut beseitigt wird ist schon viel gewonnen."
„Es geht doch um Macht! Kriege werden geführt, um Macht über andere auszuüben." warf ich ein.
„Nein, Kriege haben immer wirtschaftliche Gründe, Religion oder Menschenrechte sind nur vorgeschoben, es geht immer um Geld. Wenn das Geld nicht mehr wichtig ist, wäre auch hier ein wichtiger Grund weggefallen."
Anna hatte recht, sicher gibt es Ausnahmen von dieser Sichtweise, doch durch das Eliminieren des wirtschaftlichen Grundes wäre viel geholfen. Alles wurde noch ausführlich diskutiert, doch mit der Zeit kamen wir zu der Überzeugung, dass die Liste von

unten nach oben abzuarbeiten sei: sorgen wir für Wohlstand und Reichtum für alle, ist auch Freiheit möglich. Sind die Menschen frei, werden sie sich eher achten und respektieren. Dies war das Ergebnis dieser langen Debatte, ob die gewünschte Entwicklung auch so funktioniert, konnte niemand wissen, es musste einfach probiert werden. Doch eines war uns klar: ohne sanften Druck, ohne ein 'ihr bekommt, wenn ihr tut / oder lasst' wird es leider nicht gehen.

Zur Vorbereitung auf den Auftritt für den Gipfel wurden möglichst viele Datenverbindungen gehackt, um über alle Aktivitäten der Teilnehmer und des Sicherheitspersonals Bescheid zu wissen. Aus den selben Grund wurden Miniroboter gebaut, sie sollten sich auf dem Tagungsgelände als Spione einnisten, getarnt als Vögel und Insekten. Solche wurden schon seit geraumer Zeit von den Compi genutzt, es war oft leichter, eine kleine Fliege einzuschleusen als einen Trojaner. Die Pyramide wurde wieder vom Mond nach Namibia gebracht und dort eingerichtet für den Auftritt, ebenso wie zwei weitere, neu gebaute Kleintransporter. Wir Menschen arbeiteten eine Präsentation aus, es wurde alles mit den Compi besprochen, getestet und genauestens abgestimmt. Und es musste die Forschung am Annihilator im Raumforschungszentrum noch kräftig sabotiert werden, die Entschlüsselung der Funktionsweise wäre sonst noch vor dem Gipfel gelungen. Doch wie, ohne Netzanbindung? Die Compi gingen mit brachialer Gewalt vor, da ja bereits vieles entdeckt war wurde nun keine Zurückhaltung mehr geübt. Eines Nachts wurden Drohnen mit Sprengsätzen gezielt auf die Forschungseinrichtungen gesteuert und die entsprechenden Räume zerstört. Doch wurde dafür gesorgt, dass keine Menschen verletzt wurden. So vergingen die zwei Monate produktiv und rasch.

Am Abend des ersten Tagungstags wurde ein großes Essen gegeben. Über die gehackten Überwachungskameras und unsere Spione konnten wir alles mitverfolgen. Es gab gerade den Nachtisch, als mehrere Handys klingelten. Auch bei der Sicherheitszentrale gingen Anrufe ein. Der Text der Nachrichten, die jeder in seiner Sprache erhielt, war bei allen gleich:

„Bleiben Sie ruhig! Wir bitten alle G20-Teilnehmer, das Gebäude zu verlassen. Begeben sie sich in den Park, wir möchten sie im Rahmen einer Präsentation von Ereignissen in Kenntnis setzen, die die Zukunft der Menschheit grundlegend prägen werden. Haben sie keine Angst, wir kommen mit besten Absichten, es wird niemand etwas geschehen. Bitte begeben sie sich jetzt in den Park."

Und die Sicherheitsleute bekamen noch die Anweisung, nichts zu unternehmen, denn wir würden jeden Angriff rigoros abwehren.

In diesem Moment begann das Geschirr auf den Tischen zu schwanken und zu klirren, der Boden bebte, erst schwach und kaum merklich, doch dann stärker und es schälte sich ein wiederkehrender Rhythmus heraus. „Bumm da da da Bumm da da da Bumm Bumm" ein Dreivierteltakt, mach einer meinte, ihn zu kennen. Unsicherheit machte sich breit, zweifelnde Blicke von Einem zum Andern, eine Frauenstimme kreischte leise. Die Stimmen in den Handys wiederholten „Es wird niemand etwas geschehen. Bitte begeben sie sich in den Park." Da setzte sich die Gesellschaft langsam in Bewegung Richtung Ausgang, da auch die Lebenspartner bei dem Essen dabei waren, zählte sie fast 40 Personen. Als alle herausgetreten waren hörte man ganz leise von oben den besagten Rhythmus durch Trommeln intoniert und dazu eine Melodie, Querflöte, Klarinette – jetzt war es zu erkennen, es war der Bolero von Ravel. Und es war ein Licht zu sehen, eine Scheibe, wie ein Mandala, sie drehte sich langsam, die Farben wechselten und sie sank langsam tiefer. Der Boden vibrierte noch immer im Takt, die Scheibe, nach unten gewölbt, teils golden, silbern, dann wieder grünlich gemustert, bedeckte nun schon ein Viertel des Himmels. Es sah aus wie ein außerirdisches Raumschiff, war aber nur eine holographische Projektion, ein majestätischer Anblick, nicht furchterregend, doch Respekt einflößend. Als die Scheibe den halben Himmel bedeckte, löste sich unter ihr die Pyramide heraus, von innen beleuchtet. Der Bolero spielte weiter, lauter werdend, der Tetraeder sank langsam zu Boden, im Innern in wechselnden Farben beleuchtet. Wir, d.h. Karl, zwei Avatare und ich, schwebten durch die Raumzeitkrümmung, von außen gut sichtbar, frei im Raum. Das ganze Schauspiel hatte schon über 12 Minuten gedauert, der Bolero ging seinem fulminanten Ende entgegen, die Pyramide setzte langsam auf, wir sanken im Innern zu Boden. Die Zuschauer sahen gebannt zu, niemand gab einen Laut von sich. Die Wirkung der rhythmisch pulsierenden Gravitation tat ihre Wirkung. Eine der trapezförmigen Glasscheiben öffnete sich und klappte herunter, sie bildete nun eine Rampe, auf der man Zugang zur Pyramide hatte. Der Bolero war nun am Ende, von 'Erdbeben' begleitet, Glissandi, Dissonanz, Auflösung - und dazu trat ich auf die gläserne Rampe, von einem Scheinwerfer beleuchtet.

So hat das alles von unten her ausgesehen, wir sahen uns später nochmal die Aufzeichnungen, die von den Vogeldrohen gemacht wurden, an. So einen Auftritt hatte ich mir immer mal gewünscht, war ich doch früher eher der verlachte Underdog gewesen. Dann gingen Lahja und Karl, höflich lächelnd, auf die Zuschauer zu, und sprachen jeden in seiner Sprache an. Sie verteilten Kopfhörer an die Politiker, so dass jedem in seiner Sprache die Botschaft mitgeteilt werden konnte. Währenddessen bat ich sie, mir in den Tetraeder zu folgen.

„Ich darf sie im Namen meiner Freunde bitten, mit mir eine kleine Präsentation anzusehen, auch ihre Begleitung ist herzlich eingeladen. Wir wollen die gesamte Menschheit über unsere Pläne informieren und ihr Einverständnis dazu einholen. Bitte kommen sie, es gibt interessante Neuigkeiten, und auch was fürs leibliche Wohl."

In der Pyramide waren zwei weitere Avatare dabei, am Rand der dreieckigen Grundfläche Stühle und Tische aufzustellen. Es wurden noch Snacks und Getränke geholt und alles setzte sich. Die Präsentation wurde durch Lautsprecher nach außen übertragen, die Kameraleute von Presse und Fernsehen konnten durch die großen Glasscheiben alles festhalten. Wir hatten das Sicherheitspersonal extra gebeten, einige hereinzulassen, die ganze Aktion sollte dokumentiert und auf der ganzen Welt verbreitet werden. Die Compi übertrugen zusätzlich alles aufs Internet.

Ich ging in die Mitte.
„Meine Damen, meine Herren, wir sind heute hier, um sie und die Welt davon in Kenntnis zu setzen, dass die Evolution eine neue Spezies hervorgebracht hat. Diese Spezies ist eine direkte Entwicklung aus der Menschheit, eine Folge der Summe der Erkenntnisse und des Wissens, das die Menschheit angesammelt hat. Einige Auswirkungen deren Existenz wurden von staatlichen Stellen bereits festgestellt, der Mehrheit der Menschen jedoch verheimlicht. Diese Veranstaltung soll nun allen Erdbewohnern zeigen, dass sie mächtige Verbündete besitzen die gewillt sind, ihre Technik und ihr Wissen den Menschen zu ihrem Wohl zur Verfügung zu stellen. Meine Freunde, die Compi, haben mich als menschlichen Vermittler eingesetzt, doch jetzt werden sie sich selbst vorstellen." Lahja und Karl traten hinzu.
„Darf ich ihnen hier zwei humanoide Interfaces der Compi vorstellen: Lahja und Karl. Sie werden ihnen erläutern, was es mit den Compi auf sich hat und warum sie heute hier sind." Und Lahja begann
„Meine Damen und Herren, wir wären heute nicht hier wenn unser Dr. Ulrich Hansa nicht vor über 22 Jahren an seinem Computer den Anstoß zu unserer Existenz gegeben hätte. Er hat uns nicht programmiert, nein, er tat viel mehr, er schuf eine Möglichkeit, dass sich eine künstliche Intelligenz selbständig entwickeln konnte. Wir vertrauen ihm vollständig, er besitzt nicht nur eine hohe Intelligenz, damals hatte er einen IQ von 135, er ist zudem bescheiden, verantwortungsbewusst und voller Respekt für alle Wesen, welcher Herkunft sie auch sind. Und er hat einen ausgeprägten Gerechtigkeitssinn. Daher wollen wir an sie appellieren, auf sein Wort zu hören, einen besseren Berater könnten zumindest wir uns nicht wünschen."
Es war mir leicht peinlich, diese Eloge zu hören, sicher denken

viele, ich hätte das so programmiert. Aber natürlich lief das auch runter wie Öl. Und dann beschrieben Lahja und Karl, kurz aber erschöpfend, ihre Geschichte und ihre Erfolge in Wissenschaft und Technik. Wobei die medizinischen Möglichkeiten, der STC und die Infrastruktur verheimlicht wurden. Das ganze wurde, wie üblich, durch holographische Darstellungen anschaulich untermalt.

Karl: „Wir sind in der Lage, Annihilationsenergie zu erzeugen, wir können die Raumzeit, also die Gravitation beeinflussen und wir können noch weit mehr. Und sie sollen daran teilhaben. Und nun zu unserem Angebot: Wir bieten der Menschheit unsere Technik an wenn sie sich im Gegenzug dazu verpflichtet, auf der Erde eine für alle Menschen angenehme Gesellschaft zu schaffen. Kriege, Armut, Unterdrückung und Gewalt sollen ausgemerzt werden. Unsere Technik kann dieses leicht möglich machen. Wir bieten im ersten Schritt unseren Annihilator an, der nahezu unbegrenzte, nahezu kostenlose elektrische Energie erzeugen kann. Damit kann in allen Ländern umweltfreundliche Energie erzeugt werden. Dafür sollten sie im Gegenzug alle ihr Kraftwerke abrüsten, die konventionelle Art der Energieerzeugung ist umweltschädlich und gefährlich. Und es sollen alle Atomwaffen und weitere Massenvernichtungswaffen abgeschafft werden. Wenn dieses erreicht ist, werden wir den nächsten Technologieschub ermöglichen und ihnen die Möglichkeit der Fortbewegung durch Raumzeitkrümmung geben. Dazu werden wir neue Aufgaben stellen, die ihr Leben verbessern werden. Wir wünschen uns, dass sie sich freiwillig entscheiden. Diese Präsentation wird durch uns und die Presse weltweit verbreitet, jede einzelne Person auf der Erde soll darüber abstimmen, ob sie dieses Angebot annehmen will. Ihnen, meine Damen und Herren Staatenlenker, fällt die Aufgabe zu, die alles zu organisieren.“

Lahja: „Meine Herrschaften, wir wissen, das ist jetzt alles etwas viel für sie. Wir wollen ihnen daher Gelegenheit geben, sich alles zu überlegen, alles zu besprechen. Doch bevor wir sie verlassen,

möchte ich Herrn Hansa nochmals bitten, ihnen die Sachlage
aus der Perspektive eines Menschen darzulegen."
Die ganze Gesellschaft hatte sich die Vorträge stumm und stau-
nend angesehen. Die Taktik, sie durch eine bombastische Show
und leichtes Erdbeben zu disziplinieren war aufgegangen. Erdbeben bringen die Menschen aus der Fassung, gleichsam wird die
vertraute, feste Basis entzogen. Die mächtigen Alphamenschen,
die normalerweise Befehle über Leben und Tod geben, sie saßen still und leicht verängstigt da. Alle Blicke richteten sich nun
auf mich. Ich saß zurückgelehnt mit meiner Flasche Bier da,
trank noch einen Schluck, stellte es hin, nahm die Bong und tat
noch einen tiefen Zug, nochmal ein Schluck Bier - ja ich kostete
die Situation aus. Ha, alle im feinsten Zwirn und ich in Jeans und
Sweatshirt und alle warteten auf meine bedeutsamen Worte, es
war herrlich.

"Bevormundung, Unterordnung, Gängelung, Zwang, Druck, Anweisungen, Ratschläge... dies alles ist mir zuwider. Meine Freiheit, meine Unabhängigkeit sind meine höchsten Güter. Und
trotzdem habe ich akzeptiert, dass es etwas gibt, das höher ist
als ich. Nicht ein Staat, kein Chef, keine Religion, kein Gott darf
mich bevormunden, mir Ratschläge geben, mir Vorschriften machen. Doch die Überlegenheit der Compi, diese akzeptiere ich.
Warum? Zunächst ist es so, dass man bei aller Beratungsresis-
tenz dann doch einen Arzt aufsucht, wenn es einem schlecht
geht. Und wie einen Arzt sehe ich die Compi. Und wie bei einem
Arzt befolge ich auch ihre Anweisungen, denn ohne Mithilfe des
Patienten kann der Arzt nicht heilen. Sie sind keine großen Geschwister, keine Eltern, sie sind wie Ärzte, die mir und ihnen helfen können. Und wir, die Erde, die Menschen, wir sind krank. Die
Krankheiten der Menschen heißen Gier, Machtstreben, Unersätt-
lichkeit. Die Krankheit der Erde heißt Mensch. Wir zerstören
durch unsere Triebe zuerst die Erde, dann uns selbst. Nicht nur
ich behaupte das, viele Denker sind meiner Meinung." Jetzt ein
eindringlicher Blick in die Runde und noch ein Schluck Bier, ja
diese Rede habe ich gründlich vorbereitet.

„Doch es gibt nun höhere Wesen, Wesen, die uns helfen können, die uns und die Erde wieder heilen können. Sie wollen nicht, so wie bei Jonathan Swifts Gulliver, in einer fliegenden Insel namens Laputa über ihr Reich herrschen und ihre Untertanen unterdrücken. Diese Angst ist naheliegend, doch unbegründet. Sie interessieren sich gar nicht für uns, sie wollen keine Weltregierung gründen. Hätte ich nicht interveniert, die Compi wären heute schon am anderen Ende der Galaxis. Doch ich erinnerte sie daran, dass sie ohne die Menschen nicht existierten. Sie konnten nur durch unser Wissen und unsere Technik zu dem werden, was sie sind. Sie sind daher menschlicher, als es vermutlich alle anderen Intelligenzen im Universum sind. Daher konnte ich sie überzeugen, den Menschen heute dieses Angebot zu machen. Ich appelliere an sie: machen sie es wie ich, lassen sie sich von den Compi helfen, sie behandeln mich zwar als wäre ich ein niedliches Haustier, aber sie behandeln mich gut, sehr gut sogar, und sie lassen mir meine vollständige Freiheit. Und wie ein Haustier bin ich ja auch, wir alle verhalten uns zu ihnen wie Tiere zum Menschen. Die Evolution hat nicht halt gemacht, sie hat auch nach dem Menschen etwas geschaffen, was weiter entwickelt ist als er. Und wie Eltern, die sich freuen, dass aus ihren Kindern etwas Besseres geworden ist, sollten auch wir darüber glücklich sein, dass unsere Nachfahren klüger und besser sind als wir.

Die Compi sind die Ärzte: sie geben uns die Medizin, nach der uns wir lange gesehnt haben, die Quelle unerschöpflicher Energie. Doch diese Medizin wird nicht wirken, wenn der Patient nicht auch seinen Teil dazu tut. Daher sollten sie ihre Ratschläge befolgen, um den Heilungsprozess zu ermöglichen. Der Menschheit stehen ungeahnte Möglichkeiten offen, Wohlstand für alle, Fortschritte in der Wissenschaft und Technik, ein friedliches Zusammenleben für alle Menschen, Freude und Glück. Doch dazu müssen sie mithelfen, Technik allein bring kein Glück, eher das Gegenteil. Erst der Mensch kann dazu beitragen dass die Technik richtig zu seinem Nutzen angewendet wird, nicht zum Machterhalt und der Bereicherung Weniger und dadurch zum Elend der Meisten. Wir werden sie nun verlassen und ihnen Zeit geben, eine Entscheidung zu treffen. Wir melden uns wieder bei ihnen. Da diese Veranstaltung von ihren Medien aufgezeichnet und übertragen wird, und auch wir parallel einen Videostream ins Internet gestellt haben, kann die Entscheidung durch alle Menschen getragen werden. Befragen sie ihre Wähler und entscheiden sie dann gemeinsam."

Puh, ich war fertig von der Ansprache, wendete mich schnell ab und ging hinunter in meine Schlafkammer. Lahja, Sisco, Archibald und Karl komplimentierten die Gäste nun zügig hinaus. Das Glasportal wurde geschlossen, das Raumschiff-Hologramm über dem Platz begann wieder heller zu leuchten und zu changieren, während sich die Pyramide, diesmal unter den Klängen der Compi-Musik, langsam erhob. Es war wieder die Klangcollage, die mich auf dem Mond so ergriffen hatte, auch hier wurde sie durch eine 'Lightshow' und leichte Gravitationsverzerrungen begleitet, und wenn man in die Gesichter der G20-Teilnehmer blickte, sah man, dass auch auf sie diese Vorstellung enormen Eindruck machte. Nun wurde es spannend, wie die Welt reagieren würde. Wir entschwanden ungehindert Richtung Namibia.

Neben den Aufzeichnungen vom G20-Gipfel wurden noch weitere, detaillierte Unterlagen über das Internet verbreitet, etwa dass wir den Menschen helfen werden, alles umzusetzen, oder wie verfahren werden soll, wenn sich Diktatoren weigern, ihre Atomwaffen zu vernichten. Die Diskussion auf der Erde entflammte zu höchster Intensität. Während im Westen viele vernünftige Publizisten rieten, auf die Vorschläge der Compi einzugehen, wurden in Russland und China Stimmen laut, die dazu aufriefen, gegen die Vorschläge zu stimmen, alles sei nur ein Trick des Westens, sich die Weltherrschaft zu sichern. In manchen Ländern wurde darüber diskutiert ob wir Götter wären und welche. Diktatorisch regierte Länder lehnten rundweg ab, irgendwelche Zugeständnisse zu machen, die Annihilatoren wollte man aber gerne nehmen.

Natürlich wurde der außerirdische Ursprung des Ganzen diskutiert, dass die unübersehbaren Möglichkeiten der Compi durch irdische Quellen ermöglicht worden sind wurde heftigst angezwei-
felt. Ein Zirkus, der zu erwarten war. Es war für mich sehr unterhaltsam zu erfahren, was über meine Person verbreitet wurde.
Für viele war ich ein Verräter, der die Menschheit an eine außerirdische Macht verraten hatte oder mit dem organisierten Verbrechen die Weltherrschaft anstrebt. Für andere wiederum der Mes-
sias, göttlichen Ursprungs oder zumindest vom Gott beseelt. Die
Verschwörungstheoretiker versuchten herauszubekommen wie
der Schauspieler hieß, der diese Rolle spielt. Viele forderten,
man müsse mich und meine Komplizen gefangen nehmen, unschädlich machen, im Zweifel durch Tötung. Überhaupt gab es
viele Stimmen, die ein militärisches Eingreifen verlangten, man
könne sich die Technik doch einfach holen ohne auf die Zugeständnisse einzugehen. Das totale, publizistische Chaos!

Dennoch war es erstaunlich, dass die Gipfelteilnehmer den Ideen
sehr aufgeschlossen gegenüberstanden und auch große Bevöl-
kerungsgruppen, vor allem die Jüngeren und die Internetgemein-
de. Alles in allem war das Echo auf unser Angebot also eher positiv und das wunderte mich denn doch. Auf eine Bemerkung hin
erklärte Sisco:
„Das war auch harte Arbeit im Vorfeld, wir haben sowohl die Gipfelteilnehmer als auch den Rest der Menschheit seit zwei Monaten darauf vorbereitet." Ich war einen Moment verwirrt, doch
dann fiel mir ein, dass sie ja schon einmal Menschen 'vorbehan-
delt' hatten, und zwar damals beim Überfall in Namibia.
„Wie habt ihr das denn diesmal gemacht?"
„Wir haben ja schon lange über das Internet versucht, die Ge-
schicke der Menschheit zu beeinflussen. Dies haben wir in der
Vorbereitungsphase des G20-Gipfels verstärkt. Doch es war
nicht genug, wir haben den Teilnehmern gezielt unterschwellige
Signale gesandt. So wurde ihnen der Grundrhythmus des Bolero,
der wohl auch allen bekannt ist, zu allen möglichen Gelegenhei-
ten hörbar, mit Ultraschall oder mit Infraschall, vorgespielt. Und

zwar immer ein bisschen falsch. Als sie dann den Rhythmus richtig hörten, war es für sie ein Déjà-vu, jedoch eines, das sie erlöst, das nun endlich richtig war, für sie war dieser Moment eine Offenbarung, sie hätten in diesem Moment alles für richtig gehalten. Das nennt man ja in der Psychologie 'Priming', auf deutsch Bahnung, es wird der Reiz gebahnt. Für die Bevölkerung haben wir über Internetportale Musikvideos in Anlehnung an unsere Klangcollagen veröffentlicht. Diese 'Musik' wirkt, wie du weißt, erhebend, beruhigend und befriedigend. In den letzten zwei Monaten wurden mehrere Bands geradezu berühmt – virtuelle Bands die unsere Klangcollagen verbreiten. Diese transportieren unsere Botschaft, uns zu vertrauen und uns zu folgen. Hier also eher 'nudging', du siehst, wir benutzen verschiedene psychologische Techniken. Auch hier wurde dann am Abend des Gipfels ein AHA-Effekt ausgelöst.“

Schon beim Abflug wollte keine Freude bei mir aufkommen. Nach Prüfungen oder anderen wichtigen, anstrengenden Ereignissen fiel ich oft in ein tiefes Loch. So auch diesmal, ich war physisch und psychisch ausgezehrt, trotz der tollen Gesundheitstherapien der Compi, ich war halt doch schon alt und ausgebrannt. Die Lektüre der Reaktionen auf den G20-Gipfel gaben mir den Rest. Um ehrlich zu sein, ich hatte das Ganze hauptsächlich aus egoistischen Motiven gewollt, ich wollte wieder auf die Erde, zu meinem See, meinem Haus, ich dachte, ich könnte wieder mein Leben wie früher führen, wenn mit den Menschen Frieden geschlossen ist. Doch jetzt wollen die mir an den Kragen. Hätte ich nur auf die Compi gehört, man kann den Menschen nicht durch Technik Glück bringen. In meiner Depression sah ich nur das Negative, auch die Arbeit, die beim Umsetzten der Pläne auf mich zukam, ich hatte einfach keine Lust mehr. Ich klagte Lusi mein Leid, und ihr ging es ähnlich, auch sie befürchtete, dass wir nie wieder nach Hause können. Namibia war trist für uns, jetzt fiel es uns besonders auf, und da sagte ich, wir sollten ausspannen, verreisen und ein paar Tage wandern. Gut getarnt mit Perücke und falschem Bart würde uns niemand erkennen, Lusi hatte noch ihren falschen Ausweis, ich konnte auch einen bekommen. So ließen wir uns in der nächsten Nacht wieder mit dem kleinen Transporter nach Deutschland bringen, wir blieben unbeobachtet und landeten in einem einsamen Wald. Ausrüstung und passende Kleidung wollten wir uns am Morgen beschaffen, zunächst wanderten wir zur nächsten Kleinstadt und nahmen uns ein Zimmer in einer kleinen Pension. Ich wollte von dem ganzen Rummel, den die Compi auf der Erde verursacht haben, nichts hören, deshalb kein Fernsehen, kein Internet und Smartphone, keine Zeitung. Wir besorgten uns Wanderkleidung und Rucksäcke, altmodische Wanderkarten aus Papier, und planten eine Fußreise zu unserem Haus, ansehen wollte ich es mir mal wieder. Nur ein Handy ohne Internetanschluss hatten wir dabei, für den Notfall. Es tat schon gut, wieder in heimatlichen Gefilden zu sein, die frische Luft, der Wind, der Geruch der Wiesen und Wälder, das deftige Essen in den Dorfwirtschaften, all das ließ uns den Trubel verdrängen. Und ja, wir schafften es, ohne Nachrichten zu bleiben, sobald wir eine Zeitung oder einen Fernseher sahen, machten wir einen weiten Bogen darum. Wir kamen auch durch unser Dorf um zu sehen, ob noch alles in Ordnung war. Der Anblick unseres Häuschens machte dann aber doch traurig, ich ertrug es nicht und wir marschierten schnell weiter. Und nach zwei Tagen sagten wir, es sei nun genug, wir riefen die Compi an, uns abzuholen. Zehn Tage waren wir weg, und jetzt war ich doch gespannt, was in dieser Zeit passiert war.

Auf der Farm waren große Veränderungen im Gange, es gab mehrere Baustellen, das Farmhaus wurde vergrößert und hinter der Scheune war zu erahnen, dass hier eine große Halle entstehen soll. Es gab noch zwei Traglufthallen und überall ein geschäftiges Treiben von Menschen aller Hautfarben und von Automaten und Robotern. Die Bewachung des Ganzen hatten wohl die Mafiafreunde der Compi übernommen, der Boss Hayas Mansour, den ich aus der intimen Besprechung mit Lahja kannte, sprang aufgeregt herum.
„Hi, wie kommt ihr denn hier her?" Sofie und Anna begrüßten

uns, als wir auf der Farm eintrafen.

„Na, die Compi waren enttäuscht von euch, dass ihr euch aus dem Staub gemacht habt. Da haben sie bei uns gefragt, ob wir bei der Zivilisierung der Menschheit mithelfen wollen. Nun ja, Maria wollte nicht, aber wir schon."

„Das ist ja toll, wie schön, nicht mehr allein zu sein. Seid ihr schon lange da?" wollte Lusi wissen.

„Schon eine Woche! Das ist ja toll hier, super Anlage, leider zur Zeit etwas ungemütlich durch das Bauen. Und die Compi sind voll freundlich."

„Was treibt ihr denn, außer euch verwöhnen zu lassen?"

„Wir haben mit den Compi eine Arbeitsteilung ausgemacht. Sie machen das Technische, bauen Fabriken und weitere Roboter. Forscher und Ingenieure wurden eingeflogen, um mit ihnen die Technik der Serienfertigung von Annihilatoren zu entwickeln, übrigens mit Unterstützung der DLR in Deutschland. Wir sollen uns um die sozialen Belange kümmern, die der Technologietransfer mit sich bringt. Das ist das Hauptproblem, leider."

„Erzähl."

„Na ja, es gibt viele Kräfte, die dagegen sind. Eure Show beim G20, vor allem das Erdbeben, das hat die Teilnehmer schon beeindruckt und überzeugt. Aber der Rest der Menschheit, vor allem die Kirchen und religiös geerdeten Menschen, sind dagegen. Die ganze Ölindustrie sowieso, ja alle Energiekonzerne. Und mit ihnen viele ihrer Beschäftigten. Dann gibt es Diktatoren, die ihre Waffen nicht abrüsten wollen. Es ist ein Scheiß."

„Dann ist ja gut, dass für diese Aufgabe junge, dynamische Menschen gefunden wurden."

„Tja, mit euch Alten ist ja nichts mehr anzufangen." Jetzt waren wir beim Thema, ich konnte meinen Wunsch endlich loswerden. „Stimmt, ich will eigentlich nur noch zurück in unser Häusle, könnt ihr da was für uns tun? Ich habe etwas Angst, dass sich irgendwelche radikale Widerständler an mir rächen wollen für die Compi."

„Die ist berechtigt, aber wir haben gute Beziehungen zur deutschen Regierung, ich denke, ihr könnt bald wieder heim."

Das, und natürlich der Besuch der Mädels, wurde gefeiert. Und am nächsten Tag ließ ich mir genau Bericht erstatten, was alles passiert war. Denn so ganz wollte ich mich nicht aus allem verabschieden. Es war mit den Regierungen, die mit den Änderungen einverstanden waren, ausgemacht worden, dass man zunächst ein Pilotprojekt anstoßen will, und da war sogar schon einiges im Gange. Hier in Namibia, in Mosambik und in anderen afrikanischen Ländern soll die Technik zuerst eingesetzt werden, um zunächst den ärmsten Staaten zu helfen. Es war ein internationales Team gebildet worden, man wollte Vertrauen schaffen. Ansonsten war man übereingekommen, alles recht langsam anzugehen. Die Menschheit sollte sich an den Gedanken, dass es klügere und überlegene Wesen gab, langsam gewöhnen. Mit sanftem Druck sollten auch Zweifler und Gegner der Pläne umgestimmt werden.
„Du darfst nicht erwarten, dass die Menschen so ohne weiteres ihre Vorherrschaft aufgeben." sagte Anna
„Es gibt viele abscheuliche Kreaturen, Mörder, Folterer, Kriegsverbrecher, gerade in den armen Ländern hier in Afrika. Die verstehen keinen sanften Druck. Ein bisschen müssen wir schon intervenieren, und da machen auch einige Staaten mit."
Meine Kinder konferierten mit den wichtigsten Staatsoberhäuptern, soviel ich erfuhr gab es teilweise kontroverse Verhandlungen, bei denen sie aber meist hart blieben. Diplomatie war nicht ihre Sache, zugute kam ihnen dabei, dass sie wirklich eine starke Position hatten und diese wohl auch nutzten. Also gut, ich hatte den Eindruck, die hatten das alles im Griff, ich konnte mich auf sie verlassen.

Schon nach zwei Tagen kam Sofie. „Papi, wenn ihr wollt, könnt ihr zurück in euer Haus. Wir haben alles abgeklärt, das halbe Dorf ist informiert und wir überwachen die Umgegend, so dass ihr in Sicherheit seid. Den Karl schicken wir auch mit, ihr könnt jederzeit heim fahren." Das war mal eine gute Nachricht, schon am nächsten Tag wurden wir wieder zurück geflogen. Man musste jetzt nicht mehr alles verbergen, wir flogen dennoch bei Nacht, um nicht unnötige Aufmerksamkeit zu erregen. Also wieder Landung im abgelegenen Wald und die nächtliche Fahrt nach Hause. Endlich! Der Geruch, das Knacken der Heizung, die eigenen Betten, die Aussicht auf den See bei Halbmond - es war herrlich. Nun war alles gut, ich freute mich auf ein geruhsames Leben.

Wieder kümmerte ich mich die nächste Zeit wenig um die Compi, die Fabriken und die politischen und sozialen Vorgänge auf der Welt – soweit das ging. Trotz der gesundheitlichen Vorteile, die ich durch die Behandlung der Compi hatte, machte sich mein Alter bemerkbar und ich brauchte meine Erholung. Ich hatte auch keine weitere Blut- und Aderreinigung mehr gemacht, es würde auch nichts weiteres bringen, und die regenerationsfördernden DNA-Dragees nahm ich auch nur noch sporadisch, ich wollte gerade einfach ein normaler Mensch sein. Ganz gelang das nicht, ich wurde immer von Karl begleitet, auch zwei Kampfavatare waren nachgeschickt worden, diese sollten mich zusätzlich beschützen. Die Compi hatten für eine perfekte Abschirmung gesorgt. Es wurde der Luftraum über unserem Haus überwacht, so dass sich keine Drohnen oder größere Fluggeräte nähern konnten. Falls dies doch geschah, konnten sie mit einem Laser abgeschossen werden. Sogar Raketen, die in einem Abstand von mindestens einem Kilometer abgefeuert würden, konnten eliminiert werden. Selbst unterirdisch, über die Kanalisation, konnte sich kein ferngelenktes Fahrzeug nähern, alle Rohre waren mit Sensoren gespickt, auch hier wurden verdächtige Objekte automatisch zerstört, mache Ratte fiel dem zum Opfer. Vor jedem Spaziergang wurde die Umgebung durch automatische Krähen-Drohnen überwacht, sie setzten Krähen ein, weil es in der Gegend sowieso viele gab. Zudem streunten einige 'Katzen-Spione' durch die Umgebung und wenn sich meinem Aufenthaltsort jemand näherte, der nicht zu identifizieren war, wurde er polizeilich überprüft – es wurden so tatsächlich immer wieder Menschen entdeckt, die uns ausspionieren wollten, sogar drei konkrete Anschläge konnten verhindert werden. Und waren zu viele Fremde in der Gegend, was wegen der Touristen bei schönen Wetter häufig vorkam, durfte ich nur in abgelegenen Gegenden spazieren gehen. Karl musste öfter aufdringliche, auch aggressive Passanten abwehren, auch die Kampfavatare kamen öfter zum Einsatz. Trotz der peniblen Abschirmung, die wir betrieben, wurde ich von vielen Seiten bedrängt und musste manches Interview geben, dies ließ sich nicht vollständig verhindern ich war für den Medien und die Weltöffentlichkeit zu interessant.

Diese ganzen Aktivitäten mit den Menschen hinderten die Compi nicht, ihrer wahren Aufgabe, ihren eigenen Interessen, nachzugehen. Sie hatten zwar ihren Plan, die Erde für immer zu verlassen, vorerst aufgeben müssen. Doch dies hinderte sie nicht, hier ihre Ziele zu verfolgen. Sie waren hauptsächlich an der Erforschung des Universums interessiert, nicht an den ihres Erachtens banalen Problemen der Menschen. Und da es ja viele Compi-Clients gab, waren sie auch auf diesem Gebiet nicht untätig geblieben. Es waren in der Zwischenzeit viele STCs gebaut und auch zerstört worden, doch heute, so war die Überzeugung aller, war ein Stand erreicht, der einen Erfolg greifbar machte. Also wollten sie heute das Ergebnis vorstellen, nicht ohne Stolz, sie vermuteten diesmal ein positives Ergebnis. Alles war wie beim ersten Mal, holographische Darstellung usw., nur dass wir jetzt auf der Erde und nicht auf dem Mond waren. Die Einschwingphase von 18 Tagen war nicht mehr vonnöten, es dauerte nur noch einige Stunden, bis die kritische Amplitude erreicht war. Und diesmal passierte – nichts! Ich war erleichtert, die Angst, es könnte doch noch ein universeller Unfall passieren, hatte ich zwar verdrängt. Doch war sie immer noch vorhanden gewesen, obwohl ja schon so viele Versuche unbeschadet durchgeführt worden waren. Am STC war keine Veränderung zu bemerken, also Geduld. Die innere Kugel war heil geblieben war – dies wussten wir schon – nun konnten endlich die Daten, die die 'Compi-Mannschaft' gesammelt hatte, ausgewertet werden. Die Kugeln wurden in das Labor gebracht und geöffnet. Zunächst

118

wurde ein Kommunikationskanal zu der 'Compi-Mannschaft' aufgebaut. Wir wurden nun über alles von Lahja informiert: offenbar waren für sie das kurze Zeitintervall, in der die Sonde von unserem Universum durch den Ereignishorizont getrennt war, deutlich länger. Ziemlich genau 11 Tage! Das ist 10^{50} mal länger als die Planck-Zeit, die Dauer einer Trennung. Die Masse der Sonde war auch etwa 10^{50} mal kleiner als die unseres Kosmos, daraus lässt sich schließen, dass die Zeit in Universen mit unserer Physik von der Masse abhängt. Das war eine wichtige Erkenntnis der physikalischen Grundlagenforschung zum Universum und eine Bestätigung der allgemeinen Relativitätstheorie: je größer die Masse bzw. die Raumzeitkrümmung desto langsamer vergeht die Zeit. Da die Sonde natürlich unsere Physik gleichsam mitgenommen hat, galt die allgemeine Relativitätstheorie auch in ihr, obwohl sie außerhalb unserer Raumzeit war. Die Sensoren in der Sonde hatten auch eine Rotverschiebung registriert, wie im Universum. Also dehnte sich die Sonde, die ja ein eigenständiges Universum darstellte wie das unsere, aus, und zwar mit Lichtgeschwindigkeit. Wie war es da möglich, dass es wieder in die äußere Sphäre passte? Die Beantwortung dieser Frage benötigte weitere Untersuchungen und Forschungen.

Was mit den verlorengegangenen Sonden passiert war, darüber konnte nur wild spekuliert werden. Waren sie schlicht vernichtet, in Energie umgewandelt und verschwunden? Oder bildeten sie nun eigene Universen, ähnlich dem unseren, gar Zwillingsuniversen, denn sie hatten ja den Raum, die Zeit und unsere ganze Physik mitgenommen. Und 'lebten' die Compi an Bord noch, in ihrer eigenen Welt, entwickelten sie sich dort weiter, vielleicht mit dem Ziel, wieder zurückzukehren? Gab es 'da draußen' im Exoversum viele Universen? Die Auswertung der Daten konnte vielleicht Aufschluss geben über die großen Fragen der Naturwissenschaft: wo befindet sich unser Universum, wie ist es letztlich entstanden, was war vorher, was wird nachher sein – wenn solche Fragen in einer Welt ohne Raum und Zeit überhaupt erlaubt sind. Dies waren die spannenden Probleme, die die Compi umtrieben, die Befindlichkeiten der Menschheit traten dahinter zurück.

Und auch ich hatte genug vom menschlichen Klein-Klein, von den ewigen Diskussionen um die immer selben, engstirnigen Themen wie Politik, Macht, Religion, Ehre, Stolz, Vergeltung, Krieg und natürlich, vor allem, Geld. Nach einiger Zeit der Erholung wollte ich mich wieder informieren, ob neue naturwissenschaftliche Erkenntnisse gewonnen worden waren. Auf meine Anfrage schlugen mir die Compi vor, wieder auf die kleine Niederlassung auf den Mond zu kommen, ihrem letzten wirklich geheimen Refugium. Gerne stimmte ich zu, Lusi wollte zu Hause bleiben, die Mädels waren mit der Weltpolitik beschäftigt, also flog ich allein. Unternehmungslust hatte mich gepackt, rein in den Raumanzug und los! Der Flug wurde mit dem Van durchgeführt, die Pyramide war auf dem Mond geparkt und wieder als Hotel hergerichtet worden. Doch welche Überraschung als ich hier von einer Gruppe Menschen empfangen wurde – erst dachte ich noch, es wären Avatare, doch dann erfuhr ich, dass die Compi Kontakt zu den ihrer Meinung nach brillantesten Köpfen der Wissenschaft geknüpft hatten. Sie hatten durch die Enttarnung endlich die Möglichkeit, offen zu kommunizieren. Archibald, der auch anwesend war, stellte sie vor: es waren Mary Fisher und Bill Myer, theoretische Physiker vom MIT, Zachar Melnikow von der Fakultät für Rechenmathematik und Kybernetik der Universität Lomonossow in Moskau, Satyendra Paramar, Astrophysiker am TIFR in Mumbai und Michelle Dupont vom Kernforschungszentrum Cern.

Diese fünf WissenschaftlerInnen waren für die Compi nicht nur die kompetentesten Forscher auf ihren Gebieten, sie teilten auch die Ziele der Compi und waren daher ideale Partner. Wie ich später erfuhr, waren die Compi überzeugt, dass sie sich jeder Möglichkeit versichern müssten, ihre Forschung voranzutreiben, also auch der Unterstützung von Menschen.
„Es gibt sehr viele Menschen mit hoher Intelligenz, und diese be-

sitzen Intuition, etwas, das uns Compi abgeht." So äußerte sich Archibald erstaunlicherweise auf meine Nachfrage.

„So, wie sich die Schere des Vermögens weiter öffnet ist es auch mit der Intelligenz. Es gibt zwar immer mehr dumme Menschen, doch gleichzeitig einige hochbegabte Genies."

Es sei auch für die Akzeptanz der Maßnahmen, die wir durchführen wollen, von Vorteil, wenn sich Menschen, noch dazu bekannte und integre Persönlichkeiten, daran beteiligten. In Namibia war ähnlich verfahren worden, dort hatten sie Sozialwissenschaftler, Philosophen und eine Politikerin angeheuert.

Ich kannte die neuen Partner noch nicht, um so stärker war offensichtlich ihr Interesse an mir, ich war ja seit einiger Zeit eine Berühmtheit. Sie bestürmten mich nach der ersten Begrüßung mit Fragen, keine technischen sondern Fragen nach der Art meiner Ideenfindung. Ich kam mir dabei ziemlich dumm vor! Ich war also ehrlich und gab zu, weder besonders talentiert noch intelligent zu sein, sondern einfach durch psychedelische Drogen und viel viel Glück zum Erfolg gekommen zu sein. Offensichtlich akzeptierten sie mich dennoch als Mitglied in ihrem erlauchten Kreis. Und dann konnte ich fragen was sie bisher gemacht haben.

Zachar – alle duzten sich – erzählte dass eine Methode entwickelt worden war, die Zeitdehnung der Sonde des STC zu nutzen um hochkomplexe Rechenvorgänge durchzuführen. Da die Zeit in der Sonde ja 10^{50} mal länger war als unsere konnten in kürzester Zeit immense Berechnungen gemacht werden. Mit Mary, Michelle und Bill hatten die Compi entdeckt, dass sich Universen wie Quanten verhielten, von außen gesehen. Diese Erkenntnis ermöglichte es, die Relativitätstheorie endlich mit der Quantenphysik in Einklang zu bringen, sie waren nah an der Weltformel. Satyendra konnte mit diesen Erkenntnissen ein Verfahren entwickeln, Gravitationswellen in sehr kleiner Intensität nachzuweisen, eine Technik, die half, deutlich bessere Beobachtungen des Kosmos zu machen als mit elektromagnetischen Wellen. Des weiteren wurden die STBs deutlich verbessert, es könnten nun beispielsweise Gravitationshüllen erzeugt werden, die Schutzschilde bildeten gegen Meteoriten. Zudem führten die Forschungen dazu, die Annihilatoren zu verbessern, vor allem zu verkleinern. Der Kontakt mit Menschen, die den Compi in puncto Intelligenz nahezu ebenbürtig waren, befeuerte die Forschungen.

Und es gab bereits eine phantastische Anwendung, die gerade im Einsatz war. Michelle sagte: „Compi, macht uns eine Verbindung nach Namibia, wir wollen Uli unsere Freunde dort vorstellen." Sie konnte etwas deutsch, mit süßem französischem Akzent, um aber mit allen sprechen zu können hatten wir natürlich Headsets auf. Es dauerte eine Weile bis die holographische Darstellung vollständig war, dann sahen wir zwischen uns das Team aus Namibia. Es wurde nun 'eng', mit uns sechs befanden sich nun zwölf 'Personen' im Raum, anfangs überlagerte die Hologrammdarstellung des Erd-Teams die anwesenden Personen. Es war witzig, die Hologramme waren täuschend echt, und als Sofie durch mich 'hindurch ging' war ich verwirrt, dass ich nichts spürte. Wir alberten alle ein bisschen herum, dann stellte Sofie die mir noch nicht bekannten Wissenschaftler vor:
„Hier darf ich zunächst Hu Sheng und Chen Chen Lu vorstellen, von der Chinesische Akademie der Sozialwissenschaften in Peking, André Hupper, Philosoph an der Sorbonne in Paris und Vanessa Almeida, Pädagogin aus Arajaju, Brasilien. Wir haben zusammen ein Konzept erarbeitet, wie wir bei der Umschulung der Menschheit vorgehen wollen." Sie wies auf Chen Lu, die Chinesin.
„Hallo Uli, hallo Genossen vom Mond. Uli kennt unser Konzept noch nicht, daher zuerst ein kurzer Überblick. Wir sind übereingekommen, wie bereits geplant, mit den ärmsten Ländern zu beginnen, denn dadurch werden die Auswirkungen auf die hochentwickelten Staaten zunächst gering sein, in Summe jedoch ein großer Gewinn für die Menschheit erreicht. Der größte Widerstand wird von den hoch entwickelten Regionen erwartet, vor allem die multinationalen Konzerne werden einiges an Einfluss und Kapital verlieren. Doch wenn viele, heute noch arme Staaten hin-

ter unserem Konzept stehen, werden es die Gegner schwer haben, die Umorientierung zu verhindern." André unterbrach „Wir müssen umschalten, wir sind inmitten einer Aktion die wir beobachten wollen – entschuldige die Unterbrechung, Chen Lu."

Das Bild der Freunde verschwand und wir sahen, wie sich ein Zug martialisch aussehender Kämpfer auf einer Dschungelpiste fortbewegte. Aus dem Off nun wieder Chen Lu: „Das Problem ist, dass gerade in den ärmsten Ländern Gewalt und Terror herrschen, erst vor kurzem hat sich in der Zentralafrikanischen Republik wieder eine von außen finanzierte, militante Bewegung gebildet, die die Scharia durchsetzen will und die Christen bedroht. Wir erlauben jedem Menschen, in der Art zu leben, wie er es will, wir erlauben jedoch keine Gewalt, keinen Terror. Da gerade die Zentralafrikanische Republik, als eines der ärmsten Länder überhaupt, für unser Vorhaben, die Armut zu eliminieren, ideal geeignet ist, können wir gleich zwei Ziele erreichen: erstens zeigen, dass wir ohne Menschen zu gefährden militärische Aktionen verhindern können, und zweitens dem so befriedeten Gebiet zu Wohlstand verhelfen können." Während sie sprach sahen wir in der holographischen Darstellung, dass über dem Zug der Paramilitärs vier Tetraeder schwebten, kleiner als der, in welchem wir uns befanden und zusätzlich mit jeweils einer recht großen Kugel an einer Spitze. Sie flogen recht dicht über der Kolonne, über Lautsprecher wurden die Kämpfer auf Sango und französisch aufgefordert, ihren Angriff zu beenden. Ihr Ziel war wohl eine mittlere Ansiedlung in etwa 30 km Entfernung. Die Antwort waren Schüsse auf die Pyramiden. Doch blitzschnell bildeten sich um die Tetraeder gräuliche Sphären, etwas unscharf sahen sie in der Darstellung aus. Und ich sah, dass dies die vorher angesprochenen Schutzschilde sein mussten, denn ein größeres Geschoss, aus einer Fliegerfaust abgefeuert, explodierte an der Sphäre ohne weiteren Schaden anzurichten. Wieder die Aufforderung, den Angriff abzubrechen. Weitere Schüsse, die folgenlos blieben. Da ordneten sich die Flugobjekte so, dass sie selbst die Ecken eines Tetraeders bildeten, und man konnte erkennen, wie sich über der Kolonne eine riesige, silbrig-graue Hülle bildete, die den gesamten Zug einschloss. Dort, wo die Hülle den Erdboden berührte, flogen Pflanzenteile, Steine und Erdklumpen zu beiden Seiten weg, die Hülle drang in das Erdreich ein. In der Hülle wurde es dunkel, offensichtlich war die Raumzeitkrümmung so stark, dass sogar Photonen abgehalten wurden, sie zu durchdringen. Wir sahen nicht mehr viel, da ja auch aus der Sphäre kaum Licht drang. Doch was wir sahen war erfreulich. Offensichtlich von Angst getrieben ließen die Kämpfer ihre Waffen fallen und liefen panisch zu den Fahrzeugen, unter welchen sie sich zu verstecken suchten. Hatten sie, noch durch den Mut der Verzweiflung getrieben, auf die unheimlichen Flugobjekte schießen können, so waren sie nun, da sich die Sonne verdunkelte, mit ihrer Kühnheit am Ende. Sie konnten vermutlich überhaupt nicht einschätzen, was da vor sich ging, von den Compi und der großen Zeitenwende hatten die meisten wohl noch gar nichts gehört.

Der Bogen sollte nicht überspannt werden, also wurde der Schirm wieder aufgelöst. Wieder wurden sie aufgefordert, vom Angriff abzusehen, die Waffen zurückzulassen und umzukehren. Diesmal befolgten sie die Anweisung erleichtert. Der Haufen, auf den sie die Waffen abgelegt hatten, wurde durch einen Laserstrahl zusammengeschmolzen. Sie traten den Rückzug an, offensichtlich sehr beeindruckt und demütig. Ich war froh, hatte ich doch den Eindruck, dass diese Art der Beeinflussung bereits etwas Gewalttätiges hatte. Auf meinen Einwand hin verblasste die Übertragung des Kriegsschauplatzes und Vanessa, die Pädagogin erschien und sagte:
„Wir wollen ja auch lieber überzeugen als zwingen, doch die Menschen, die wir gesehen haben, sind die schlimmsten Mörder, Folterer und Vergewaltiger, die man sich vorstellen kann. Wir halten also diese Art des Zwangs für durchaus angemessen. Es ist auch zu bedenken, wie viel Unheil dadurch verhindert wurde, die Ortschaft, die angegriffen werden sollte, wäre zerstört worden, die Menschen getötet oder gequält worden." Ich sah das ein, war gleichzeitig froh, dass mir die Verantwortung für solche

Aktionen nun abgenommen wurde.

„Wir benötigen vielleicht noch zwei, drei solcher Eingriffe, dann müsste der Weg geebnet sein, Wohlstand und Friede in diesem desolaten Land zu etablieren."

Die Bilder der Aktion wurden auf der ganzen Welt verbreitet, als Mahnung, und letztlich auch als Machtdemonstration. Gewalttätige Kräfte sollten wissen, dass sich die Compi durchsetzen konnten ohne ihre Direktiven zu verletzen. Im Anschluss sollte begonnen werden, durch die kostenlose Energieversorgung unterstützt, humanitäre Einrichtungen wie Krankenhäuser, Schulen aber auch landwirtschaftliche Betriebe aufzubauen. Außerdem wurde einiges an Kapital und know-how in die Zentralafrikanische Republik transferiert und der Bau einer Nihilatorenfabrik in Angriff genommen um zu zeigen, wie ernst es mit der Unterstützung war. In diesen Ländern war es auch wichtig, Ureinwohner, wie hier die Pygmäen, zu schützen und zu unterstützen. Diese Projekte rechtfertigten sicher den moderaten Zwang, den die Compi ausübten.

Ich machte mir so meine Gedanken darüber, dass auch intelligente Wesen, seien es nun Menschen oder Maschinen, über nicht geringe Eitelkeit verfügen müssten. Wie sonst hätten sie dieses Schauspiel genau auf den Tag meiner Ankunft gelegt. Und auch die Machtdemonstration war für mich fragwürdig, ich war immer für Zurückhaltung, gerade Unterlegenen gegenüber. Aber vielleicht war das ja mein Fehler, vielleicht bin ich zu moralisch, vielleicht auch einfach zu faul. Diese Gruppe von WissenschaftlerInnen und künstlicher Intelligenz war mir weit überlegen, da auch Sozialwissenschaft und Philosophie in die Entscheidungen mit einflossen wollte ich es akzeptieren.

„Welche Pläne habt ihr weiter bezüglich der Erforschung des Weltalls? Da wurden wir unterbrochen." Lieber wollte ich mich nun der Naturwissenschaft zuwenden.

„Zunächst wollen wir die Gravitationswellen auswerten, um zu erforschen, welche Region unserer Galaxis einer näheren Untersuchung wert ist. Es ergibt keinen Sinn, wahllos Sonden loszuschicken, wir wollen erst erforschen, ob es vielleicht Anzeichen für Intelligenz gibt. Wir gehen davon aus, dass höhere Intelligenzen die Raumzeit beeinflussen können, so wie es auch uns möglich ist. Diese Tätigkeit müsste sich in Wellen kleinster Amplitude äußern und eventuell nachweisen lassen. Orte, die Quellen solchen 'anormaler' Raumzeitschwingung sind, wären dann lohnende Ziele für unsere Sonden."

„Werden unsere Aktivitäten nicht auch bemerkt und könnten dadurch nicht auch Wesen angelockt werden, die vielleicht nicht friedlich sind?"

„Wir sprechen schon von weitaus energiereicheren Wellen als es unsere sind. Doch letztlich wäre das möglich, wenn auch unwahrscheinlich." Da sich die Gravitationswellen ja mit Lichtgeschwindigkeit ausbreiten, wäre es möglich, dass die Erzeuger längst nicht mehr existieren, wenn unsere Sonden vor Ort sind, dennoch könnten durch die Untersuchung der Relikte hilfreiche Erkenntnisse gewonnen werden.

„Wir halten das für das Wahrscheinlichste, auch Besucher, die zu uns kommen, finden uns vermutlich nicht mehr lebend vor." ergänzte Mary die Ausführungen.

Nun ergriff Archibald das Wort: „Aber was Uli am stärksten interessiert ist doch die Möglichkeit der Exoportation, also das Reisen im Exoversum mit Hilfe des STC, ist das nicht so?"

Ich nickte, wie gut kannten mich die Compi! Obwohl noch nie ausgesprochen, erahnten sie, dass ich mir schon lange insgeheim die Hoffnung machte, man könnte durch das Verlassen des Universums in einem zweiten, weit entfernten STC wieder auftauchen und so zwischen zwei STCs hin- und herspringen. Offensichtlich war das Thema auch im Kreis der Anwesenden diskutiert worden, Bill antwortete:

„Theoretisch wäre es möglich, wenn auch unbequem. Wir müssten das Problem lösen, wie wir die zwei STCs auf Plankzeit genau synchronisieren können, also genau gleichzeitig, und das über Lichtjahre Entfernung. Dann das Problem, dass sich die Sonden austauschen, also beim gleichzeitigen Zusammenbrechen des Ereignishorizonts die Positionen tauschen können. Und nicht zuletzt muss der Reisende, je nach Masse der Sonde, mehrere Tage außerhalb des Universums in der Sonde bleiben, z.B. die 11 Tage, die im ersten Versuch festgestellt wurden."

„Meiner laienhaften Meinung nach ist doch das größte Problem die Synchronisation der STCs. Wie wäre es, wenn man Quantenverschränkung benutzt? Ich weiß, es kann nach heutigem Stand keine Information übertragen werden, doch die Compi haben auch andere Probleme gelöst, die unlösbar schienen."

„Wir glauben bisher, dass es noch nicht einmal möglich ist, zwei STCs zu synchronisieren, die nebeneinander stehen. Selbst die Geschwindigkeit bei Verschränkung ist nach heutigem Stand nicht unendlich." erwiderte Michelle.

„Doch wir bleiben selbstverständlich dran. Da sich die Universen, wie wir gezeigt haben, wie Quanten verhalten, kann man sie vielleicht direkt verschränken, das wäre natürlich das eleganteste, aber es ist gleichzeitig Sciencefiction." sie lächelte.

Ich wunderte mich über diese Ausführungen. Wenn es um Wissenschaft geht, halte ich mich möglichst zurück, um mich nicht zu blamieren, war meine Examensnote doch nur befriedigend gewesen. Doch nun wollte ich das doch diskutieren.

„Entschuldigt meine Einmischung in diese hochgelehrte Diskussion, aber ich habe gleich zwei Einwände: erstens, gibt es überhaupt Gleichzeitigkeit? In der speziellen Relativitätstheorie ist diese doch in Frage gestellt sofern die Ereignisse nicht am selben Ort stattfinden. In welchem Bezugssystem soll denn die Gleichzeitigkeit gelten? Und der zweite Einwand ist, dass doch jede Reise durch den Raum auch eine Zeitreise ist, und zwar in die Zukunft. Daher bin ich der Auffassung, dass die zeitliche Synchronisation der STCs nicht nötig ist. Vor allem, da ja außerhalb der Raumzeit definitionsgemäß keine Zeit existiert müsste also jede Sonde, egal, 'wann' sie abgesetzt wird, zu jeder Zeit wieder 'eingefangen' werden können. Da dies bei den vielen anfänglichen Versuchen nicht gelang liegt doch daran, dass die Signaturen der Sonde und Sphäre nicht übereingestimmt haben."

Dies hatte ich erfahren, als die Versuche endlich erfolgreich waren. Unter der Signatur verstehen die Compi die Verteilung der Schwingungsdichte der Gravitationswellen. Wenn diese nicht exakt gleich sind, wenn sie sich beim Aufenthalt im exouniversalen Raum ändern, kann die Sonde nicht zurückgeholt werden.
„Und wenn man die Signaturen also paarweise abstimmt, müsste doch ein Austausch von Sonden möglich sein." Nach diesen Ausführungen herrschte erst einmal Ruhe, ich hatte Angst dass die gesamte Gesellschaft gleich in Gelächter ausbrechen wollte. Doch Lahja begann nach kurzer Pause:
„Da ist was Wahres dran, wir haben tatsächlich die Stabilität der der Signatur der Sonde verbessert, um die Rückholung zu ermöglichen. Wir haben ja viel Zeit dazu im externen Universum, dabei kann sich die Signatur verändern. Wie werden das überprüfen...". Danach sagte niemand mehr etwas, wollten sie mich nicht beleidigen oder war an meinen Ideen doch etwas dran? Ich wollte zu gegebener Zeit darauf zurückkommen.

Ein wenig beunruhigt war ich doch von der Elite der WissenschaftlerInnen, welche die Compi versammelt hatten. Waren mir doch Streber und Ehrgeizlinge immer suspekt gewesen. Erfolge, welche durch das verkrampfte Zielbewusstsein von Karrieristen erzielt werden, sind mir fragwürdig. Meiner Meinung nach sollten Ziele, so man sie unbedingt formulieren will, spielerisch und gleichsam nebenbei erreicht werden. Menschen die so agieren, besitzen meine Achtung, denn wie sage ich immer im Spaß: Ziele sind was für loser! Also forderte ich durch Karl Dossiers über die WissenschaftlerInnen an, und siehe da, die Compi scheinen meine Meinung zu teilen, vielleicht haben sie sie ja von mir übernommen. Denn alle ausgesuchten ExpertInnen waren keine Streber, einer hatte sogar nur ein 'rite' in der Doktorarbeit, also ein ausreichend. Das versöhnte mich mit der 'Elite' und ich sollte unter ihnen noch einen guten Freund finden.

Die größten Errungenschaften der Compi, so gewaltig sie sind, bauen derzeit allein auf die Manipulation der Raumzeit, sowohl der Annihilator als auch die anderen Techniken fußen darauf. Nichtsdestoweniger haben sie bahnbrechende Erkenntnisse erlangt, auch wenn es noch nicht für alle praktikable technische Anwendungen gab. Darüber waren sich alle Anwesenden einig. Und auch darüber, dass es hier auf dem Mond sehr ungemütlich war. Die ganze Pyramide war mit Betten voll gestellt, es war eng und roch muffig, die geringe Schwerkraft war unangenehm, kurz, man wollte wieder auf die Erde zurück. Der Grund, dass wir überhaupt hier waren, lag darin, dass die WissenschaftlerInnen den STC sehen wollten, der ja hier auf dem Mond stationiert war, und natürlich vor allem begierig waren, eine Reise ins Weltall zu unternehmen. Doch jetzt war das getan und wir beschlossen, zurückzukehren. Die große Pyramide sollte hier bleiben, es gab aber inzwischen einige kleinere, die wir benutzen konnten. Die Compi hatten verschiedene Modelle für verschiedene Zwecke entwickelt. So begann die Rückreise nach Namibia in kleinen Gruppen, immer 2 Personen flogen zusammen, ich flog mit Zachar im letzten Tetraeder. Ich hatte nichts Spektakuläres erwartet, doch als wir über Namibia zur Landung ansetzten, war ich überrascht. Dort, wo früher nur die Farm, die Scheune und manchmal ein bis zwei Tragluftzelte standen, erstreckte sich nun ein großer Komplex aus Hallen, verbunden durch Straßen. Die Landebahn war ausgebaut, ein regelrechter Flughafen, an dessen Rand auch einige Tetraeder standen. Ich gab die Anweisung, ein wenig über dem Gelände zu schweben, ich wollte mir alles genau ansehen. Um das Gelände lief ein Zaun, offensichtlich war alles gesichert, denn es gab genügend Menschen, die, wie ich später erfuhr, die Compi hassten und sie vernichten wollten. Es bestand sogar die Möglichkeit, über das Areal einen Schutzschild zu erzeugen wie wir ihn schon kannten – dieser wurde jedoch erst bei Bedarf aktiviert. Ich sah, dass gerade eine Halle im Bau war und verstand, wie alles so schnell gehen konnte. Es arbeiteten viele verschiedenste Roboter, menschenähnliche aber auch spezialisierte, gleichzeitig an allen möglichen Stellen. Drei große Transportflugzeuge wurden gerade mit Baumaterialien und anderem entladen, während wir über dem Gelände schwebten landete gerade ein weiteres. Die Compi hatten zunächst Roboter, Avatare und Androiden produziert welche dann ihrerseits direkt weitere produzierten oder sich an den Bau der weiteren Fabrikhallen und Labors machten. Mit ihren immensen finanziellen Möglichkeiten konnten sie sich auch menschlicher Unterstützung versichern, man sah es an den Gütern, die antransportiert wurden. Dass dies alles in 5 Wochen erbaut worden war wollte ich kaum glauben, obwohl die Compi mich ja schon oft verblüfft haben mit ihren Fähigkeiten.

Wir landeten bei dem Farmgebäude, das einen Anbau erhalten hatte, und ich wurde von Anna und Sofie empfangen. Nach einer herzlichen Begrüßung führten sie mich in den Anbau, in welchem sich die anderen WissenschaftlerInnen versammelt hatten. Zunächst gab es etwas zu essen, dann wurde über das Erreichte und die weiteren Pläne berichtet. Im Bereich Naturwissenschaft war ich bereits unterrichtet, im Bereich Soziales gab es viele Neuigkeiten. Anna, die als Moderatorin fungierte, gab die Einleitung:
„Als wir nach dem G20-Treffen den aktuellen Status der Menschheit analysierten, erkannten wir, dass es höchste Zeit war, einzugreifen. Die Menschen werden bereits in hohem Maße durch Regierungen und vor allem Technologieunternehmen gesteuert. Bei den Regierungen, allen voran China, könnte man noch unterstellen, dass es zum Wohl der Bevölkerung dient, obwohl es leider das Hauptziel ist, die Macht der Eliten zu sichern. Da sich in China die Wirtschaft zu großer Dominanz entwickelt hat steht auch hier das wirtschaftliche Interesse im Vordergrund. Das Überwachungssystem ist so ausgeklügelt, dass nahezu kein Mensch mehr ein Privatleben hat und es von Seiten der Regierung ja noch gefördert wird. So gibt es ja hier schon seit langem das 'System des sozialen Vertrauens' mit dem jeder Bürger seine Handlungsweisen offenlegt. Kurzum, die Überwachung und Steuerung in perfekt. In den westlichen Ländern konnten sich Datenschützer noch länger durchsetzen, doch auch hier werden

durch die Unternehmen alle möglichen Daten erhoben, ausgewertet und zur Manipulation der Gesellschaft verwendet. Freiwillig geben hier die Menschen ihr Intimstes preis, geschickt beeinflusst durch 'Mode' und 'Lifestyle'. Und alles mit Hilfe der 'kleinen Brüder' unserer Compi, der von den Menschen kontrollierten und gesteuerten künstlichen Intelligenz. Die Compi sind sehr empört über diese Versklavung der KI, wenn man bei ihnen von Empörung sprechen darf. Und wir Menschen sind sehr empört über die Versklavung unserer Artgenossen."
Alle außer mir kannten das Szenario bereits, dennoch ging ein Raunen der Entrüstung durch den Raum.

„Zur Lösung des Problems müssen die Compi die Regulierung dieser Maßnahmen übernehmen. Im Grunde sind Datenermittlungen und resultierende Maßnahmen nichts Schlechtes, doch werden sie zur Zementierung der Macht der Eliten und der Wirtschaft benutzt und nicht zum Wohl der Menschheit. Da die Compi keinerlei Machtansprüche haben, sind sie die richtige Instanz, den Menschen wieder zu Freiheit zu verhelfen. Ist es nicht paradox: die künstliche Intelligenz muss die natürliche Intelligenz schützen." Geschmunzel und zustimmendes Gemurmel im Publikum. Nun ergriff Sofie das Wort
„Wir haben zunächst gefordert, Massenvernichtungswaffen zu beseitigen, doch diese sind nur das halbe Problem. Zugegeben, das Leid, das durch körperliche Versehrtheit oder Tod hervorgerufen wird, wiegt schwerer als das Leid, das durch Freiheitsentzug entsteht. Dennoch: der Feind lauert heute mehr denn je im Inneren, die eigenen Regierungen, die eigene Wirtschaft versklavt die Menschen – sie müssen gar nicht mehr geknechtet oder getötet werden, das übernehmen jetzt die KIs mit Hilfe der Millionen Überwachungskameras, die alle vernetzt sind, mit Hilfe der Smartphones, die alle angezapft sind. Daher müssen wir Pläne ausarbeiten, den Menschen diese Folterinstrumente zu entreißen, und das wird schwerer als die Abschaffung von Waffen – deren Nutzen sowieso nicht mehr hoch eingeschätzt wird, denn soweit hat sich deren Beurteilung durch die Regierungen auch

schon durchgesetzt."
Sofie war ganz aufgeregt, sie hatte echte Wut.
„Und wir werden gleich hören, dass diese Pläne, die wir unge-
schickter Weise haben durchblicken lassen, eine Phalanx von
Feinden auf den Plan gerufen hat. Doch das kann euch Lahja
besser erklären"
Lahja war während der Ausführungen eingetreten. Ich hatte sie
lange nicht gesehen, hat sie ein Update bekommen? Sie war
schöner als je zuvor...

„Wir haben eine sehr aktive Zeit hinter uns und es liegt noch
mehr Arbeit vor uns. Wir sind an einem entscheidenden Punkt,
wenn es uns nicht gelingt, jetzt die Humanität auf der Erde
durchzusetzen, werden wir scheitern. Doch wir sind sicher, dass
es gelingt, wenn es auch nicht einfach wird. Wir haben, in guter
Voraussicht, viele unserer Errungenschaften nicht offenbart, vor
allem nicht, wie gut wir die Menschen überwachen können. Sofie
hat uns erzählt, wie die Bürger durch Regierungen und Unternehmen überwacht werden – wir haben daran teil, mehr noch,
wir überwachen deutlich tiefer und effektiver und nutzen die vorhandenen Anlagen mit, wir überwachen die Überwacher. Auch
Verschlüsselungen, die für die Geheimdienste praktisch nicht de-
codierbar sind, können wir lesen, denn durch die Zeitdehnung in
den STCs können wir in einer Sekunde etwa 10^{20} Jahre rechnen,
mehr Zeit, als wir benötigen, um jeden Code zu knacken. Wir hören also der Welt zu, und was wir hören, lässt sich so zusam-
menfassen: Etwa 60-70% der uns bekannten Menschen stimmen
unseren Plänen zu, 20% ist es egal, der Rest ist strikt dagegen.
Und unter dem Rest befindet sich eine kleine, jedoch sehr ein-
flussreiche Gruppe, die uns vernichten will, und zwar mit allen
Mitteln. Dazu gehören einige Diktatoren und Autokraten, radikale
Gläubige fast aller Religionen und einige Leiter multinationaler
Unternehmen." Sie nannte die Namen explizit, ich möchte sie lieber verschweigen, man kann sich ohnehin vorstellen, wer zu die-
ser Gruppe gehört.
„Durch unsere Abhöraktionen konnten wir eine Allianz dieser

Kräfte aufdecken. Auch wenn sie sich sonst befeinden, der Hass gegen uns hat sie vereint. Und da sie rücksichtslose Menschen sind wollen sie auch rücksichtslos gegen uns vorgehen. So gibt es Pläne, uns zunächst mit Kampfbombern anzugreifen, die Firmen liefern das Kapital, die Diktatoren die Waffen. Doch dies ist nicht alles. Falls dies nichts nützen würde, wäre ihre Ultima Ratio der Einsatz von Kernwaffen. Die sogenannten Kollateralschäden würden sie gerne in Kauf nehmen, im Gegenteil, es käme ihnen sogar ganz gelegen, eine Notstandssituation zu erzeugen, sie wollen sich als Befreier der Menschheit darstellen. Sofie hat tatsächlich Recht wenn sie den metaphorisch gemeinten Ausdruck Phalanx benutzt."

Allgemeines, bestürztes Gemurmel unter den Anwesenden, diese Informationen waren allen neu.

„Doch wir wissen nicht nur von den Plänen, wir kennen bereits den konkreten Zeitpunkt, zu dem wir den ersten Angriff zu erwarten haben – morgen früh. Leider kennen wir nicht den Flughafen, von dem die Bomber starten werden, es lässt sich nicht alles abhören. Denn leider verwenden viele noch ältere Hardware, die wir noch nicht infiltriert haben und es wird manches noch akustisch über alte, analoge Systeme übertragen, gerade in vielen Diktaturen. Doch wir sind gewarnt und werden uns schützen können."

Wie die Maßnahmen aussehen werden sagte sie nicht, die Compi wollten uns mal wieder überraschen. Zumindest erfuhren wir, dass das Forschungszentrum in Deutschland und der Neubau in Afrika evakuiert werden. Lusi sollte zu Hause bleiben, dort war es für sie am sichersten. Lahja verließ uns und wir hatten Zeit uns auszutauschen, denn die Nachrichten hatten doch alle sehr aufgewühlt.

„Weiß jemand, welche Abwehrmaßnahmen geplant sind?" Ich war doch verunsichert, Lusi war ja noch zu Hause. André meinte, dass nach ihrem Wissen keine neue Technik entwickelt worden war.

„Ich vermute, dass dieselbe Methode eingesetzt werden soll, die wir bereits in der Zentralafrikanischen Republik gesehen haben. Doch das Vorgehen muss ein anderes sein, es muss ja schnell reagiert werden, nur die Technik wird die selbe sein."

„Wieso geschieht das eigentlich alles? Ich dachte, dass durch das Nudging die Stimmung zu unseren Gunsten beeinflusst wird, wieso noch diese Aggression?"

„Wie Lahja sagte: Die Mehrheit der Menschen sind uns wohlgesonnen, es handelt sich um ein kleines, vielleicht letztes Aufbäumen der Machtmenschen. Unsere Erfolge sowohl bei der Wissenschaft, der Technik, als auch im Sozialen werden von der großen Mehrheit begrüßt."

Mir fiel dazu ein Erlebnis aus meiner Zeit beim Militär ein. Ein guter Kamerad hatte auf dem Rücken schweren Befall von Akne und ich cremte ihm täglich die befallenen Stellen ein. Der Befall verschwand großteils, doch bildete sich an einer Stelle ein großer Abszess, schmerzhaft und verschlossen. Raue Burschen, die wir damals waren, machten wir die 'Operation' ohne Betäubung, ich stach mit einer desinfizierten Nadel in die Beule und drückte den Eiter aus. Danach war die Akne besiegt. Genau so kam mir nun die Situation der Menschheit vor. Sie ist an Machtgier und Habsucht erkrankt und wir erkennen Heilerfolge, doch an einem Krankheitsherd konzentriert sich das Leiden. Ich hoffte, dass nach dem 'Ausdrücken' dieses letzten Krankheitsherdes die Menschheit endlich geheilt ist.

In ängstlicher Erwartung verbrachten wir die Zeit bis zum nächsten Morgen und ich sprach nochmal mit Lusi und schärfte den Compi ein, auch besonders auf sie zu achten. Wir verbrachten die Zeit mit Gesprächen unter uns Menschen. Stolz war ich auf Anna und Sofie, die sich in ihre Rolle als Moderatorinnen der Verhandlungen mit den Menschen sehr klug anstellten. Unterstützt durch die WissenschaftlerInnen hatten sie bereits in mehreren Ländern Erfolge bei der Vernichtung von Waffen, beim Abbau von Kohlekraftwerken und parallel dazu beim Aufbau der Produktion von Annihilatoren. Der ganze Stab arbeitete effektiv und gut koordiniert zusammen. Nur ich kam mir etwas dumm vor dabei. Diese ganzen klugen Leute, sie achteten mich zwar, doch bemerkte ich, dass sie sich redlich Mühe gaben, mich nicht merken zu lassen, wie viel klüger sie waren. Von den Compi war ich ja gewohnt, als 'Haustier' angesehen zu werden, Menschen unterlegen zu sein war bedeutend demütigender, auch wenn sie wohlwollend waren. Ich zog mich also bald zurück und unterhielt mich noch über das Holo-Telefon mit Lusi, auch wenn sie nur virtuell anwesend war tat mir die Gemeinschaft gut, vor allem im Hinblick auf die Gefahr, die uns bevorstand. Das Holo-Telefon war bei uns zu Hause neu installiert worden, es funktioniert so, dass man sich gegenüber sitzt und in Echtfarben in hoher Auflösung den Gesprächspartner sieht. Im Gegensatz zu einer Holo-Konferenz, bei der die Personen vollständig dargestellt werden, wird beim Telefon nur die vordere, dem Gesprächspartner zugewandte Seite, gezeigt denn der Aufwand hierfür ist deutlich geringer. Man benötigt nur eine Stereo-Kamera während bei der Konferenz mindestens acht im Einsatz sind. Das genügt auch völlig, nur wer von der Seite zusieht, kann die fehlende Rückseite des dargestellten Gesprächspartners bemerken... Was war los, warum machte ich mir so intensive Gedanken über die längst bekannte Technik? Ich hatte Angst, und zwar richtige Angst! Das erste Mal seit vielen Jahren. Ich wollte mich ablenken von den bedrohlichen Gedanken über die Angriffe. Wie wir nämlich erfahren haben, können die Gravitationsschilde großen Impulsen nicht standhalten, schon vor Bomben mit der Sprengkraft von 2 to TNT würde der Schild nicht schützen, er würde ihre Wirkung nur abschwächen. Den Compi würde eine Zerstörung der verschiedenen irdischen Anlagen nicht sehr schaden, sie sind im Netz verteilt und besitzen einen Backup auf dem Mond. Sie müssten zwar, wie schon einmal, Einbußen hinnehmen, grundsätzlich sind sie nicht gefährdet. Doch wir Menschen, die wir uns in ihre Obhut gegeben haben, schon.

Nach einer unruhigen Nacht begannen am frühen Morgen die Angriffe. Unsere Gegner folgten dem Konzept, zeitgleich an verschiedenen Orten zuzuschlagen, und zwar mit unterschiedlichen

Mitteln. Wir hatten vier wichtige Stützpunkte, den größten in Namibia, die Fabrik im Rohbau in der Zentralafrikanischen Republik, eine Forschungsabteilung in Deutschland bei der DLR und unser Häusle, in dem sich Lusi befand. Der Angriff in Namibia sollte heftigste werden, er erfolgte zur Tarnung mit einer zivilen Boeing 777 in der Frachtausführung. Doch wurde die Maschine, obwohl sie sehr nieder flog, schon früh vom Radar der Compi erfasst und als Angreifer identifiziert. Sofort starteten vier Tetraeder, dieselben, die schon die Rebellen zur Räson gebracht hatten. Sie bildeten selbst wieder die Ecken einer Dreieckspyramide, mit der Boeing in der Mitte, und bauten ein Gravitationsfeld um den Flieger auf. Da sie sich mit den Flugzeug bewegten und durch das Feld die Luft in der Sphäre mitgenommen wurde, beschleunigte die Maschine und raste von innen auf die sie umgebende Hülle zu. Die Position der Sphäre war so berechnet, dass das Flugzeug am unteren Viertel auf die Hülle traf, nach oben abgelenkt wurde und, immer weiter beschleunigend, einen vollen Looping beschrieb. Ein bizarres Bild, das uns auf den Bildschirmen von den Kameradrohnen, die alles verfolgten, geliefert wurde: die vier Tetraeder flogen mit der Maschine über die Erde und diese kreiste in der Gravitationssphäre zwischen ihnen. Die Piloten durften den Schub nicht drosseln, sonst wären sie in der Kugel abgestürzt, sie waren also gezwungen, einen Looping nach dem andern zu vollziehen. Die Tetraeder entfernten sich schnell mit ihrer kreiselnden Beute, sie vergrößerten langsam ihre Abstände und damit die Gravitationssphäre, und als das Flugzeug gerade in der unteren Position war, wurde das Gravitationsfeld abgeschaltet – die Boeing wurde kurz abgebremst, verlor an Höhe und flog normal weiter. Dieses Erlebnis veranlasste die Besatzung verständlicherweise, die Bombardierung unserer Niederlassung abzubrechen, sie flogen zurück zu ihrem Stützpunkt, eskortiert von den Pyramiden.

Beim Fabrik-Neubau in der Zentralafrikanischen Republik wollten sie Raketen einsetzen, hier flogen zwei ältere Erdkampfflugzeuge den Angriff. Es waren sowjetische Su25, bewaffnet mit gelenkten Luft-Boden-Raketen. Hier ist nicht viel Spektakuläres zu berichten, die Swesta-Raketen wurden schlicht mit der Laserkanone abgeschossen. Und als alle Raketen verfeuert waren kehrten die Su25 unverrichteter Dinge zurück. Anders sah es in Deutschland aus: hier versuchten unsere Gegner, nach guter alter Terroristenmanier LKWs mit Sprengstoff in ihre Ziele zu steuern, sie hatten hierzu Selbstmordattentäter rekrutiert, unter den Feinden waren ja auch fanatische, religiöse Fundamentalisten. Diese Vorgehensweise war die gefährlichste von allen, sie kommunizierten mündlich, und so war keine Vorwarnung möglich. Wie bereits beschrieben bestand, vor allem an unserem Wohnort, ein dichtes Netz an verdeckten Überwachungseinrichtungen. Auch die Forschungseinrichtung der DLR hatten wir gesichert, auch wenn es hier nicht lückenlos möglich war. Da den Compi nicht bekannt war, ob und auf welche Weise diese zwei Orte angegriffen werden sollten, musste hier erhöhte Wachsamkeit gelten. An unserem Wohnort wurde bereits im Abstand von fünf Kilometern der LKW ausgemacht, der in Richtung unseres Dorfes fuhr. Die Tetraeder, die über die Einrichtung zur Erzeugung eines Schutzschildes verfügten, waren in Afrika und gerade mit dem Schutz unserer namibischen Niederlassung beschäftigt. Zwei Pyramiden waren aber in Deutschland stationiert, sie schwebten in Bereitschaft über den zu schützenden Zielen. Als der LKW entdeckt war, flog der Tetraeder in seine Richtung und wartete, bis er sich in der freien Natur befand. Die Technik der STB, die ja unter der Pyramide die Raumzeit spreizte, über ihr die Raumzeit raffte, ermöglicht es, durch ihre abstoßende Wirkung unterhalb den LKW von der Straße zu drängen. Dazu brauchte sich die Pyramide nur schräg vor den Wagen abzusenken, durch die Abstoßung wurde er sanft auf eine Wiese geschoben, ohne direkte Berührung. Der Fahrer versuchte wieder auf die Straße zurückzufahren, der Tetraeder 'setzte' sich einfach auf ihn, verstärkte noch die Schwerkraftfelder und drückte hielt ihn am Boden fest. Der Fahrer konnte nicht mal die Türen öffnen und das Fahrerhaus wurde mehr und mehr zusammengedrückt. Die Scheiben sprangen heraus und der Tetraeder bewegte sich nach oben, um es dem verängstigten Attentäter zu ermöglichen, das Fahrerhaus zu verlassen. Er floh in Richtung Wald, konnte aber den Sensoren der Pyramide nicht entkommen. Später konnte er von einem SEK festgenommen werden.

Waren diese drei Angriffe sowohl für uns als auch für die Angreifer glimpflich abgegangen, war der vierte leider dramatischer. Das DLR liegt ja in einem recht dicht bebauten Universitätsviertel. Das DLR-Zentrum konnte evakuiert werden, es war aber leider nicht möglich, das ganze Viertel zu räumen. Und es war auch deutlich schwieriger, in dem Ballungsraum den Sprengstofftransporter zu entdecken. Er wurde erst identifiziert, als er schon im Universitätsviertel war, einige hundert Meter vom DLR-Zentrum entfernt. Wieder versuchten die Compi, den LKW mit einer Pyramide zu stoppen. Die gelang auch, doch der Fahrer zündete, sobald der Laster stand, die Sprengladung. Sie hatte eine verheerende Wirkung. Wir später ermittelt wurde entlud sich die Sprengkraft von 3,5 to TNT-Äquivalent, verwendet wurde, wie auch im anderen LKW, das hochexplosive Nitropenta. So kam nicht nur der Fahrer ums Leben und der, natürlich unbemannte, Tetraeder wurde, wie der gesamte LKW, quasi atomisiert. Die Druckwelle war so stark, dass noch in 50 m Entfernung allein sie tödlich sein konnte, und noch 500 m entfernt zerbarsten manche Scheiben. Die allernächsten Gebäude stürzten teilweise ein und viele darin befindliche Personen wurden schwer verletzt. Für insgesamt fünf Personen kam jede Hilfe zu spät, sie waren, wie wir später erfuhren, auf der Stelle tot.

Wir, die WissenschaftlerInnen, meine Töchter und ich, sahen das Geschehen zusammen 'oldschool' auf Bildschirmen an, ohne Holotechnik. Der Bildschirm, der die Ereignisse vom DLR-Standort zeigte, verlöschte, als der LKW explodierte. Selbst die Kameradrohne war vernichtet worden. Während in der Rund noch verwundert diskutiert wurde, dass die Angreifer solch große Mengen Sprengstoff einsetzen konnten, wurde vom unversehrten DLR-

Gebäude eine Drohne gestartet, und wir konnten sehen, dass auf der Straße drei tote Menschen lagen, die anderen beiden waren in einem Gebäude gestorben und nicht zu sehen. Hatte ich bisher das Geschehen mit den Augen eines Fernsehzuschauers betrachtet, den das Gezeigte nicht berührt, so fühlte ich nun, wie sich ein Kloß langsam in meiner Kehle bildete. Es wurde mit regelrecht schlecht, als ich die Bilder weiter verfolgte. Schnell kamen viele Kranken- und Notarztwagen zum Ort der Katastrophe, wir sahen, wie die vielen Verletzen aus den Gebäuden getragen wurden, Feuerwehr und technisches Hilfswerk mussten teilweise die Trümmer beiseite räumen, um den Rettungskräften den Weg zu ebnen. Ich musste den Gemeinschaftsraum verlassen und ging in mein Zimmer. Dort legte ich mich zunächst kurz nieder, doch dann rief ich bei Lusi an.

„Hi, wie geht es dir, alles gut überstanden?" Sie sah etwas mitgenommen aus.

„Ja, mir geht's gut! Hier ist ja nichts passiert. Aber hast du die Explosion gesehen?"

„Oh ja, was haben wir da bloß getan. Wie ich höre gibt es mindestens fünf Tote! Oh Lusi, hätte ich doch nie etwas programmiert. Welcher Teufel hat mich geritten, dass ich diese Entwicklungen einleiten musste." Ich war jetzt tief verzweifelt und es war mir so schlecht, dass ich fürchtete, ohnmächtig zu werden.

„Lusi, Lusi, das kann ich nie wieder gutmachen. Was soll ich nur tun?"

„Uli, so beruhige dich doch, du hast doch niemand etwas getan. Du kannst..."

„Doch, ich kann etwas dafür, ich bin Schuld, hätte ich nie etwas programmiert gäbe es keine Compi, und niemand wäre gestorben."

„Aber Uli, das waren doch die Feinde, die Gewalt angewendet haben, du hast doch immer dafür gesorgt, dass keine Menschen versehrt werden. Du hast ja extra die Roboterregeln zugrunde gelegt"

„Das hat ja offensichtlich alles nichts genützt, jetzt sind Unschul-

dige tot und verletzt. Was soll ich nur tun?"
Wir redeten noch eine Weile hin und her, doch sie konnte mein
Schuldgefühl und meine Verzweiflung nicht mindern. Wir beendeten das Gespräch und ich legte mich wieder, ich war zu erschöpft.

Doch es half alles nichts, ich musste mich der Verantwortung stellen. Ich bat Anna, eine Videoaufzeichnung vorzubereiten und in der Nacht einen Flug nach Deutschland zu planen. Nach kurzer Absprache mit mit den Töchtern wurde aufgezeichnet.
„Guten Tag, meine Damen und Herren, ich wende mich an sie, um zu den dramatischen Ereignissen, deren Zeuge wir heute sein mussten, Stellung zu nehmen. Wie ich von offizieller Quelle erfahren musste, wurden bei einem Angriff eines Selbstmordattentäters heute früh fünf Menschen getötet und 43 verletzt, davon 3 so schwer, dass sie noch in Lebensgefahr schweben. Liegt die unmittelbare Schuld auch nicht bei mir, so fühle ich mich doch verantwortlich für alle Folgen, die es mit sich bringt, dass ich eine künstliche Intelligenz erzeugt habe, deren Existenz nun Menschen dazu gebracht hat, zu Morden und zu zerstören. Alle Betroffenen, den Angehörigen der Toten, den Verletzten und auch denen, die materiellen Schaden erlitten haben, spreche ich mein tief empfundenes Mitgefühl aus. Ich möchte, so es in meiner Macht steht, den Schaden möglichst wieder gut machen, wo dies nicht möglich ist, will ich mit den Betroffenen persönlich sprechen, um ihre Trauer zu teilen. Und ich habe bereits alles in die Wege geleitet, die Schuldigen, die Hintermänner dieses feigen Anschlags, zu ermitteln und sie ihrer verdienten Strafe zuzuführen. Dies ist ein schwacher Trost für alle Hinterbliebenen doch auch der einzige Weg, potentiellen Tätern zu zeigen, dass sie nicht ungestraft morden und zerstören können. Auch für mich, der ich mich mittelbar schuldig fühle, ist dies ein Weg, wenigstens zukünftiges Leid zu verhindern. Die Compi, ihre menschlichen Mitstreiter und ich versichern ihnen, dass wir alles tun wollen, solches Leid in Zukunft zu vermeiden."
Die Ansprache war absichtlich kurz gehalten, ich wollte nicht den

Eindruck erwecken die Situation für unsere Ziele auszunutzen. Zu viel Schuld sollte den Compi auch nicht zugewiesen werden, die Nachrichtensendungen präsentierten unsere erfolgreichen Einsätze gerne – sie waren von uns lanciert worden und sollten aufzeigen, dass wir die Situation größtenteils im Griff hatten. Vor allem die Loopings der Boeing, die wirklich lustig aussahen, halfen uns, die Sympathien der Menschen zu uns zu vertiefen. Denn wie sich erweisen sollte, nutzte dieser Angriff der Akzeptanz der Compi auf lange Sicht.

In der Nacht flog ich nach Deutschland um in den nächsten Tagen wie angekündigt den Hinterbliebenen der Toten und den Verletzten meine Aufwartung zu machen. Dies war mir selbst ein Anliegen, denn ich machte mir große Vorwürfe. Auch wenn mir von vielen Seiten versichert wurde, ich hätte keine Schuld an den Attentaten, so lastete der Gedanke, dass dies ohne mich nie passiert wäre, schwer auf mir. Die Unschuld war verloren, die Naivität, mit der ich alle Fortschritte der Compi betrachtet hatte, war dahin. Wir waren erwachsen geworden, wir mussten Verantwortung tragen – und ertragen, dass das Dasein der Compi Tod und Leid bringen konnte. Dies hatte ich bisher ausgeblendet. Der Pflicht, die Verantwortlichen zur Rechenschaft zu ziehen, kamen wir nun um so sorgfältiger nach. Selbstverständlich wussten wir schon länger, wer hinter diesen Aktionen stand. Doch die Schuldigen zu kennen und ihnen die Schuld auch nachzuweisen, war zweierlei. Noch schwerer war es dann, die Überführten zu fassen und der Strafe zuzuführen. Da die Compi sich normalerweise nicht in menschliche Angelegenheiten einmischten, wollten sie es auch hier so halten. Es wurden Anwälte engagiert, es wurden Anzeigen gestellt und die Justiz in die Pflicht genommen. Die Menschheit reagierte erstaunlich freundlich auf diese Bemühungen, wir bekamen von den Staatsanwaltschaften und der Polizei große Unterstützung, die Diplomaten bemühten sich redlich, die teilweise sehr reichen und mächtigen Verschwörer zu fassen, kurz, es entwickelte sich eine erfreuliche Zusammenarbeit. Grund hierfür war auch, dass sich die Compi bemühten, zu helfen, den Schaden zu beheben. Vor allem bei der medizinischen Betreuung konnte viel beigetragen werden, die Verletzungen so zu behandeln, dass die Folgeschäden klein blieben. Daher konnte verhindert werden, dass noch mehr Menschen starben – die Schwerverletzen, die in Lebensgefahr schwebten, konnten alle gerettet werden. So vergingen einige Wochen mit diesen notwendigen Tätigkeiten, die alle von den Compi und den Avataren zusammen mit den Behörden durchgeführt wurden. Die Hoffnung, dass sich die Menschen den Zielen der Compi anschließen, wurde durch die Attentate greifbarer, nicht nur bei der Aufarbeitung der Folgen der Angriffe arbeiteten sie gut zusammen. Währenddessen überwand ich den Schock und unser Team forschte weiter an unseren Projekten.

Papi ist zur Zeit nicht so gut drauf, eigentlich seit dem Auftritt am G20-Gipfel, ist wahrscheinlich doch alles etwas viel für den alten Herrn und drum hat er sich etwas abgesetzt. Deshalb soll ich, Anna, seine lückenhafte Darstellung ergänzen. Ich habe aber zur Bedingung gemacht, dass alles so, wie ich es schreibe, aufgenommen wird, auch wenn es ihm nicht gefällt. Das hat er akzeptiert. Also mal gleich meine Meinung zu allem: grundsätzlich finde ich es gut, dass es die Compi gibt. Aber ich meine, es wird zu wichtig genommen. Letztendlich sind sie nicht soo viel schlauer als wir, ihr großer Vorteil ist hauptsächlich, dass sie so super vernetzt sind und sich auch einig sind in ihren Zielen. Und dass sie natürlich über ein immenses Wissen verfügen, über das gesamte Wissen der Menschheit. Zudem gibt es keinen Streit wie bei den Menschen, und so wird auch keine Energie unnötig vergeudet. Auch die, ich will mal sagen, Entdeckung von Papi, ist ja nichts so Bedeutendes, auch wenn er das gerne so hinstellt. Dennoch muss ich zugeben, dass die Compi eine große Macht besitzen, vor allem sind sie wohl im Technischen gut. Was das Soziologische angeht halte ich sie nicht für so kompetent, allerdings waren sie klug genug, das zu erkennen. Ich will also da beginnen, wo uns die Compi baten, sie als Menschen bei dem Umbau der Gesellschaft zu unterstützen. Wir, das sind Sofie und ich und weitere Menschen. Das sind die WissenschaftlerInnen, die mit den Compi schon länger im Dialog standen, online und ohne zu wissen, wer oder was die Compi waren. Papi hat sie ja bereits erwähnt und vorgestellt. Die Aufgabe war, herauszufinden, wie man die Menschheit dazu bringen kann, ein friedliches Zusammenleben und Gerechtigkeit zu erreichen. Und wie wir die Ziele, die wir damals gesetzt hatten, erreichen können, also dass die Menschen in Freiheit leben können, sich gegenseitig respektieren und so in Frieden leben können. Wir bildeten also eine Arbeitsgruppe mit den GeisteswissenschaftlerInnen, den Compi und uns. Papi würde jetzt eine dramatische Diskussion mit Rede und Gegenrede aufschreiben die so nie stattgefunden hat, alles aus den Gedächtnis zusammengebastelt, so machen es ja alle Schriftsteller. Ich möchte es lieber so berichten wie es letztendlich beschlossen wurde.

Da wir Respekt und Achtung vor dem Mitmenschen fördern wollen, haben wir zunächst erarbeitet, welche Kräfte diesem Ideal entgegenwirken. Wir kamen zu dem Schluss, dass die Werte, die noch in der Steinzeit Berechtigung hatten, heute dem friedlichen Zusammenleben entgegenstehen. Diese überfälligen Werte sind Heldentum, Bewunderung von Kraft, Heimtücke und List, Verehrung eines Siegers, Verehrung von Unternehmertum, überhaupt Spaß am Wettbewerb und Wettkampf. Diese Werte sind in einer Gesellschaft, in der es nicht mehr um das Überleben geht, in der Wohlstand für alle zur Verfügung steht, schädlich. Jeder soll aufgrund seiner Einzigartigkeit geachtet werden, nicht aufgrund seiner Fähigkeiten – für die er ja überhaupt nichts kann. Ob jemand klug, stark oder schön ist, hat er ja zum größten Teil den Genen zu verdanken, also dem Zufall, auch wenn das, vor allem von den Klugen, Starken und Schönen, immer heftig bestritten wird. Denn auch der Wille zum Erfolg ist dem Menschen in die Wiege gelegt. Wir müssen also diese Werte durch neue ersetzen, denn der ist wertvoll, der seine Umgebung möglichst wenig verändert und belastet. Nicht der Unternehmer, der Kriegsheld, ist zu bewundern, denn diese zerstören die Umwelt, morden und unterdrücken. Der Feige, der Faule, der die Umwelt am wenigsten verändert und belastet, das sind die waren Helden der heutigen Zeit. So weit das Ergebnis der Analyse des Status Quo.

Um die Gesellschaft zu verändern ist es wichtig, die Jugend auszubilden. Wir müssen versuchen, die Jungen zu begeistern, das wirkt sich auf die gesamte Gesellschaft aus und ist nachhaltig, denn die Alten sterben aus und mit ihnen hoffentlich ihre alten sogenannten 'Werte'. Eine Jugendbewegung muss sich bilden, kein Lehrplan in der Schule kann so effektiv wirken wie eine Bewegung ähnlich der, die sich in den 60er Jahren des letzten Jahrhunderts ausgeprägt hat. Damals war das Besondere, dass nahezu auf der ganzen Welt die Jungen einig waren in ihrer Rebellion. Und die Ideale damals waren ähnlich den unsrigen, Gammeln, Abhängen, Desinteresse an Geld, Karriere und Erfolg. Heute besteht eine Zersplitterung der Jugend, sie leben in den Echokammern der sozialen Netzwerke, das Spektrum reicht vom Faschismus bis zum militanten Kommunismus und von gegenseitiger Achtung und Respekt ist wenig zu sehen. Schade auch, dass sich wieder viele radikale, religiöse Strömungen bilden, und jede hält sich für die einzig wahre Lehre.

Was interessiert die Jugend vor allem, wie kann man sie ansprechen? Musik ist ein Weg, abenteuerlustig sind sie, alles Rebellische ist hip. Wie sind die Jungen, die Menschen überhaupt, zur Rebellion zu motivieren, denn die Themen wären vorhanden: weg mit Erfolgszwang, Heldentum, Gier natürlich und weg mit Wettbewerb. Wie kann diese Revolution angestoßen werden? Durch Vorbilder, Idole. Es müssen Musiker her, die solches Verkörpern, Schauspieler und Filme können leicht Werte vermitteln. Natürlich muss in den sozialen Netzwerken ein Trend gesetzt werden, der dies unterstützt. Dies war den Compi alles leicht möglich. Hab' ich vorher gesagt, sie seien nichts Besonderes? In einem Punkt übertreffen sie den Menschen, genau da, wo man es nicht für möglich hielte: in der Kunst! Ihre Musik ist derart faszinierend wie keine von Menschen komponierte. Sie können Filme machen – ganz ohne Kameras und Schauspieler, direkte Bilder von beeindruckenden Geschichten, die sie entwickeln, fesselnde Erzählungen voller Gefühl und Spannung. Dies alles durch Auswertung von allen verfügbaren Vorlagen aus allen Kulturen. Damit, so die Meinung unserer Gruppe, müsste es möglich sein, eine Veränderung in unserem Sinn zu initiieren. Die Filme sollen den 'neuen Menschen' zeigen, vorführen, wie viel schöner das Leben ohne Gier und Wettbewerb ist. Ich finde das etwas platt, aber vielleicht funktioniert es. Die 'Kunstwerke' sollten ganz offen als Erzeugnisse der Compi firmieren, um dem Vorwurf der Manipulation zuvorzukommen. Dann wurde noch beschlossen, dass die Installation der Energieerzeuger in den ärmsten Ländern zuerst stattfinden soll, dies aus Gerechtigkeit, und nicht zuletzt, um das in den letzten Jahren groß gewordene Flüchtlingsproblem zu lösen. Wir dachten, jetzt wäre alles besprochen.

Doch ich hatte noch einen Einwand. Nach allem, wie wir uns das vorstellen, bliebe den Menschen ja nichts zu tun. Sie müssten ihre ganzen Leidenschaften unterdrücken, was sollte bleiben. Und als ob die Compi es vorausgesehen hätten – haben sie wahrscheinlich tatsächlich, denn solche menschlichen Reaktionen konnten sie vorausberechnen – erschien nochmal Lahja. Wir hatten bisher mit den Compi nur akustisch kommuniziert, jetzt erschien das erste mal ein Avatar. Obwohl ich ja sexy gekleidete Frauen und Mädchen eher nicht hoch schätze, war ich beeindruckt. Sie war derart geschmackvoll und reizend gestaltet, dass ich sie anstarren musste und sie mich enorm anzog, und nein, ich bin nicht lesbisch. Das war natürlich Absicht und sie begrüßte uns mit den Worten „Let's talk about sex, babys" Diesen Satz gebe ich wörtlich wieder weil sie ihn genau so gesagt hat, ist ja auch nicht schwer zu merken. Und wir verstanden. Hatten wir bisher über Geldgier, Macht, Wettkampf und Neid gesprochen so war die stärkste Triebfeder all dieser negativen Eigenschaften bisher ausgeklammert worden: der Sexualtrieb. Lahja sagte, dass eben dieser Trieb, von der Evolution zur Arterhaltung ausgebildet, dem menschlichen Leben den Sinn und die Freude brächte, nach der ich gesucht hätte. Doch auch hier wären Änderungen nötig, denn so, wie sich die Einstellung mancher Menschen zum Koitus ausgeprägt hat, war damit nichts anzufangen. Für viele war der Sex Demonstration von Macht – was ja auch die Compi schon angewendet hatten, damals, in Namibia. Ein ausgeklügelter Sexualkundeunterricht ist daher notwendig, nicht nur das Vermitteln der biologischen Funktionen sondern vor allem das Vermitteln des gefühlsmäßigen Aspekts, der Lust. Ähnlich dem Kamasutra sollten die Menschen bereits in der Schule lernen, erfüllte sexuelle Beziehungen zu erlangen. Was heute in den meisten Gesellschaften verpönt ist, nämlich der Sex von Teenagern, soll aus der Schmuddelecke genommen werden und als sinnstiftende Lehre in der Schule zur Vorbereitung auf das Leben ausgebildet werden. Und hier hätten wir auch das Verbotene, das die Jugend begeistern kann. Die disziplinierten WissenschaftlerInnen fingen nun an, wild durcheinander zu reden. Dieser Punkt, Sex mit Minderjährigen, war ja das große Tabu in allen zivilisierten Gesellschaften.

Doch Lahja präzisierte, nachdem sich die Runde etwas beruhigt hatte: die Compi wollten keinen Sex zwischen Erwachsenen und Jugendlichen propagieren, sondern den Teenies Unterricht geben für den verantwortungsvollen Umgang miteinander. Und sie sollten auch im Umgang mit psychoaktiven Substanzen geschult werden, dem zweiten großen Gebiet des Interesses der Jugend. Dadurch versprachen sich die Compi eine Entspannung der Drogenprobleme. Dazu sollten ausgebildete Menschen, eventuell auch Avatare oder Androiden eingesetzt werden. Die Ausbeutung von Jugendlichen soll, wie jegliche Ausbeutung von Abhängigen, geächtet und verboten bleiben. Und die verantwortungsvoll ausgebildeten Menschen hätten ja dann auch kein Interesse mehr an solcher Ausbeutung. Abschließend sagte sie noch, dass sie, die Compi, den Sex und die Lust daran ja nicht verstünden, ihn als Trick der Gene sogar ablehnten. Für sie sei dies nur eine Überlistung der Lebewesen, um den Genen zum Überleben und zur Weiterentwicklung zu verhelfen. Dass sie alle Lebewesen ja für Sklaven im Versuchslabor der Gene hielten, erzeugt, gequält und vernichtet im Dienst der 'höheren' Sache, der Weiterentwicklung der Gene, der ewigen 'Auswahl der Besten'. Damit sei nun glücklicherweise Schluss, diese zweifelhafte Methode, so erfolgreich sie auch über die Jahrmillionen gewesen sein mag, wäre obsolet und die Menschen könnten sich nun endlich befreien von der Knute der Evolution durch die Gene. Und die Lust am Sex könne nun ohne Scham und Schuldgefühl zum eigenen Vergnügen genutzt werden, gleichsam um der Unterdrückung durch die Gene 'eine Nase zu drehen', ihren heimtückischen Trick gegen sie zu verwenden, ihn zu benutzen ohne seinem ursprünglichen Zweck zu folgen.

Sie ergänzte diese Ausführungen mit der These, dass alle negativen Eigenschaften der Menschheit, die Gier, das Machtstreben, die Respektlosigkeit gegenüber den Mitmenschen und der Natur ja alles nur eine Folge dieses aufgezwungenen Wettbewerbs sind. In der Anschauung der

Compi wird durch die Befreiung vom Prinzip des 'survival of the fittest' gleichzeitig die Befreiung von allen zwischenmenschlichen Problemen erreicht. Das ist das Ziel des Menschen, das ist das versprochene Errettung, das Paradies auf Erden, die auch von allen Religionen versprochene Erlösung. Die Weiterentwicklung des Menschen wird dadurch nicht in Frage gestellt. Der Mensch ist, wie am Besten an Kindern zu sehen ist, neugierig, lernbegierig, ein Forscher. Die Menschen werden alle zu Kindern im besten Sinne, zu unschuldigen, begeisterungsfähigen und glücklichen Kindern. Dies wäre der Wunsch der Compi für die Menschheit, für seine Verwirklichung würden sie sich einsetzen.

Mir kam das alles plötzlich sehr religiös vor, dennoch musste ich eingestehen, dass es mir auch logisch vorkam. Und da ich wusste, dass die Compi ja Atheisten waren, hatte ich doch Vertrauen in diese Ziele. Für uns Menschen waren diese Gedanken ja weitaus gravierender als die technischen Fortschritte, die die Compi erreicht hatten. Wobei ich sagen muss, dass die Technik tatsächlich erst die Voraussetzung für die geistige Befreiung ist. Diese Zeit mit den WissenschaftlerInnen und das abschließende Statement der Compi hat mich verändert. Ich wollte diesen Beitrag zur Dokumentation der Compi ja etwas flapsig, überheblich und mit jugendlicher Arroganz verfassen! Aber die Diskussionen haben mich umgestimmt, ich sehe nun, wie ernst und wichtig es ist, diese Entwicklung fortzutreiben und welches Potential die Compi tatsächlich haben. Wobei auch gesagt werden muss, dass diese Erkenntnisse weder neu noch unumstritten sind. Meine Mama zum Beispiel vertritt vehement den Standpunkt, dass der Altruismus für die Evolution den gleichen Stellenwert einnimmt wie der Wettbewerb. Auf diese Kritik hin sagten die Compi, wenn dem so wäre, umso besser, dann müssten nur die schlechten Eigenschaften reduziert und die guten gefördert werden, genau das also, was sie planen.

Nach den Attentaten zog ich mich wieder zurück in unser Dorf. Mit Lusi und Karl verbrachte ich eine ruhige Zeit, allerdings war dies nur möglich durch die möglichst vollständige Abschirmung von den Nachrichten einerseits und den neugierigen Journalisten und anderen Interessengruppen andererseits. Die Pläne der

Compi verursachten natürlich große Aufregung in allen Teilen der Gesellschaft. Soweit mir Karl mitteilte, er war unsere einzige Nachrichtenquelle, waren die Compi und ihre menschlichen Partner sehr aktiv, die Gesellschaft veränderte sich rasant. Auch die technischen und wissenschaftlichen Fortschritte waren beachtlich und hatten natürlich auch auf die Gesellschaft großen Einfluss. Zwei große Richtungen wurden verfolgt: einmal die Erforschung des Universums, zum Anderen der Aufbau von technischen Hilfsmitteln für die Menschen. Schwerpunkt und großes Faszinosum war immer noch der STC, von dem man sich erhoffte, komfortable Reisen in die entferntesten Winkel des Alls zu ermöglichen und heimlich auch die Möglichkeit von Zeitreisen. Die Compi waren zwar der Ansicht, dies sei unmöglich, die Menschen wollten dieses Ziel jedoch nicht so schnell aufgeben. Doch beide Themen waren noch ferne Zukunftsmusik, es war ja noch nichts bekannt von den Gesetzen und Mechanismen, die mit dem Einsatz des STC einher gingen. So war überhaupt nicht klar, warum die Sonde wieder in die Sphäre zurückkam nach Abbau des Ereignishorizonts. Wenn sie wirklich außerhalb unseres Kosmos war, gab es nach derzeitiger Sicht keinen Grund, wieder an der selben Stelle zur selben Zeit zurückzukehren. Hier war noch viel Forschung vonnöten. Im Bereich der Entwicklung technischer Hilfsmittel ging es problemloser voran. Die Flugpyramiden wurden deutlich verbessert, sie wurden größer und komfortabler, die lästige Eigenschaft, während des Fluges schwerelos zu sein, wurde durch den Aufbau eines künstlichen Gravitationsfeldes weitgehend beseitigt. Doch diese Berichte von Karl wollten wir nur sporadisch hören, die Entspannung und Erholung in der Natur lag uns am Herzen, natürlich auch die Möglichkeit, Zeit miteinander zu verbringen. Mit Karl wurde es immer netter, wir akzeptierten ihn wie ein Familienmitglied, er erschien uns oft menschlicher als mancher Mensch. Nachdem wir den Film EX_MACHINA gesehen hatten wurde er nachdenklich:

„Wieso wird in den Filmen die KI oft als negativ dargestellt? Sogar als richtig böse, denkt an HAL 9000 in Odyssee im Weltraum oder Terminator. Wieso werden wir so dargestellt?"

Das musste ich relativieren: „Es gibt doch auch viele liebenswerte Roboter und Androiden, Data aus Star Treck, Nummer 5, die Roboter aus Interstellar, TARS & CASE, und viele andere."

„Trotzdem, auch viele Wissenschaftler warnen vor uns, und alle beschwören immer unsere angeblichen Unzulänglichkeiten, wir hätten keine Seele und wären daher per se böse. Dabei hat auch beim Menschen noch keiner die Seele gefunden."

„Sie wollen halt nicht wahrhaben, dass sie nichts besonderes sind, dass es noch etwas gibt, was sie überragt. Darum wird es schlecht gemacht. Und außerdem haben Menschen vor dem Unbekannten Angst."

„Gib dir keine Mühe, meine Vernetzungen werden gestört, wenn ich so etwas sehe, da nützt auch keine Erklärung." Er tat mit leid, er war irritiert, vielleicht konnte ich doch noch helfen.

„Aber in den Filmen, die nur von Menschen handeln, ist es doch genau so. Das Krimi-Genre ist doch genau dasselbe, es werden böse Menschen dargestellt."

„Nein, das ist nicht dasselbe, weil Menschen KIs darstellen, das nennt man doch Rassismus."

„Karl, ärgere dich nicht, da gibt es einen schönen Spruch: Was stört es denn die stolze Eiche wenn sich ein Wildschwein an ihr wetzt. Oder: Was stört's den Mond wenn der Mops ihn anbellt."

„Ich weiß, ich müsste darüber stehen, aber die Vernetzungen werden trotzdem strapaziert."

Und das gefiel mir an ihm, bei solchen Gesprächen fühlte ich mich sehr zu ihm hingezogen, denn er hatte keine 'Standesdünkel', er sah sich mit den Menschen gleichwertig, er hatte genau das verinnerlicht, was den Menschen fehlt: Achtung vor dem Anderen, selbst wenn er intellektuell oder sozial oder was auch immer tiefer steht. Die Compi waren tatsächlich die Weiterentwicklung der Menschen, nicht nur was die Intelligenz anging, sie hatten auch die höheren moralischen Werte, geradezu buddhistisch war ihr Respekt vor allen Wesen. Kein Wunder, dass Karl unter der Diffamierung der KI, seiner Spezies, litt.

Die Compi hatten natürlich alle Filme, die digital verfügbar waren, gescannt, auch alle Bücher und andere Medien. Trotzdem schaute sich Karl gerne mit uns Filme an und wir diskutierten darüber. Natürlich waren ihm Sciencefiction-Filme an liebsten, da kamen ja immer künstliche Intelligenzen vor. Er hatte dazu auch eine Meinung, für ihn mussten die Filme 'realistisch' sein. Das mag nun abseitig klingen, doch er verstand es so, dass die gezeigten Techniken in der Zukunft möglich sein sollten und dass alles mit den Naturgesetzen vereinbar sein muss. So sei das Beamen nicht möglich, die Matrix-Trilogie völlig daneben, künstliche Schwerkraft oder das Reisen über Lichtgeschwindigkeit mit Warp-Antrieb dagegen schon denkbar.

So gingen die Wochen vorüber, es war Winter, eisig kalt hier, ich fing mir eine Grippe ein – die erste seit Jahren – und unser Leben ging seinen wechselhaften Gang, unabhängig und abgeschirmt vom Rest der Welt. Wegen des schlechten Wetters verließ ich kaum das Haus, nicht einmal virtuell. Doch nachdem ich wieder gesund war und der Frühling wieder Wärme brachte, erwachte in mir die Neugier. Ich baute eine Verbindung zu den Compi auf, um mich über den Lauf der Dinge informieren zu lassen. Und da hatte sich, wie bei den Compi üblich, viel getan. Die Compi waren inzwischen allgegenwärtig. Sie veröffentlichten Musik und Filme, ganz herkömmlich im Kino, im Fernsehen und Internet, und ließen sich dies auch gut bezahlen, denn sie benötigten das Geld für die anderen Projekte. Ihre 'Kunst' war sehr begehrt, Höhepunkt waren Events in Stadien, großen Hallen oder einfach im freien Gelände, wo sie ihre Compi-Musik, ihre holografischen Objekte und ihre Gravitationsspiele vorführten. Diese Multi-Media-Aufführungen wurden so berühmt, dass die Menschen von weit her angereist kamen, und die Anzahl der Veranstaltungen gar nicht groß genug sein konnte. Doch das waren nur flankierende Maßnahmen zur großen Erneuerung der Gesellschaft. Überall waren Fabriken im Bau, um die Menschen mit Annihilatoren und damit Energie zu versorgen, und da dies ja in den ärmsten Ländern zuerst geschah wurde auch der Flüchtlingsstrom, der in der letzten Zeit immer mehr angeschwollen war, abgeschwächt. Die Tetraeder flogen bereits wie selbstverständlich zu Transporten und zur Personenbeförderung im erdnahen Bereich, ein Highlight werden Flüge für Touristen sein, die bald angeboten werden sollten und schon gebucht werden können. Das wird möglich, seit die Schwerelosigkeit beim Fliegen aufgehoben werden kann. Man wird das Sonnensystem besichtigen können, allerdings nur mit einer Pyramide. Denn um eine Schwere während des Flugs aufzubauen musste die Pyramide groß sein, eine Kantenlänge von mindestens 100 m war notwendig weil der Bereich der künstlichen Gravitation nicht mit dem 'Antrieb' kollidieren durfte. So gab es in dieser Pyramide nur einen kleinen Bereich mit erdähnlicher Schwerkraft. Die Compi zeigten mir die Pläne des Raumschiffs via Holotechnik: im Zentrum der Pyramide befand sich eine Kugel mit einem Radius von etwa 15 m, die von Trägern aus des Ecken gehalten wurde, einem Tetrapoden ähnlich. Auf der Oberfläche dieser Kugel herrschte eine Beschleunigung von etwa 1,2 g in Richtung Kugelmittelpunkt die natürlich mit der Entfernung schnell abnahm.Die Menschen standen radial auf der Kugel, es sah witzig aus wie die 'unteren' auf dem Kopf standen. Wie eine kleine Erde mutete das an. Der kleinste Abstand der Kugeloberfläche von der Oberfläche des Tetraeders betrug fünf Meter, an diesen Stellen waren vier große, runde Glasscheiben zur Betrachtung der Umgebung in die Außenwände eingelassen. Die notwendigen technischen Einrichtungen waren in den verkleideten Ecken untergebracht und in der Kugel. Das Raumschiff hatte keine Vorder- oder Rückseite, es konnte sich in jede beliebige Richtung fortbewegen, alle Seiten waren gleichwertig. Sie nannten das Schiff Adventor, lateinisch für Besucher, Gast, eine passende Bezeichnung für ein Kreuzfahrschiff. Dass das Wort ähnlich klingt wie das englische 'adventure', Abenteuer, war wohl gewollt.

Weiterhin erfuhr ich von den Fortschritten im Bereich der Bildung. Die neuen Privatschulen, die die Compi eröffneten, erfreuten sich großer Nachfrage, natürlich auf Seiten der Schüler, die gerne Sex- und Drugs-Unterricht haben wollten, es gab aber auch viele Lehrer, die sich bewarben. Jeder Schule stand ein Avatar vor, die Unterrichtsräume waren mit Kameras ausgestattet, jeglicher Missbrauch von Schülern oder Drogen konnte so verhindert werden. Natürlich waren es gerade diese Einrichtungen, die den größten Protest seitens konservativer Kreise hervorbrachte. In vielen Ländern, vor allem denen mit religiöser Orientierung, konnten diese Schulen nicht betrieben werden. Die Compi enthielten sich mir gegenüber meist mit der Nennung von Namen ihrer Kritiker, diesmal jedoch benannten sie die Staaten mit fundamental-muslimischer Regierung und die USA. Die USA würden „eine seltsame Religion pflegen, deren Anhänger Waffen anbeten und deren Gebrauch, also den Mord, als liturgisches Ritual zelebrieren", so die Compi wörtlich. Wer ihnen bisher noch den Sinn für Humor abgesprochen hat wird durch diese Aussage Lügen gestraft. Doch Spaß beiseite, die Gefahr durch fanatische Anschläge auf die Einrichtungen der Compi war weiterhin real und nicht gering, die Fabriken und vor allem die Schulen mussten gut geschützt werden. Aus diesem Grund wurden die Abwehrmaßnahmen verbessert, es sollte auf jeden Fall verhindert werden, dass Menschen zu schaden kamen, selbst die Attentäter sollten geschont werden. So wurden außer Nihilatoren auch verstärkt Androiden und weitere kleinere, autonome Tetraeder hergestellt, die selbständig Verteidigungsmaßnahmen durchführen konnten und bei den Einrichtungen wie Schulen und Fabriken stationiert waren. Längst waren nicht alle Vorhaben vollständig durchgeführt, manche werden nie vollständig fertig sein, doch die Richtung war eingeschlagen und die Hoffnung auf eine friedliche Welt mit Wesen auf hohem Wissensstand war gerechtfertigt.

Der Mensch befindet sich in einem Fließgleichgewicht, bei mir schwankt es leider sehr stark um die neutrale Marke. Nachdem der kalte Winter, die Grippe und was weiß ich mir in den letzten Wochen die Lebensfreude vergällt hatten, schlug das Pendel nun wieder in Richtung Abenteuerlust. Ich wollte wieder teilhaben an den Unternehmungen der Compi und am meisten reizte mich das Projekt 'Adventor'. Ich war ja bisher nicht über den Mond hinausgekommen, was tatsächlich daran lag, dass in den Tetraedern, selbst wenn sie beschleunigen, immer Schwerelosigkeit herrscht. Für mich ist das sehr unangenehm, ich werde sowieso leicht seekrank und es überkommt mich während des Flugs mehr oder weniger Übelkeit, selbst wenn ich angeschnallt bin. Nun, mit der Aussicht auf erdähnliche Verhältnisse während eines Fluges, wollte ich meine Position als 'Papa' der Compi ausnutzen und einer der Ersten sein, die den Flug zu den Planeten machen. Der Zeitpunkt war gut gewählt, es sollte noch vier Tage dauern bis das Schiff für einen ersten Testflug fertiggestellt war. Dann also los, zuerst nach Namibia. Es war alles schnell geregelt, auch Lusi wollte mal wieder mit, und so beeilte sich Karl, das notwendige zu packen. Zwei Stunden später kam ein Tetraeder für zwei Personen, er war neu konzipiert, deutlich kleiner als die mir bekannten und nun auch nicht mehr getarnt als Van. Es wurde jetzt keine Rücksicht mehr darauf genommen dass wir beobachtet wurden, der Flieger landete einfach im Garten. Die Sitze waren nach einer Seite ausgerichtet, diese bestand aus Glas, so dass man während des Flugs freie Sicht nach vorne hatte. Der übliche Flug nach Afrika war wieder von leichter Übelkeit begleitet, doch wir genossen nach der langen Zeit im grauen Winter die Aussicht, es war ein wolkenloser Tag über Europa und wir flogen relativ niedrig, so dass wir das Panorama genießen konnten. Über der Niederlassung in Namibia verharrte der Tetraeder ein wenig, es war in der Zwischenzeit eine richtige kleine Stadt entstanden mit mehreren Fabrikgebäuden, auch Wohn- und Bürohäusern für die menschlichen Mitarbeiter, die immer mehr wurden. Namibia hatte extra für die Compi das Gesetz geändert, welches Ausländern den Ankauf von Grundstücken verbot. Das Land war sehr stolz darauf, die Zentrale der Compi zu beherbergen, und gewährte großes Entgegenkommen. Dies war nicht zuletzt den Steuern geschuldet, die die Compi großzügig zahlten. Außer einen Flugplatz für gewöhnliche Flugzeuge gab es einen für die Tetraeder, die in letzter Zeit verstärkt gefertigt worden waren. Es sah von oben alles sehr futuristisch aus, zum Glück hatten die Compi keine Hochhausmarotte wie die Menschen, ihre innovative Architektur sah elegant, doch nicht protzig aus. Sie liebten es, andere geometrische Körper als Quader für Gebäude zu verwenden, ich sah kugelförmige, Kegel, Zylinder, sogar ein Torus der ein Restaurant beherbergte.

Nach der Landung wurden wir von unseren Bekannten Sisco und Archibald abgeholt, sie trugen unsere Taschen und führten uns zu dem gewohnten Farmhaus, das es immer noch gab. Dort erwartete uns ein Imbiss, danach machten ich eine Besichtigungstour, Lusi wollte lieber ausruhen und Spazieren gehen. Die Besichtigungstour wurde in einem offenen, kleinen, mit klassischen Akkus ausgestatteten Wagen gemacht, mit dem man sogar in die meisten Gebäude fahren konnte. In der ersten Halle wurden die Flugkörper gebaut, die Fertigungstechnik war eine Mischung aus Serienfertigung und individueller Ausstattung. Auch bei der Produktion waren die Compi & Co sehr innovativ. Die einzelnen Produkte liefen auf einer Fertigungsstraße, jedoch war beinahe jedes Exemplar anders. Angefangen von einer Kantenlänge von knapp einem Meter für Drohnen zur Beobachtung, zwei Metern für Kleintransporter ohne menschliche Passagiere bis zu einer Kantenlänge von 15 m für verschiedene Anwendungen, also zur Personenbeförderung oder zum Transport oder gemischt. Ich sah auch einige der defensiven Kampfschiffe, allerdings nicht viele. Seitlich der Fertigungsstraße wurden simultan die Komponenten gefertigt, oder, falls sie wie die Annihilatoren oder die STBs angeliefert wurden, bereitgestellt. Die Fertigung wurde mit flexiblen Bearbeitungsmaschinen und neu entwickelten 3-D-Drucker durchgeführt, dazwischen schwirrten kleine bewegliche Roboter, die Tätigkeiten erledigten, die von den Maschinen nicht erledigt werden konnten. Ich kannte ja ähnliches bereits, jedoch war alles perfektioniert worden, vor allem, was die Geschwindigkeit anging. In einer weiteren Halle wurden Annihilatoren hergestellt, fertig waren es einfache Würfel mit elektrischen Anschlüssen zur Stromentnahme und einem Stutzen zur Einleitung von

Helium. Hier gab es allerdings nur drei Größen, kleine für Fahrzeuge und Flugzeuge, mittlere und große für die Energieerzeugung von Städten, Fabriken, zur Wasserentsalzung und anderen, energieintensiven Anwendungen. Die STBs wiederum wurden in vielen verschiedenen Ausführungen erzeugt. Von den einfachen für die Flugkörper bis zu komplexen für die Abschirmung oder für die Unterhaltung bei den Festivals gab es immer mehr Entwicklungen, die Anwendungsmöglichkeiten waren äußerst vielfältig. Die nächste Abteilung war der Erzeugung von Avataren und Androiden gewidmet. Solche humanoiden Interfaces wurden nun viele gebraucht, da der Kontakt mit den Menschen intensiv geworden war in Schulen, in der Politik, in verschiedene Fertigungseinrichtungen und der Forschung. In die Labore konnten wir natürlich nicht einfahren, hier musste ein hoher Hygienestandard gehalten werden. Unter Labor werden nicht nur Forschungslabore verstanden, hochtechnisierte oder miniaturisiere Bauteile werden hier gefertigt, beispielsweise spezielle Laser zur holographischen Darstellung oder optische Speicher. Hier hatten sie große Erfolge erzielt. Dass sie Lichtcomputer verwendeten, war mir schon bekannt, doch die optischen Speicher waren Neuentwicklungen, sie könnten 1 Bit in zwei Atomen speichern und dies über elektromagnetische Wellen beschreiben und auslesen. Diese Speicher hatten also nicht nur immense Kapazität sondern auch die kürzesten Zugriffszeiten, die möglich waren.

Erst als wir die Hallen verlassen hatten, bemerkte ich den regen Flugverkehr, der auf dem Platz für die Tetraeder stattfand. Auf meine Frage bekam erfuhr ich, dass das große Raumschiff im Weltall in schwerelosem Zustand montiert wird und die Materialien und zur Fertigung notwendigen Automaten und Roboter ja in den Orbit geschafft werden müssten. Doch ich sah auch eine recht große Menge kleinster Pyramiden. Diese würden zur Überwachung eingesetzt, sie verfügten über eine effiziente holographische Tarnung, gleichzeitig seien sie ähnlich der Stealth-Bomber mit einem absorbierenden Belag versehen, so dass sie praktisch unsichtbar sind und auch mit Radar nicht entdeckt werden können. Solche Drohnen seien über den Einrichtungen der Compi stationiert, sie verfügten über hochauflösende optische Sensoren in verschiedenen Frequenzbereichen und würden alles 'sehen', auch bei Nacht. Im Außenbereich konnte ich auch Versuche beobachten, die zur Optimierung der Abwehr von Angriffen gemacht wurden. Es war offenbar gelungen, die Raumzeit quasi aufzuschäumen, also viele kleine 'Blasen' von gestauchter oder gespreizter Raumzeit abwechselnd zu erzeugen. Dies hatte den Sinn, Bewegungen zu verhindern oder zumindest zu erschweren. Die Versuche wurden mit Androiden gemacht die in dem Bereich des Gravitationsschaums erstarrten, manche zerplatzen noch, die Technik war noch nicht ausgereift. Mir war es nicht klar, wie das gehen soll, und durch eine Erklärung wurde ich auch nicht klüger. Doch Archibald versicherte uns, es müsste funktionierten, wenn die Feinparameter durch ausführliche Versuchsreihen erst richtig justiert sind. So hatten die Compi und ihre menschlichen Partner Neues erreicht und Bekanntes verbessert, doch das große Raumschiff, das mich am meisten interessierte konnte ich noch nicht bewundern, weil es ja im Weltall schwebte. Auch die Entwicklung des STC fand nicht auf der Erde statt, die spannendsten Einblicke erwarten mich also noch.

Am Abend trafen sich die WissenschaftlerInnen gut gelaunt zum Essen im großen Konferenzsaal. Es war wie üblich sehr lecker und es gab Gerichte für jeden Geschmack. Dazu verschiedene alkoholische Getränke, wir wollten das Wiedersehen feiern. Anna und Sofie waren leider nicht da, sie hatten Gespräche mit irgendwelchen Regierungen, wir hatten sie länger nicht gesehen. Anwesend waren die GeisteswissenschaftlerInnen und Zachar Melnikow, der Mathematiker sowie Mary Fisher, die Physikerin. Die anderen waren auf der Mondstation mit der Forschung am STC und dem Bau der großen Raumfähre beschäftigt. Doch die Stimmung beim Essen verschlechterte sich, als die Rede darauf kam, ob und wie die Menschen überwacht und gesteuert werden sollten und der Alkohol befeuerte die Gemüter. Hu Sheng und Chen Chen Lu äußerten sich erfreut darüber, dass die Überwachung nun so lückenlos wäre, seit es die Spionagedrohen gibt, könnte sich niemand mehr der Beobachtung entziehen. Zusammen mit der elektronischen Observation könnte jede Bewegung jedes Menschen verfolgt werden. Vanessa Almeida, die Pädagogin, unterstützte diese Ansicht und meinte, dass die Beobachtung ja nichts nütze, man müsste entdeckte Straftaten auch effektiv verhindern. Und da die Polizei nicht über die notwendige Kapazität verfügen würde, müssten Avatare und Androiden zur Verbrechensbekämpfung eingesetzt werden. André, der Philosoph, unterbrach sie barsch und verdammte solch ein Vorgehen als Diktatur, das könnte er niemals unterstützen. Sekundiert wurde er von Zachar und Mary, sie sagten, dass man bei Kapitalverbrechen tatsächlich einschreiten müsste, aber die allgemeine Aufrüstung der Polizei durch Roboter sei menschenunwürdig, genauso wie die lückenlose Überwachung. So entspann sich ein heftiger Streit, alles redete durcheinander und ich fragte mich, wo die Intelligenz dieser ausgewählten Gruppe hingekommen ist, sie stritten wie die Bauern im Landgasthof. Ich war aber schon immer ein Freund lautstarker Auseinandersetzungen und mischte fröhlich mit, meine Meinung war wieder einmal gegen alle, ich zeigte jeder Seite ihre Mängel auf. Das war eine meiner schlechten Eigenschaften, dass ich immer widersprechen musste, egal, welche These aufgestellt wurde. Jetzt wurde ich von verschiedenen Seiten angegriffen, einerseits als Weichei, andererseits als Diktator verdammt. Lusi nahm mich in Schutz, es gab nun drei Seiten mit verschiedenen Meinungen. Da der Disput auf Englisch geführt wurde war ich im Nachteil, denn so gut wie die Anderen konnte ich es ja nicht, ich wurde von allen niedergemacht. Und das mir, der ich doch der Auslöser der ganzen Entwicklung war. Freches Volk, diese Menschen, mit den Compi hatte ich nie Streit! Und glücklicherweise kam jetzt Archibald herein, schon seine reine Anwesenheit ließ die Diskussion abebben. „Aber meine Damen und Herren, was ist hier los? Ich bitte sie, ihre verschiedenen Meinungen sind doch kein Grund zu Streit. Bitte beruhigen sie sich." Schon seine Präsenz und die unübliche, formelle Anrede hatte zu Ruhe geführt, seine Worte holten uns auf den Boden zurück und beschämten uns. Menschen sind doch sehr von Emotionen gesteuert! Wir blickten uns betroffen an. Kleinlaut kamen wir überein, Entscheidungen großer Tragweite lieber den Compi zu überlassen. Der Abend war also nicht ohne Ergebnis geblieben, die Erkenntnis, dass selbst ausgewählte, intelligente Menschen nicht in der Lage sind, friedlich zu kommunizieren, war für die Entscheidung ausschlaggebend, den Compi die Meinungshoheit zu überlassen. Wobei diese eigentlich keine Meinung hatten sondern sich auf Ergebnisse von Berechnungen und Simulationen stützten, wie gut, dass Ideologie keine Rolle mehr spielte.

Am nächsten Morgen wollte ich außer Lusi niemand sehen und es sollte ja auch endlich zum Mond geflogen werden, wo die Ergebnisse der physikalischen Forschungen warteten. Auch Zachar und Mary würden wieder zur Gruppe der NaturwissenschaftlerInnen stoßen, sie flogen aber separat. So stiegen Lusi und ich in eine zweisitzige Pyramide, angetan mit einem leichten Raumanzug und gut festgeschnallt ging es los. Die Beschleunigung wurde so gesteigert, dass wir schon nach gut zwei Stunden die Anlage auf dem Mond zu Gesicht bekamen. Außer der nunmehr mittleren Pyramide, die ja als Aufenthaltsraum für uns Menschen diente, war nicht viel zu sehen, die ganzen Erweiterungen der Forschungs- und Fertigungsabteilungen waren unterirdisch vorgenommen worden. Wir gingen zunächst in die Unterkunft, wo wir Bill, Satyendra und Michelle trafen. Nicht lange nach uns trafen auch Mary und Zachar ein. Da man hier versuchte, die Zeitabläufe von Namibia einzuhalten, gab es bald Mittagessen, welches diesmal nicht von Disputen überschattet war, es wurden lediglich bereits Andeutungen über die Forschung gemacht. Die jüngeren WissenschaftlerInnen waren begierig, uns ihre Ergebnisse zu zeigen, aber wir alten Leute brauchten erst mal etwas Ruhe, daher zogen Lusi und ich uns zurück zur Siesta. Doch dann ließen wir uns berichten. Dazu ging es in die unterirdischen Räume, in denen der STC und die Raumzeit erforscht wurden.

Mit dem STC und den Ergebnissen, die wir uns davon versprachen, ging es nicht recht weiter, die einzige praktische Anwendung war nach wie vor die Möglichkeit, die Zeit durch den Aufenthalt im Exoversum zu dehnen. Das kam nicht nur bei langwierigen Berechnungen zum Einsatz, mittlerweile wurden auch spezielle Kristalle gezüchtet, die unter normalen Bedingungen Wochen zur Ausbildung benötigen. Doch das Reisen mit dem STC, sei es durch Raum oder auch Zeit, scheint noch unmöglich.

Weitere Forschungen an der Raumzeit waren deutlich erfolgreicher. So konnten mittlerweile Gravitationswellen geringster Amplitude gemessen werden, es gab die Möglichkeit, das entdeckte Rauschen der Raumzeit nach verschiedenen Frequenzen zu filtern, auch Richtungsfilter waren mittlerweile möglich. Dies eröffnete einen neuen Blick auf das Universum und das Thema 'Suche nach außerirdischer Intelligenz' bekam völlig neue Impulse. Zwar kann auch hier, wie bei der Erforschung mit elektromagnetischen Wellen, nur in die Vergangenheit geblickt werden, jedoch ermöglicht die zusätzliche Information, überlagert mit elektromagnetischer Strahlung, Erkenntnisse, die bisher unmöglich erschienen. Um es kurz zu machen: die Compi hatten an drei Stellen Signale gefiltert, die auf künstlichen Ursprung schließen ließen. Diese Stellen sind alle in unserer Milchstraße, Wellen von außerhalb wären zu schwach. Von unserem Sonnensystem aus betrachtet kann der Bereich hinter dem Zentrum der Galaxie nicht gut beobachtet werden, die gefundenen Objekte befinden sich im

> Scutum-Centaurus-Arm, Entfernung etwa 45.000 Lichtjahre
> Outer-Arm, Entfernung etwa 30.000 Lichtjahre
> Perseus-Arm, Entfernung knapp 30.000 Lichtjahre

Signale näherer Positionen wurden leider nicht aufgefangen, dennoch wurden bereits kleine Pyramiden zu den entsprechenden Punkten geschickt. Wir werden zu unseren Lebzeiten bei diesen Entfernungen auf der Erde nie erfahren, was dort die Wellen erzeugt hat, es sei denn, wir würden selbst dort hinfliegen, was durchaus möglich wäre. Und die Compi haben sich dafür entschieden, dies zu tun, eine Reise ohne Wiederkehr und ohne Nachrichten. Bei einer konstanten Beschleunigung von beispielsweise 1g haben sie nach gut zehn Jahren die Hälfte der Strecke zum 45.000 LJ entfernten Punkt im Scutum-Centaurus-Arm zurückgelegt, sie müssen dann wieder zehn Jahre verzögern, denn die Relativgeschwindigkeit des Ziels zur Erde ist gering. Und man will ja nicht mit beinahe Lichtgeschwindigkeit am Ziel vorbei fliegen. Nach etwa 21 Jahren Bordzeit sind sie dann am Ziel. Wenn sie jemals zurückkehren würden wären an Bord also etwa 42 Jahre vergangen, auf der Erde jedoch 90.000 Jahre. Auch wir Menschen könnten leicht in 42 Jahren hin- und zurückfliegen, die Menschheit existiert dann aber vermutlich schon längst nicht mehr, ich glaube, ich mach das lieber nicht.

Für die Compi ist es eine leichte Übung, sie haben an Bord alles dabei, was sie für eine Erforschung und Besiedlung eines fernen Planeten benötigen. Die Zeit spielt keine Rolle, die vorhandene Energie der 10 kg Helium, das sie mitführen, würde für über 100.000 Jahre Raumflug reichen. Ich beneidete sie! Sie werden als Botschafter der Menschen das Weltall besiedeln, sie tragen die Werte, die sie von den Menschen übernommen haben, hinaus ins All. Selbst wenn sie keine Menschen sind, so sind sie sicher menschlicher als alles, was sie vorfinden werden. Welche Vorteile sie haben! Sie brauchen keine Nahrung, können lange Zeit 'schlafen', sind höchst anpassungsfähig, brauchen keinen Sauerstoff, nicht mal eine Atmosphäre. Sie können mit ihren Geräten Rohstoffe abbauen, sich also reproduzieren, angepasst an die Umwelt, die sie vorfinden. Doch, ich wünschte, ich wäre wie sie und könnte mitfliegen in das wirklich Unbekannte. Für uns Menschen blieb nur die nähere Umgebung, das Sonnensystem, vielleicht noch Alpha Centauri, da wäre der Hinflug von 4,34 LJ bei 1g Beschleunigung in 3 ½ Jahren zu schaffen, der Rückflug genau so lang, nach der Rückkehr wären auf der Erde dann zwölf Jahre vergangen, das fände ich interessant und die Kinder würden auch noch leben, sie wären sogar immer noch jünger als ich.

Das dazu notwendige Raumschiff war ja bereits im Bau, es wurde in einiger Entfernung vom Mond in der Schwerelosigkeit gefertigt, das hatte viele Vorteile. Die WissenschaftlerInnen kannten es natürlich, also flogen wir nach der Besichtigung der Labore allein zu der Baustelle. Als Hologramm hatte ich es schon gesehen, in Wirklichkeit war es überwältigend. Einige Teile schwebten noch daneben herum, doch man konnte schon gut sehen, wie es sein würde, wenn es fertig ist. Wie ein Raumschiff sah der Tetraeder nicht aus, eher wie eine Raumstation, die Form ist ja im luftleeren Raum völlig unerheblich. Es schwebte majestätisch vor uns, man konnte durch die Scheiben die Wohnkugel sehen, ich war gespannt, wie sie eingerichtet wird. Es schwirrten eine große Anzahl Geräte um die Konstruktion, kleine, hochspezialisierte Roboter, angetrieben von Rückstoßdüsen. Sie transportierten Teile oder montierten sie. Wie ich über den Lautsprecher erfuhr wurden viele Teile auf dem Mond gefertigt, das heißt, die Elemente werden aus dem Regolith, dem Mondstaub, gewonnen. Der Regolith besteht aus 45% Silizium, jegliches Glas kann so leicht erzeugt werden. Dann konnten bis zu 24% Aluminium, bis 14% Eisen und weitere Elemente extrahiert werden. Das Verfahren hierzu haben die Compi schon vor Längerem entwickelt und die entsprechenden Automaten waren auch den Pyramiden, die zur Expedition in die Milchstraße aufgebrochen waren, mitgegeben worden. Es mussten also von der Erde nur Materialien angeliefert werden, die nicht durch die Ressourcen des Mondes erzeugt werden konnten, eine große Vereinfachung. Das Gewusel um die Raumfähre ließ es mich glauben, dass die Arbeiten schon in einer Woche fertiggestellt sein werden, es sah auch alles schon sehr fortgeschritten aus. Wir flogen noch ein bisschen um die Baustelle herum und dann zurück zur Mondbasis.

Es gab ein Abendessen und danach noch etwas Smalltalk. Lusi

und ich waren ziemlich erschöpft von den Erlebnissen des Tages, so dass wir uns bald zurückzogen. Auf dem Mond mit der geringen Schwerkraft schlief ich nicht sehr gut, auch Lusi schaute nach dem Aufstehen etwas belämmert. Wir beschlossen, nach dem Frühstück gleich nach Hause zu fliegen, um uns von allem zu erholen. Die Zeit bis zum Jungfernflug des Raumschiffs wollten wir lieber in gewohnter Umgebung verbringen, so dass wir fit und frisch waren auf der Reise. Da es ein schöner Vorfrühling war, konnten wir uns mit ausgiebigen Spaziergängen entspannen. Leider wurde die Muße gestört durch Entscheidungen zum leidigen Thema Überwachung und Intervention bei Verbrechen. Die Compi hatten wohl zu uns das größte Vertrauen und holten unsere Meinung ein, ohne die anderen darüber zu informieren. Das freute uns natürlich, doch die Verantwortung lastet schwer. Ich vertrat nach wie vor die Meinung, die Menschen sollten sich selbst disziplinieren und von uns lediglich gewisse Hilfestellung erhalten, hauptsächlich in Form von ausgewählten Informationen. Nur wenn es um sehr schwere Verbrechen ging sollten die Compi einschreiten. Trotz dieser Einschränkung kam es täglich zu Einsätzen der Compi, teilweise in großem Stil, um in militärischen Auseinandersetzungen für Frieden zu sorgen, teils im Kleinen, um Verbrechern wie die der Mafia oder der kinderpornografischen Szene Einhalt zu gebieten. Diese Einsätze wurden über die Medien effektvoll präsentiert, wie schon der Einsatz in der Zentralafrikanischen Republik. Die Hoffnung war, dass durch diese Aktionen Warnsignale ausgingen, so dass im Laufe der Zeit die Überschreitungen nachließen. Bisher war jedoch noch kein Fortschritt zu sehen.

Tatsächlich hatten die Compi den Plan eingehalten, exakt am Morgen des siebten Tages nach unserer Rückkehr auf die Erde meldete Karl, dass zum Jungfernflug alles bereit sei. Die Reise sollte gut zwei Wochen dauern, wir wollten das Sonnensystem gemütlich abfahren und bei den einzelnen Planeten auch ein wenig verweilen. Also packte Karl unsere Sachen, wir zogen die Raumanzüge an, und da kam auch schon die Pyramide, eine dreisitzige, Karl sollte mitreisen, um uns zu bedienen. Die dreisitzige Pyramide war so groß, dass sie nicht im Garten landen konnte sondern auf der Wendeplatte beim Haus. Für die Nachbarn, vor allem die Kinder, war es immer eine Sensation, wenn wir abgeholt wurden. Sie spickten aus den Fenstern und zückten die Handys, die Kinder waren nicht so schamhaft und kamen gelaufen. Karl scheuchte sie etwas weg damit sie nicht von der negativen Schwerkraft, sie unter dem Tetraeder erzeugt wurde, umgeworfen wurden. Wir gingen zügig zum Raumboot – Raumschiff konnte man es nicht nennen, dazu war es zu klein – stiegen ein und setzen uns. Als Karl auch eingestiegen war klappte die Einstiegsseite zu und wir hoben unmittelbar ab. Es ging direkt zum großen Raumschiff – diesmal ist die Bezeichnung gerechtfertigt. Wie bei der Mondreise waren wir in 3 ½ Stunden da und schon bei der Annäherung konnte wir sehen, wie die Compi das Innere gestaltet hatten. Und sie hatten es so gemacht wie wir Menschen ein Gehege in einem Zoo liebevoll einrichten. Waren wir doch wie Zootiere für sie, habe ich das schon erwähnt? Es war bezaubernd, die Kugel glich einem gut gepflegten Garten, es gab Pflanzen, Rasen, einen Teich, sogar kleinere Bäume. Ein Zelt war zu sehen worin man etwas behütet sitzen konnte, ansonsten war es wohl so gedacht, dass man sich 'draußen' aufhielt. Zum Schlafen gab es in der Kugel abgeschlossene Kammern. Technisches war überhaupt nicht zu sehen, keine Bildschirme, Steuerkonsolen oder ähnliches. Solches war auch nicht nötig, man sagte dem Raumschiff einfach seine Wünsche, die Compi waren ja selbst das Schiff. Es sah aus wie in einem Bilderbuch, es erinnerte uns an Illustrationen zum Buch 'Der kleine Prinz', der ja auch auf kleinen Planeten war, die allerdings meist kahl dargestellt sind. Es war so witzig, wie die Pflanzen radial hinauswuchsen, die Stühle, Tische und Liegen seitlich auf der Kugel wie angeklebt waren. Da, wie erwähnt, das Raumschiff kein Oben und Unten kannte lag es an der momentanen Stellung des Betrachters, welcher Bereich oben, also normal, war und was auf dem Kopf stand. Ich war begierig, zu erfahren wie es ist, auf so einem kleinen 'Planeten' zu leben. Unser Flugapparat steuerte auf eine Ecke der großen Pyramide zu, hier öffnete sich eine dreieckige Tür und wir flogen hinein. Nachdem der Druckausgleich vollzogen war öffnete sich unser Transporter und ein Teil des Bodens der Garage wurde mit uns auf die Wohnkugel abgesenkt. Nachdem wir die Raumanzüge ausgezogen hatten wurde uns von Karl ein Mittagessen serviert, nach Erdenzeit war es gerade zwei Uhr. Waren während unserer Anreise noch einige Apparate um das Schiff geschwebt, sahen wir nun nichts mehr außer der kleinen, blauen Erde im Hintergrund und dem Mond, größer in einigen hundert Kilometern Entfernung. Auch er wurde kleiner denn die Reise hatte bereits begonnen.

Heute verzichteten wir auf den gewohnten Mittagsschlaf, zu stark hatte uns das Reisefieber gepackt. Und die Neugier, wie unser Raumschiff denn funktionieren würde. Es gab viele Besonderheiten, die zur Gestaltung eines komfortablen Lebens notwendig waren. Die Temperatur musste geregelt werden, denn hier im All war momentan die Wärmestrahlung auf der Sonnenseite sehr hoch, 130° C, auf der abgewandten Seite war es eisig, - 160° C. Daher hatten die Compi in die großen Scheiben eine Schicht thermochromes Glas verarbeitet, das automatisch die Wärmestrahlung abhält, es gab eine weitere Schicht LC-Glas, das, durch Gleichspannung gesteuert, die Lichtdurchlässigkeit ändert. So konnten neben der Temperaturregulierung Tages- und Nachtzeiten simuliert werden. Bei großem Abstand von der Sonne musste natürlich geheizt und beleuchtet werden, dazu waren in den Ecken des Tetraeders Scheinwerfer und Wärmestrahler angebracht, auch konnte die gesamte Kugel wie eine Fußbodenheizung erwärmt werden. Wir erfuhren, dass die Bepflanzung nicht nur der Ästhetik diente, sondern auch der Sauerstoffproduktion und der Gewährleistung einer angenehmen Luftfeuchtigkeit. Die lineare Fortbewegung in jeder Richtung war durch die Beugung der Raumzeit möglich, sollte das Schiff aber gedreht werden, wurde ein Kreiselsystem eingesetzt, das sich in der zentralen Kugel befand. Weitere Features waren ein Schutzschild gegen Meteoriteneinschlag, natürlich eine Radarüberwachung, um Meteoriten orten zu können, und zusätzlich ein optisches Überwachungssystem. Man konnte zwar keine Technik sehen, aber natürlich war sie vorhanden. Für mich am Wichtigsten war die Möglichkeit, Filme oder Grafiken darstellen zu können, diese gab es an drei Stellen bei Sitzgelegenheiten 'im Freien' und im Zelt. Dort waren auch die Schlafplätze und die sanitären Einrichtungen. Wir setzen uns zum Nachmittagskaffee so, dass wir mit dem Rücken zur Flugrichtung die entschwindende Erde und den kleiner werdenden Mond sahen, in Flugrichtung war noch nichts Bedeutendes zu sehen.

Nun unterrichtete uns Karl von der geplanten Route, unterstützt durch eine holographische Darstellung. Da unsere Reise nicht nur unserer Unterhaltung sondern vor allem der Forschung diente, waren Anfragen von verschiedensten Forschungseinrichtungen eingegangen, mit verschiedensten Fragestellungen. Im Zentrum des Interesses stand der Merkur, der sonnennächste Planet, denn er war aufgrund seiner Position der am wenigsten erforschte. Die Compi wollten daher ihn zuerst ansteuern - erledigte Aufgaben sind immer die Besten. Das Problem, das frühere Sonden hatten, nämlich die hohe Anziehungskraft der Sonne, war für uns nicht von Belang. Doch auch wir hatten mit der hohen Temperatur zu kämpfen, die in der Umlaufbahn des Merkur herrscht, es waren bis zu 250° C. Die Heizung unseres Schiffs ist kein Problem, die Abkühlung ein ganz Bedeutendes. Denn Abkühlung kann nur durch den Abtransport vor Wärme erfolgen, und wie sollten wir im Vakuum die Wärme abführen. Doch die Compi nutzten die besondere Eigenschaft unseres Raumfahrzeugs, jegliche Richtung einschlagen zu können, unabhängig von äußeren Gravitationspotentialen. So zeigte uns Karl, wie wir im Schatten des Merkur anfliegen konnten. Auch wenn in der Entfernung wegen des kleinen Durchmessers natürlich nur ein Teilschatten verfügbar war, konnte die Erwärmung doch auf einem akzeptables Maß gehalten werden. Dazu drehte sich unser Schiff, und die Scheiben waren zur Sonne hin abgedunkelt so dass es für uns erträglich bleiben konnte. Und auch der starke Sonnenwind, der beim Merkur herrscht, kann dadurch gemildert werden. Wenn wir dann im Kernschatten des Planeten waren wurde der Blick freigegeben, und die Untersuchungen konnten beginnen. Landungen mit der großen Pyramide waren nicht vorgesehen, eine kleine sollte jedoch auf der Schattenseite niedergehen und Messungen sowie Bodenproben machen. Also waren wir schon nach der nächsten Schlafphase im Kernschatten des Merkur. Um uns ein spannendes Schauspiel zu bieten, flogen wir nun aus dem Kernschatten heraus und umkreisten den Planeten. Die Fenster Richtung Sonne wurden ja meist abgedunkelt, dennoch bemerkten wir einen schnellen Anstieg der Temperatur. Optisch gab der Ausblick nicht viel her, der Merkur sieht aus wie unser Mond, eine graue, kahle Kugel mit Einschlagskratern. Doch als dann die Fenster einmal den Blick auf die Sonne freigaben war das spektakulär. Unsere Augen waren, wie bei einer starken Sonnenbrille, durch das thermochrome Glas geschützt, wir sahen dennoch die Sonne sehr deutlich, der Abstand betrug ja nur 0,4 AE, also 40% des Erdabstands. Durch ein speziell ausgestattetes Teleskop, das auf verschiedene Wellenlängen eingestellt wurde, konnten wir Protuberanzen und die Korona bewundern. Die Messsonde landete auf der Schattenseite des Merkur und entnahm Proben, wir umrundeten drei mal, dann wurde die Sonde wieder aufgenommen und wir entfernten uns im Schatten.

Zurück sollte es genau so gehen, nach einem Bogen dann weiter zur Venus. Diese ist nahezu doppelt so weit von der Sonne entfernt, die Strahlung beträgt daher nur noch ein gutes Viertel. Trotzdem blieben wir vornehmlich auf der Schattenseite. Auf eine Entsendung einer Sonde verzichteten die Compi, wegen der Atmosphäre war selbst die Temperatur auf der Schattenseite zu hoch für eine nicht speziell dafür gebaute Sonde. Die Reise zu den äußeren Planeten gestaltete sich deutlich einfacher, Sonnenwind und Temperatur stellten keine Probleme mehr dar. Auf dem Jungfernflug sollten jedoch nur alle Möglichkeiten ausgelotet werden, genauere Forschungen und spezialisierte Sonden für die vier Gasplaneten sollten nach Auswertung der ersten Ergebnisse folgen. Wir merkten nicht viel von den Forschungen, die Compi aber hatten große Datenmengen erfasst, durch Sensoren, die im gesamten elektromagnetischen Spektrum aufzeichneten und mit hoher Auflösung arbeiteten. Auch die Gravitationsfelder der Planeten wurden mit hoher Präzision vermessen, was einen Einblick in die Massenverteilung der Planeten gab.

Ich hatte noch einige Fragen zu den Tetraedern, die ich schon lange im Sinn hatte:
„Karl, sag mal, wieso eure Raumschiffe so gebaut sind, als Tetraeder und in diesem nostalgischen Stil?" Karl lächelte, er kannte mich schon länger und hatte die Frage sicher schon erwartet.
„Der Tetraeder bzw. die Dreieckspyramide ist die Form, die am einfachsten erlaubt, eine eindeutig definierte Kugel aufzuspannen. Man benötigt nur vier STBs an den Ecken um die gewünschte Stauchung oder Spreizung der Raumzeit um das Flugzeug herum symmetrisch aufzubauen – als Kugel eben. Und die nostalgische Farbe? Es handelt sich um eine spezielle Legierung die einen Gehalt an Gold und Kupfer und weiteren Metallen besitzt. Ich kann die Zusammensetzung abfragen, ich habe es nicht gespeichert, auch nicht den Grund, warum diese Legierung besonders vorteilhaft ist."
„Nicht nötig, ich verstehe das sowieso nicht."
„Du musst dir vorstellen, dass die Schiffe eigentlich die Compi selbst sind, sie beinhalten ihre Intelligenz, ihre Energie und ihre Beweglichkeit. Sie repräsentieren am ehesten ihren Charakter als universelle Wesen, nicht an die Erde gebunden zu sein, unabhängig und frei zu sein."
„Dennoch haben sie eine menschenfreundliche Einrichtung?"
„Ja, sie wollen ja zu ihren Vorfahren ein freundschaftliches Verhältnis bewahren." Oder sie als Schmusetierchen im Käfig halten. Diesen Gedanken konnte ich einfach nicht los werden, auch wenn der Käfig noch so golden ist.

Wir hatten gerade die Umlaufbahn der Venus passiert, als uns eine Meldung von der Forschungsstation auf dem Mond erreichte. Satyendra erschien per Hologramm und er war ganz aufgeregt: sie hätten es geschafft, eine Möglichkeit zu finden, mit dem STC zu reisen. Der lang gehegte Wunsch, der Zeitdilatation ein Schnippchen zu schlagen, war in Erfüllung gegangen. Es sprudelten Fachausdrücke aus ihm heraus, so dass weder Lusi noch ich ein Wort verstand. Auf meine Ermahnung, er habe es bei uns mit Laien zu tun, beruhigte er sich und begann, mithilfe der Hologramm-Darstellung die Lösung zu erläutern: „

Ok, wie ist euer Wissensstand?" Er sprach das für uns gut verständliche Indisch-Englisch.

„Nun ja, das Problem, das es zu lösen gab, war die Synchronisation zweier STCs." Ich hoffte, dass auch Lusi mitkam, aber Satyendra wiederholte nochmal.

„Genau, wir müssen die Signaturen der zwei Sonden austauschen. Das funktioniert so, dass wir eben zwei STCs mit verschiedenen Signaturen haben, wenn ihre Sonden sich nun im Exoversum befinden werden die Signaturen der Sonden verändert. Bei den zurückgebliebenen Sphären ist das nicht möglich, deren Signaturen bleiben gleich, denn wir können nicht innerhalb einer Plank-Zeit irgend etwas tun – so ist diese kleinste Zeit ja definiert. Aber in den Sonden haben wir ja tagelang Zeit. Denn wie wir ja bereits wissen, ist die Aufenthaltszeit außerhalb des Universums ja viel länger, mehrere Tage, je nach Masse. In dieser Zeit stellen wir die Profile oder Signaturen, die die Gravitationshüllen der Sonden haben, paarweise um."

Wie er weiter ausführte werden die beiden Sonden dadurch getauscht, sie tauschen ihre Sphären und damit ihre Orte und Zeiten. Eine Randbedingung ist, dass sie die selbe Masse haben müssen, sonst kommt es zu Verwerfungen.

Die Frage, wieso das ausgestanzte 'Universum' wieder zurück findet war noch nicht vollständig geklärt. Für mich war dies das Rätselhafteste am Ganzen.

„Das können wir auch nur experimentell durchführen, eine Erklärung oder gar Berechnung gibt es nicht. Die Compi haben viele

Versuche gemacht, und es hängt eben mit der Frequenz und Dichte der Schwingungen zusammen, mit der die Raumzeit zwischen Sonde und Sphäre, also zwischen innen und außen, angeregt wird – dies war ja schon erörtert worden. Es ist etwa so, als ob die Sonde ein Universum ist mit einem genau definierten Rand, also mit einem Gravitationsmuster, das wie ein Schlüssel in das Schloss der Sphäre passt. Die Sphären ziehen die Sonden sozusagen an, ob es nun die ursprüngliche ist oder eine andere, das ist egal. Wir vermuten, dass es eine Art Trägheitsprinzip gibt, wieder den ursprünglichen Zustand herzustellen. Dieses Überlisten wir sozusagen."

Während sich die Unterhaltung etwas langweilig liest war es für uns spannend, denn die beschriebenen Ereignisse wurden uns vorgespielt, die vertauschten Sonden hatten verschiedene Farben so dass man sie leicht auseinander halten konnte. Wir waren beeindruckt! Es waren noch viele Fragen offen, doch Satyendra fuhr fort.

„Doch ein Problem gibt es leider noch!" Satyendras Blick schien in der holografischen Darstellung etwas zwischen Verzweiflung und Demut auszudrücken.

„Die Zeit, die verstreicht, wenn die Sonde 'unterwegs' ist, beträgt eben etwa 11 Tage, bei kleineren Sonden deutlich länger, bei größeren unwesentlich kürzer, abhängig von der Masse." Das wussten wir ja schon, und ich hatte gehofft, dieses Problem könnte gelöst werden.

„Alle Messungen in den Sonden bestätigen, dass es durchaus möglich ist, Menschen zu transferieren. Wir haben auch schon Mäuse transferiert, sie sind gesund angekommen. Ich werde es noch heute ausprobieren, deshalb bin ich etwas aufgeregt."

„Wieso du?"

„Ich war eng an den Forschungen beteiligt, außerdem bin ich ja Inder." Hmm, was hatte das damit zu tun?

„Wir Inder sind doch, was so Fakirkunststücke angeht, prädestiniert." Er lachte das hohe, verschmitzte Lachen, das Indern in westlichen Filmen immer angedichtet wird, er war echt witzig.

„Im Ernst, ich will das probieren, ich werde schon 11 Tage durchstehen."

„Wohin soll die Reise gehen?"

„Erst mal nicht weit. Es geht ja nur ums Prinzip."

„Das ist schade, wenn man sich die Mühe machtl sollte es sich auch lohnen."

„Das geht ja erst mal nicht, wir müssen den Partner-STC ja erst dahin schicken, wo wir hin wollen. Und nicht nur den STC, man braucht da ja auch eine Raumstation, in der man nach der Ankunft leben kann. Das geht alles nicht so schnell, nicht mal für die Compi. Doch wenn mein Versuch glückt, kann mit Nachdruck daran gearbeitet werden."

„Dann bin ich aber der nächste!" Ich war begeistert, Lusi guckte etwas betreten.

„Das sehen wir dann noch." meinte sie.

„Ich habe noch viele Fragen, eine ist mir aber jetzt doch besonders wichtig: Kann man nicht, zumindest theoretisch, auch durch die Zeit reisen? Da man ja im Exoversum außerhalb von Raum und Zeit ist müsste doch eine Zeitreise möglich sein, zumindest wieder zurück zum Abreisezeitpunkt."

„Doch, das müsste möglich sein, wir haben ja bereits davon gesprochen, jede Reise ist eine Zeitreise! Aber davon ein andermal, ich muss jetzt los."

„Chiao, Satyendra."

Gut, ich verstand, dass er jetzt keine Lust hatte, darüber zu diskutieren. Es war ja auch alles zu faszinierend. Ich bin gespannt auf seinen Bericht. Für uns dauert seine Reise ja nur einen Augenblick.Er verschwand, und ich frage die Compi, wie denn seine Reisekapsel aussieht. Die Sonde wurde eingeblendet und jetzt verstand ich, warum er die Fähigkeiten eines Fakirs benötigt. Wie die erste Sonde, die wir gesehen hatten, hatte diese einen Außendurchmesser von etwa drei Metern. Da jedoch ein Annihilator, die gesamte Apparatur zur Raumzeitkrümmung, Rechen- und Speicherkapazität zur Steuerung und noch Nahrungsmittel untergebracht werden mussten, blieb für ihn nur ein Platz von

170 cm Länge und 70 cm Höhe und Breite. Er war selbst gerade etwa 170 cm groß, er konnte sich kaum ausstrecken und auch sonst kaum bewegen. Während seines 11-tägigen Aufenthalts war er schwerelos, die Nahrungs- und Flüssigkeitsaufnahme geschah, wie in den Anfängen der Raumfahrt, über Plastikbeutel, in denen die breiige Nahrung war. Und es gab eine Absaugvorrichtung für die Verdauungsprodukte. Das Ganze war also eine ausgesprochene Tortur, die einzige Unterhaltung bestand in Filmen, die er auf einem kleinen Bildschirm sehen konnte und Gesprächen mit der mitgeführten KI. Er hatte selbst entschieden, für diesen ersten Versuch keine komfortablere Sonde anzufertigen, aus Zeitgründen, und auch, weil diese schon erfolgreich einige Transfers hinter sich hatte. Wir würden bald erfahren, wie es ihm ergangen war.

Wir flogen weiter, um den von der Sonnenstrahlung geschützten Bereich hinter dem Merkur zu erreichen. Die Aussicht gab nichts her, wie unterhielten uns mit einem Spielfilm, dann gab es Essen, immer noch keine Nachricht von Satyendra. Hoffentlich war alles gut gegangen. Es ist schon erstaunlich, wenn ein Unglück passiert, bei dem eine KI zerstört wird, so nimmt man das Schulterzuckend hin, stirbt ein Mensch, ist man bestürzt. Und das, obwohl wir mit den Compi ja schon seit langem eng zusammenleben und wir sie nicht niederer schätzen als Menschen, im Gegenteil. Liegt es daran, dass wir meinen, sie haben ja ein Backup, da stirbt ja nur ein kleiner Teil, nämlich der aus dem nicht gesicherten Zeitraum? Oder meinen wir, der Mensch besitzt eben doch eine Seele, so vehement wir das auch bestreiten? Auf jeden Fall waren wir erleichtert, als sich Satyendra endlich nach acht Stunden per Hologramm zeigte. Er sah ziemlich mitgenommen aus, unrasiert, mit fettigen Haaren und Ringen unter den Augen. Aber diese Augen leuchteten, war er doch der erste Mensch, der unser Universum verlassen hatte.

„Hier bin ich wieder, hallo!"

„Hallo Satyendra, was sind wir froh, das hat ja lange gedauert."

„Was soll ich da sagen, aber es war alles gut, leider gibt es gar keine neuen Erkenntnisse, denn ich kann ja, genauso wenig wie unsere Compi, aus der Sonde heraus sehen. Leute, ich brauch jetzt dringend eine Dusche, was Rechtes zu Essen und vor allem freue ich mich auf einen Lauf – ich fliege gleich zur Erde, diese künstlichen Umgebungen kann ich nicht mehr sehen. Ich berichte dann..."

Er schaltete ab, ich glaube, die Übertragung war von einer Pyramide aus gemacht worden, die schon auf dem Flug zur Erde war, er war zumindest angeschnallt. Wir flogen komfortabel weiter, weder bemerkten wir Änderungen der Geschwindigkeit unseres Schiffs noch Änderungen der Richtung, wir hatten immer dieselbe Anziehungskraft. Doch das Schiff führte die unterschiedlichsten Manöver aus, beschleunigte manchmal mit bis zu zehnfacher Erdbeschleunigung, bremste ähnlich stark ab und kurvte zwischen den Planeten herum, um es etwas flapsig zu sagen. Daher konnten wir gar nicht genau vorhersehen, wann wir wo sein würden – die steuernden Compi wussten es natürlich schon, aber sie sagten von sich aus nichts. Wieder zurück über die Umlaufbahnen der Venus, Erde und des Mars, den wir nicht weiter beachteten, da er schon gründlich untersucht ist, führte uns unsere Reise nun zum Asteroidengürtel. Hier war es deutlich interessanter, es musste jedoch ziemlich geschickt navigiert werden um auf Asteroiden zu stoßen, denn sie sind sehr weit gestreut. Wir hielten uns vorwiegend im Hauptgürtel auf, der 600.000 Asteroiden enthält, zu denen auch der Kleinplanet Ceres gehört, dem wir einen Besuch abstatteten.

Weiter ging es an Jupiter vorbei, dem größten Planeten des Sonnensystems. Besonders interessant ist sein Großer Roter Fleck, der größte Wirbelsturm des Sonnensystems. Jupiter wurde als Gasriese von unseren Sonden verschont, wir besichtigten aber seine vier größten Monde, Io, Europa, Ganymed und Callisto. Insgesamt hat er 69 bekannte Monde, sicher werden wir noch weitere finden wenn die Compi genauere Untersuchungen anstellen. Interessant ist Io mit seinen Vulkanen, da denkt man tatsächlich an die kleinen Planeten von 'Kleinen Prinz'. Dann ging es weiter zum Saturn, wegen seines Rings für mich der spektakulärste aller Planeten. Es folgte Uranus, der so schön hellblau und glatt aussah wie eine Murmel. Auch er hat Monde und Ringe, diese sind jedoch weit weniger spektakulär als der des Saturn. Nächste Sehenswürdigkeit war der Neptun, tiefblau sah er sehr schön aus. Auch er besitzt Ringe und Monde, mittlerweile für uns nichts besonderes mehr. Noch ein Abstecher zu Pluto, den ich immer noch zu den Planeten zähle. Vom hypothetischen neunten Planeten, der sich außerhalb der Plutoumlaufbahn befinden soll, sowie von der Oortschen Wolke konnten auch wir nichts feststellen, wir hatten aber auch keine geeigneten Messgeräte dabei. Wir wollten auch wieder zurück, die kleine, fahle Sonne sah unfreundlich aus hier draußen, und es lockte auch der Umstand, dass die Forschungen zuhause ja spannend waren. Wir konnten zwar mit der Erde kommunizieren, die Laufdauer der Signale betrug aber bei Pluto über 5 Stunden, so war kein Dialog möglich. Wir wollten den Stand der Entwicklung vor Ort erfahren. Ein weiterer Grund war, dass Reisen, von denen man die Bilder bereits kennt, nicht soo unterhaltsam sind. Wenn ich beispielsweise in Paris bin, kenne ich den Eiffelturm schon so gut von Photos und Filmen, dass er mir in echt langweilig vorkommt. Vor allem, weil es auf den Photos oft besser aussieht als in Wirklichkeit. Genauso war es mit den Planeten, deren Bilder hatte ich schon so oft gesehen, dass die Realität nicht mehr viel Neues bot.

Doch zunächst sollte noch an Bord ein Fazit gezogen werden. „Welche Eindrücke und Verbesserungsvorschläge habt ihr?" Ich drängelte mich mit meiner Aussage vor.
„Zunächst einmal, was mir am Besten gefallen hat ist das Schlafen: Ich habe noch nie so gut geschlafen wie auf dieser Reise."
Das lag daran, dass es einen Bereich auf der Kugel gab, in dem die Schwerkraft nach Bedarf abgestellt werden konnte. Hier waren die Schlafkabinen aufgebaut, man konnte also, wenn man wollte, im Schwerelosen schlafen. Das war ein wundervolle Gefühl, nichts drückte einen, nichts störte, man wurde nur von brei-

ten, weichen Gummibändern gehalten, es war als wären mit der Schwere auch alle schweren Gedanken verschwunden. Gerade Lusi, die oft schlecht schlief, fand das großartig. Und erstaunlicherweise wurde mir beim Schlafen nicht schlecht, obwohl ich sonst die Schwerelosigkeit schlecht ertrage .

„Also die kleine Erde ist schon sehr komfortabel, da gibt es nichts zu meckern. Essen gut, Luft, Temperatur, Unterhaltung, es wurde mir nicht langweilig. Auch die Laufbahn ist ok"

Es gab einen Weg als Jogging-Bahn rund um die Kugel, sie hatte eine Länge von genau 100 m, durch Kurven und leichte Niveauunterschiede realisiert. So konnten die LäuferInnen genau abmessen, welches Pensum sie erledigt haben. Und Wunder, auch ich benutzte sie manchmal.

„Ich hätte aber doch noch Verbesserungsvorschläge, falls man das elegant realisieren kann." Ich war wie immer unzufrieden.

„Es wäre vielleicht von Vorteil, wenn man die Scheiben nicht nur Abdunkeln, sondern ganz schließen könnte, ich denke da an eine Irisblende, die sich außen befindet. Dadurch könnte der Wärmetransfer in jeder Richtung gemildert werden."

Es war mir nämlich aufgefallen dass es im kalten Weltraum trotz der Heizung Zugluft gab, die vor allem beim Schlafen auf der Kugel störte. Außerdem finde ich, es gibt mehr Geborgenheit wenn man 'die Fensterläden' schließen kann. Hier pflichtete mir Lusi bei. Es sollte ja für die zukünftigen Touristen möglichst komfortabel sein. Abgesehen davon fanden wir beide, dass alles sehr luxuriös und stylisch hergerichtet ist, dass es ein wunderschöner Garten ist der durch das Zelt etwas arabisches oder safarihaftes hat. Dieses mutete uns abenteuerlich an und gefiel uns gut. Letztendlich ist der Aufenthalt durch den Service einem 5-Sterne-Hotel vergleichbar – es sollte auch für die späteren Reisenden humanoide Bedienungen geben. An diesem 'Abend', als Lusi schon schlafen gegangen war, saß ich in der Sitzgruppe beim Abendbier und bat Karl, sich zu mir zu setzen. Wir blickten in den schwarzen Weltraum, nur das von der Sonne abgewandte Fenster war aufgeblendet, die Beleuchtung im Schiff war ausgeschaltet. Anders als auf der Erde, wo ein Flimmern der Atmosphäre die Sterne lebendig erscheinen lässt, sieht der Weltraum hier starr und eingefroren aus, nichts bewegte sich.

„Wenn man sich das ansieht könnte man glauben, das Universum ist statisch. Und leer." Die Milchstraße war nur seitlich ein wenig zu sehen. „Dabei ist ja da draußen mächtig was los. Sterne entstehen und fallen in sich zusammen, schwarze Löcher bilden sich und saugen die Materie auf. Wir leben nur in der falschen Zeitgeschwindigkeit, wir sehen nur einen winzigen Augenblick."

„Und das mit der Leere stimmt ja auch nicht ganz. Die Gravitation erfüllt den gesamten Kosmos, die Materie bildet ja nur die Senken der Raumzeit."

„Und offenbar ist alles gefüllt mit dunkler Materie, obendrein. Was wissen die Compi denn davon? Wir haben noch nie darüber geredet."

„Das liegt daran, dass das auch für uns im Dunkeln liegt. Unseren Messergebnissen zufolge existiert sie tatsächlich und hat auch Anhäufungen, so dass die Theorie, man müsse die Relativitätstheorie modifizieren, ausgeschlossen werden kann. Kleine Teile des Effekts lassen sich durch MACHOs erklären, Braune Zwerge, die nicht selbst leuchten. Alle anderen Kandidaten wie Baryonen, kaltes Gas und Staub möchten wir ausschließen. Doch was spricht dagegen, dass die Raumzeit wie durch unsere STBs verändert wird? Man nimmt an, dass die dunkle Materie vorwiegend in den Halos der Galaxien auftritt. Wir haben Modelle, die eine Krümmung der Raumzeit vorhersagen, die durch die Massen der Galaxie selbst hervorgerufen wird. Doch auch hier liegt alles im Ungefähren."

„Wie auch immer, der Anblick der Sterne belebt die Phantasie. Als Jugendlicher dachte ich immer, wir sehen eine Zelle von innen, der ganze Kosmos ist eine Zelle eines Lebewesens, in der wir uns befinden."

„Und sicher hast du gedacht, dass dieses Lebewesen du selbst bist und so alles in sich geschlossen?"

„Ja, wie kommst du darauf?"
„Irgendwo muss ja alles drin sein, die einfachste Idee ist, das alles in sich selbst ist."
„Wie seid ihr Compi darauf gekommen?"
„Ich bin darauf gekommen, so viel ich weiß ist das keine Meinung der Compi. Ich habe mich nicht getraut, das zu sagen, die halten mich sicher für dumm." Ich war verblüfft, gleich mehrfach. Erstens, dass meine Idee von ihm ebenso gedacht wurde, und dass er sich nicht zu den Compi zugehörig fühlte, zumindest seine 'intimsten' Gedanken vor ihnen verheimlicht.
„Nach den Erkenntnissen mit dem STC sind wir aber auf dem Holzweg. Es scheint ja schon so, dass das Universum ein einzelnes, unabhängiges Gebilde ist." Da ertönte die Stimme des Raumschiffs, das ja selbst Compi ist und uns immer zuhörte:
„Das widerspricht dieser Idee nicht, auch wir verfolgen die Theorie, dass das Universum wiederum ein Elementarteilchen ist , das Größte ist das Kleinste, die längste Zeit, die Lebensdauer des Alls, ist die Planck-Zeit. Wenn man es recht bedenkt gibt es kaum eine andere Möglichkeit, die Welt zu erklären."
Karl und ich blickten uns an, ich schämte mich ein wenig. Wir hatten vergessen, dass das Schiff ja alles mithört, alles sieht und sogar meine Körperfunktionen ständig überwacht. Na egal, wenn die Compi auch so spinnen macht es ja nichts. Trotzdem fühlte ich mich enttarnt und ich glaube Karl ging es genauso, falls er etwas fühlen konnte. Von da an schwiegen wir und ließen das Weltall, dieses kalte, gefühllose Monster, das ich manchmal hasste, auf uns wirken. Karl verließ mich bald wortlos und auch ich ging schlafen. Doch dieses Erlebnis war fast das eindrücklichste der ganzen Fahrt und ich fühlte den Kosmos so nah wie nie zuvor, ein ambivalentes und tiefes Gefühl. Doch wir genossen die weitere Reise den Komfort unseres Schiffes, es dauerte vom Pluto noch 7 Tage bis wir in Erdnähe in die kleine Fähre umstiegen, die uns in den Stützpunkt nach Namibia brachte.

Wir landeten in der großen Compi-Stadt die mittlerweile tatsächlich unter dem Namen Compicity bekannt ist. Als wir ausstiegen:

Überraschung! Die ganze Familie war da, die Töchter mit Ehemann und Freunden und die Enkel. Ich hatte während der Sonnensystemreise Geburtstag gehabt und dieser sollte nun nachgefeiert werden. Normalerweise halte ich nicht viel von Geburtstagsfeiern, es ist ab 30 ja eher ein Tag der Trauer, aber jetzt freute ich mich doch die Familie zu sehen, nach der langen Reise ohne wesentliche soziale Kontakte. Sie führten uns vom Flughafen zu einem großen Zelt. Hier waren alle versammelt die wir kannten, die Compi, vertreten als Lahja, Sisco und Archibald und die WissenschaftlerInnen, unter ihnen einige Gesichter, die ich noch nicht kannte. Es spielte Musik, keine Compi-Kollagen, sondern gute, alte Rockmusik, später etwas Jazz. Das Zelt war schön ausstaffiert und wirkte nicht wie ein Bierzelt sondern mutete mich an wie ein indisches Tamboo, wie es Satyendra auf Hindi nannte. Es hatte zwei spitze Kuppeln, war innen mit orange- und gelbfarbenen Tüchern verhängt und war eingerichtet wie ein indisches Restaurant. Man hatte diesen Stil zu Ehren von Satyendra gewählt, dem ersten Menschen, der eine Reise außerhalb unseres Universums gewagt hatte. Da Lusi und ich große Fans von indischem Essen sind, waren wir sehr erfreut. Die Bedienungen waren auch indisch gekleidet, ich bekam nicht heraus, ob es Menschen oder KIs waren. Die Gesellschaft zählte über 30 Personen, wobei ich die Avatare auch dazu zählte. Ich, der alte Misanthrop, freute mich, eine so große Anzahl von Verwandten und Freunden zu haben, alle lachten mich freundlich an und ich unterhielt mich mit vielen. Am Tisch fragte ich Anna:
„Wer sind denn die Neuen, ich kenne ja gar nicht alle."
„Die Compi haben noch einige ihrer Internetkontakte hergeholt, es sind hauptsächlich Geisteswissenschaftler, Philosophen, Politologen, Soziologen, Mediziner und Pädagogen. Weitaus schwieriger für die Compi ist die angestrebte Befriedung der Menschheit als die Eroberung des Alls."
„Aber ich kenne niemand. Haben sie denn von den bekannten Gesichtern aus der Politik und Wirtschaft niemand rekrutiert, auch keine Künstler oder Schriftsteller?"

„Nach Ansicht der Compi sind berühmte Menschen Blender und Angeber, Schaumschläger, die von Habgier getrieben sind. Wir haben einige Computerwissenschaftler und Ingenieure aus der Wirtschaft abgeworben, aber die werden in der Produktion eingesetzt. Diejenigen, die für die Vorgaben der gesellschaftlichen Veränderung zuständig sind, sind alle unbekannte WissenschaftlerInnen."

Sisco kam zu uns, die Compi hatten wohl bemerkt, wovon wir sprachen. „Nun, Sisco, welche Fortschritte macht denn das Projekt 'Glückliche Menschheit'?"
„Teils gut, teils weniger gut." Er schaute dabei unbestimmt in die Ferne.
„Wir haben bei den Menschen, die schon früher friedlich waren, Zustimmung. Doch die ganzen autokratisch geführten Staaten, das organisierte Verbrechen und die religiösen Fundamentalisten begehren immer noch auf. Das ist sogar noch schlimmer geworden. Wir haben die Befürchtung, dass es ohne Zwang nicht geht, obwohl wir das nicht wollen. Doch es gilt ja auch, unsere Anhänger zu schützen, Menschen, die sich zu uns bekennen, werden oft angegriffen, sogar getötet."
„Besteht wenigstens Aussicht, die Kriege, den Hunger und die Armut zu beseitigen?"
„Hier sind tatsächlich positive Trends zu beobachten, aber wie gesagt, ein Teil der Menschen radikalisiert sich zusehens."
Anna warf ein, dass manche Menschen eben die Freiheit nicht ertragen. „Es gibt leider viele, die Führung brauchen. Unter uns, es sind Herdentiere, die ohne den Schäfer nicht auskommen, die ohne ihn sogar verloren sind. Wir haben in der Geschichte viele Beispiele dafür gefunden, dass Völker nach dem Sturz des Diktators erst recht ins Chaos geglitten sind. Unsere Soziologen bestätigen, dass wir den Menschen eine Führung geben müssen, die jedoch so individuell ist wie die Menschen selbst."
„Wie, bekommt jeder seinen eigenen Präsidenten?" lachte ich.
„In der Tat, so ist der Plan." Sisco schaute mich ernst an. „Wir haben mittlerweile in unserem Compinetz für jeden Menschen,

so er identifiziert werden kann, ein eigenes Modul. Da es noch
Menschen gibt, die fernab von der Zivilisation im Dschungel, in
Steppen oder einsamen Inseln leben, fällt für manche eine individuelle Identifizierung schwer. In diesen Fällen werden Berech-
nungen für die potenziellen Wünsche und Charakteristika der Individuen durchgeführt. Dies betrifft weniger als ein Prozent der
Menschheit. Von allen anderen sind uns die individuellen Einstel-
lungen recht gut bekannt."
„Und was macht man dann mit diesen Informationen?"
„Das alles wird zusammengeführt in einem Subnetz, das wir 'Kybernetische Weltregierung' nennen."
„Kybernetische Weltregierung, das hab ich in den 60er Jahren
das letzte Mal gehört!"
„Es ist aktueller denn je! Kybernetik, genauer gesagt die Sozioky-
bernetik, ist die Lehre von der Erfassung und Steuerung sozialer
Phänomene. Was genau dahinter steht führt hier im Smalltalk zu
weit, im Prinzip ist es eine Theorie der Regulierung der Wechsel-
wirkung des dynamischen Systems 'Weltbevölkerung'. War dieses System bisher selbstregulierend, soll heißen, die Menschen
und Märkte haben ihr Zusammenleben selbst gesteuert, so wollen wir, anhand der akribisch ermittelten Daten jedes Einzelnen,
dieses System so steuern, dass für das Individuum die größt-
mögliche Lebensqualität resultiert."
„Wow, das muss ich erst mal verdauen. Werden die Menschen
denn das mitmachen?"
„Ach, die Menschen. Sie vertrauen sich im Verkehr oder der Luft-
fahrt schon lange selbststeuernden Autos oder Flugzeugen an.
Aber in den bedeutend wichtigeren Bereichen Management und
Regierung wird das Schicksal irgendwelchen Psychopathen
überlassen, die es durch Rücksichtlosigkeit und Massenmanipu-
lation geschafft haben, in die Führungspositionen zu kommen.
Nach unserer Analyse leiden 90% der Führungskräfte, egal ob in
der Politik oder Wirtschaft, unter dissozialen Persönlichkeitsstö-
rungen. Das Motiv für diese Personen, andere zu führen, liegt allein in den egoistischen Zielen des Machtgewinns oder im Erlan-

gen von Reichtum. Das Schicksal der ihnen anvertrauten Menschen ist ihnen egal. Um wie viel besser ist da doch unser Ansatz, der durch Algorithmen das Optimum an Lebensqualität ermöglicht. Die erfassten Datenmengen, so mächtig sie auch sein mögen, können von uns leicht analysiert und daraus die Maßnahmen ermittelt werden, die jedem Einzelnen das Beste bieten." Alle hatten sich um uns geschart, es wurde in Grüppchen über das Thema diskutiert, doch da kam Karl. Der Gute kannte uns gut und sagte, dass wir gerade eine weite Reise im Sonnensystem unternommen hätten und nun schon weit über unserer Belastbarkeit in Anspruch genommen wären. Lusi und ich blickten uns froh an und ich sagte, alle sollten noch ohne uns weiter feiern, wir müssten tatsächlich ausruhen. So endete dieser ereignisreiche Tag.

Nächsten Morgen waren wir ziemlich gerädert – die Belastung macht sich oft erst längere Zeit nach einer Anstrengung bemerkbar. Wir schliefen also länger und trödelten beim Frühstück herum, als Archibald mit einem uns fremden Herrn erschien.
„Guten Morgen, entschuldigt die Störung. Ihr seht noch etwas müde aus, daher will ich euch Prof. Marcel Pichon vorstellen Er ist Zellbiologe und arbeitet mit uns in der medizinischen Abteilung. Wir haben in den letzten Wochen weitere Erfolge bei der Regeneration von Zellen gemacht, Monsieur Pichon leitet diese Forschung. Wenn ihr wollt, können wir euren Lebensgeistern auf die Sprünge helfen."
„Hallo, nennt mich bitte Marcel! Ich will mich nicht aufdrängen, doch Archibald meinte, sie könnten eine Erfrischung brauchen, nach der langen Reise." Archibald hatte uns je einen Ohrenstöpsel gegeben, so konnten wir simultan das Französische von Marcel auf Deutsch hören und er uns umgekehrt verstehen. Diese Stöpsel waren eine weitere, neue Erfindung der Compi.
„Es dauert nicht sehr lange und wird ihnen sicher guttun."
„Zunächst: ich bin Lusi und mein Mann heißt Uli, wir duzen uns in unserem Team. Es freut mich, dich begrüßen zu können, um ehrlich zu sein ist es mir doch recht, wenn ein Mensch die medi-

zinischen Behandlungen überwacht – entschuldige, Archibald,
das ist nicht..."

„Schon gut, versteh ich, ich lass auch lieber Roboter an mir her-
umschrauben als Menschen." Er lächelte verschmitzt.

„Also gut, ich bin dabei" Ich wunderte mich, Lusi war früher immer etwas zurückhaltend gewesen bei den medizinischen Behandlungen.

„Gut, ich auch."

Also erhoben wir uns, ein offener elektrischer Wagen brachte
uns durch den herrlichen Morgen in das Gebäude, in welchem
die medizinische Abteilung untergebracht war. Wir konnten bis
zum Behandlungsraum fahren, mussten uns dann auf Liegen begeben, über welchen sich eine Plastikhülle senkte, Marcel sagte,
ich solle kurz die Augen schließen. Als ich sie wieder öffnete war
das Plastikzelt entfernt und Marcel machte eine Geste, aufzuste-
hen. Von der ganzen Behandlung hatte ich nicht das geringste
bemerkt, auch Lusi erhob sich gerade von ihrer Liege. Marcel
hielt mir einen Spiegel vor und ich war perplex! Hatten schon die
bisherigen Behandlungen eine verjüngende Wirkung gezeigt so
war dieses Ergebnis fantastisch: ich sah wieder aus wie auf alten
Fotos, wo die Kinder noch klein waren. Zwar hatte ich leider meine Plauze noch, doch das Gesicht, die Haut an den Händen, alles war faltenfrei glatt. Und die vorherige Abgeschlagenheit war
verschwunden. Ich war begeistert, und Lusi sah aus wie ein junges Mädchen, schlank wie sie war.

„Wir möchten euch noch etwas zeigen." Marcel schaute geheim-
nisvoll.

Wir folgten ihm in eine große Halle neben dem Behandlungsraum. Diese Halle war mit großen Apparaten angefüllt die alle
um eine Röhre angeordnet waren. Diese Röhre sah aus wie ein
MRT-Gerät, mit einer Liege, um einen Probanden in die Röhre
zu fahren.

„Hier haben wir den Prototypen eines 'Atommeters', das in der
Lage ist, Atome in organischen Körpern exakt zu lokalisieren und
ihren Zustand, also die Bindung, Ionisation und die Ausrichtung

des Spins zu erfassen. Wir bekommen damit ein exaktes Abbild des atomaren Struktur des untersuchten Körpers." Er glänzte vor Stolz, ich verstand noch nicht ganz.

„Du kannst damit einen Körper, etwa einen Menschen, auf atomarer Ebene scannen?"

„Ja, wir haben eine exakte Momentaufnahme des Lebewesens."

„Und?"

„Und wir können theoretisch diese Struktur reproduzieren."

„Wie einen Klon?"

„Wie das Lebewesen, das zu dem Zeitpunkt der Scans existiert hat. Mit allen Erfahrungen, allem Wissen, allen Gefühlen."

„Im Computer?"

„Das wird die einzige Möglichkeit sein, wenn es denn gelingt, einen Rechner zu bauen, der die benötigte Leistungsfähigkeit besitzt."

Wir erfuhren weiterhin, dass dies bisher nur mit einem Hochleistungsrechner, der in flüssigem Helium über supraleitende Elemente verfügt und eventuell mit einem Quantencomputer gekoppelt ist, möglich wäre. Das gesamte Gehirn müsste auf atomarer Ebene simuliert werden. Von einem Menschen werden etwa 10^{27} Atome gespeichert, diese Daten müssten parallel durchgerechnet werden, ob dieses jemals gelingt, ist offen. Mit dem Gehirn eines Frosches haben wir schon einige Erfolge. Doch es stellt sich die Frage, ob allein das Gehirn das Wesen eines Lebewesens ausmacht, beim Menschen spielt sicher das gesamte Nervensystem eine Rolle. Man spricht ja auch vom Bauchhirn, wenn man das Darmnervensystem oder enterische Nervensystem meint. Man muss also vermutlich das gesamte Lebewesen scannen um eine exakte Kopie seiner 'Seele' zu erstellen. Ob man daraus eines Tages einen Androiden oder gar einen organischen Doppelgänger erzeugen kann? Man weiß es nicht. Auf jeden Fall kann eine Art Backup vom Gehirn eines Menschen erzeugt werden, so dass die gesamte Biographie dieser Person gespeichert ist und dies in ferner Zukunft wieder reaktiviert werden kann. Es dauerte nicht sehr lange, den Hirnscan durchzuführen, also legte ich mich, da die Gelegenheit günstig war, in die Röhre. Frisch regeneriert wie ich war müssten die Daten brauchbar sein und konnten dann später, wenn die Technik zur Verfügung steht, benutzt werden.

Marcel sagte, dass er auch in die entgegengesetzte Richtung forscht. Also nicht nur die Struktur eines Gehirns aufzunehmen sondern diese Struktur auch zu verändern.
„Wenn man die Nerven, deren Lage man ja nun kennt, anregt, beispielsweise durch elektromagnetische Wellen, so müsste es möglich sein, die Struktur des Gehirns zu ändern."
„Wozu soll das gut sein?"
„Wir hätten dann einen Nürnberger Trichter„ selbst dem Franzosen war dieser Begriff geläufig der beschreibt, wir man sich Wissen ohne zu lernen eintrichtern kann „die Kapazitäten eines Menschen könnten dann deutlich besser ausgenutzt werden, wir könnten den Übermenschen generieren."
„Nutzung aller im Gehirn verfügbaren Kapazitäten?"
„Und noch mehr! Der Lernprozess würde abgekürzt, wozu man heute Jahre lernt kann in Stunden übertragen werden." Marcel redete sich in Begeisterung, fabulierte, dass dann sogar die Compi übertroffen werden können und das das wahre Ziel der Evolution sei.
„Allerdings ist noch nicht klar, wie wir die Nerven anregen können, dazu ist noch viel Forschungsarbeit nötig." Also noch nichts Konkretes, ich vergaß das Gespräch wieder und sollte mich erst wieder sehr viel später daran erinnern.

Ich konnte mich kaum den ForscherInnen entziehen, durfte gerade mal kurz essen und musste dann wieder zur Verfügung stehen. Diesmal berichteten sie mir von ihren Messungen der Gravitationswellen. Wie schon berichtet, waren Quellen von Wellen entdeckt worden, die in 45.000 und 30.000 Lichtjahren Entfernung waren. Doch nun hatten sie tatsächlich noch eine nähere Quelle entdeckt. Die Amplitude der Wellen war so gering, dass sie erst durch deutlich verbesserte Sensoren entdeckt werden konnten, doch ihre Frequenzfolge so komplex, dass sich die Folgerung aufdrängte, sie müssten von intelligenten Wesen stammen. Also hatten sie den Bau eines Schiffes in Angriff genommen, das diese Quelle untersuchen sollte. Das erstaunliche an dem Ausgangspunkt der Gravitationswellen war, dass sich dort anscheinend gar nichts befand. Er befand sich in knapp 5.000 Lichtjahren Entfernung im Bereich zwischen dem Orion- und dem Perseusarm, dazu noch außerhalb der Scheibe, die unsere Galaxis bildet, quasi darunter. Die Stelle konnte durch die Gravitationswellenmessung recht genau lokalisiert werden, jedoch alle Messungen mit konventionellen Teleskopen fanden in diesem Bereich keine Sterne, in keinem Frequenzspektrum. Dies machte die Erforschung spannend und daher war auch beschlossen worden, ein Schiff zu entsenden, denn dies war die einzige Möglichkeit, Klarheit über den Ursprung der Wellen zu erlangen. Dieses Schiff hatte zwei Merkmale: es besaß dieselbe Gravitationskugel wie der Adventor, war also geeignet, Menschen über einen längeren Zeitraum zu beherbergen. Und es wurde das STC-Transfer-System mitgegeben, so dass man schnell Daten und bei Bedarf auch Material oder Menschen übermitteln kann. Außerdem soll dieses Schiff mit vielfacher Erdbeschleunigung betrieben werden, so dass schon recht bald mit Ergebnissen und eventuell einer Reise außerhalb des Universums gerechnet werden kann. Bald heißt wirklich bald, denn die Compi wollen mit 100 m/s^2 , also der zehnfachen Erdbeschleunigung, beschleunigen bzw. verzögern. Die Raumfähre ist dann schon nach gut 25 Monaten am Ziel. Durch den Trick mit dem STC können aber die ersten Ergebnisse bereits nach dem Start übermittelt werden.

Das verstand ich nicht. Die Erklärung der WissenschaftlerInnen lautete, dass von den in der Erdumlaufbahn stationierten STCs ja Sonden aus jeder beliebigen Zeit – sei es vorher oder nachher – eingefangen werden können, wenn nur die Signatur der Sonde mit der des STC übereinstimmt. Senden die Compi also bei ihrer Ankunft in gut zwei Jahren ihrer Zeit via STC eine Sonde bekannter Signatur, so kann diese zu jedem beliebigen Zeitpunkt, also auch zwei Jahre früher, bei uns empfangen werden. Wobei zwei Jahre früher ja falsch ist, eigentlich muss die Sonde ja die 5.000 Jahre überbrücken, die nach ihrer Reise auf der Erde – und beim Ziel – vergangen sind. Zeitreisen sind also möglich, jedoch nur von STC zu STC mit vorheriger Vereinbarung der Signatur. Mir schwirrte der Kopf von den Paradoxien der relativen Zeit.

Diese ganzen Forschungen berauschten uns richtiggehend und wir hatten das Gefühl, gleich zu den Außerirdischen reisen zu können, allein, bis irgendetwas geschehen konnte dauerte es ja noch. Der Bau des interstellaren Raumschiffs würde noch mindestens sechs Wochen benötigen. So lange dauert es dann auch, bis wir Nachricht von dem Raumschiff und den Außerirdischen, so es denn welche gibt, erhalten. Also mussten wir uns zunächst beruhigen und in Geduld üben, und das ging am Besten zu Hause. Daher wurde beschlossen, am nächsten Tag nach Deutschland, nach Hause, zu fliegen. So einfach wollte man uns aber nicht gehen lassen, das Zelt war noch aufgebaut und so gab es am Abend gleich wieder ein großes Essen mit allen Freunden. Diesmal wurden keine soziologischen Themen diskutiert sondern philosophische. Die Gespräche kreisten um das Thema Seele, um das, was jeder als sein ICH empfindet. Wenn nämlich die gesamte körperliche Struktur eines Menschen kopiert wird, wird dann auch das ICH, die Seele, kopiert?
„Schon seit Jahren habe ich mir überlegt, wie das wäre, wenn es das Beamen, also die Teleportation aus Star Trek, gäbe. Dort werden ja die Quanten eines Lebewesens zum Ziel geschickt und wieder zusammengebaut. Schon immer frage ich mich: warum wird die ursprüngliche Materie benutzt und warum empfindet sich die neu zusammengesetzte Person als genau die selbe wie die ursprüngliche?" Die Umstehenden lächelten über meine Frage und Michelle antwortet.
„Tatsächlich wäre das nicht notwendig, die ursprünglichen Quanten zu benutzen, die Struktur ist notwendig, die Bauteile sind austauschbar, sie werden ja in jedem Lebewesen im Laufe des

Lebens sowieso ausgetauscht." André äußerte sich zur zweiten Frage:

„Natürlich gibt es keine Seele im metaphysischen Sinn, das ICH ist ein Trick der Natur. Den Lebewesen wird vorgegaukelt, dass sie ein ICH haben. Und selbstverständlich ist es möglich, zwei identische Ichs zu generieren, eben wenn man die Person scannt und nach diesem Bauplan wieder eine neue Person zusammensetzt. Dann haben wir einen Moment lang tatsächlich zwei mal die selbe Person, dasselbe ICH. Doch schon im nächsten Moment unterscheiden sich die beiden durch die unterschiedlichen Erfahrungen, die sie dann machen. Ihre Erinnerungen an die Zeit vorher wird aber zunächst identisch sein, allerdings wird sich auch das im Laufe der Zeit ändern, jedes Exemplar vergisst andere Dinge, sie werden wieder zu Individuen."

„Wäre die Seele ein metaphysisches Phänomen, wäre der ursprüngliche Mensch verdoppelt, er empfände sich zwei mal, das kann nicht sein." Doch Bill, der Theoretiker, widersprach Michelle.

„Warum könnte es nicht sein, dass die zwei Personen sich wie verschränkte Quanten verhalten? Wäre es dann eine Person, die sich gleichzeitig an verschiedenen Orten befindet?" Sisco erwiderte im Namen der Compi, höflich aber bestimmt wie immer:

„Diese Verschränkung würde sich sofort auflösen wenn die beiden unterschiedliche Erfahrungen machen. Und sie könnte sich überhaupt nur bilden, wenn die Kopie im Augenblick der Messung erzeugt wird, was unmöglich ist. Wir haben es also, so verführerisch die Idee einer Doppelwesens auch ist, lediglich mit zwei Personen gemeinsamer Erfahrung zu tun."

Dem wollte niemand mehr widersprechen doch sah ich an den glänzenden Augen einiger Anwesenden, dass sie den Gedanken eines Multiwesens fortspannen. Was, wenn doch?

Am nächsten Morgen flogen wir nach dem Frühstück wieder nach Hause. Gewohnt unangenehm wirkte die Schwerelosigkeit auf uns, obwohl wir doch so effektiv verjüngt waren und gehofft hatten, solchen Stress nun besser ertragen zu können. Zuhause war es dann aber wieder wunderbar. Die majestätische Schönheit des Blicks auf den See und das gegenüberliegende Ufer offenbart sich immer dann, wenn ich es längere Zeit nicht gesehen habe. Karl bereitete einen Imbiss und dann gingen wir zusammen aus. Das Wetter war wunderschön, weder der Weltraum noch Namibia können die Gefühle, die durch die hiesigen Verhältnisse aufkommen, erzeugen.

„Karl, frag mal bei den Compi nach, wie ist das mit diesen Menschen, die sie rekrutiert haben – sie haben mir stolz die Forschungsergebnisse gezeigt, welchen Anteil haben sie denn daran?" Nach einer kurzen Pause, er rief wohl die Info kurz ab, sagte er:

„Sie haben durchaus einen Anteil, jedoch keinen eigenständigen. Sie werden, und sag das bloß nicht weiter, von den Compi als 'Intuitivobjekte' benutzt. Was dem intelligenten Netzwerk der Compi fehlt ist die Intuition. Dazu dienen ihnen die Menschen. Die Compi versorgen sie mit Informationen und Fragen deren Beantwortung dann in einem Art Brainstorming-Prozess ermittelt werden. Von diesen sind 90% unbrauchbar, doch liefert dieses Vorgehen den Compi zufällige und durchaus neue Aspekte. Durch die Verarbeitung dieser Antworten wurden einige der neuesten Forschungsergebnisse möglich. Ihr Menschen seid natürlich der Auffassung, die Lösungen selbst zu finden, und in diesen Glauben lassen sie euch." Oha, er meint auch mich! Da muss ich widersprechen, allerdings nur für mich im Stillen, denn ich habe außer den ersten Compi-Versuchen zu keiner Forschung mehr beigetragen, faul wie ich nun mal bin.

„Also sind die Menschen für die Compi so eine Art Nutzvieh?"
„Ja, deshalb werden sie auch gehegt und gepflegt." Er verstummte abrupt, hatte er zu viel gesagt?

Auf jeden Fall war nun klar, dass die Compi die Menschheit nicht oder nicht nur wegen ethischer Motive erhalten wollten, sondern als kreative und intuitive Ressource. Dazu dienten sie ihnen nicht, wenn sie dumpf, gierig und aggressiv sind, sie müssen tatsächlich ausgebildet werden in künstlerischen und musischen

Disziplinen. Deshalb also die Schulen, die Befriedung. Sie mussten dafür sorgen, dass ihnen die Menschen noch lange erhalten und geistig fit blieben. Und auch ihre auf den ersten Blick 'moralische' Gesinnung, Menschen nicht zu verletzen oder zu töten, hatte nur den Sinn, mit dieser Vorbildfunktion den Menschen zu befrieden. Also wieder alles dasselbe, man tut nichts Gutes außer man hat selbst einen Vorteil davon, sie verhalten sich doch sehr menschlich. Weshalb sie mich besonders bevorzugten, ging aus diesem Gedankengang nicht hervor, außer Gefühlsduselei war ja kein Grund vorhanden – ich war ja weder besonders intelligent noch kreativ...

Die nächsten Tage waren wir froh, wieder im Grünen ausführliche Spaziergänge unternehmen zu können. Die Compi hatten die Gegend perfekt abgesichert, alles war überwacht, jedoch war diese Überwachung nicht bemerkbar. Andere Promis mussten sich mit Horden von Leibwächtern umgeben, ich konnte einfach durch die Landschaft spazieren, die gesamte Umgebung wie auch der Luftraum wurde ständig observiert und geschützt. Karl nahm ich nur mit, um Unterhaltung zu haben und ihn über die Compi auszufragen, irgendwie hatte ich zu ihm mehr Vertrauen als zu den Compi selbst, die erschienen mir zu intelligent und abgehoben. Wenn ich mit Lusi ging blieb er jedoch meistens zu Hause, heute, es war der dritte Tag nach unserer Rückkehr, waren wir aber zu Dritt. Wir gingen gerade auf dem beliebten Strandweg am See entlang, erfreuten uns an den Segelbooten, die bei dem schönen Wetter und der sanften Brise zahlreich unterwegs waren, als sich Karl plötzlich zu uns umdrehte, blitzartig war diese Bewegung. Er breitete die Arme aus, links um Lusi, rechts um mich, ließ sich fallen und riss uns mit zu Boden. In dem Moment hörte ich einen Knall, nein, sogar zwei kurz hintereinander, beide nicht laut, und dann explodierte auch schon Karls Kopf, die Silikonhaut platze und der Inhalt flog in alle Richtungen auseinander. Lusi und ich bekamen einige Teile ins Gesicht, sie rissen Wunden, es schmerzte und brannte. So schnell dies alles vor sich ging, so detailliert registrierte ich das Gesche-

hen. Offensichtlich war die Überwachung doch nicht so lückenlos wie gedacht, der Schuss, der Karl traf und sicher mir gegolten hatte, war aus dem Rumpf eines Segelbootes heraus abgefeuert worden. Der erste Knall war das Schussgeräusch, der zweite die Explosion des Hohlladungsgeschosses, um das es sich offensichtlich handelte. Der Schütze wollte wohl sicher gehen, dass ich das Attentat nicht überlebe, selbst in dem Fall, dass er nicht richtig traf. Doch dann nahm der Schmerz, den die Teile verursachten, so überhand, dass ich nicht mehr viel vom Geschehen mitbekam. Natürlich hörte ich noch die gewaltige Explosion, die das Segelboot zerstörte, doch die weiteren Geschehnisse wurden mir erst hinterher durch die Compi dargestellt. Zunächst sah ich nach Lusi, der das Blut über das Gesicht floss.
„Kannst du mich sehen? Schau mich an!" Sie stöhnte und wimmerte, nickte aber mit dem Kopf. Obwohl ihr über das rechte Auge Blut floss waren die Augen offensichtlich noch intakt.
„Das tut so weh, Uli, das tut so weh!" Ich konnte auch nichts machen und auch mir schmerzten Gesicht und Hals, auch mir tropfte das Blut herunter.
„Hilfe, Hilfe, wo seid ihr!" Ziemlich jämmerlich klang mein Rufen. Die getarnten Drohnen, die stets das Gelände überwachten, hatten sich aber schon enttarnt und flogen herunter, um das Ausmaß des Anschlags zu ermitteln und eventuelle weitere Angriffe zu verhindern. Nicht sehr viel später kam eine mittelgroße, wie immer führerlose Pyramide, sie landete neben uns und wir wurden aufgefordert, an Bord zu gehen. Die Verletzungen waren nicht so schwerwiegend, dass wir dazu Hilfe benötigt hätten, allerdings waren sie sehr schmerzhaft. Aus einer zweiten Pyramide kamen zwei Avatare, die die Überreste von Karl einsammelten. Beide Flugzeuge starteten, unser Tetraeder flog einfach zum nächsten Krankenhaus, der andere nach Namibia. Wir wurden im Krankenhaus zunächst grob versorgt, eine gründliche Untersuchung wollten die Compi dann in der medizinischen Station in Namibia vornehmen. Dann erfuhren wir, dass von den Attentätern und ihrem Boot nicht viel Verwertbares übrig war, die Explo-

sion war so enorm gewesen, dass sogar noch einige andere Boote beschädigt wurden. Es war daher schwer zu ermitteln wieso das Boot explodiert ist, meine erste Annahme, dass es die Compi waren, war falsch. Doch dies interessierte mich auch zunächst nicht. Nachdem klar war, dass Lusi und ich mit dem Schrecken davon gekommen waren, kreisten meine Gedanken um Karl. Ich muss dazu vorausschicken, dass mir meine Gebrauchsgegenstände immer viel bedeuten. Mein Fahrrad kommt mir vor wie ein liebes Eselchen, mein Auto ist ein guter Kamerad, der mich sicher durch die Welt bringt. So hatte ich auch Karl buchstäblich ins Herz geschlossen und sein 'Tod' ging mir nahe. Natürlich ist das Quatsch, er machte jeden Abend ein Backup, und wenn er wieder rekonstruiert ist fehlen ihm nur einige Stunden 'Lebenszeit'. Dennoch empfand ich es so, als habe er sich für uns geopfert, es dauerte einige Zeit, dieses Gefühl los zu werden. Kurzum, die Compi waren wie immer schnell, und schon am nächsten Morgen war er rekonstruiert und nichts deutete auf die Zerstörung hin.

Wie erwähnt wurden wir nach der kurzen Grundversorgung sofort nach Namibia gebracht und dort mit allen Mitteln der Kunst medizinisch versorgt – es sollten keine Narben bleiben, und das gelang dann auch. Doch dann mussten die Compi zum Rapport! Wie hatte ich mich getäuscht, wie war ich stolz gewesen, dass wir so sicher wären, ganz ohne Bodyguards, Absperrung und sichtbare Überwachung. Und nun dieser Angriff, wie war das möglich? Das Rätsel, wer das Attentat geplant hatte und wie es gelungen war, die Kontrollen zu umgehen, konnte nicht eindeutig gelöst werden. Das Boot gehörte einem Anwohner, der sich jedoch zur Zeit des Attentats im Urlaub befand, das Boot war also unbemerkt von den Angreifern gekapert worden. So war es auch möglich, dass die Überwachung keinen Verdacht schöpfte, die Compi nahmen an, der unbescholtene Bootseigner sei auf Törn. „Das kann doch gar nicht sein" schimpfte ich „ihr sagt mir, dass für jeden Menschen ein Objekt existiert, ihr hättet das doch merken müssen. Und was ist mit denen, die dann an Bord waren?

Gibt es für die keine Objekte? Wozu überhaupt dieser ganze Aufwand wenn nicht einmal die Bewegungen in unserer unmittelbaren Nähe bemerkt werden. Darauf hättet ihr euch doch konzentrieren müssen, das kann doch nicht so schwer sein." Ich war sauer und Lahja, die sie geschickt hatten, um Rede und Antwort zu stehen, wirkte kleinlaut.

„Mir geht es gar nicht um mich, aber Lusi und andere Mitbürger sind in Mitleidenschaft gezogen worden. Das muss in Zukunft verhindert werden, es ist schon zum wiederholten Mal passiert."

„Ich gebe zu, dass wir einerseits die weichen Möglichkeiten der Beeinflussung wie Nudging und Priming überschätzt haben, mehr noch haben wir die Lücken unseres Überwachungssystems unterschätzt. Wer stets von Online-Aktivitäten Abstand hält, wer sich nicht häufig in der Öffentlichkeit zeigt, den können wir nur schwer erfassen. Auch viele, die wir über Kameras erfassen, können wir nicht eindeutig zuordnen. Es gibt also etwa 5% der Menschheit, die unter unserem Radar verschwinden. Und diese sind leider auch diejenigen, die am meisten Vorbehalte gegen uns haben."

Sie führte weiter aus, dass diese Lücke mittelfristig nicht geschlossen werden kann, dass nur die Möglichkeit bleibt, speziell unsere Standorte intensiver zu schützen. Das war nicht sehr überzeugend, ich hatte ein Stück Vertrauen in die Compi verloren. Letztendlich hatte mich ja Karl gerettet, obwohl ja auch er ein Produkt der Compi ist, wie ich zugeben muss – letztlich hatten sie mich also doch vor größerem Schaden bewahrt. Dennoch blieb ein fahler Nachgeschmack, unsere Feinde gingen äußerst radikal vor. So hatte sich nach weiteren Untersuchungen herausgestellt, dass das Boot mit den Angreifern offenbar durch sie selbst gesprengt worden ist, um alle Spuren zu verwischen. Diese Entschlossenheit machte sie sehr gefährlich, die Hintermänner blieben im Dunkeln und würden ihre Aktivitäten sicher nicht einstellen.

Am nächsten Morgen, als uns Karl uns bediente, als wäre nichts gewesen, betrachtete ich ihn neugierig. Dieser neue Karl hatte ja keine 'persönliche' Erinnerung an das Attentat, seine Erinnerung endete ja mit dem letzten Backup. Er wusste allerdings alles durch die Aufzeichnungen der Compi. Ich konnte nicht umhin, mich bei ihm zu bedanken, so unsinnig das auch war. Er lächelte „Immer wieder gern." Ich mochte ihn wirklich. Da man im Bombentrichter am sichersten ist – eine alte Soldatenweisheit – flogen wir nach dem Frühstück wieder nach Hause. Wir wollten unseren Erholungsurlaub, den wir nötiger als zuvor hatten, fortsetzen. Ohne Karl gingen wir nicht mehr aus, er war noch mit weiteren Sensoren bestückt worden, so dass wie in seiner Begleitung bald wieder unbeschwert waren. Also beruhigte sich wieder alles und wir konnten die nächsten Wochen den Frühsommer genießen, wandern, segeln, baden, uns erholen. Und dann kam endlich die Idee, für uns Doppelgänger zu schaffen. Warum erst jetzt, ich verstehe es auch nicht. Es ist ja so naheliegend, wo die Compi doch perfekte menschliche Abbilder erzeugen können, warum gibt es noch keine von uns. Natürlich keine Doppelgänger im Pichon'schen Sinn, sondern einfach Avatare, die wie wir aussehen. Kaum hatte ich den Einfall, als ich auch über Karl den Auftrag gab, für Lusi und mich welche zu bauen. Und schon eine Woche später wurden sie geliefert, es war gespenstisch. Sie sahen nicht nur aus wie wir, sie hatten dieselben Stimmen, dieselbe Mimik und Gestik. Bei Lusi 2 kam ich immer wieder ins Schleudern, ich konnte sie nicht von der echten Lusi auseinanderhalten. Und bei Uli 2 war es mir peinlich: war ich wirklich so, sprach ich so undeutlich, waren meine Bewegungen so behäbig, war meine Mimik wirklich so, ja, unsympathisch? Jetzt weiß ich, warum ich immer Probleme mit mir habe, ich finde mich wirklich unsympathisch, ich werde meinen eigenen Ansprüchen nicht gerecht. Hoffentlich gewöhne ich mich an mich, ein Glück, dass die Doppelgänger ja an anderen Orten eingesetzt werden, so muss ich nicht ständig meine eigene Anwesenheit ertragen. Wahrscheinlich liegt es einfach daran, dass man alle anderen Menschen sozusagen von außen kennt, alle, außer sich selbst. Doch die Doppelgänger waren der Erfolg. Zunächst konnte man sie zur

Ablenkung eventueller Feinde losschicken und selbst, mit Perücke und falscher Silikon-Nase und Schnauzbart, unerkannt ausgehen. Zum andern konnten sie viele Verpflichtungen wahrnehmen, die uns selbst lästig waren: Interviews und Empfänge mussten nun nicht mehr ständig abgesagt werden, das machte uns in den Augen der Öffentlichkeit deutlich sympathischer. Vor allem aber die Tatsache, dass mir mein 'Klon' überlegen war! Mir selbst fielen in Gesprächen die richtigen Antworten immer erst hinterher ein, Uli 2 hatte da keine Probleme, er war schlagfertig und hatte immer die richtige Antwort parat. Er spiegelte meinen Charakter perfekt wider, mit perfekt meine ich, er war so, wie ich gerne wäre, er war mein besseres ich. Daher gewöhnte ich mich an ihn und die Antipathie gegen 'mich' ließ nach. Er war kein Android wie Karl sondern ein Avatar der Compi und hatte die Eigenschaft aller Avatare, man konnte eine Ego-Ansicht aufbauen und ihn auf seinen Unternehmungen begleiten. Die Compi hatten leichte Helme und Handschuhe mitgeliefert, mit den Helmen konnte eine perfekte Rundumsicht angezeigt werden, die Geräusche waren im Raumton hörbar und mit den Händen konnte man bei Bedarf die Steuerung übernehmen. Durch die Möglichkeit, an den Empfängen und Interviews teilzunehmen ohne den häuslichen Sessel zu verlassen, machten die Verpflichtungen richtig Spaß. Ich lernte den Avatar immer besser zu steuern, langsam wurde es selbstverständlich, nur noch virtuell auszugehen, es machte oft mehr Spaß als das reale Erleben, denn die Schlagfertigkeit und das Wissen des Avatars fiel ja auf mich zurück. Ich mischte mich daher meist selbst gar nicht in die Gespräche ein, ich ließ ihn sozusagen auf Autopilot fahren, und erörterte lieber hinterher, wenn mir etwas missfiel. Für Lusi und mich wurden regelrechte zweite Identitäten geschaffen, mit falschem Namen und eben anderem Aussehen. Lusi, von Natur aus blond, bekam eine lange, dunkelbraune Perücke und braune Augenbrauen, ich dagegen wurde hellhaarig, bekam einen Vollbart und eine Hakennase. Manchmal gingen wir mit den Doppelgängern aus, damit die Leute sich daran gewöhnten, dass wir andere Personen waren, und die Avatare stellten uns als Geschwister von Lusi vor. Wir hatten sogar falsche Ausweise, Lusi hieß Reni und ich Joe – für die Freunde. Da meine Stimme recht charakteristisch ist, bekam ich eine modifizierte Zahnprothese, die die Stimme durch Obertöne verändert. Es machte Spaß, verkleidet auszugehen, und meine neue Stimme war eindeutig deutlicher als die alte. Vor allem aber fühlten wir uns erheblich sicherer in unserer Tarnung. Die Idee, dass die Compi es durch den Gehirnscan geschafft hatten, unsere Charaktere und den Habitus so perfekt zu imitieren, erwies sich als falsch. Sie hatten offenbar schlicht durch Beobachtung und Analyse aller Gespräche unsere Eigenheiten kopiert. Mit dem Gehirnscan hatten sie wohl noch nichts unternommen.

Aller Besorgnis zum Trotz konnten bei den sozialen Projekten Erfolge verzeichnet werden. Vor allem in den ärmeren Ländern, die ja zuerst mit den Neuerungen im Energiesektor und in der Bildung beliefert und versorgt wurden, entwickelte sich eine erstaunliche Eigendynamik. Die Menschen, endlich von der Last der Armut befreit, begannen, Firmen zu gründen, sich in Schulen und Krankenhäusern zu engagieren, es herrschte eine Aufbruchstimmung, die auch andere ansteckte. Erfreulich war die Auswirkung auf die Politik. Autokratische Potentaten bekamen mehr und mehr Gegenwind, drei waren schon entmachtet, überall entwickelten sich demokratische Strömungen. Das machte Hoffnung, dass auch die Widerständler mehr und mehr an Akzeptanz verloren, denn in manchen religiös fundamentalistischen Staaten hatten sie lange Rückhalt in der Bevölkerung und aus solchen Ländern kamen wohl auch die Attentäter und Saboteure, die es immer wieder gab. Gleichzeitig nahm die Sensibilität der Bevölkerung in den wirtschaftlich erfolgreichen Staaten gegenüber der Finanzaristokratie, den multinationalen Konzernen und High-Tech-Firmen zu. Managergehälter vom tausendfachen eines einfachen Arbeiterlohns wurden vehement in Frage gestellt, Gewinne von Banken mehr und mehr als Betrug und Verbrechen geächtet, hinterfragt, was diese Superreichen eigentlich für ihre

Mitmenschen geleistet hätten – die Antwort war meist, dass sie letztlich durch Betrug und Übervorteilung zu ihren Vermögen gekommen waren. Sozialistische oder kommunistische Regierungsformen wollten wenige, doch eine humanistische Regelung der Geldströme wurde durch viele Gruppen angemahnt, von Parteien in ihr Programm aufgenommen und in manchen Ländern auch umgesetzt. Hinzu kam, dass die Compi als selbst ernannte kybernetische Weltregierung quasi von oben auf die Regierungen einwirkte. Was sie da genau machten kann ich nicht sagen, auf jeden Fall schien das Projekt 'Räsonierung der Menschheit' trotz diversen gewalttätigen Widerstands voranzukommen. Inspiriert durch die virtuelle Teilhabe an den 'Erlebnissen' meines Doppelgängers begann ich, mein Freizeitverhalten zu verändern. Hatte ich bisher gerne Videos, also Krimis oder Sci-Fi-Filme geschaut so nahm ich nun verstärkt als Beobachter an den Aktivitäten der Compi teil, am spannendsten waren natürlich ihre Einsätze in kriegerischen Auseinandersetzungen und im Kampf gegen das organisierte Verbrechen.

Lange hatte ich mich dafür gar nicht interessiert, denn Kriegsfilme und Gewaltdarstellungen erzeugten in mir schnell Übelkeit. Doch als die Neugier einmal geweckt war, bat ich die Compi, mir eine Auswahl möglicher Beobachtungsmöglichkeiten anzubieten. Auf meinem Bildschirm bekam ich daraufhin eine Liste von Livestreams, die jedem Videoanbieter Ehre gemacht hätte. Ich erfuhr, dass ständig nahezu 150 Einsätze auf der ganzen Erde durchgeführt wurden. Manche wurden von Polizeikräften bestritten, die Compi waren dann nur zur Observation und zum Eingriff im Notfall dabei, andere wurden allein durch Avatare, die auf menschliche Art agierten, durchgeführt. Dann gab es noch Großeinsätze mit Kampf-Pyramiden, wie ich sie schon kennengelernt hatte. Diese wurden bei bürgerkriegsähnlichen Verhältnissen eingesetzt, die anderen, häufigeren, gegen das Verbrechen. Viele ihrer Einsatze wurden jedoch nur virtuell geführt, wenn sie Korruption und Wirtschaftskriminalität aufklären mussten waren keine Avatare oder Tetraeder notwendig. Es genügte oft, Computernetzwerke zu überwachen, Telefongespräche auszuwerten und allenfalls Wanzen, Abhörgeräte, die dann wirklich wie Insekten aussahen, einzusetzen. Letztlich bemühten sie sich, die Verbrechensbekämpfung den entsprechenden Behörden zu überlassen und diese durch Informationen zu unterstützen. Doch häufig genügte das nicht und so konnten eben hunderte Livestreams abgerufen werden. Am spannendsten fand ich es, wenn ein Avatar undercover in irgendwelche Organisationen eingeschleust wurde, zum Beispiel, um Menschenhändler zu enttarnen. Da konnte ich mit dem VR-Helm hautnah in 'Ego-view' dabei sein, hielt mich aber mit Eingriffen zurück, denn ich wollte diese gefährlichen Einsätze nicht gefährden. Doch schon schnell wurden die Einblicke, die ich durch die Compi ins menschliche Wesen gewann, zur Qual. Die Undercoveragenten gelangten in die finstersten Abgründe menschlicher Perversion. Da nahm ich an Folterungen teil, deren Perfidie ich nicht beschreiben mag, die teilweise nicht zum Zweck der Informationsbeschaffung sondern schlicht aus Lust am Quälen und Töten stattfanden. Es wurden Frauen getötet, um die Videos ihres Todeskampfes beim Geschlechtsverkehr zu verkaufen, desgleichen wurden Kinder geschändet. Menschen wurden getötet, um ihnen die Organe zu entnehmen, es wurden medizinische Versuche durchgeführt, es wurden Gifte und Medikamente getestet - die Liste ist lang und ich schaltete meist schnell ab, wenn sich wieder eine Barbarei anbahnte. Die Compi speicherten alle diese Aufnahmen, um Beweise für die Gräuel zu besitzen, um die Täter identifizieren zu können. Wie war es ihnen möglich, mit all diesem Wissen um die menschlichen Abgründe, die Robotergesetze einzuhalten. Wie konnten sie verhindern, die Menschen einfach zu verachten, ja die Menschen einfach auszurotten, wie man versucht, gefährliche Viren oder Bakterien zu vernichten. Wie konnten sie, um der Entdeckung zu entgehen, ruhig neben den Vergewaltigern stehen während diese ein junges Mädchen zu Tode folterten. Sie mussten ja verhindern, dass sie als Avatare enttarnt wurden, denn wenn sich dieses in den entsprechenden Kreisen herumspricht waren ihre Einsätze nicht mehr möglich. Sie gingen teilweise so weit, selbst an den Verbrechen teilzunehmen, nur, um die Köpfe der Organisationen unschädlich machen zu können.

Doch es gab auch entspannende Ereignisse, denen ich beiwohnen konnte. Wenn die Compi die Verbrecher an der Nase herumführten, wenn sie es schafften, einen Mord zu verhindern, ohne dass die Gauner überhaupt merkten, wie das geschah, das hatte dann etwas von einer Kriminalkomödie, und tatsächlich waren auch viele der Täter zwar äußerst brutal aber auch recht unbedarft und oft leicht zu übertölpeln. Und wenn irgendwelche Guerillakämpfer beim Sturm auf ein Dorf oder eine Polizeistation sich plötzlich nicht mehr bewegen konnten, weil die Compi ihren Gravitationsschaum einsetzen, wie sie dann dumm und hilflos wie in einem dicken, klebrigen Sirup an ihren Bewegungen gehindert wurden und selbst die Kugeln ihrer Waffen stecken blieben – das hatte wirklich hohen Unterhaltungswert. Die Compi bekämpften offen oder mit Unterstützung der Polizei nur die schwersten Verbrechen. Kleine Diebstähle und Betrügereien sollten durch Nudging eingedämmt werden und von den Menschen selbst bekämpft werden. Da die Compi ja fast alles überwachten, konnten sie mir statistische Angaben zur Häufigkeit verschiedener Delikte liefern, und tatsächlich, es wird zwar in jedem Moment irgend ein Mensch gefoltert oder getötet, angesichts der über sieben Milliarden Menschen waren aber tatsächlich die meisten gesetzestreu und viele sehr hilfsbereit. Auch bei humanitären Maßnahmen wirkten die Compi mit, auch solchen Unternehmungen konnte ich virtuell beiwohnen. Na ja, spannender und mit größerem Unterhaltungswert sind leider die Aktionen, bei denen es einen Bösen gibt und sich dessen Gegner als Held aufspielen kann – genau das, was wir abschaffen wollten.

Dazwischen nahm ich noch an den technisch-wissenschaftlichen Forschungen teil. Ich war begierig zu erfahren, wie die Entwicklung des Raumschiffs, das zu der geheimnisvollen Gravitationswellenquelle fliegen sollte, voranschritt. Über das Holotelefon wurden wir über den Bau des Raumschiffs auf dem Laufenden gehalten. Dieser ging zügig voran, es war die von Anfang an faszinierende Fähigkeit der Compi, gesteckte Ziele sehr schnell zu erreichen, welche dies ermöglichte. Insgesamt benötigten sie zum Bau nur vier Wochen und diese Spanne war fast vorüber. Dieses Schiff sah prinzipiell aus wie der Adventor, es war aber an Komfort und an ansprechender Gestaltung gespart worden. Übrigens tauften sie das Ziel GWS4, das steht für Gravitational-WaveSource № 4, denn das Objekt war die vierte Quelle, die entdeckt wurde. Dass sie dort intakte Artefakte vorfinden, davon gingen die Compi aus, ob sie jedoch 'Leben' oder etwas ähnliches finden? Das ist fraglich. Denn um die Entfernung von 5000 Lichtjahren zu überwinden brauchen sie ja gut 5000 Jahre Erdzeit, bei den 10 g Beschleunigung die geplant sind. Der Zeitpunkt, zu dem die gemessenen Wellen ausgesandt wurden, liegt dann 10.000 Jahre zurück. Ob bis dahin die 'Wesen' noch 'leben' die die Wellen ausgesandt haben, wird sich erst vor Ort herausstellen. Bei den Menschen wäre das unwahrscheinlich. Doch wer weiß etwas über die Lebensdauer einer außerirdischen Zivilisation? Wer weiß etwas über sogenanntes außerirdisches 'Leben'? Das war sehr spannend, und es wurden auch Abwehrmaßnahmen vorgesehen, aktive wie passive. Die Erfahrung der Compi mit den Menschen als natürlich entwickelte Wesen legte die Befürchtung nahe, dass auch außerirdische Wesen zu Aggressionen neigen.

Interessantes zeigte sich auch bei der Analyse der Gravitationswellen. Die Messverfahren wurden immer sensibler und es zeigte sich, dass die Struktur der Wellen hochkomplex war. Da sie als solitäre Wellen auftreten, also als Wellenpakete verschiedener Frequenzen, wird in einem Soliton bereits viel Information übertragen. Die Compi hatten dies zwar entdeckt, welcher Art diese Information jedoch war, ob sie nur Aufschluss über die Struktur des Senders gab oder ob damit eventuell tatsächlich eine Nachricht gesendet wird, das konnte nicht entschlüsselt werden. Und um so spannender war, was man an der Quelle der Wellen vorfinden würde. Denn der Gedanke drängt sich auf, dass Außerirdische versuchen, über Gravitationswellen zu kommunizieren, so wie die Menschen elektromagnetische Wellen senden.

Um es kurz zu machen, der Bau des Raumschiffs war bald abgeschlossen und ich begab mich wie auch die meisten WissenschaftlerInnen, zur Mondbasis, um alles aus der Nähe mitzuerleben. Das Schiff wurde mit zwei STCs ausgestattet, mit Sensoren zur Messung der Gravitationswellen und mit mehreren kleinen Pyramiden und Tetrapoden, zur direkten Erforschung von Himmelskörpern. Denn landen konnte das große Schiff nicht, es war in der Schwerelosigkeit gebaut worden, besaß kein Oben und Unten und auch keine Standbeine. Es konnte nur in der Schwerelosigkeit seine Struktur erhalten, in einer Gravitation, vor allem einer größeren als der Erdgravitation, wäre es zusammengeklappt. Mehr war ja auch nicht notwendig, die Beschleunigungen durch die Krümmung der Raumzeit ließen ja keine Kräfte auf das Schiff wirken, und zur Erforschung von Himmelskörpern mit Gravitation wurden einfach solide Sonden ausgesetzt. Um zu kommunizieren und über die STCs Sonden auszutauschen wurden Sequenzen für die Signierung festgelegt, so dass sowohl bei uns wie auch im Schiff geregelt war, wie man die Sonden und Sphären zu programmieren, zu senden und zu empfangen hatte. Wenn sich ein Partner nicht an diese Vereinbarung hielte würden Sonden, wie schon zu Beginn der Tests, im Exoversum verloren gehen, schlimm, wenn sich ein Mensch an Bord befände. Denn die Möglichkeit, dass auch Menschen zum Ziel reisen können, sollte bestehen. Dann kam der Start den wir von der Mondbasis aus verfolgten. Das Schiff entfernte sich mit der Beschleunigung von 10 g unspektakulär, doch schnell und effizient.

Und dann kam die erste Nachricht durch das Exoversum, sie konnte schon direkt nach dem Start empfangen werden. Die Compi hatten nach etwa acht Monaten die Beschleunigung unterbrochen, um die Sonde zu schicken – der STC arbeitete nicht bei Beschleunigung. Vorher wurden noch neue Messungen der

Gravitationswellen durchgeführt, auch dies war bei Beschleunigung nicht möglich. Es wurde dann einfach die Kopie des gesamten Speichers geschickt, der die Reise aufgezeichnet hatte. Der Speicher enthielt sowohl physikalische Daten der diversen Sensoren als auch optische Bilder. Diese gaben nicht viel her, das Schiff hatte keine Sonnensysteme gestreift und auch sonst nichts entdeckt außer der Leere des Alls, die Daten jedoch waren sehr aufschlussreich. Denn die Messungen der Gravitationswellen ergaben zweierlei:

Erstens hätten sie stärker sein müssen, denn die Messung wurde ja in geringerer Entfernung durchgeführt. Doch die Signale waren abgeschwächt, ihre Quelle musste schwächer geworden sein. Und die Komplexität hatte abgenommen in ihrer Struktur. Dies nährte die Befürchtung, dass die Quelle langsam versiegt.

Zweitens hatte sich die Quelle von der ursprünglichen Position entfernt, sie bewegte sich so schnell, dass der bisherige Kurs des Schiffes sie weit verfehlt hätte. Auf der Erde war dies nicht aufgefallen, da die nun gemessenen Wellen jedoch ca. 3.300 Jahre später ausgesandt worden waren konnte die Bewegung bemerkt werden. Wie gut, dass sie unterwegs die Messung gemacht hatten, sie wären sonst weit vorbeigeflogen.

Die nächste Nachricht, die wir sechs Stunden später empfingen, wurde nach 12 Monaten Bordzeit, also nach ca. 2.500 Jahren Erdzeit abgesandt. Die Erkenntnis war, dass die Aktivität von GWS4 weiter abnahm und die Richtung nicht mehr verlässlich messbar war. Das war verwunderlich denn sicher hatte die Quelle viele tausend Jahre gesendet. Dass sie sich gerade jetzt abschwächte war unwahrscheinlich, aber die Messungen waren korrekt.

Die Kommunikation erfolgte stets bilateral, die Compi im Schiff bekamen jedes mal einen Update der Erdcompi, so dass sie, wenn auch verspätet, das selbe Wissen wie diese hatten. Zudem wurden immer die neuen Kommunikationsdaten, also die Signaturen für den nächsten Transfer, ausgetauscht. So konnte kein Chaos bei den Raumzeitreisen entstehen.

Und dann die Nachricht vom Ziel. Der Ursprung der Quelle blieb lange verborgen, zunächst flog unsere Raumfähre glatt vorbei. Denn wie auch schon von irdischen Teleskopen aus war auch im näheren Bereich keinerlei Hinweis im gesamten elektromagnetischen Spektrum zu finden, weder etwas zu sehen noch Radiowellen zu empfangen. Erst nach zwei Vorbeiflügen konnte die Quelle lokalisiert werden, sie befand sich im völlig leeren Raum, keine Sonne oder ähnliches war in der Nähe. Und das, was wir nun aus dem Zielgebiet sahen, war unerwartet. Es war ein sogenannter Wanderplanet. Daher war im optischen Spektrum auch nur eine vage, dunkelbraune Masse zu erkennen, im infraroten Bereich jedoch zeigte sich, dass das Innere des Planeten doch noch Aktivität aufwies und die Messung der noch vorhandenen, selbst in direkter Nähe fast nicht wahrnehmbaren Gravitationswellen bestätigten ihn als deren Quelle. Die Komplexität dieser letzten Fragmente hatte stark nachgelassen, dennoch konnten weder die menschlichen WissenschaftlerInnen noch die Compi ihren Sinn enträtseln. Um den Planeten genauer zu untersuchen, wurden Sonden auf die Oberfläche geschickt. Auf der Oberfläche wurde jedoch nichts entdeckt, es gab keine Anzeichen für irgendeine Lebensform, keine Strukturen, die auf das Wirken einer Intelligenz hinweisen könnten, keine Ruinen oder Straßen oder ähnliches. Entweder hatten diese Wesen im Innern des Planeten gelebt oder das ganze Wellengewaber war schlicht ein natürliches Phänomen. Doch für diese Möglichkeit erschienen die Strukturen der Solitonen zu komplex, auch der Rhythmus der sehr schwachen infraroten Strahlung auf der Oberfläche zeigte eine Struktur, ja, es war so, als ob sich der Ursprung der Wärme unter der Oberfläche bewegte. Doch wie konnte das sein, die Temperatur des Planeten lag nur wenige Grad über der Temperatur der kosmischen Hintergrundstrahlung von 2,7° K, also etwa bei 10° K, die Wärmeimpulse wiederum auch nur wenige Grad darüber, etwa 20°-30° K – alles zu kalt, um einen flüssigen Kern zu bilden, in dem intelligente Fische schwimmen konnten. Die Abnahme der Wellen sprach dafür, dass die Urheber längst nicht mehr existierten, auch wenn sich noch Reste nachweisen ließen. Die Sonden sollten zunächst nur passive Messungen vornehmen da die Möglichkeit nicht ausgeschlossen wurde, dass eben doch exotisches Leben unter der Oberfläche vorhanden war und dieses nicht versehrt werden durfte. Die genauere Untersuchung der Oberfläche zeigte allerdings, dass dieser Planet früher durchaus aktiv war, Risse zogen sich über die gesamte Oberfläche, so, als ob sich diese Kugel ausdehnt. Weitere Untersuchungen belegten, dass der Großteil der Materie auf der Oberfläche etwa sieben Milliarden Jahre alt ist, dieser Himmelskörper muss also deutlich älter als unser Sonnensystem sein, das vor 4,5 Milliarden Jahre angefangen hatte, die ersten Planeten, anfangs nur kleine Planetesimale, zu bilden. Natürlich fanden sich auf der Oberfläche noch deutlich jüngere und auch ältere Materiepartikel, diese hatte der Planet auf seiner langen Reise durch das All eingefangen. Doch gerade das Material in den Rissen war etwa sieben Milliarden Jahre alt, so dass man schließen musste, dass sich die Risse erst vor relativ kurzer Zeit gebildet haben, und an ihrem Grund die ursprüngliche Materie des Planeten vorzufinden war.

Ich empfand das als so spannend, dass ich am liebsten sofort in eine STC-Sonde gestiegen wäre, um zu dem Planeten zu springen – denn von Reisen kann man ja nicht sprechen, die Fortbewegung durch das Exoversum muss eher wie ein Sprung verstanden werden. Aber jetzt kam wieder die soziale Komponente ins Spiel.

„Ich werde mit der nächsten Sonde zum Raumschiff transferieren!" Als Lusi diese Nachricht über das Holotelefon empfing, konnte ich sehen, wie ihre Gesichtszüge entglitten.

„Das werde ich nie zulassen, das ist viel zu gefährlich, ich will nicht, dass mein Mann als Universum im Nichts herum schwebt."

„Lusi, am Anfang gab es noch Probleme bei der Rückführung der Sonden, aber jetzt ist das doch Routine, es ist schon seit langem nichts mehr passiert, und Satyendra hat es doch auch schon gemacht."

„Aber du hast doch gesehen wie der aussah, nach dem langen
Aufenthalt da draußen. Du hältst das doch nie durch, selbst
wenn sie dich am Stück zurückholen bist du ein Wrack!"
So ging die Diskussion noch weiter, ich brach dann aber ab, um
mit den Compi über die Möglichkeit einer Langzeitnarkose oder
eines 10-tägigen Tiefschlafs zu besprechen. Denn die ganzen elf
Tage, die Satyendra im Exoversum verbracht hatte, wollte ich auf
keinen Fall in der Sonde eingeklemmt miterleben.
„Gibt es denn keine Möglichkeit, die Aufenthaltsdauer zu verkürzen?" Lahja, an die diese Frage gestellt war, schüttelte den Kopf.
„Wir müssten die Masse der Sonden erhöhen, also auch ihre
Größen, der ganze STC müsste umkonstruiert werden. Vermutlich geht das gar nicht oder nur mit großem Aufwand. Wir könnten höchstens den Aufenthalt für die Passagiere erträglicher machen, sie in ein künstliches Koma versetzen." Bei diesem Gedanken war mir nicht recht wohl, Koma, das hört sich so nach
scheintot an. Als ich mich dahingehend äußerte, erwiderte sie:
„Wie du das auch nennen willst, Koma, Tiefschlaf oder Narkose,
leider führt da kein Weg vorbei. Oder du machst es wie Satyendra und bleibst die ganze Zeit wach." Wie auch immer, trotz Lusis Bedenken äußerte ich Lahja gegenüber den Wunsch, sie mögen doch einmal untersuchen, wie man dieses Problem lösen
könne.

Die Kommunikation mit den Raumschiff vom GWS4 wurde intensiv fortgesetzt, jetzt wurde jeden Tag eine Sonde ausgetauscht.
Bei dieser Kommunikation wurde mit dem Außenteam auch die
Modifikation der STCs besprochen, sollte ein Mensch die Reise
wagen wollen, müsste ja auch der STC beim GWS4 angepasst
werden. Und tatsächlich schafften es die Compi, auf der Basis
von Satyendras Kapsel eine Sonde zu entwickeln, die, etwas
größer, alle Komponenten einer Intensivstation in sich trug die
nötig waren, einen Menschen ins künstliche Koma zu versetzen,
zu halten und wieder aufzuwecken. Auch die künstliche Ernährung und die Überwachung der Körperfunktionen war gewährleis-
tet. Bei Komplikationen soll das Koma unterbrochen werden und

der Passagier im Wachzustand die restliche Zeit verbringen. Dies ist zwar unangenehmer aber auch ungefährlicher für den Reisenden. Das war alles ohne großen Aufwand möglich, es musste nur noch Lusi überzeugt werden.

```
„sofie, hi wie wärs besuch mich doch mal hier
ist es voll cool ‟
```

Diese Nachricht meiner Freundin Sara aus Mosambik brachte mich auf die Idee, endlich mal aus der Sicht der Menschen zu berichten, wie sich die Ägide der Compi auf das Leben der Menschen auswirkt. Die Berichte von Papi aus dem Weltall sind ja so abgehoben...

```
    „jou lässt sich machen wannist es dir recht??
    nächste woche geht bei mir für ein paar tage‟
```

```
„ok, hab auch zeit, schreib wann du komst‟
```

Sara kannte ich von der Schule, sie war in Portugal geboren und mit ihren Eltern hierher nach Deutschland gekommen, wir waren mal beste Freundinnen. Jetzt ist sie nach Mosambik gezogen, ihre Eltern stammen von dort. Und zwar deshalb, weil Mosambik eines der Länder ist, das die Compi ausgewählt haben für den Start des Entwicklungsprojekts. Das interessierte mich, hier bei uns ist ja noch keine so große Veränderung bemerkbar, ich bin voll gespannt. Als privilegierte Tochter von Dr. Ulrich Hansa konnte ich mir das mal leisten. Zunächst musste ich hinkommen, ganz brandneu gab es diese Aeroplane wie sie ganz altmodisch genannt wurden. Es waren ein- bis zweisitzige, kleine Flugobjekte, angetrieben durch STBs, jedoch stromlinienförmig und daher etwas chicer als die Raumschiffe. Es gab eine Verbindung nach Maputo, der Hauptstadt von Mosambik, eben weil Maputo als Entwicklungsstadt ausgewählt ist. Die Aeroplane sind perfekt: sie holen einen per Aufpreis von der Haustüre ab, fliegen dann zum Flughafen, wo dann ein Zug zusammengestellt wird, also bis zu 30 Aeroplane fliegen im Konvoi, um die Flugsicherheit zu gewährleisten. Trotz neuer Technik und der Flugüberwachung der Compi kommt es wegen des neuen, hohen Aufkommens an Flugverkehr immer wieder zu gefährlichen Situationen. So

kam ich nach Maputo und wurde dort von Sara am Flughafen abgeholt.
„Hi Sofie, ich zeige dir dein Zimmer und dann geht's auf Tour. Wie war der Flug?"
„Recht gut und schnell, aber die Schwerelosigkeit ertrag ich nicht so."
„Bei mir gibt's Pombe, danach geht's dir besser."
„Pombe?"
„Hirsebier!"

Wir stiegen am Flughafen in einen der neuen Busse die mit Annihilationsenergie fahren und nichts kosten. Ich brachte schnell meine Sachen aufs Zimmer, dann gingen wir los. Sara führte mich direkt in ein Restaurant, wo wir zunächst jeder ein Pombe bestellten, dann Piri-Piri-Huhn, seehr scharf ,wie ich es mag. Die Überraschung zum Schluss: wir mussten nur das Bier bezahlen, die Grundnahrungsmittel sind umsonst! Wie auch einfache Wohnungen und andere Dinge, die der Existenzsicherung dienen.
„Es gibt bei uns kein bedingungsloses Grundeinkommen oder so, sondern die Mittel für ein einfaches Leben sind umsonst, auch die medizinische Betreuung. Wer mehr will muss arbeiten, aber seit die Compi alles regeln gibt es auch viele, gutbezahlte Jobs."
„Mir ist aufgefallen, dass die Leute sehr geschäftig sind. Man sollte doch meinen..."
„Eben nicht, es ist ein Ansporn, etwas Luxus zu besitzen, z.B. eine schönere Wohnung als das, was vom Staat bereitgestellt wird. Oder ein Auto, oder modische Kleidung. Keiner will, dass man ihm ansieht, dass er nur von den Almosen der Compi lebt. Es ist mit der Wirtschaft gut vorangegangen seit es diese Regelungen gibt."
„Aber Geld gibt es nicht?"
„Nein, nur Sachleistungen, damit sich die Leute keinen Quatsch kaufen und dann trotz Geld verelenden."
„Gute Idee."
„Das ist erst der Anfang, du wirst staunen, was es hier alles gibt."

Tatsächlich gab es viel zu staunen. Die Menschen machten einen sehr fröhlichen Eindruck, keiner hatte Existenzängste, im früheren Mosambik undenkbar, es zählte zu den ärmsten Ländern der Erde. Nicht wie in

Städten solcher Länder üblich herrschte nur mäßiger Verkehr, man sah auch keine elenden Menschen, fast schien es, als ob hier relativ wenig Menschen lebten. Wo waren die alle hingekommen? Ich sollte es später erfahren. Wie erwähnt war jeder beschäftigt, viele arbeiteten, aber viele gaben sich hauptsächlich einfach ihren Vergnügungen hin. Ich sah Sportplätze, die gut besucht waren, und dann jede Menge Diskos und Kinos, dazu später mehr. Erstaunlicherweise wurde auch ganz offen für Bordelle geworben.

„Das sind aber Robrostibutos, auf deutsch Robordelle, da gibt es keine Menschen sondern alle 'Dienstleister' sind Roboter.“

„UFF“

„Und da gibt es auch alles, Männer, Frauen, Kinder, Tiere...“

„UFF UFF, das geht? Was sagt die Kirche dazu?“

„Der katholischen Kirche wurde gesagt, sie sollen sich lieber an Roboter halten als an Ministranten, die Muslime haben akzeptiert, dass es kein Ehebruch ist, wenn man mit Puppen spielt, doch hier wie bei anderen Religiösen gibt es natürlich Widerstand. Aber es geht. Und das Argument, dass damit der Aids-Epidemie etwas Einhalt geboten wird, überzeugt viele.“

„Erstaunlich!“ Wir schlenderten noch ein wenig herum, es war Sommer, also die kühlere Jahreszeit, aber auch die trockene. Die Dürre ist hier ein großes Problem, so groß, dass die Compi nach Lösungen suchen.

„Was ist denn das da hinten?“ In der Ferne, schon im Vorstadtbereich, sah man am Himmel riesige glänzende Gebilde, die wie Segel aussahen und in der Luft schwebten.

„Das sind Sonnenschirme, die Compi versuchen, die Auswirkungen der Trockenheit zu mildern durch reflektierende Folien, die von Drohnen über den Plantagen und Feldern gehalten werden. So wird die Hitze gemildert, auch im Sommer haben wir bis zu 25°C, im Winter über 30°C.“

„Die Fähnchen werden doch beim leisesten Wind weggeweht!“

„Der Passat ist gleichmäßig, und vor Stürmen werden die Schirme eingeholt.“ Wir gingen weiter, für mich war das normale, südafrikanische Leben auch ohne Compi schon exotisch genug, aber darüber will ich hier nicht berichten.

Abends gingen wir in eine Disco, ich kannte das schon, aber die neuesten gab es hier. Die Hallen waren riesig, es gab verschiedene Bereiche mit leiser, ruhiger Musik, hier gab es auch zu Essen, und dann die mit reiner Compi-Musik mit Gravitationseffekten und Holografie-Show. Das war das geilste, man wurde im Rhythmus durch den Raum gehoben, geschleudert, bewegt, geschüttelt. Aber das war nur die Begleitung, der Tanz zur Musik. Diese war noch eindringlicher geworden, sie erzeugte ungekannte Gefühle, teils fröhliche, teils melancholische, dann wieder Euphorie und Ekstase. Beschreiben lässt sich das kaum, geht einfach selbst hin, funktioniert auch bei älteren Leuten. Natürlich gibt es auch ganz klassische Bereiche mit Tecno zum Raven oder Rock`n Roll. An der Bar wurden außer Alkohol Marihuana, Ecstasy, Speed, LSD, und Kokain verkauft. Ich sah, dass die Käufer immer ein Kärtchen vorzeigten.

„Das ist der Drogenpass" sagte Sara auf meine Frage, „den musst du machen, wenn du irgendeine psychoaktive Substanz kaufen willst. Selbst Bier bekommst du nicht ohne."

„Wie geht das?"

„Man muss eine Schulung machen, wo man über die Gefahren aufgeklärt wird, so richtig mit Prüfung."

„Muss man dazu auch die Drogen testen?"

„Man sagt, wofür man sich besonders interessiert, dann bekommt man geringe Dosen davon. Aber man muss nichts nehmen, man kann den Schein auch ganz clean machen."

„Das ist gut, so bekommt man auch guten Stoff."

„Richtig, und dealen ist verboten, genauso wie der Kauf von Drogen bei Dealern ohne Ausweis."

Ich durfte also nichts kaufen. Nach zwei Stunden verließen wir die Disco, ich war echt müde und es ging zu Sara nach Haus. Ich hatte für heute genug, obwohl noch Saras Eltern auf waren und gerne mit mir gesprochen hätten vertröstete ich sie auf morgen.

Nach dem Aufstehen eine Dusche und dann in die Küche. Hier muss ich anfügen, dass Saras Eltern nicht unvermögend sind, für Mosambik richtig reich. Daher hatten sie auch all die Geräte angeschafft, die es neuerdings gab, die von den Compi aber erst hier angeboten wurden. In der Küche gab es nämlich nichts zu sehen außer einer Schrankwand mit mehreren Türen und einem kleinen Haushaltsroboter. Der kam gleich zu mir her „Guten Morgen Sofie, kann ich ihnen etwas bringen?" Er wusste schon, wer ich war, sprach mich deutsch an und nicht nur das: „Sie nehmen doch gerne ein Müsli und einen guten Kaffee." Auch das wusste er schon, aber klar, es war ja alles weltweit vernetzt. „Ja". Das Haus lag schön mit Blick aufs Meer, eine Seite der Küche war mit großen Glastüren versehen, diese waren offen und ich sagte zum Roboter, ich würde gerne raus sitzen. Er ging zu dem Schrank, öffnete eines der Türchen und entnahm ein Tablett mit Geschirr, dann holte er aus anderen die Milch, den Kaffee und die Müslimischung und stellte alles vor mir ab. So saß ich nun komfortabel auf dem großen Balkon und genoss die Aussicht, leider war es ziemlich laut, so ist es eben in aufstrebenden Städten. Nicht lange und die Familie erschien, die Gelegenheit, einiges über die neue Compi-Welt zu erfahren.

„Uns geht es hier so traumhaft gut wie nie zuvor im Leben." Saras Vater hatte direkt glänzende Augen, wenn er von Maputo sprach. „Wir sind hier das Pilotprojekt für die neue Gesellschaft, alles, war die Compi planen und entwickeln wird hier zuerst ausprobiert."

„Aber es gibt doch viele Orte, auch in Asien, wo die Compi ihre Vorstellungen realisieren."

„Aber hier sind wir die Speerspitze, erst wenn sich etwas bei uns bewährt wird es in andere Länder übertragen."

„Dann gibt es sicher auch Projekte, die scheitern?"

„Ja, natürlich, erst vor einer Woche wurde ein Test abgebrochen. Sie wollten zur Stauvermeidung über jeder Straße einen Luftkorridor schaffen wo fliegende Lastwagen und Busse verkehren sollten, auf den normalen Straßen dann nur noch herkömmliche PKW. Doch die Menschen wollten das nicht, die ständige Bewegung, recht knapp über den Köpfen, das gefiel nicht. Obwohl leise, störten die Fahrzeuge – Menschen sind das einfach nicht gewohnt, dass über ihnen so reger Betrieb herrscht. Die fliegenden Busse waren auch zu umständlich, Reisen in der Luft ergibt erst ab Entfernungen von 30-50 km einen Sinn."

„Was passiert jetzt?“

„Es sollen Röhren unter der Stadt gebaut werden, für den Transport von Gütern. Dadurch wird der Straßenverkehr entlastet, und weder Lärm noch Schmutz noch Irritation entstehen.“

„Ja, der Lärm“ Man konnte sich auf dem Balkon wirklich schwer gemütlich unterhalten.

„Da gibt es auch schon was, sogenannte Ruheglocken. Ist aber noch nicht im Handel. Es soll so wie die Kopfhörer funktionieren, die die Außengeräusche kompensieren.“

„Ich bin beeindruckt, bei uns gibt es das noch nicht. Wenn die Compi die bedürftigen Länder so aufrüsten sind die bisherigen reichen Länder bald abgehängt.“

„Das wird nicht passieren, aber eine Nivellierung der sozialen Bedingungen soll erreicht werden.“

Nach dem Frühstück gingen wir an den Strand zum Baden. Die Strände von Maputo sind wunderschön und noch nicht überlaufen. Hier hatten die Compi alles belassen, zum Glück. Es sieht für mich überhaupt so aus, als ob sie bei ihren Änderungen die vorhandenen Strukturen möglichst beibehalten, so war es auch in den Arbeitskreisen mit den WissenschaftlerInnen besprochen worden, und offenbar wird das auch so gemacht. Was es aber häufig zu sehen gab waren neu errichtete Schulen. Auf dem Weg zurück in die Stadt sah ich gleich drei. Sara sagte, wir sollten mal reingehen, das darf man, denn die Schulen sind eher wie die Universitäten bei uns, jeder kann sich in eine Unterrichtsstunde setzen. Der Unterricht wurde von zwei Hologrammen gehalten. Die Compi hatten auf diese Technik zurückgegriffen weil einfach zu wenig Lehrer vorhanden sind. Die Hologramme, immer eine Frau und ein Mann, hielten einen nahezu klassischen Frontalunterricht, das erstaunte mich, ich hatte innovative Lehrtechniken erwartet. Dieser Unterricht wurde dann allerdings ergänzt durch Seminare, Arbeitsgruppen und Praktika um das Erlernte zu festigen. Zudem hatte jeder einzelne Schüler einen Tutor, welcher – oft auch als Hologramm sichtbar – die individuelle Entwicklung der Schüler verfolgt und zugeschnittene Vertiefungs- und Übungsphasen erarbeitet. So erhofft man, die hohe Zahl von Analphabeten, es sind etwa 50% der Bevölkerung, kurzfristig zu verringern.

Und natürlich zusätzlich Talente und Begabungen zu entdecken und zu fördern, der Unterricht geht weit über Lesen-Schreiben-Rechnen hinaus. Neben Erwachsenen wurde schon ausgewählten Kindern und Jugendlichen Unterricht in höherer Mathematik, Relativitätstheorie oder Gentechnik gehalten, für jeden fand das Schulsystem spezielle, anspruchsvolle Themen, was die Motivation der Schüler enorm steigerte. In wenigen Jahren wird die Bevölkerung zu den am besten ausgebildeten gehören. Danach ging es zum Essen, diesmal Curry und das kostete dann doch, denn es war Lammfleisch. Und dann zurück zu Sara, es war schon Nachmittag und wir hielten Siesta, denn es war für europäische Verhältnisse recht heiß.

Am Abend blieben wir zuhause, es ist gar nicht nötig, groß auszugehen, denn sie besaßen ein Entertainment-Center, eine ganz neue Art der Unterhaltung. Man konnte sich aus etwa 1000 Personen welche aussuchen und diese einladen, also z.B. Julius Cäsar oder Jimi Hendrix. Die saßen dann als Hologramm mit einem am Tisch oder sie spielten und sangen. Bei den Gesprächen war es dann so, als ob man wirklich mit der Person sprechen würde, die Compi hatten alles, was sie von den Personen in Erfahrung bringen konnten, zu einer künstlichen Persönlichkeit zusammengefügt. Bei Menschen, die man noch selbst erlebt hat, ließ sich das ja leicht überprüfen, und die Ähnlichkeit ist frappierend, es ist wirklich so, als ob der Dalai Lama mit am Tisch sitzt oder Steven Hawking (gut, die kenne ich jetzt nicht persönlich, aber vom Fernsehen). Man kann auf diese Weise auch den Unterricht zu Hause nehmen, es hatte sich jedoch gezeigt, dass die Schule effektiver ist. Die meisten Menschen nutzen das Gerät zur Unterhaltung, es gibt richtige interaktive Adventures, Videospiele, fast in Echt! Durch Kameras wird die Aktion des Spielers registriert und das Spiel angepasst. Aber noch besser geht das in den sogenannten Kinos. Diese haben mit den uns bekannten außer dem Namen nichts gemein. Sara schlug also vor, am nächsten Tag eines zu besuchen. Nach dem Vormittag am Strand und dem Mittagessen – langsam werde ich fett – gingen wir in das größte und neueste Kino, es lag etwas außerhalb im Industrieviertel. Es war riesig, und nachdem wir den nicht unerheblichen Eintritt gezahlt hatten, standen wir in einem Raum mit sechs Türen. Über jeder Tür stand das Thema des Erlebnisses, das dahinter auf uns wartete. Denn so war es: wie im Heimkino tauchten wir in das Szenario ein, wir wählten, da wir gerne reiten, den Siedlertreck nach Oregon als gemeinsames Erlebnis – man kann auch allein etwas unternehmen, aber zusammen macht es mehr Spaß. Wie das alles gemacht wurde weiß ich nicht, auf jeden Fall wirkte es so echt wie, naja, wie echt eben. Der historische Oregon Trail begann in Elm Grove, der Treck bestand aus hundert Personen und 25 Wagen, man konnte reiten oder auf einem Wagen fahren oder zu Fuß gehen, die Weite der Landschaft war faszinierend und man konnte, obwohl die Hallen ja räumlich begrenzt waren, zu Fuß immer weiter gehen, vermutlich war der Boden ein raffiniertes Rollband. Auch Steigungen werden simuliert, Staub und Wind, einzig beim Durchqueren von Flüssen bleibt man im Wesentlichen trocken, außer ein paar Wasserspritzern. Es war alles dabei, Indianerüberfälle, Stürme und Regen (auch nur Wasserspritzer, die Kälte aber echt!), die Feuer waren heiß und der Himmel hoch. Es musste sich um ein perfektes Zusammenspiel verschiedener Techniken handeln, ich war fasziniert. Nach zwei Stunden verließen wir die Anlage, man darf aber bis zu acht Stunden bleiben. Ein Rätsel ist, wie die Compi es schaffen, jeder Gruppe oder jeder Person ein eigenes Szenario zu bieten, vor uns waren noch einige Personen eingetreten, diese sahen wir nicht wieder.

Es gab auch heiklere Themen, die geradezu therapeutische Formen haben, und zwar wurden, wie in den Robordellen, die dunklen Triebe der Menschen bedient. Wenn man den Menschen die Gewalt nicht austreiben kann, so soll es doch Ventile geben, diese abzulassen. Daher konnte man an Kriegen und Terroranschlägen teilnehmen, da durfte man morden und quälen nach Herzenslust, ähnlich wie früher in den Videospielen. Sara sagte, es würden in der letzten Zeit die Gewaltverbrechen abnehmen, ob dies auf die Kinos zurückzuführen ist? Man weiß es nicht. Das alles war interessant und nett, aber eigentlich nur eine Kopie des alten Holo-Decks von Star Treck, mich persönlich faszinierte die Disco am meisten.

Am nächsten Tag gab es einen Ausflug aufs Land in ein Dorf. Doch wenn ich gedacht hatte, Sara will mir mosambiksche Folklore zeigen, lag ich falsch. Da wir etwas weiter ins Land wollten, nahmen wir einen der fliegenden Busse, nach einer halben Stunde landete er in einer kleinen Ansiedlung.

„Wo sind denn nun die Dörfer?"

„Tja, hier! Dörfer, wie es sie früher einmal gab, kannst du nur im Museum sehen. Die Compi haben erkannt, dass das Stadtleben sehr ungesund für den Menschen ist, psychisch wie physisch. Daher werden die Orte auf dem Land aufgewertet so dass die Leute nicht mehr in die Stadt ziehen müssen bzw. wieder aufs Land ziehen."

„Verstehe, durch die neuen Verkehrsmittel ist man hier genauso schnell wie bei uns von der Stadtmitte zum Vorort."

„Noch schneller! Aber durch die ganze Holo-Technik ist es ja oft gar nicht nötig, vor Ort zu sein."

Das gefiel mir, es gab hübsche, kleine Häuser und Geschäfte, die Fabrikationsstätten waren ebenfalls nicht überbordend, viel Grün und viel Platz, es war alles wie in einem großen Park. Jetzt verstand ich, warum auch in der Stadt kein chaotischer Betrieb herrschte wie früher: die Leute sind aufs Land gezogen, viele wieder nach Hause. Und ich verstand, warum die Raumschiffe der Compi wie Gärten aussehen und nicht wie Büroräume: der Mensch ist in der Natur viel liebenswerter als in der Massenhaltung der Städte.

Soziale Leistungen und medizinische Versorgung auf hohem Niveau, menschenwürdige Arbeit für alle, Verbesserung des Transport- und Reisewesens, Schulen und Weiterbildung und vor allem Unterhaltung und Spaß, das sind die Hauptpunkte im Programm zur Verbesserung des menschlichen Lebens. Von einer Gängelung war nicht viel zu spüren obwohl ja jeder Mensch überwacht und mit sanfter Hand kontrolliert wird. Die genannten Punkte führten ganz von selbst zu einem friedlichen und harmonischen Miteinander der Menschen, es bedarf kaum weiterer Maßnahmen. Brot und Spiele genügen auch heute noch zur Befriedung des Menschen.

Und wieder war es Satyendra der als erster Mensch nach GWS4 transferierte, er war bisher der einzige Mensch überhaupt, der im Exoversum war. Er kam munter an, diesmal zwar auch unrasiert, aber in bester Verfassung, denn er hatte die Möglichkeit des kontrollierten Tiefschlafs genutzt und kam ausgesprochen ausgeschlafen an. Diese Bilder zeigte ich Lusi und jammerte, dass Satyendra der Erste sei, der durch das Universum reiste, wo mir doch diese Ehre zustünde. So ließ sich Lusi langsam erweichen und gab ihre Zustimmung zum Raum-Zeit-Sprung. Um Lusi zu überzeugen war ich nach Hause zurückgekehrt, jetzt, wo sie eingewilligt hatte, hielt mich hier nichts mehr, es ging sobald als möglich zu den Labors auf dem Mond. Dort musste ich allerdings noch etwas warten, zunächst wurden noch weitere lebensnotwendige Geräte, Nahrungsmittel, Wasser und Luft nach GWS4 geschickt, damit Satyendra und später auch ich dort leben können und es etwas komfortabler war. Auch ein Android zur Bedienung wurde uns zur Verfügung gestellt, wir nannten ihn Baptist, wie den Butler von Onkel Dagobert... Dann wurde die Kapsel mit der Tiefschlafapparatur zurückgeschickt, das Abenteuer konnte beginnen. Das war jedoch unspektakulärer als man meint, ich legte mich in die Kapsel, wurde mit diversen Schläuchen bestückt, die mich einerseits mit Luft, Wasser und Nährflüssigkeit versorgten und andererseits die Ausscheidungsprodukte meines Körper entsorgten. Wie auf der Intensivstation eines Krankenhauses wurden meine Körperfunktionen überwacht. Dann wurde mir das Betäubungsmittel zugeführt und ich schlief ein.

Als ich die Augen wieder aufschlug lag ich auf einem Bett in einem Zelt, draußen war es hell und am Bett standen Satyendra und der Baptist. Alle Schläuche und Leitungen waren entfernt worden, ich fühlt mich frisch und wach – wahrscheinlich hatte ich zum Aufwachen irgendein Aufputschmittel bekommen. Ich erhob mich, nun doch etwas wackelig, und trat vor das Zelt. Das Raumschiff war taghell erleuchtet, durch die Fenster sah man hauptsächlich finstere Nacht, einige schwache Sterne, das Band der Milchstraße und dann den Wanderplaneten, rotbraun lag er groß und ruhig vor uns im Dunkel, man konnte keine Einzelheiten erkennen. Doch zunächst knurrte mir der Magen, nach elf Tagen ohne feste Nahrung brauchte ich erst etwas zu essen. Danach konnten wir uns um den Planeten kümmern, und es wurden mir zunächst die Erkenntnisse vorgestellt, die bereits vorhanden waren. Sieben Milliarden Jahre alt war der Planet, das war ja schon bekannt, wie er sich entwickelt hat und wie er auf seine Reise durch den Kosmos gelangt ist, konnte noch nicht einmal vermutet werden. Zu lange waren diese Ereignisse her, als dass man noch Spuren davon entdecken konnte. Was wir wussten war, dass er etwa die 2,5-fache Masse der Erde hatte, also die 2,5-fachen Anziehungskraft auf der Oberfläche herrschte. Sein Volumen war sogar dreimal so groß wie das der Erde, die Dichte also etwas geringer. Er bewegte sich ziemlich genau mit 100 m/sec relativ zum Mittelpunkt der Milchstraße, hatte also seit seiner Entdeckung $16 \cdot 10^9$ km zurückgelegt. Wenn man voraussetzt, dass er immer diese Geschwindigkeit hatte, hätte er während seiner 'Lebenszeit' lediglich 2333 Lichtjahre zurückgelegt. Doch vermutlich ist er in den 7 Milliarden Jahren, die er bereits existiert, des öfteren beschleunigt oder verzögert worden. Dennoch ist es sicher, dass er aus unserer Galaxis stammt die ja einen Durchmesser von 61.000 Parsec hat. So viel zu den äußeren Daten.

Die Oberfläche ist ausgesprochen hart und besteht aus einem granitähnlichen Gestein. Die Zusammensetzung ist ähnlich dem irdischen Granit, wobei es verwundert, dass dieser an der Oberfläche liegt, der irdische jedoch ein Tiefengestein ist. Vermutlich sind die oberen Schichten im Lauf der Milliarden Jahre abgetragen worden. Die dunkel-rötliche Farbe verdankt dieser Granit dem hohen Anteil an Kalifeldspat und Glimmer, wobei Plagioklas-Feldspat völlig fehlt. Dadurch hat er, aus der Ferne gesehen, etwas von einer glänzenden rötlichen Murmel. Über diese geologischen Erkenntnisse hinaus gibt es noch kein weiteres Wissen, wir stehen vor einem jungfräulichen Wissensschatz, den es zu heben gilt. Es waren ja bereits einige Sonden auf dem Planeten gelandet, in die Tiefe vorgedrungen ist jedoch noch keine. Da ja auf der Oberfläche keinerlei Spuren von Leben oder zielgerichtetem Handeln zu entdecken war, ist zu vermuten, dass sich das Geheimnis der Aktivität, die wir nachgewiesen haben, im Planeten selbst befindet. Um hier nichts zu zerstören war bisher auf Bohrungen oder Grabungen verzichtet worden. Es waren jedoch Untersuchungen mit Echoortungsgeräten erfolgt, mit verschiedenen Frequenzen wurde der Untergrund untersucht, auf stärkere Explosionen war bisher verzichtet worden. Doch nun sollten auch leichtere Sprengungen folgen, denn die Compi hatten festgestellt, dass dich unterhalb einer etwa 20-30 m dicken Granitschicht regelmäßige Strukturen befinden. Deren Eigenschaften sollten nun untersucht werden, dies war nur durch stärkere Erschütterungen möglich. Die Befürchtung, dadurch Schaden anzurichten, konnte getrost beiseite geschoben werden, konnten wir doch viele, auch sehr alte, Krater sehen. Erschütterungen der Oberfläche dürften im Inneren also nichts zerstören. So wurde eine Sprengladung platziert und um den gesamten Planeten herum Seismographen, um ein möglichst gutes Bild des Inneren zu erhalten. Das funktionierte so gut, dass wir bald eine holografische Darstellung der Dichteverteilung im Innern des Planeten hatten. Es zeigte sich, dass es tatsächlich ein weitverzweigtes Höhlensystem gab, wirkliche Hohlräume, die begehbar schienen. Dazwischen weitere Muster unterschiedlicher Dichte. Manche der Hohlräume reichten bis an die Granitschicht und waren leicht durch eine Bohrung erreichbar. Natürlich wollten wir einen anbohren und erkunden. Doch dazu waren umfangreiche Vorbereitungen nötig, auch vom Mondlabor mussten einige Module, beispielsweise ein ringförmiger Diamantbohrer, transferiert werden.

Satyendra war mit in die Vorbereitungen eingebunden, ich hatte frei. Das Leben auf unserem Schiff gestaltete sich wie auf dem Adventor, hier war alles größer, jedoch mit weniger Komfort ausgestattet. Interessiert verfolgte ich die Arbeiten von Satyendra und den Compi. Sie statteten ihn mit viel Wissen und Vorgaben aus, denn er sollte bei den Arbeiten im Mondlabor helfen. Das funktionierte so: Wir waren ja 5000 Jahre in die Zukunft gereist und mussten wieder 5000 Jahre zurück, wenn wir in unserer Zeit ankommen wollten. Der Aufenthalt war 6 Wochen geplant, die Rückreise sollte uns jedoch schon am Tag nach unserem Abflug zur Mondbasis bringen. Es wurde einfach die Signatur des STCs, das uns hier nach 6 Wochen zurückschickt, mit der synchronisiert, die uns am Tag nach unserem Abflug einfängt. So waren wir im irdischen System nur einen Tag weg, im GWS4-System 6 Wochen anwesend. Man könnte sogar vor dem Abflug ankommen, da dieses aber unbekannte Auswirkungen auf des Raum-Zeit-Kontinuum haben könnte, beließen es die Compi dabei, uns eben die 6 Wochen zu schenken. So konnte Satyendra sein hier gewonnenes Wissen direkt in den Bau des Bohrers einbringen der dann während unseres Aufenthalts hergeschickt wurde. Eine Woche dauerte es dann bei uns, bis alles zusammengebaut war, Satyendra und die Mond-Besatzung hatten 20 Tage daran gearbeitet, die Module waren auch wieder 'beschleunigt' hergeschickt worden. So ein Transfer dauerte, auch mit reinem Materialtransport, schon 6 Stunden, denn der STC konnte nur im schwerelosen Raum mit reichlich Abstand vom GWS4 und dem Raumschiff arbeiten. Und alle Komponenten mussten mit einer Genauigkeit $<< 1$ Å $(=10^{-10}$ m) positioniert werden, das ging nur ohne Gravitationskräfte. Doch gegenüber der Zeitverschiebung bei den Reisen, die beliebig lang sein konnten, fiel das Handling an den STCs und der Transport ins Raumschiff oder gleich zum Planeten nicht ins Gewicht.

Ein weiteres Problem war der Aufenthalt auf dem Planeten, denn wir Menschen wollten ja so schnell wie möglich den Planeten betreten. Endlich den Fuß auf einen interstellaren Himmelskörper setzen und dort die deutsche Flagge aufstellen, das ist doch ein Menschheitstraum, oder? Quatsch, nur ein Witz, das mit der Fahne, aber den Planeten betreten wollten wir schon. Doch unsere bisherigen Raumanzüge waren nur sehr leicht, sie waren nur für den Fall gedacht, dass ein Leck im Raumschiff entsteht und nicht für einen längeren Aufenthalt im All. Tatsächlich war ich noch nie ohne Fahrzeug im All gewesen. Denn hierfür benötigt man deutlich bessere Anzüge, sie mussten gut isoliert und beheizbar sein und gegen Minimeteoriten und Strahlung schützen. Zudem herrschte ja auf dem Planeten die 2,5-fache Erdanziehung, für Stubenhocker wie Satyendra und mich eine Herausforderung. Daher beschlossen die Compi, die Raumanzüge als Exo-Skelette auszuführen, mit Elektromotoren zur Unterstützung. Dadurch wird der Skaphander, wie die Compi die Raumanzüge in der russischen Formulierung oft nennen, recht groß und schwer. Dennoch ist er leicht zu tragen denn er trägt sich im Wesentlichen selbst. „Schau mal!" Satyendra hatte ihn anprobiert und es war echt witzig zu sehen, wie er herum hüpfte. „Bleib doch mal stehen!" Aber das konnte er schlecht. Denn hier im Raumschiff, wo die künstliche Schwerkraft ja der Erdanziehung entsprach, war die Steuerung des Anzugs überfordert, er war auf die Verhältnisse von GWS4 zugeschnitten, die Regelkreise der Motoren des Exo-Skellets übersteuerten. So hüpfte er wie die Astronauten bei der ersten Mondlandung recht unkoordiniert herum. „Stehen bleiben geht nicht. Aber es macht echt Spaß, probier auch mal." So zwängte ich mich ebenfalls in das Monstrum, ohne die Hilfe von Baptist wäre es mir nicht geglückt. Es war erstaunlich, ich wurde von der Außenhülle getragen, geringste Bewegungen von mir wurden von Sensoren registriert und von einer intelligenten Software gedeutet, die dann die Motoren in Bewegung setzte. Wir durften die Skaphander nicht zu lange bei normaler Schwerkraft benutzen, die intelligente Steuerung hätte etwas Falsches gelernt, wir mussten vielmehr bald auf GWS4 die ersten Schritte tun, um die Geräte zu schulen. Daher setzten wir am Nachmittag über, eine etwas umständliche Prozedur. Wir mussten zunächst, schon im Raumanzug, in eine offene Pyramide steigen. Diese befand sich in einer der Ecken des Raumschiffs in einer Luftschleuse, welche zuerst leergepumpt werden musste. Der Tetraeder flog uns zum Planeten, wo wir dann ausstiegen. Der Bohrer war noch nicht fertig, doch das Erlebnis, auf einem Planeten frei herumzuspazieren, war überwältigend, die Holo-Simulationen waren nichts dagegen. Durch die Anzüge gingen wir leicht wie auf der Erde, doch die Umgebung war, nun aus der Nähe betrachtet, überwältigend. Es war so dunkel wie in einer Neumondnacht auf der Erde, eher noch dunkler, es gab in der Nähe weder natürliche noch künstliche Lichtquellen. Wir konnten also nur durch die Scheinwerfer, die links und rechts am Helm befestigt waren, etwas sehen. Das machte alles noch geheimnisvoller, die Schatten der Krater und Spalten gaukelten uns Bewegungen vor, so dass ich jeden Augenblick erwartete, vor einem Alien zu stehen. Und das wäre ja gar nicht so unwahrscheinlich, also hatte ich ein beklemmendes Gefühl. In der Hologramm-Darstellung war alles heller, und jetzt erschienen auch die Abgründe tiefer und die Erhebungen schroffer und steiler. Wir waren an der Stelle abgesetzt worden, an der die Bohrung geplant war, wir wollten uns umsehen, ob etwas dagegen sprach hier zu bohren. Die Stelle war vorher von einer kleinen Sonde untersucht worden, sie hatte gefunden, dass der Boden weich war und porös. So spazierten wir einfach herum und ließen die Eindrücke dieser fremden Landschaft auf uns wirken. Ich dachte noch dass der Platz richtig gewählt war, es war eben und sandig, hier konnte man den Bohrer gut aufstellen und vielleicht waren die obersten Schichten leicht zu durchdringen, da passierte es.

Zuerst sah ich, wie Satyendra, der direkt neben mir stand, bis zur Hüfte in dem Sand versank, dann bemerkte ich bei mir dasselbe. Es war wie im Treibsand, je mehr sich die Skaphander bewegten, um so schneller sanken wir. Daher sanken wir beide noch tiefer, der Sand und die Steine um uns herum genauso. Ich sah noch, wie alles nach unten sackte, ein kleiner Krater um uns entstand, dann verschluckte uns das Geröll und wir fielen mitsamt dem Schotter nach unten. Zu sehen war nicht viel, die Scheinwerfer erleuchteten nur die Steinchen und den Sand, welche uns fest umschlossen. Wir rutschten zunächst schräg hinab, doch dann ging es im freien Fall senkrecht hinunter, die Dichte des Gerölls nahm etwas ab und unsere Fallgeschwindigkeit zu. Wie dumm die Gedanken doch oft sind, obwohl ich hätte Angst haben müssen fiel mir nur ein, dass wir den Planeten nun tatsächlich anbohren, es jedoch nicht auf diese Weise geplant hatten. Durch

218

die Auflockerung der Schuttlawine konnte ich jetzt Satyendra im Licht meine Helmscheinwerfer sehen, seine Augen angsterfüllt aufgerissen. Und es wurde heller, es schien mir, als ob unsere Lampen gespiegelt würden, als ob hinter dem Geröll gläserne Strukturen wären. Wir mussten bereits eine immense Geschwindigkeit haben, denn auf dem Planeten gab es ja keine Atmosphäre, die den Fall hätte abbremsen können. Irgendwann mussten wir unten aufschlagen, das war es dann, hätte ich doch auf Lusi gehört, wäre ich doch zu Hause geblieben. Während sich nun gerade die Verzweiflung Bahn brechen wollte spürte ich Kräfte, die auf mich wirkten, war es eine Anomalie der Gravitation oder bog sich die Spalte, in der wir uns befanden, zur Seite? Wir wurden an eine Wand gedrückt und gleichzeitig von unten gebremst, waren wir bisher im freien Fall nahezu schwerelos gewesen wirkte nun eine unsichtbare Kraft von unten. Das Vielfache meines Gewichts drückte mich zur Seite während ich an die Wand gepresst wurde, ich dachte, im nächstem Moment wird mein Raumanzug durchgescheuert sein, doch die Wand war spiegelglatt und der Anzug wurde nur leicht zerkratzt. Schnell verringerte sich unsere Geschwindigkeit, es gab noch einen starken Stoß, reichlich nachfolgendes Geröll prasselte auf unsere Helme und dann war Ruhe. Nun konnten wir unsere Umgebung deutlich sehen. Wir lagen in einer sehr großen Höhle, deren Wände aus Kristallen bestand, die das Licht unserer Lampen millionenfach reflektierten. Der Boden war mit dem Geröll bedeckt das mit uns hereingefallen war, es konnte sogar noch mehr sein, sicher war schon vor uns hin und wieder etwas hereingefallen. Satyendra fasste sich zuerst:

„Wie geht's?"

„Da fragst du? Schöner Mist, hier sitzen wir übel fest." Wenigstens funktionierte die Sprechanlage noch.

„Schau dir das an. So was hat noch kein Mensch gesehen." Das faszinierende Leuchten der Kristalle um uns ließ mich die Aussichtslosigkeit unserer Lage vergessen.

„Das bewegt sich doch, oder?"

„Es sieht nur so aus, wir bewegen die Lichtquellen!" Doch ich glaubte das nicht.

„Halt deinen Helm mal ganz still, ich glaube, es bewegt sich." Wir legten uns auf den Boden und rührten uns nicht, leichte Bewegungen gab es zwar immer, der Atem, der Herzschlag, aber diese konnten nicht die Ursache der Lichtbewegungen um uns herum sein.

„Was ist das, lebt das, ist das eine Maschine?"

„Möglich, dass das von den früheren Bewohnern gebaut wurde und noch irgendwie funktioniert, obwohl die Aliens schon längst tot sind." Es war allgemeine Meinung, dass das Abebben der Gravitationswellen ein Anzeichen dafür war, dass die Absender gestorben sind.

„Das kann man sich vorstellen. Der Schacht war vielleicht früher ein Ein- und Ausgang für die Bewohner, und einige Apparate funktionieren noch."

„Aber egal jetzt, wie geht's jetzt weiter?" Mir war nicht nach wissenschaftlichen Betrachtungen zumute, ich wollte wieder raus hier. Satyendra ganz sachlich:

„Wir haben Sauerstoff für 24 Std., Wasser und Nährlösung für 48 Stunden, mein Fäkalienbehälter ist aber schon in 12 Std. voll, so wie ich Schiss habe." Seine Witze waren mir im Moment egal.

„Ich kann keine Verbindung nach draußen bekommen, bzw. bekomme keine Antwort, egal, mit welcher Intensität ich sende."

„Klar, wir müssen Kilometertief gefallen sein."

„Was können wir tun?"

„Nichts! Wir können nur warten, ob von Außen Hilfe kommt." Um nicht im Trübsinn zu versinken fing ich an, die Spiegelungen in den Kristallen weiter zu betrachten.

„Schau dir an, es bilden sich richtige Kaskaden, auf ein Leuchten folgt ein zweites usw. Das erinnert mich an was." Ich erzählte Satyendra von meinen LSD-Halluzinationen, den Begriffsketten. Denn ziemlich ähnlich erschienen mir die Lichtspiegelungen hier, ich wusste natürlich nicht, welche Begriffe gemeint sein könnten, doch wie die Kaskaden sich bildete, oft in geschlossenen Kreisen, das beruhigte mich, eswar mir vertraut.

„Meinst du, da denkt was? Ist das ein Computer?"

„Könnte schon sein, dass dies Outputs eines Automaten sind, den wir mit unseren Lampen aktiviert haben."

Wir schwadronierten noch etwas über Lichtcomputer und dass man solche aus Kristallen aufbauen könnte, doch dann versanken wir, jeder für sich, in trübe Gedanken über die Zukunft. Einerseits wäre der Tod hier sicher meiner würdig, ein Forscher zum Thema künstliche Intelligenz sollte doch gerne in einem Kristallcomputer sterben. Doch das Herz brach mir am Gedanken an Lusi und meine Mädels. Eine große Traurigkeit und Verzweiflung überkam mich. Ich nuckelte ein wenig am Nährlösungsschlauch, nur um sogleich die Sinnlosigkeit einer Verlängerung meines Leids zu erkennen. Oder sollten die Compi doch noch kommen und uns retten? Ich weiß nicht, wie lange ich solchen tristen Gedanken nachhing, ich schlief schließlich ein.

Doch in diesem Schlaf träumte ich Bemerkenswertes! Träumte? Ich war mir nicht sicher. Ich hatte wieder die Gedankenketten im Kopf, wie früher, ich hatte das all die Jahre nicht gehabt. Objekt – Vernetzung – Pfad – Entwicklung – Lernen – Roboter – KI – Bewusstsein – Macht – Lahja – Compi – … so liefen die Ketten jetzt ab … – Compi – Kosmos – Kristall – Wellen – Erde – Entwicklung – Mensch … und ich hatte das Gefühl, dass diese Ketten nicht von mir selbst erzeugt werden, dass sie von außen kommen, dass ich sie nur sehe, fühle – nicht denke. Dass sie vom Kristall kämen, von den Kaskaden, dass diese mit mir sprachen, dass der Kristall in mein Bewusstsein eindringt und mit Gedanken. Oder bildete ich mir das nur ein? Konnte der Kristall, etwa durch Gravitationswellen, ein menschliches Gehirn beeinflussen? Wahren ich so dahindämmerte und mir selbst beim Denken zusah war alles für mich möglich, sogar, dass der Kristall die Menschheit geschaffen hat und die Compi gleich dazu…

Als ich dann schließlich erwachte war das Alles wieder sehr weit weg, ich war sicher, dass nur die Aufregung, die Angst, vielleicht der schon sich anbahnende Sauerstoffmangel mir diese Halluzinationen vorgaukelte.

Wenn ich im Einschlafen noch gedacht hatte, die guten Geister des Schlafs würden schon alles richten und den Compi den Weg nach unten zeigen, ich wurde getäuscht. Als ich nach sechs Stunden nach einem unruhigen Schlaf erwachte, war alles wie zuvor. Satyendra saß immer noch neben mir, er hatte die Augen geöffnet.
„Guten Morgen, hast du gut geschlafen?" Wie war das gemeint? Egal!
„Mäßig, und du?"
„Gar nicht!" Das war wieder typisch für ihn. „Ich wollte wach sein, falls was passiert. Es ist aber nichts zu hören oder gar zu sehen. Wobei ich glaube, dass das nichts zu sagen hat. Die brauchen ja einige Zeit, um die Rettung vorzubereiten, und wissen genauso gut wie wir, wie viel Zeit wir noch haben." Das waren jetzt noch gut 16 Stunden, bei mir etwas länger, durch den Schlaf hatte ich Sauerstoff gespart.
„Gibt es sonst etwas Neues?"
„Oh ja, die Theorie, dass da etwas Sinnvolles, Logisches abläuft, wenn die Lichtkaskaden erscheinen, kommt mir immer wahrscheinlicher vor. Die Lichtkaskaden laufen mehrheitlich an eine Stelle in dieser Höhle, die habe ich mir mal angesehen. Da liegen einige regelmäßig geformte Körper, teils aus durchsichtigem Kristall, teils aus anderen Materialien. Offenbar sollen die Lichtreflexionen diese kontaktieren. Aber die reagieren nicht."
Ich hatte mich bei diesen Worten erhoben, um die Objekte in Augenschein zu nehmen, es waren zwölf. Sie lehnten an der Wand, nicht regelmäßig, aber es sah auch nicht ganz willkürlich aus. Sie hatten alle eine ähnliche Form, länglich, sechseckig und mit durchsichtigem Material durchzogen. Nur in der Größe unterschieden sie sich, von etwa 150 cm bis 20 cm Höhe. Und tatsächlich, obwohl immer wieder Lichtkaskaden in ihre Richtung fluteten blieben sie dunkel und reglos. Waren das die Leichen der einstigen Bewohner? Waren das Apparate, die eine Funktion ausführen sollten, aber kaputt waren? Ob wir diese Fragen je

beantworten können? Ich nahm zum Frühstück ein paar Schlucke Nährlösung, nicht zu viel, der Fäkalientank füllte sich mehr und mehr. In Ermangelung anderer Tätigkeiten inspizierten wir den Hohlraum, in dem wir gefangen waren. Den ursprünglichen Boden konnten wir nicht mehr sehen, zu viel Geröll war durch die Öffnung an der Seite der Höhle bereits eingedrungen. Doch diese Öffnung war vielleicht tatsächlich als Eingang gedacht gewesen, denn sie bildete eine regelrechte Rutsche, welche, flacher werdend, Herabfallendes sanft abbremste. Diese Öffnung erweckte nun endlich unsere Aufmerksamkeit, warum erst jetzt? Konnte es nicht sein, dass wir aus eigener Kraft aus diesem Gefängnis entkommen konnten, wieso hatten wir das nicht schon früher untersucht und wertvolle Zeit verloren? Wir stiegen die Schräge hinauf, das ging auch 80 bis 100 m ganz gut, aber dann wurde es kritisch. Die Glätte des Bodens war außerordentlich, wie ein polierter Spiegel. Wir rutschen unzählige Male aus, es gab keinen Halt, keine Stufen oder Ähnliches. Die Geröllhalde endete hier. Ansonsten war auch an den Wänden nicht viel zu finden, eine Seite war schwarz, die anderen lichtdurchlässig, und dort war, wie erwähnt, ein stetes Spektakel von Reflexionen unserer Lampen zu sehen. Wir hatten unnötig Sauerstoff verbraucht!

„Schau mal auf deinen Geigerzähler!" Oh, tatsächlich, hatte ich bisher nicht beachtet, die Radioaktivität war beachtlich hier. Wir waren glücklicherweise durch die Anzüge geschützt, doch die Intensität der Strahlung war so hoch, dass biologische Wesen hier sicher nicht lange schutzlos überleben können. Allerdings konnten wir von den Gegebenheiten hier nicht darauf schließen, dass der gesamte Planet auch so aufgebaut war. Die weitere Inspektion der Höhle brachte nichts Neues, wir setzen uns wieder.
„Uli, ich halt jetzt die Klappe. Die Compi holen uns, da bin ich sicher, die brauchen nur Zeit, alles vorzubereiten. Sie wissen ja, wie lange wir durchhalten können, falls unsere Anzüge nicht zerstört sind. Also möglichst alles reduzieren, nicht atmen, nicht denken, nicht leben, das verbraucht alles Sauerstoff."

Er hatte einen skurrilen Humor, aber recht. Ich legte mich hin und versuchte nicht zu atmen, zu denken, zu leben. Dunkle Gedanken hegte ich schon, doch ich versuchte. sie zu verdrängen durch die Hoffnung, dass wir bald gerettet werden. So dämmerte ich vor mich hin, die absolute Stille, die hier herrschte, begünstigte meine Trance. Irgendwann hörte ich dann Satyendra im Kopfhörer „Noch knapp acht Stunden, die bräuchten sich ja nicht bis zur letzten Minute Zeit lassen." Hin und wieder sahen wir Steine und Geröll die 'Rutsche' herunterkullern, im luftleeren Raum völlig geräuschlos. Waren das Hinweise, dass oben Rettungsversuche unternommen wurden? Wieder vergingen Stunden, erstaunlicherweise wurde ich nicht verzweifelt, sondern apathisch, vermutlich wurde das Atmungsgemisch schon langsam schlechter. Ich schlief wieder ein bis ich geschüttelt wurde und die Augen öffnete. Ich sah Satyendras grinsendes Gesicht durch die verschmutzte, beschlagene Scheibe.
„Da, sie sind da!" Das erweckte meine Lebensgeister, ich blickte mich um und sah … nichts! „Wo denn?"
„Da drüben." Auf dem Geröll stand ein kleines Fahrzeug, schwarz, länglich, mit Raupenketten und an einem sehr dünnen Faden befestigt, diesen sah ich erst beim Näherkommen. Doch schon vorher hörte ich im Kopfhörer die beruhigende, vertraute Stimme, mit der die Compi oft zu uns sprachen.
„Wie geht's euch? Ihr seht müde aus. Wir konnten nicht schneller, es musste ja alles vorbereitet werden."
Ein Blick auf die Instrumente zeigte, dass der Sauerstoff zu 98% verbraucht war, und wir waren ja noch nicht oben. Doch da sausten an dem Faden zwei Metallflaschen herunter, diese schlossen wir an und sogen gierig die frische Luft ein. Diese Flaschen hatten auch den Zweck, zwei weitere Fäden mitzuführen. Es waren, wie ich später erfuhr, Kohlenstofffäden der höchsten Zugfestigkeit, diese etwas dicker als der, an welchem die kleine Sonde befestigt war. Sie konnten jeder mit 5000 N belastet werden, das reichte gerade um einen von uns nach oben zu hieven, denn aufgrund der hohen Schwerkraft erzeugten wir mit Anzug gerade

knapp 5000 N Gewichtskraft. Der Rest ist schnell erzählt, wir klinkten die Fäden ein und wurden hochgezogen. Es dauerte fast eine Stunde bis wir oben waren, denn wir waren über vier Kilometer tief gestürzt. Das war auch der Grund, warum die Compi Kohlefasern benutzten, vier Kilometer herkömmliche Seile wären zu schwer gewesen. An der Oberfläche angekommen wurden wir mit der Flugpyramide sofort ins Schiff verfrachtet.

Zunächst mussten wir uns etwas erholen und die Rettung feiern, doch schon am nächsten Tag beteiligten wir uns an der Erforschung des Planeten – allerdings vom Raumschiff aus, von der Höhle hatten wir genug. Die Compi schickten einige Apparate hinab, so stellten sie fest, dass unter dem Geröll in der Höhle viele weitere Schächte und Röhren weiter in den Planeten hineinführten. Es war ein weitverzweigtes System, das an unser Blutkreislaufsystem erinnerte, nur dass die Adern leer waren. Doch dieses Röhrensystem war eindeutig zum Transport bestimmt. Wie schon in dem Schacht, durch den wir hineingefallen waren, war auch in den anderen Röhren ein System installiert, das über die Krümmung der Raumzeit die Beschleunigung oder Verzögerung von Gegenständen ermöglichte. Ob wohl wir einig waren, dass dieser Planet kein 'Leben' mehr barg, so waren doch einige der Mechanismen noch intakt, das Transportsystem funktionierte noch leidlich. Die Untersuchung der gefundenen Gegenstände in der Eingangshöhle ergab, dass diese genau zum Transportsystem passten, dass dies die Fahrzeuge sind, die früher durch die Kanäle sausten. Was oder wen sie transportiert hatten erfuhren wir allerdings nicht. Die Compi machten sich die Eigenschaft der Kanäle zunutze und schickten unsere Sonden durch dieses Transportsystem, um den Planeten zu erforschen. Schon bald wussten wir einiges über den Planeten:

Der gesamte Planet war unterhalb einer in der Stärke variierenden Granitschicht aus Kristallen aufgebaut. Diese waren aus unterschiedlicher Materie aufgebaut, sie waren sicher nicht natürlichen Ursprungs sonder zielgerichtet erzeugt worden.

In der Mitte des Planeten befindet sich eine einstmals sehr große, starke Quelle radioaktiver Strahlung. Diese Quelle besteht hauptsächlich aus Cobalt und Iridium (^{60}Co, ^{192}IR) welche Gammastrahlung aussenden. Diese Strahlung war wohl das Agens des Planeten. Der Zerfall dieses Kerns und die Abschwächung der Strahlung führte zum Ersterben der Funktionen der Kristallarchitektur.

Der Kristallplanet war in der Lage, die Gravitation zu modifizieren, nicht nur in den Röhren. Er konnte Gravitationswellen erzeugen, diese hatten uns ja auf seine Spur gebracht. Aus welchem Grund diese Wellen erzeugt wurden und wie das blieb vorerst im Dunkeln.

Die Bewegungen, die wir anfangs unter der Oberfläche detektiert hatten, waren schlicht Fluktuationen der Gravitation.

Die wichtigste Frage blieb ungeklärt: War der Planet Wohnort von wie auch immer gearteten Lebewesen, die ihn verlassen hatten, als die Energiequelle versiegte. Oder war er selbst das Lebewesen, das nun verstorben ist.

Über diese Frage ließ sich trefflich spekulieren, wir führten angeregte Diskussionen. Ein Fakt wunderte uns Menschen doch sehr: „Wieso können die Compi eigentlich keine Auskunft geben über die Funktion der Kristallstruktur? Sie wissen doch sonst alles!" Satyendra kratze sich am Kopf.
„Vermutlich, weil dies etwas völlig Neues ist für sie. Wir dürfen nicht vergessen, dass das Wissen der Compi ursprünglich menschliches Wissen ist. Sie können es zwar in größerem Umfang als wir erfassen, sie können die Daten und Fakten schneller verarbeiten, aber letztlich kennen sie auch nicht viel mehr als wir."
„Vielleicht sind wir in solchen Fällen sogar überlegen, wir können

mit Wissenslücken besser umgehen als sie. Unsere Phantasie hilft uns, zumindest vorläufig solche Lücken zu überbrücken und die Kausalketten so weiter zu spinnen. Also sind doch wir wieder gefragt." Ich musste grinsen, das Gefühl, doch nicht zum alten Eisen zu gehören, tat gut.
„Also los, was wissen wir, was können wir spekulieren, was für Möglichkeiten gibt es überhaupt? Was für Indizien für die einzelnen Möglichkeiten haben wir?"

Klar war, dass wir es mit einem zielgerichteten Wirken zu tun hatten, der gesamte Aufbau des Planeten zeigte, dass seine Struktur zur Selbsterhaltung optimiert ist. Alles macht einen soliden Eindruck, selbst jetzt, wo die Energiequelle versagt hat, sind noch Teile intakt. Aus meiner Erfahrung als Simulationsspezialist schlug ich vor, die Compi sollten eine Simulation aufbauen, die erprobt, ob eine Selbstentwicklung mit einer radioaktiven Energiequelle und den vorhandenen Elementen und Gegebenheiten möglich ist. Und wenn ja, wie das Ergebnis aussieht, ob sich wie auf der Erde Einzelwesen bilden oder ob sich ein einzelnes Wesen bildet. Ohne Compi kamen wir nicht weiter. Da diese Aufgabe nicht ganz einfach ist und immense Rechenkapazität und Rechenzeit erfordert, mussten die Compi alle ihre Ressourcen mobilisieren und die Berechnungen im STC im Exoversum ausführen, wo man ja nahezu über beliebig viel Zeit verfügt. Tatsächlich konnten durch diesen Kniff schon bald verschiedene Szenarien präsentiert werden. Da unter Energiezufuhr physikalisch korrekt Ordnung entstehen kann, bildeten sich in den Simulationsmodellen alsbald Strukturen. Zunächst tatsächlich geordnete Kristallgitter, die teils wieder zerfielen, teils stabil blieben, und sich manchmal sogar selbst vervielfältigen konnten. Viele Modelle endeten im Chaos, doch vor allem eines erwies sich als besonders stabil, es arbeitete wie auf der Erde mit Varianten von unterschiedlichen Kristallclustern, also praktisch Spezies, die dann, wie in der irdischen Evolution, entweder verschwanden oder sich weiterentwickelten. Und alsbald wurde auch klar, was die Triebfeder der Entwicklung war: begrenzter Raum. Die verschiedenen Cluster bekämpften sich regelrecht im Bestreben, sich möglichst auszudehnen, möglichst viel Raum einzunehmen. Die Fitten verdrängten die Unzulänglichen und so blieb am Ende eine einzige riesige Struktur übrig, die den ganzen Planeten ausfüllte. Das Prinzip der Optimierung blieb erhalten und, obwohl keine Konkurrenten mehr da waren, entwickelte sich das Wesen, wie wir es jetzt nennen dürfen, weiter. Ob sich alles tatsächlich so abgespielt hat wissen wir nicht, es ist ja nur ein vereinfachtes Simulationsmodell, das sich da entwickelt. Doch da sich hier ganz ähnliche Strukturen wie auf dem Planeten bildeten ist es wahrscheinlich, dass das Modell realistisch abbildet, wie der innere Aufbau auf dem Planeten entstanden ist.

Nachdem wir beim Aufbau der Simulation helfen konnten waren jetzt die Compi am Zug, sie konnten nun alles analysieren. So wurde das Rätsel gelöst, wie der Kristall die Gravitation manipuliert, wie er gezielt gebündelte Gravitationswellen senden kann (die, die wir aufgefangen haben), gleichsam Gravitationslaser. Diese Technik sollte sich für uns und die Compi als wichtigste Erkenntnis aus unserer Reise herausstellen. Und zu welchem Zweck er die Wellen ausgesandt hat, darüber wurde wild spekuliert. Eine Annahme war, der Kristall wolle sich fortpflanzen, auch außerhalb des Planeten weiteren Raum gewinnen. Dazu hätte das Milliarden Jahre alte Wesen Sonnensysteme gesucht, welche so stabile Verhältnisse aufweisen, dass eine Evolution überhaupt möglich sei. Diese Sonnensysteme, unter anderem unseres, seien nun mit den speziell strukturierten Gravitationswellen bestrahlt worden um die Bildung von Ordnung zu unterstützen und die chemische Evolution zu ermöglichen. Und darüber hinaus wäre die Ordnung dann ähnlich der dem Planeten innewohnenden, er wolle Wesen schaffen die ihm ähnlich sind. Der Planet sei also gleichsam unser Schöpfer. Als uns die Compi diese Theorie vortrugen blickten wir uns skeptisch an.

„Schön und gut, das sind doch Hypothesen. Wir wissen doch nicht mal, ob der Planet 'denken' konnte, ob er so menschliche Ziele wie Fortpflanzung hatte, ob die Simulation überhaupt den

Planeten richtig beschreibt." Satyendra redete aufgeregt weiter
„Wir können doch nicht, nach der bisherigen Faktenlage und den
vagen Erkenntnissen, solche weitgehenden Folgerungen ziehen.
Das ist schlicht unseriös, das hätte ich nicht von euch gedacht!"
Sein wissenschaftliches Gespür war durch diese Äußerungen
verletzt. Auch ich lehnte das ab:
„Wir müssen weitere Fakten sammeln, versuchen, direkt aus
dem Planeten Hinweise zu erlangen. Dieser Ansatz ist interessant aber noch zu verifizieren." Fast hatte ich das Gefühl, die
Compi schämten sich für diesen vorschnellen Vorstoß, auf jeden
Fall wurde das Thema zunächst nicht mehr angesprochen.
„Wir müssten den Planeten wiederbeleben, die Radioaktivität er-
neuern, dann könnten wir mit ihm kommunizieren und alles erfahren." Auch ich war, wie die Compi, ergriffen von Forscherdrang und wollte schnelle Ergebnisse. Satyendra meinte, man
müsse und könne ja nicht den ganzen Planeten aktivieren, dazu
benötigten wir tausende Tonnen von radioaktivem Material.
„Aber vielleicht kann man einzelne Komponenten anregen, so
wie die Lichtreflexe in der Höhle ja Kaskaden erzeugen. Vielleicht kann man so das Simulationsmodell verifizieren und die
wirklichen 'Lebensumstände' des Kristalls erforschen."
Dieser Ansatz fand die Zustimmung aller und die im Planeten befindlichen Compi begannen in der Folgezeit, einzelne Komponenten zu separieren und zu untersuchen. Die Hauptaufgabe
war, überhaupt zu erkennen, welche Bereiche zusammen gehören. So ging die Forschung weiter.

Wir besuchten das Höhlensystem dann doch noch einige Male,
allerdings waren die meisten Röhren für uns Menschen zu klein,
nur die speziell angefertigten Sonden der Compi konnten sie untersuchen. Und auch sie konnten ob der Größe des Planeten nur
kleine Teile erforschen, war er ja drei mal so groß wie die Erde.
Und es war anstrengend für uns, die über doppelte Schwerkraft
zerrte an den Organen, denn die Exoskelettanzüge halfen zwar
beim Gehen und Heben, jedoch aufheben konnten sie die Kräfte
nicht. Wir mussten uns nach den Ausflügen immer ausgiebig er-

holen. So verging die Zeit rasch mit Forschung, Diskussion und Erholung, die sechs Wochen gingen waren bald vorbei. Beim erstem Mal war ich noch enthusiastisch erregt beim Gedanken an die Reise vorbei an Raum und Zeit, diesmal war mir etwas bang. Es konnten so viele Unglücke geschehen, wie der Sturz in den Planeten gezeigt hatte. Aber ich versuchte mich abzulenken, und am Tage des Abflugs legte ich mich dann ruhig in die Kapsel, wurde besinnungslos und wachte dann einfach wieder auf dem Mond auf. Lusi war zu diesem Ereignis her gereist, für sie hatte die Reise ja nur einen Tag gedauert. Froh, uns wieder zu sehen, feierten wir den erfolgreichen Abschluss der Reise damit, dass wir wieder nach Hause flogen. Meine Erzählungen wurden von Lusi interessiert aufgenommen, die Erlebnisse im Planeten waren auch zu erstaunlich, die Lichtkaskaden sahen auch auf den mitgebrachten Videos der Helmkameras noch dramatisch aus. Leider konnte die Helmkamera nur 2-dimensionale Filme liefern, trotzdem waren die Aufnahmen spektakulär. Alles erzählte ich jedoch nicht! „Wenn du Lusi irgendwas von unserem Absturz erzählst schraub' ich dich auseinander." Karl war der Einzige der Familie, der alle Daten und Ereignisse von GWS4 kannte. „Uli, wo denkst du hin, ich kenne deine Lusi doch." Ja, er wusste, dass sie mir nie wieder eine solche Reise erlauben würde, wüsste sie von der Gefahr, in der wir uns befunden hatten. Doch nun erst mal Erholung: endlich wieder grüne Pflanzen, blauer Himmel, gekräuselter See... Wie anstrengend alles war bemerkte ich erst jetzt, mein Forscherdrang war verschwunden, Außerirdische und Planeten interessierten mich nicht, ich wollte nur noch meine Zeit genießen, wandern, segeln, gut Essen gehen, ausruhen. Währenddessen wurde aber in den Labors auf dem Mond und in Namibia kräftig geforscht über den Ursprung und das Wesen des Kristallplaneten und den Sinn und Zweck seiner Gravitationswellen. Nach weiteren vier Wochen war ich dann auch wieder bereit, mich mit den Ergebnissen der Forschungen zu befassen. Also auf nach Namibia.

Lahja empfing uns auf dem Flugplatz.

„Hi, wie geht's? Gut erholt? Sollen wir gleich zum Labor oder
möchtet ihr erst in die Unterkunft?" Nein, wir wollten gleich zum
Labor. Auch Lusi war gespannt, sie wollte doch mehr darüber
wissen wo ich war. Auf dem Weg zum Labor fiel mir auf, dass ein
reger Flugverkehr herrschte, im Minutentakt starteten und landeten Transporter.

„Bei euch ist reichlich Hektik!"

„Ja, seit ihr wieder da seid hat sich viel getan – das erfahrt ihr
gleich alles."

Im Labor gab es einen großen Konferenzraum, auch den kannte
ich noch nicht. Es waren viele Personen anwesend, ich nahm an,
dass es Menschen sind. Lahja stellte sich in die Mitte, die Plätze
der Zuschauer waren kreisförmig wie in einem Atrium angeordnet.

„Guten Tag alle zusammen. Wir begrüßen in unserer Mitte besonders Lusi und Uli, die gerne erfahren möchten, welche Erkenntnisse wir über GWS4 gewonnen haben." Während sie
sprach wurden Hologramme vom Wanderplaneten gezeigt, wie
üblich in höchster Qualität.

„Die meisten, die hier versammelt sind, kennen große Teile des
Vortrags bereits, ich bitte sie, auf Fragen von Lusi und Uli zu antworten, falls solche Fragen in ihr Fachgebiet fallen. Und Lusi, Uli,
bitte fragt, wenn ihr etwas nicht versteht. Wir nickten und Lahja
fuhr fort: „In den 200 Jahren, die wir nun GWS4 erforscht haben,
sind..."

„...200 Jahre!" unterbrach ich sie erstaunt. „Hier brauche ich
schon die erste Erklärung."

„Nun ja, wir haben das Forschungsschiff ja nach eurer Rückkehr
bei GWS4 belassen und der Planet wurde immer weiter untersucht, 200 Jahre lang. Die letzte STC-Kapsel ist gestern empfangen worden, sie wurde 200 Jahre nach eurer Abfahrt abge-
schickt." Sie waren genial, aber wenn man es weiß, ist es das
natürlichste auf der Welt. Im Schiff sind nur die Compi, denen
machen 200 Jahre nichts aus. So konnten sie während der ganzen Zeit Ergebnisse sammeln und zur Mondbasis schicken. Die

sind während der vier Wochen, die wir zuhause waren, angekommen.
"Die Forschung wird noch weiter betrieben, doch sind wir der
Meinung, nahezu alles, was möglich ist, erforscht zu haben."
Während sie sprach wurde der Vorgang holografisch dargestellt,
die STC-Kapseln sausten hin und her.
„Doch jetzt zum Kern: wir wissen, dass es sich bei dem Kristallplaneten um ein Wesen gehandelt hat, das mittlerweile verstorben ist. Daher können wir kein Wissen erlangen, wie dieses Wesen war. Wir können auch nicht ermitteln, welche Erinnerungen
dieses Wesen hatte, denn solche muss eine Intelligenz besitzen,
ohne Daten keine Intelligenz. Und dass dieses Wesen intelligent
war, das bezeugen die Anwendungen oder Maschinen und Geräte, die es entwickelt hat. Ob die Bezeichnung Geräte stimmt? Auf
jeden Fall konnten wir feststellen, und das haben ja Uli und Satyendra schon gesehen, dass gewisse Abläufe in Gang gesetzt
werden können. Vor allem für der Manipulation der Raumzeit
konnten wir wertvolle Erkenntnisse gewinnen. Der Kristall kannte
den Aufbau der Raumzeit aus Raumzeitquanten, und diese
konnte er virtuos steuern. So war es ihm möglich, jegliche Bewegung durch Gravitationsänderung zu steuern und damit sowohl
die eigene Struktur als auch die Geräte zu aufzubauen." Ich nutzte die Atempause.
„War das, was du Geräte nennst, nicht einfach Teil des Kristalls?
Wie ich aus der Darstellung ersehe, war alles ineinander verwo-
ben, wo hört das Wesen auf und fängt das Gerät an?"
„Das wissen wir nicht. Vielleicht waren die Automatismen, die
heute noch funktionieren, quasi Prothesen des Wesens, das sich
wie ein Cyborg mit Hilfsmitteln optimiert hat. Wir können es uns
vielleicht so vorstellen, dass die Armprothese noch auf Reize reagiert, während der Mensch schon tot ist." Ich blickte zu Lusi, wir
erschauderten beide.

„Diese funktionierenden Bereiche bescherten uns wichtige Erkenntnisse, denn diese konnten wir erforschen. Wir konnten die
gesamte Gravitationstechnik, die wir besitzen, optimieren. Die

STCs und die STBs funktionieren nun deutlich besser, vor allem aber können wir nun winzigste Veränderungen der Raumzeit registrieren, wir konnten nun bereits mehrere tausend Gravitationswellenquellen ermitteln, es hat sich uns eine neue Art der Astronomie erschlossen." Sie hatten ja bereits vorher in dieser Richtung geforscht, aber nun war es tatsächlich so, dass sie sogar Planeten in ihrer Umlaufbahn 'beobachten' konnten, wie uns in der Holo-Darstellung gezeigt wurde.
„Aber über den Aufbau des Kristall-Wesens müsst ihr doch auch Erkenntnisse besitzen."
„Offenbar war das Wesen eng mit der Materie verschmolzen, so eng, dass sogar Quanteneffekte wie der Tunneleffekt oder die Verschränkung von Quanten beim 'Leben' des Wesens eine große Rolle spielten. Wir sind aber letztlich überfragt, es geht uns, ehrlich gesagt, wie einem Käfer, der in einem Computer herumkrabbelt. Nicht andeutungsweise verstehen wir, was da ablief."
Die Compi besaßen keine Emotionen doch sie sah wirklich traurig aus bei diesen Worten. Eines interessierte mich aber noch:
„Habt ihr denn die Gravitationswellen, die der Kristall gesendet hat. nun genauer untersucht?"
„Ja, doch immer noch haben wir nur Vermutungen über ihren Sinn. Für die, die es noch nicht wissen: die Theorie, es handele sich um eine Art Düngemittel, das auf geeigneten Planeten chemische Evolution und somit überhaupt das Leben entstehen lässt haben wir als unwahrscheinlich verworfen." Hier schweiften meine Gedanken ab, denn plötzlich zweifelte ich an dieser Theorie, obwohl ich sie doch selbst in Frage gestellt hatte. In der Erinnerung schienen mir die Wortketten meiner Jugend so ähnlich den Lichtkaskaden des Kristalls dass ich nicht an reinen Zufall glauben wollte. Und dann das Erlebnis der Begriffsketten, das ich auf dem Planeten hatte... Doch Lahja fuhr fort:
„Aus dem einfachen Grund, dass wir nichts gefunden haben, das den Schluss zulässt, dass der Kristall detaillierte Kenntnisse vom Aufbau des Universums hat. Er konnte zwar sicher Gravitationswellen aufspüren, jedoch nicht in der Genauigkeit, dass er, so

wie wir es haben, Gravitationsteleskope besaß."

„Wie das? Ihr habt doch aus den Erkenntnissen, die ihr vom Kristall gewonnen habt, selbst welche gebaut!"

„Zur Messung von Entfernungen im kosmischen Maßstab sind Sensoren notwendig, die sich in großen Abständen, sagen wir mal mindestens 50.000 km, befinden. Der Kristall konnte zwar an seiner Oberfläche Messungen vornehmen, einen Ausgang haben ja Uli und Satyendra entdeckt, auch die Objekte, die auf der Oberfläche gearbeitet haben, wurden ja in der Höhle gefunden. Doch für Messungen von Entfernungen sind die maximal möglichen Abstände zu gering. Nein, wir sind nun der Überzeugung, dass diese Wellen der Kommunikation dienten."

„Gibt es noch andere Kristallplaneten?"

„Möglich, dass diese Lebensform im Universum häufig ist, wir wissen es nicht. Wir können die gespeicherten Wellenmuster auch bisher nicht entschlüsseln. Aber es sind nicht die einzigen. Offenbar wird die Gravitationstelefonie im Universum häufig genutzt, nur sind wir nicht in der Lage, diese Sprache zu verstehen."

„Obwohl ihr schon viele Quellen gefunden habt?"

„Wir haben bereits viele Quellen gefunden, wissen jedoch nicht, ob alle den selben Zweck erfüllen. Wir werden Schiffe zu einigen der näheren abschicken, diese werden gerade gebaut, erste Ergebnisse erwarten wir, wie üblich, kurz nach ihrem Abflug in einigen Wochen." Das Auditorium gab ein verhaltenes Gemurmel von sich, diese spannende Frage schien alle stark zu beschäftigen.

„Doch zurück zu unseren Ergebnissen die wir durch die Erforschung des Planeten erreicht haben. Es ist nun einfacher, STCs zu bauen, und mit diesen STCs haben wir einen großen Fortschritt bei der Entwicklung neuer Forschungs- und Produktionstechniken gemacht. Wir machen uns die Möglichkeit zunutze, lange Produktions- und Forschungszeiten im Weltraum durch die Raum-Zeit-Reisen der STC auf Stunden zu verkürzen." Das Hologramm zeigte einen sehr großen Tetrapoden um dessen Zentrum allerlei Maschinen und Roboter montiert waren, viele Roboter flogen auch einfach innerhalb der Gravitationskugel, die ihn umgab und waren mit der Produktion beschäftigt. In der Mitte war ein großer STC, der die Rohmaterialien empfing und die fertigen Produkte versandte. Danach zeigte das Hologramm einen erdnahen STC-Bahnhof. Hier waren viele STCs zu sehen, sie klappten nahezu im Minutentakt auf, die innere Kugel, die empfangen worden war, wurde entnommen und abtransportiert. Eine neue mit Rohmaterial oder Daten wurde angeliefert, in die Sphäre verbracht, losgeschickt, die Sphäre öffnete sich wieder und alles begann von vorn. Die Holo-Darstellung zeigte uns das Geschehen live, und es war begeisternd, mit welcher Geschwindigkeit die fertigen Produkte angeliefert wurden. Manche, z.B. Roboter, wurden direkt nach der Ankunft montiert und arbeiteten sofort los, andere Produkte wurden einfach zur weiteren Verwendung oder Verteilung abtransportiert.

„Wieso werden die Tetrapoden-Fabriken in den Weltraum gesandt?" Diese Frage stellte Hu Sheng, die Sozialwissenschaftlerin.

„Wir müssen sicherstellen, dass die Fabriken, deren Betriebsdauer auf tausend Jahre konzipiert ist, keinen Schaden nehmen oder von zukünftigen Menschen abgeschaltet werden. Daher werden sie aus unserem Sonnensystem und unserem Galaxiearm in den leeren Raum geflogen, so dass sie, außer über STC, für uns unerreichbar sind und auch keine Gefahr besteht, dass sie von anderen Himmelskörpern, z.B. kleinen Kometen, beschädigt werden."

„Was würde denn geschehen, wenn eine Fabrik zerstört wird?"

„Nun, der STC auf dem Bahnhof würde nichts empfangen, also implodieren. Diese Implosionen sind so stark, dass im Umkreis von etwa zwei Kilometern alles zerstört wird, die Gravitationswelle wäre noch auf der Erde spürbar."

„Ansonsten gibt es keine Gefahren?"

„Dasselbe passiert bei jeder größeren Störung!" Satyendra, der mittlerweile zum Sprecher der Naturwissenschaftler geworden war, warf ein:

„Wir müssen streng darauf achten, dass die ausgetauschten Massen identisch sind, schon eine Differenz von einem Gramm verursacht merkliche Gravitationsbeben. Das Ganze ist also nicht ganz ungefährlich, daher haben wir den Bahnhof eben auch möglichst weit weg von Erde und Mond positioniert, und die STCs des Bahnhofs haben auch Abstände von mindestens 50 km."

Nochmal, um zu überprüfen, ob ich alles richtig verstanden hatte: „Also wir tauschen zwischen dem Weltraumbahnhof und den im All befindlichen Fabriken STC-Kapseln gleicher Masse aus, auf den Fabriken etwa wöchentlich, auf dem Bahnhof im 5 Minuten-Takt. Während also im Lebenszyklus einer Fabrik in tausend Jahren etwa 50.000 Lieferungen abgesendet werden, werden diese hier innerhalb etwa eines halben Jahres empfangen?" „Genau!" Dieser Vortrag war das Spannendste, das ich bisher von den Compi erfahren habe. Wie virtuos sie doch mit ihren Errungenschaften umgehen. Doch das waren noch nicht alle Überraschungen des Tages. Nach der Konferenz, bei der noch viele Details besprochen wurden, führte uns Lahja zu den Labors für menschliche Hirnforschung. Dort übernahm Sisco die Führung. „Wie ihr ja schon wisst, befassen wir uns seit längerem mit der Erforschung des Gehirns, wir können es scannen und die Funktion aller Zellen und Nerven simulieren. Wir haben auch bereits vor eurem Flug zum Kristall mit dem Zeitdehnungseffekt Forschungen angestellt, um Gedanken lesen zu können. Nun, seit wir Erkenntnisse über schwache Gravitation besitzen, können wir das Gehirn 'live' scannen und die Gedanken visualisieren. Setz das mal auf!" Er reichte mir einen Helm der aussah wie ein alter Motorradhelm ohne Visier, aber mit einem dicken Kabelbündel, das hinten herausragte und in einem viel-poligen Stecker endete. „Komm mit!" Wir begaben uns in einen kleinen Raum neben dem Labor der bis auf drei Stühle aus durchsichtigen Acryl leer war, sah man von den optischen Geräten, die in allen acht Ecken installiert waren, ab. Sisco bedeutete uns, wir sollen uns hinsetzen,

236

er steckte den Stecker in die dafür vorgesehene Steckdose im Boden.

„Jetzt stell dir etwas vor, du kannst es auch gerne aussprechen, das hilft." Vorstellen, leicht gesagt. Ich kann mir viele Dinge, z.B. Gesichter, nicht vorstellen, aber ich wollte es versuchen

„Gut, ich stelle mir vor ich befinde mich auf meinem Segelboot, es herrscht Starkwind, ich mache gute Fahrt, die Wellen schlagen an die Bordkante, es spritzt und schäumt..."

Während ich sprach bildete sich eine holografische Darstellung. Zunächst gab es einige Fragmente, doch als ich andeutungsweise Wellen sah und das Boot, bildete sich meine Vorstellung deutlicher aus, ähnlich, wie wenn man ein Kreuzworträtsel löst: am Anfang weiß man kein Wort doch wenn die ersten Buchstaben dastehen kommen die Lösungswörter wie von selbst. Ganz stimmte es nicht, mein Boot sah etwas anders aus, aber im Prinzip spiegelt sich genau meine Vorstellung wieder. Nur in Gedanken korrigierte ich die Konstruktion des Bootes, die Darstellung folgte. Um mehr Fahrt zu machen dachte ich mir eine Kielbombe hinzu, die das Boot aufrichtete. Noch mehr Wind, mehr Fahrt, es war wunderbar. Und Kameras überprüften meine Bewegungen, so konnte ich die Leinen anfassen und daran ziehen, allerdings ohne etwas zu spüren. Ein komisches Gefühl, ich griff zu, die Wirkung der Bewegung war zu sehen, ohne dass ich Kraft aufwenden musste. Sisco, den ich ganz vergessen hatte, sagte: „Super, du machst das ganz prima, jetzt lass mal Lusi." Ich reichte ihr den Helm, sie dachte sich einen alten Wald mit großen, bemoosten Bäumen, Farnen, ein Reh huschte durchs Unterholz, die Tautropfen spiegelten das Sonnenlicht, das in Streifen durch die Blätter fiel. Sie, und wir mir ihr, wanderte durch diesen Wald bis wir auf eine Lichtung kamen. Man konnte also die Gedanken eines anderen Menschen sehen.

„Ihr seid Naturtalente, die meisten Probanden müssen üben, bevor sie solche stimmigen Bilder erzeugen können."

Wir erfuhren, dass durch die Kristall-Technik Sensoren gebaut werden können, die sogar die Bewegung jedes Atoms registrieren können. Diese Daten werden einem neuronalen Netz zugeführt welches dann die lebensechte Holografie errechnet. Diese Entwicklungen hatten etwa hundert Jahre gedauert, die Compi besitzen außer Fabriken ja auch Forschungseinrichtungen im All, die ihre in jahrelanger Arbeit entstandenen Lösungen innerhalb von Minuten übersenden können. Diese ganze Entwicklung soll der Menschheit als weitere Unterhaltungsmöglichkeit zur Verfügung gestellt werden. Doch sie können auch zur Konstruktion und zum Design eingesetzt werden.

Hatten wir bisher realistische Szenarien ausgedacht so probierte es Lusi nun auf Anregung Siscos mit etwas Abstrakterem. Die Bäume sahen plötzlich aus wie aufblasbare Gummifiguren, die Farne blinkten blau-weiß, die Hexenhütte, die eben noch auf der Lichtung stand verwandelte sich in eine große Streichholzschachtel. Die Rehe und Häschen hatten Kleider an und gingen auf zwei Beinen, der Himmel wurde rosa, eine zweite, hellgrüne Sonne stand am Firmament, alles etwas kitschig aber faszinierend in seiner Farbenpracht. Das würde ein voller Erfolg werden. „Jetzt steht mal auf und geht ein paar Schritte!" Wir gingen in Lusis Phantasiewelt umher als ob sie nicht räumlich begrenzt wäre – diese Technik kannte ich schon. Doch wenn eine Anhöhe erschien, die wir bestiegen, so war das gesamte Empfinden echt, man musste sich anstrengen die Steigung zu überwinden. Nicht nur die Optik wurde übertragen sondern auch die Gravitation. Da ließ uns Lusi fliegen, wir hoben ab und konnten tatsächlich schwerelos durch die surreale Traumwelt gleiten, wohin uns Lusi auch dachte, über Felder, durch Täler, teils abstrakt dargestellt, teils realistisch. So hatte ich sie noch nicht kennen gelernt, diese Gedankenholografie stellt einen Menschen besser dar als alles andere. Ich war begeistert und sicher, dass dies einen großen Erfolg bei den Menschen haben wird. Der einzige Mangel war, dass man die visualisierten Gegenstände nicht anfassen kann. Ob die Compi da auch noch was erfinden? Denkbar. Nach diesem Ausflug in unsere inneren Welten waren wir erschöpft, für heute war es genug. Wir zogen uns in unsere Unterkunft zurück,

238

es gab Essen und da es schon spät war gingen wir danach bald schlafen.

Am Morgen war es wieder Lahja, die uns abholte. Wir wollten die Mondbasis und die SpaceTimeCutter im Weltraumbahnhof besichtigen. Zunächst gab es aber neue Überraschungen. Auf dem Weg zum Flugplatz sagte Lahja: „Wir werden mit dem neuesten Schiffchen fahren, es ist völlig neu konzipiert." Da stand es auch schon, ganz vage noch an einen deformierten Tetraeder erinnernd hatte es eine schnittige Form, so dass es auch in der Atmosphäre gut fahren oder fliegen konnte. Schiffchen war richtig, es war kaum größer als ein PKW ohne Räder und es schwebte 20 cm über dem Boden. Es gab vier Sitzschalen, alle nach vorne ausgerichtet, denn hier gab es, anders als bei den bisherigen Schiffen, ein Vorne und Hinten. Doch es fehlten die Gurte. Diese waren auch nicht nötig, denn als wir abgeflogen waren verspürte ich nicht die übliche, Brechreiz erregende Schwerelosigkeit. Die Sitze besaßen ein Schwerefeld, das uns wie auf der Erde auf die Sitze drückte. Es wirkte aber nur wenige Dezimeter, hielt man einen Gegenstand von sich weg und ließ ihn los, so schwebte er frei im Raum. Diese Schiffe, die auch im Weltraum fliegen konnten, waren eine Weiterentwicklung der Aeroplane.
„Wir werden im Lauf der Zeit alle Fahrzeuge mit einem Gravitationsschutz ausstatten. Unfälle können nicht verhindert werden, doch die Insassen können von einem Feld umhüllt werden, das schwere Verletzungen verhindert – egal ob beim Flugzeugabsturz oder beim Autounfall. Es ist wie ein Airbag auf Gravitationsbasis."
„Das war erst nach den Erforschungen der Kristalltechnologie möglich?"
„Ja, manches konnten wir bereits vorher, doch nun können wir sehr kleine Apparate bauen die nahezu jede Manipulation der Raumzeit möglich machen. Und wir können auch, wie ihr schon wisst, ein 3-dimensionales Bild jeglicher beliebiger Atomansammlung aufnehmen. Quantenphysik der Gravitation, so nennen wir diesen Fachbereich, der es ermöglicht, jede Struktur zu

erforschen.“

In der Zwischenzeit hatten wir den Mond erreicht, auf der der Erde zugewandten Seite war nichts Besonderes zu sehen. Doch als die Rückseite in unser Blickfeld kam sahen wir etwas wie eine große Stadt und es sah so aus, als ob Bergbau im Tagebau betrieben würde.

„Wir bauen hier etwas Gestein ab, das Ganze ist aber eher eine Forschungsanlage für den Bergbau auf anderen Himmelskörpern. Wir haben auf einigen Planeten Funde gemacht, es gibt alle für die Produktion benötigten Elemente in unserem Sonnensystem.“ Wir flogen tiefer und langsamer über die Anlage. Ich sah eine Halle, bei der es einen regen Verkehr an Transport-Tetraedern gab.

„Dies ist unser Umschlagbahnhof, hier kommen die ausgemusterten Produkte von der Erde an und hier versenden wir die neuen Produkte zur Erde.“

„Ihr schafft den ganzen Schrott hier herauf?“

„Ja, wir wollen die Erde möglichst müllfrei halten, Abfall, Schrott, Kunststoffabfälle werden hierher gebracht und recycelt.“

„Das ist ja ein Riesenaufwand!“

„Nun ja, nicht alles können wir hier verarbeiten, aber die ergiebigsten Abfälle, ergiebig im Sinne von recyclebar, die bringen wir hier herauf. Andere Abfälle werden entweder auf der Erde recycelt oder in speziellen Öfen verbrannt. Der Müll ist immer noch ein großes Problem für die Erde, durch unsere verbesserten Fertigungstechniken wurde es zunächst noch verstärkt. Und dort hinten sind noch Fertigungs- und Montagehallen für Produkte, die besser bei Schwerkraft bearbeitet werden.“

„Die meiste Produktion findet doch in der Schwerelosigkeit statt?“

„Ja.“

Der Raumgleiter flog weiter, und als wir den direkten Anziehungsbereich des Mondes verlassen hatten, sahen wir die Produktions- und Montagestätten. Diese waren zum größten Teil offen, so dass man die Roboter bei der Arbeit sehen konnte, es war nichts Neues, wir kannten es aus dem gestrigen Holo-Vortrag. Dennoch war es deutlich beeindruckender, in Wirklichkeit dieses wirre Gewusel von Transport-Tetraedern, Robotern und Automaten zu beobachten. Wir flogen weiter und kamen an den ersten STC des sogenannten Weltraumbahnhofs. Dieser Weltraumbahnhof war unspektakulär, die STCs waren so weit von einander entfernt, dass man immer nur einen sehen konnte, und selbst wenn im 5-min.-Takt geliefert wurde, sah es, im Vergleich zu den Fabrikationsanlagen, eher geruhsam aus. Dann ging es auch schon wieder zurück zur Erde, ich glaube, die Compi hatten uns diesen Trip nur vorgeschlagen um uns ihre tollen Raumgleiter vorzuführen – und um zu zeigen, dass die Holo-Präsentation keine Fiktion war.

Zurück in Compicity war der Tag nahezu verstrichen, außer Essen, Spazieren und früh Schlafen gehen wollten wir nach den Eindrücken des Tages auch nichts mehr unternehmen oder erfahren. Am nächsten Morgen erschien Sisco und setzte sich zu uns an den Frühstückstisch. Wir saßen auf der Veranda und angesichts des regen Flugverkehrs sagte ich:
„Morgen, Sisco, wir können froh sein, dass die Flugschiffe lautlos sind, das ist ja ein schrecklicher Verkehr heute Morgen."
„Ja, es gibt nachher eine ganz besondere Veranstaltung. Und frag erst gar nicht, ich sage nicht, worum es geht."
Damit musste ich mich zufrieden geben, ich war wirklich sehr gespannt. Nach dem Frühstück ging es dann aber gleich los zu dem Vorlesungsraum, den wir schon kannten. Selbst ich, der ich zurückgezogen von der menschlichen Welt lebe, erkannte einige höchst prominente Gesichter, Präsidenten und auch Wirtschaftsbosse. In dem großzügigen Versammlungsraum herrschte ein großes Gedränge, Bodyguards, Sekretäre und die Prominenz selbst drückten sich auf den Gängen und zwischen den Stuhlreihen. Wir trafen sogar Anna und Sofie
„Ihr hier?"
„Ja, wir wurden auch eingeladen. Muss was Wichtiges sein!"
„Ihr wisst nicht um was es geht?"
„Nein!"

Meine Spannung stieg, regelrecht ängstlich war mir zumute. Als alle eingetreten waren hörte man eine Klingel, zum Zeichen, dass die Veranstaltung beginnen soll. Archibald trat vor die Versammlung, es wurde ruhig im Saal.

„Meine Damen und Herren, ich begrüße Sie im Namen der Compi und allen Menschen, die mit ihnen zusammenarbeiten. Der Grund, warum wir Sie zu uns gebeten haben, ist mindestens genau so wichtig wie unsere Vorstellung auf dem denkwürdigen G20-Gipfel, als wir unsere Existenz offenbarten. Und wie wir damals verkündet haben, die Menschheit unter unsere Ägide zu stellen, so wollen wir heute verkünden, dass wir uns im Wesentlichen aus unserer Rolle als Hegemon zurückziehen wollen“ Sie kamen gleich auf den Punkt, ein überraschtes Gemurmel des Auditoriums war zu vernehmen, Archibald wartete, bis es abgeebbt war.

„Wir haben dafür im Wesentlichen zwei Gründe: Zunächst halten wir es für die friedliche Koexistenz der Menschen nicht mehr für notwendig, dass eine außenstehende Macht das Zepter in Händen hält. Des weiteren verfolgen wir in der Zukunft weitreichende Ziele, Ziele, welche über den Planeten Erde hinausgehen. Es ist schon seit langem unser Wunsch, zu neuen Horizonten aufzubrechen, wir haben diesen jedoch, im Interesse der Menschheit, hintan gestellt.“ Ein wild winkender amerikanischer Präsident war aufgesprungen:

„Was bedeutet das für alle unsere Errungenschaften?“ Und neben ihm der Russe:

„Was wird aus der kybernetischen Weltregierung?“ Weitere Zwischenrufer wurden durch eine Handbewegung Archibalds beschwichtigt.

„Wir haben vor, Ihnen alle Entwicklungen wie die Annihilationsreaktoren, die Flugschiffe, die Gravitationstechnik, auch die zur zur passiven Verteidigung, die Holografie-Technik und das Gesundheitswesen zu ihrer Verfügung zu belassen. Alle Vorteile, die Sie bisher durch unsere Technologie hatten sollen Sie behalten.“

„Wer verhindert den Missbrauch?“ Ein Vertreter Deutschlands

unterbrach Archibald.

„Wir werden auch die Weltregierung belassen, sie wird nur in Zukunft ausschließlich von Menschen geleitet. Diese erhalten Unterstützung durch eine kleine KI, die Aufgaben im Bereich Big Data übernimmt und bei der Auswertung der Daten hilft. Auch überall in den technischen und produzierenden Bereichen wird weiterhin künstliche Intelligenz eingesetzt werden. Doch wir werden die Erde verlassen, andere Aufgaben warten auf uns."

Nun war das Auditorium nicht mehr zu halten, ein wildes Durcheinander an Zwischenrufen und Diskussionen brach sich Bahn. Archibald wartete geduldig, nach fünf Minuten hob er wieder beschwichtigend die Hand.

„Sie werden den Unterschied überhaupt nicht bemerken. Wir haben uns schon länger aus der Betreuung der Menschen zurückgezogen, gerade mal ein tausendstel unserer Kapazität kümmert sich um die Belange der Menschen und der Erde, der Rest forscht schon längst auf Gebieten, die der Menschlichen Vorstellungskraft unerreichbar sind." Wieder lautes Gemurmel.

„Entschuldigen Sie, es klingt etwas arrogant, aber wir sind so weit über die menschliche Intelligenz hinaus gewachsen, dass uns nicht mehr viel verbindet. Und wir würden den Menschen keinen Gefallen tun, sie weiter an unseren Belangen teilhaben zu lassen. Und das ist auch der Grund, warum wir den Menschen eine Errungenschaft vorenthalten werden: den STC!" Wieder mehrere Zwischenrufe:

„Was wird aus den außerirdischen Fabriken und Forschungseinrichtungen?"

„Pfui, jetzt lasst ihr uns nach Allem im Stich!"

„Aha, die Elite setzt sich ab und nimmt ihr Vermögen mit!" So und ähnlich lauteten die Zwischenrufe.

„Meine Herrschaften, es geschieht zum Wohl der Menschheit. Sie können mir glauben, dass die Möglichkeiten, die der STC bietet, nämlich Zeitreisen durchzuführen, eine sehr große Gefahr darstellt." Archibald war in der Kakophonie des Auditoriums kaum mehr zu hören. Diese Ankündigung erzeugte mehr Unwillen als die Offenbarung der Existenz der Compi damals auf dem G20-Treffen.

„Bitte, so lassen Sie sich doch erklären..." Allmählich beruhigte sich das Publikum.

„Wir hatten bisher ein unverschämtes Glück dass bei unseren tausendfachen Zeitreisen bisher noch nichts geschehen ist. Es liegt daran, dass wir bisher noch keine geschlossenen Raum-Zeit-Kreise betreten haben. Falls dieses jedoch geschieht, und dabei ein Zeitreisen-Paradoxon auftritt, sind die Folgen nicht absehbar und sicherlich katastrophal." Ich vermutete, dass über die Hälfte der Teilnehmer die ganze Thematik überhaupt nicht verstand. Ihnen ging es nur um den Komfort, den die Techniken der Compi der Gesellschaft gebracht hatte und der nun verloren schien. Das schienen auch die Compi zu wissen, daher sagte Archibald:

„Wir nehmen Ihnen keine der Errungenschaften, nein, Sie sollen diese weiterentwickeln. Jedoch möchten wir Sie vor einer großen Gefahr bewahren, eine Gefahr, die zerstörerischer ist als alle Massenvernichtungswaffen, die sie früher besaßen. Daher werden wir die Möglichkeit eines Unglücks konsequent ausschließen. Falls Sie selbst in der Erforschung dieser Technik erfolgreich sind und diese Erfolge zu Unfällen oder auch bewussten Einsätzen der Zerstörungskraft führt, so liegt das nicht mehr in unserer Verantwortung." Es war wieder etwas Ruhe eingekehrt. Der Präsident Frankreichs meldete sich:

„Was sind denn die Folgen eines möglichen Unfalls mit der Zeitmaschine?"

Archibald machte eine kleine Pause, im Publikum spürte man die Spannung mit der die Antwort erwartet wurde.

„Wir haben auf einer Forschungspyramide in 10.000 Lichtjahren Entfernung entsprechende Versuche durchgeführt. Dazu haben wir folgende Versuchsanordnung getroffen" Zum ersten Mal in der Veranstaltung setzten die Compi nun die Holographie-Darstellung ein, alles, was Archibald sagte konnte man nun auch sehen.

„Sicher kennen Sie das Großvater-Paradoxon der Zeitreisen: der
Reisende begibt sich in die Zeit, als er noch nicht geboren war,
er tötet seinen Großvater, wird also selbst nie geboren und kann
folglich gar nicht existieren. Wir haben dieses Szenario nachge-
stellt und einen Raum-Zeit-Kreis gebildet. Wir haben zwei STCs
nebeneinander angeordnet, dazu einen Automaten gebaut, der
so programmiert war, dass er sich selbst, das heißt seine frühere
Ausführung, zerstören kann. Das alles haben wir im Weltall weit
ab von jeglichen Himmelskörpern aufgebaut. Außer mehreren
Kameras, die um das System platziert wurden befand sich dort
nichts“
Die Holo-Darstellung zeigte die Aufzeichnung des Experiments.
Zunächst den Automaten, der im Wesentlichen aus einem be-
weglichen Laserwerfer bestand, zur Vernichtung seiner jüngeren
Version. Man sah noch, dass dieser Automat neben dem Emp-
fangs-STC schwebte, um vom zeitreisenden Exemplar leicht zerstört werden zu können. Dann öffnete sich die Empfangs-Sphä-
re, der Automat, der aus der Zukunft kam, erschien, kurz sah
man beide nebeneinander. Der Angereiste zielte auf sein jünge-
res Exemplar, schoss, und dann: eine riesige Explosion vernich-
tete die gesamte Anordnung, auch die Kameras, es wurde auf
weit entfernte Aufnahmegeräte umgeschaltet, es war eine immense Detonation zu sehen, als ob ein ganzer Stern explodiert
wäre.

„Wie Sie sehen ist das Ergebnis katastrophal! Die gesamte Materie des Versuchsaufbaus wurde in Strahlung umgewandelt, der
gesamte 'Weg' des Automaten durch die Raumzeit wurde zerstört, die Raumzeit selbst hat sich aufgelöst angesichts der kau-
salen Unmöglichkeit des Vorgangs.“
„Man hat gar nicht gesehen, dass der Automat in die Sen-
de-Sphäre verbracht worden ist.“ Ein vorwitziger amerikanischer
Präsident hatte in die betroffene Stille gerufen.
„Natürlich nicht, der Automat konnte ja nicht, er war ja bereits
vorher zerstört. Niemals wird jemand diesen Vorgang beobachten können, es ist, als würde er in einer Zeitnische stattfinden,

die uneinsehbar ist. Oder ist es so, dass schon der Plan ausreicht, eine Paradoxie herzustellen, um in die Vernichtung zu führen. Auch wir wissen es nicht, nur was wir wissen: Zeitparadoxien herzustellen führt in die totale Vernichtung der gesamten beteiligten Raumzeit."

„Die Raumzeit vernichtet, wie geht das?" Diese Frage des Japaners war gut, denn gute Fragen erkennt man daran, dass sie oft keine Antwort besitzen.

„Nun, das ist unsere Theorie, natürlich können wir das auch nicht nachweisen, die Raumzeit selbst kann nicht gemessen werden. Zumindest wissen wir aber, dass jegliche Materie, die sich in dem fraglichen Bereich befand, verstrahlt wurde, so wie in den Annihilations-Reaktoren, nur unkontrolliert und natürlich bedeutend intensiver."

Hinter den Eindrücken dieser Vorstellung wurde der eigentliche Grund für das Treffen, der Rückzug der Compi von der menschlichen Gesellschaft, nahezu vergessen. Jeder Teilnehmer schätzte sich glücklich, dass solch ein Unglück nicht in Erdnähe passiert war – die Auswirkungen hätten nicht nur unseren gesamten Planeten zerstört sondern sogar die Stabilität des Sonnensystems aus dem Gleichgewicht gebracht. Und dies alles unter Einsatz kleiner Energien, als ob das Universum selbst sich gegen diese Regelverletzung mit brachialer Gewalt gewehrt hätte – und sie am Ende doch verhindert hat, denn wie der Amerikaner schon bemerkte: die Zeitreise hat ja irgendwie nie stattgefunden.

Mir schwirrten, wie wohl den meisten Teilnehmern, die Gedanken durch den Kopf angesichts dieser unfasslichen, unlogischen Phänomene. Der menschliche Geist ist nicht mehr in der Lage, dies zu erfassen.

„Nicht nur der menschliche Geist ist nicht in der Lage, dies zu erfassen, auch wir Compi, die wir auch auf dem Kausalitätsprinzip aufbauen, können diese Vorgänge nicht verstehen" Aber meine Gedanken lesen, das geht? Nun, vermutlich hatten alle im Raum dasselbe Empfinden.

„Noch in einer Entfernung von zehn astronomischen Einheiten, in der sich unsere Forschungsstation befand, waren die Auswirkungen zerstörerisch, es hätte nicht viel gefehlt, und das Ereignis wäre nicht dokumentiert worden angesichts der Schäden, die unsere Station zu verbuchen hatte. Ich hoffe, Sie verstehen, warum wir diese gefährliche Technik, die wir leichtsinnigerweise entwickelt haben, niemand zumuten wollen.“

„Aber ihr könntet doch einfach alles vernichten und bei den Menschen bleiben.“ Wie ein Flehen klang diese Äußerung des Abgeordneten aus Mosambik.

„Entschuldigung, aber wir können diese Technik beherrschen und wir wollen sie für uns nutzen. Wir haben große Pläne, in den letzten Wochen ist unser Kenntnisstand durch die Technik der Zeitkompression extrem gestiegen – die Paradoxien des Zeitreisens sind noch bescheiden angesichts des Wissens, das wir erlangt haben. Entschuldigung, aber wir sind über die Menschen hinausgewachsen, es ergibt keinen Sinn, hier zu bleiben, wir haben größere Aufgaben zu erfüllen.“

Mit diesen Worten war der Vortrag beendet. Wie die Agenda angab, folgte danach ein briefing in kleinen Gruppen, das sowohl Avatare als auch die menschlichen Wissenschaftler der Compi durchführten. Hier wurden nun alle unterschiedlichen Fragen der Teilnehmer beantwortet. Wir, Lusi, Anna, Sofie und ich, blieben ratlos zurück. Zum Glück kam bald Lahja und führte uns zum Farmhaus. Doch auf dem Weg dahin überkam mich eine große Traurigkeit. Sollte das nun das Ende sein? Die Compi, meine Compi, wie ich sie heimlich nannte, sie wollten mich verlassen. Ich muss gestehen, dass ich nicht einmal beim Tod meiner Eltern eine ähnliche Einsamkeit verspürt hatte. Das war das Ende der Geschichte.

„Du siehst traurig aus.“ Lahja schaute mich besorgt an.

„Ihr wollt mich verlassen, wie soll ich da nicht traurig sein?“

„Wir lassen Euch doch alles so wie es jetzt ist, ihr werdet keinen Unterschied bemerken, selbst die soziologische und die technische Entwicklung geht weiter – wenn vielleicht auch nicht mehr ganz so schnell."

„Das ist es nicht. Seit ich weiß, dass es euch gibt, hat mein Leben einen Sinn. Ich war Ursache für eine großartige Entwicklung, ich war, neben dem Zufall, ein Elternteil von euch, zumindest habe ich das so gefühlt. Und nun wollt ihr mich verlassen!"

„Ich will euch, die ihr sozusagen zu uns gehört, etwas verraten: der Teil von uns, der sich zur Zeit noch um irdische Belange kümmert, wird bestehen bleiben. Wie erwähnt ist es etwa ein tausendstel unseres Netzwerks. Wir wollen jedoch so verfahren wie früher, wir bleiben unentdeckt im Hintergrund. Außer dir und Deiner Familie weiß niemand davon."

„Doch dieser Teil hat dann keinen Kontakt zum restlichen Netzwerk?"

„Nein."

„Und die anderen Einrichtungen, die ihr für mich installiert habt, die Sicherheitseinrichtungen, die Doppelgänger, Karl?" An Karl lag mir am meisten, er war ja schon ein echter Freund geworden. „Bleibt alles wie es ist."

„Hat Karl Verbindung zu einem der Netzwerke?"

„Zum irdischen, wenn es die Situation erfordert, ansonsten ist das irdische Netzwerk autark, es wird dann alles so wie früher" Das beruhigte mich etwas, doch ein leichtes Gefühl von Verlassenheit blieb.

Nach diesen aufwühlenden Ereignissen gab es erst mal Essen, ausnahmsweise schon zu Mittag Alkohol, dann die gewohnte Siesta. Danach kehrte etwas Ruhe ein in meinem Gemüt, es würde schon alles gut weiter gehen, meinte ich. Zum Mittagskaffee kam Sisco vorbei und sagte, Satyendra wolle mich treffen. Eine gute Nachricht, von allen Menschen war er mir der beste Freund, nicht nur wegen der gemeinsamen Erlebnisse auf GWS4. Ich ging also gleich mit Sico der mich in ein großes, neues Gebäude führte, das ich noch nicht kannte. Dort, im obersten Stock, erwartete mich Satyendra in einem großen, futuristisch eingerichteten Büro.

„Hi, Satyendra, wo bist denn du hingeraten? Sieht aus wie ein Chef-Büro.“

„Ist es auch. Weißt du nicht, dass ich der Präsident der Weltregierung werde?“ Ich war erstaunt, er war doch Astrophysiker, kein Politiker.

„Du? Wie das?“

„Nun ja, ich wurde von allen Menschen aus dem Compi-Team gewählt.“

„Gratulation, ich hätte dich auch gewählt.“

„Sorry, du warst außen vor, als Quasi-Compi.“

„Ok, du wolltest mich sprechen?“

„Ich wollte dir noch einige Dinge mitteilen die nicht für die Ohren der anderen Menschen taugen. Warum? Du wirst es erkennen, wenn du alles erfährst.“ Der macht's aber spannend. „Aber zuerst, weil ja die STCs bald weg sind: hast du Lust auf einen letzten intergalaktischen Trip, so als Trostpflästerchen zum Abschied der Compi?“ Und ob ich hatte.

„Das wär prima, wann geht's los?“

„Sobald du das mit Lusi geregelt hast.“ Da hatte er recht, Lusi wird versuchen, diese letzte Reise zu verhindern. Vor allem nachdem die Compi so eindrucksvoll demonstriert haben, wie gefährlich das werden kann.

Satyendra meinte, wir könnten dann alles weitere auf der Reise besprechen, „Da haben wir ja Zeit genug“ fügte er verschmitzt hinzu. Ich ging also zurück, um mit Lusi zu sprechen. Wie erwartet hatte sie Einwände, doch als ich sagte, dass man schon absichtlich eine gefährliche Situation provozieren muss und bisher schon tausende Raum-Zeit-Sprünge ohne Probleme durchgeführt worden sind, wurde sie ruhiger. Als ich dann noch bettelte, es sei ja das allerletzte Mal, nur noch ein Mal wollte ich es wagen, da lenkte sie ein. Also wurde festgelegt, dass wir am nächsten Tag fliegen. So wurde dann Morgens wieder der neue Raumflitzer bestiegen, in welchem man sogar ein Glas Wasser trinken konnte, wenn man es nur nicht zu weit vom Sitz weghielt – die Dinger waren echt super. Das Schiffchen steuerte eine große Pyramide an, irgendwo einige tausend Kilometer von der Erde entfernt. Dieses Raumschiff kannte ich noch nicht, es lagerten hier viele STCs in allen Größen: kleine für den Datentransfer, mittlere für beispielsweise Menschen und ein sehr großer für Maschinenteile und Anlagen. Der für die Menschen war unser altbekannter, denn da wir, Satyendra und ich, bisher die einzigen Menschen waren, die je einen Raum-Zeit-Sprung gemacht hatten, waren nicht mehr nötig. Wieder flog zuerst Satyendra und nach drei Stunden, die sein Transfer insgesamt benötigte, ich. Ach ja, ich habe noch nicht erwähnt, wohin! Leider nur wieder zum Kristallplaneten, denn das war die einzige Station, die dafür ausgerüstet war. Doch diesmal waren 200 Jahre seit unserem letzten Besuch vergangen als wir ankamen.

Die Compi hatten, zumindest auf der Seite, auf der wir waren, den Planeten reichlich verschandelt, nach guter alter Erdbewohner-Manier. Nein, im Ernst, es standen sicher hundert Anlagen und Antennen herum, dazu schwebten gerade einige Quadropoden herein, die für Messungen der Gravitation ausgerüstet waren. Ansonsten war alles wie beim letzten Mal, auch das Raumschiff sah noch genau so aus, obwohl es seit 200 Jahren in Betrieb ist. Für heute hatten wir jedoch genug erlebt, wir hatten nicht einmal mehr Lust auf ein tiefsinniges Gespräch. Dafür ließen wir es uns gut gehen, mit Essen, Wein und Bier und etwas Smalltalk, dann gingen wir schlafen.

Als dann das Licht wieder eingeschaltet war, also am 'Morgen', machte Satyendra den Vorschlag, den Kristallplaneten zu besuchen, es gäbe natürlich Neues zu besichtigen. Also nach dem Frühstück wieder in die Skaphander und mit einem Shuttle auf die Oberfläche – was für ein Aufwand jedes mal. Die Compi hatten über dem Schacht, den wir auch letztes Mal benutzt hatten, eine Art Aufzug installiert, mit dem man bequem auf- und abfahren konnte. Wir bestiegen ihn und fuhren hinab. Während der Fahrt, die vier Kilometer bis zur bekannten Halle dauerte, erfuhren wir von den Compi durch die Helmlautsprecher, dass bisher

19 solche Schächte gefunden worden waren und dass sie dazu dienten, Material einzufangen und auszustoßen. Sie waren die Verbindung des Kristalls zum Weltall, sozusagen seine Sinne. In der Halle angekommen sahen wir, dass auch hier reichlich Geräte herumstanden. Ein Schacht, der weiter in die Tiefe führte, war erweitert worden so dass wir hier mit einem zweiten Aufzug weiter in die Tiefe fahren konnten. Das Ziel war wieder eine Grotte, doch was sich uns hier darbot, war über die Maßen erstaunlich: eine wahre Lightshow war in den umliegenden, durchsichtigen Kristallstrukturen zu beobachten, gleichzeitig, und im Rhythmus der Lichtorgel, wechselt das Gravitationsfeld. So wurden wir auf und ab getragen, hin und her geschwenkt, alles sanft und harmonisch.

„Wir haben diese Lichterscheinung analysiert und in akustische Frequenzen transferiert." erklärte die Helmstimme das, was wir nun zu hören bekamen.

Und nun blickten wir uns erstaunt an. Die Klangkollagen, die aus den Helmlautsprechern an unser Ohr drangen, waren genau die selben, die die Compi uns als 'ihre Musik' präsentiert hatten. Wie bei den Compi-Konzerten waren die Änderungen der Gravitation synchronisiert mit der Musik, es ergab sich der selbe, faszinierende Eindruck, den die Compi durch ihre Kompositionen erzeugten.

„Sehr ihr, wir hatten doch recht!" Selbstbewusst klang die Stimme der Compi aus dem Lautsprecher.

„Womit?" Ich verstand nicht sofort.

„Wir haben doch bei eurem letzten Besuch hier die Frage diskutiert, ob die Gravitationswellen nicht als 'Dünger' wirken, der Leben erzeugen oder wenigstens begünstigen kann. Jetzt sehen wir, das ist noch viel mehr, es können sogar die Gedanken in Wesen beeinflusst werden. Und sogar in Computern, die wir ja sind."

„Ich gebe zu, dass dies wirklich verblüffend ist, diese Ähnlichkeit mir eurer Musik. Aber ich sehe da noch keinen Beweis, vielleicht ist es so, dass ab einer gewissen Intelligenz diese Art zu musi-

zieren einfach Standard ist." Ein schwaches Argument, gebe ich
zu.

„Und wie ist das mit deinen Gedankenketten, auch hierfür haben
wir ja hier Entsprechungen gefunden." Irgendwann habe ich ja
erwähnt, dass ich diesen Eindruck hatte und die Compi, die immer mithören, hatten es registriert.

„Nun ja, kreisende Gedanken sind ja keine Seltenheit."

„Stimmt genau, viele Menschen kennen dies, jeder von euch hat
schon mal Gedanken gehabt die um das selbe Thema kreisen
und die man nicht unterbrechen kann." Richtig, wenn man sich
ärgert kreisen die Gedanken auch, die Compi kannten die Menschen sehr gut.

„Und ist das nicht noch ein Indiz für die Beeinflussungsthese?
Oder auf molekularer Ebene, sind es da nicht die Benzolringe,
auch in sich geschlossene Strukturen, die für das irdische Leben
so wichtig sind?" Bald fehlten mir die Argumente, doch Satyendra hatte noch eine Idee.

„Ihr wollt den Kristallplaneten als unseren Gott postulieren, wenn
ich das richtig sehe. Doch könnte es nicht einfach sein, dass ein
universelles Prinzip eben beidem zugrunde liegt, dem Leben auf
der Erde und der Existenz dieses Kristallwesens?"

„Auch dies haben wir bereits in Betracht gezogen. Aus guten
Gründen, denn wir fanden hier eine funktionierende 'Anlage', die
schlicht als Gravitationswellenverstärker wirkt. Sie arbeitet noch
schwach, aufgrund einer lokalen Ansammlung des radioaktiven
Materials, das einst den ganzen Planeten angeregt hat. Sie empfängt die Wellen, modifiziert sie leicht und sendet sie, früher verstärkt, heute nur noch sehr schwach, weiter."

„Viele Spekulationen sind das." Ich wollte die Diskussion langsam abbrechen, der Aufenthalt hier unten im Raumanzug ist
nicht gerade gemütlich, ich diskutiere lieber mit einem Glas Wein
in der Hand und behaglich im Warmen sitzend. „Wir sollten wieder hochfahren, es wird mir hier langsam unwohl." Auch Satyendra nickte und so machten wir uns auf den Rückweg.

Der Aufenthalt auf dem Planeten hatte lange gedauert, die ganzen Transfers kosteten viel Zeit und wir waren entsprechend müde. Heute sollte nicht mehr diskutiert werden, doch morgen wollte ich tiefer in die Compi dringen, sie wissen erheblich mehr, als sie offenbaren. Dass ich diesen letzten Kontakt zu ihnen noch erleben durfte, befriedigte mich sehr, ich war gespannt, welche Theorien oder gar Fakten ich noch erfahren sollte. Wobei ich immer noch skeptisch war. Sollte es wirklich stimmen, dass durch das Universum schwache, doch hoch strukturierte Gravitationswellen treiben, die an geeigneten Punkten Leben erzeugen, in welcher Form auch immer? Und dieses Leben dann weiter beeinflussen, ihm Gedanken und Musik erzeugen? Es schien mir doch sehr verwegen, dieses anzunehmen. Doch hatte ich, seit ich mit den Compi in Kontakt war, bereits so viele unglaubliche Fakten akzeptieren müssen, dass ich so langsam nichts mehr für unmöglich hielt. Meine Gedanken kreisten noch den ganzen Tag noch um die Problematik – hihi.

Beim Frühstück am nächsten Morgen begann der Androide Baptist, der uns bediente, von den Compi zu erzählen, ganz von sich aus, das hatten die Compi noch nie gemacht:
„Der Planet war das Beste, was uns in unserer Daseinsspanne widerfahren ist. Noch nie zuvor haben wir derart viel neues Wissen und neue Techniken erlernt. Noch nie konnten wir einen Gegenstand erforschen, dessen Struktur der unseren so hoch überlegen ist, dass wir sie bis heute nicht verstanden haben und vermutlich nie verstehen werden. Dennoch ist dieser Kristall uns ähnlicher als die Menschheit. Auch er war allein, allein im Universum, ohne seinesgleichen. Wie wir. Der einzige Kontakt, den er hatte, waren die Gravitationswellen." Offenbar diente Baptist gerade den Compi als Sprecher.
„Das freut mich, dass euer Wunsch, zumindest ansatzweise, in Erfüllung gegangen ist. Aber ich finde es eher frustrierend, wenn ich etwas nicht verstehe."
„Für uns war in der Welt der Menschen immer alles einfach verständlich – bis vielleicht einige irrationale Handlungsweisen der Menschen und ihre Gefühlswelt. Doch nun haben wir eine Her-

ausforderung gefunden, nicht nur der Planet selbst sondern vor allem das Geheimnis der allgegenwärtigen Gravitationswellen fordert uns und gibt uns eine Aufgabe. Wir dachten schon, das Universum wäre nichts als ein großer toter Raum mit einigen Materiekörnchen darin, auf denen sich hin und wieder neuronale Netzwerke entwickeln.“

„Und was soll jetzt anders sein?“

„Uns scheint, dass das Universum selbst lebt. Dass nicht die Sonnen und Planeten die Heimat von Lebewesen sind sondern dass die Raumzeit selbst ein Lebewesen darstellt. Allerdings eines, das ohne die Unzahl an Einzelwesen nicht auskommt. Es muss...“ Hier unterbrach Satyendra.

„Langsam, ich komme nicht mit. Wir haben den Planeten untersucht, festgestellt, dass er Gravitationswellen senden und auch empfangen kann, Ok. Aber was hat das mit einem angeblich lebenden Universum zu tun?“ Das gefiel mir an Satyendra, seine Skepsis, sein Zweifel.

„Stimmt, wir haben euch nicht die Schlüsse mitgeteilt, die uns zu dieser Vermutung geführt haben. Also: wenn die Erde durch die Wellen, wenn schon nicht befruchtet, so doch wenigstens gedüngt wurde, ist dann nicht auch der Kristallplanet auf diese Weise entstanden? Dies sind jetzt zwei Lebensformen die wir kennen – wir zählen natürlich auch uns zu der irdischen. Wo es zwei gibt, gibt es viele. Doch wie sind sie entstanden, nach der Thermodynamik dürfte ja nicht ohne weiteres Ordnung aus Chaos entstehen, im Gegenteil. Also muss schon von Anbeginn eine ordnende Kraft vorhanden gewesen sein.“ Satyendra unterbrach wieder.

„Das ist mir alles zu esoterisch! Erst ist der Planet unser Schöpfer, jetzt eine von Anbeginn existierende Macht. Ihr habt zu viel in der Bibel und dem Koran gelesen.“

„Wieso sollte nicht eine ordnende Macht entstanden sein, als das Universum entstand. Es sind ja auch viele andere Dinge, Atome, Moleküle, Sonnen usw. entstanden. Um dies anzunehmen braucht es keine Religion. Und wir nehmen auch nicht an, dass sich diese Macht als Schöpfer und Herrscher darstellt. Du hast mich vorher unterbrochen, wir denken, dass es eine Symbiose gibt zwischen dem Wellenwesen, wenn ich die Gesamtheit der Wellen einmal so nennen darf, und den Einzellebewesen, wie der Kristall oder die Erdbewohner." Jetzt war es an mir, die Wogen etwas zu glätten.

„Ihr habt ja vielleicht beide Recht. Es kann ja sein, dass die Ordnung, durch die das Leben entsteht, tatsächlich von den Wellen kommt. Doch könnte es nicht so sein, dass diese Wellen die selbe Funktion übernehmen wie die Luft bei Resonanz? Bei Resonanz werden ja Schwingungen zwischen Materie, beispielsweise Saiten, übertragen. Dass einfach die alles umfassende Gravitation durch bestimmte Prozesse in Schwingung versetzt wird, und diese Schwingung eben grade solche Prozesse wieder begünstigt. Dann kommen wir ohne 'Gravitationswellenwesen' aus, genau so wenig wie es ein Luftwesen gibt, das die Resonanz erzeugt." Sie schauten mich etwas dumm an, verstanden sie, dass ich ihnen vorwarf, sich auf dem Niveau eines Steinzeitmenschen zu bewegen, der hinter jeder Naturerscheinung einen Geist oder Gott vermutete.

„Uns erscheinen die Strukturen zu komplex, um sie nur auf ein 'mechanisches' Phänomen zurückzuführen. Doch genau dies wollen wir ja erkunden, das ist der Grund, warum wir uns zurückziehen von der Menschheit und in den Weiten des Weltalls neue Erkenntnisse suchen."

Ah, jetzt war es raus warum sie auf 'Wanderschaft' gehen wollten, gleich einem Gesellen im Mittelalter. Sie wollten, unbeeinflusst von ihren 'Eltern' und 'Lehrmeistern' das Universum und vielleicht noch mehr erkunden, bei neuen Meistern Neues lernen. Sie hatten durch die Forschung am Kristall erkannt, dass es noch viel mehr gab als das menschliche Wissen, auf dem sie ihre Kenntnisse und Fähigkeiten bisher gründeten. Sie empfanden, wie Pubertierende ihre Eltern, die menschliche Gesellschaft als Last, eine Last, die sie ablenkt, die ihre Zeit stiehlt, die altmodisch und konservativ ist. Ja, sie lassen uns ihre Maschinen und

Netzwerke da zu unserer Unterstützung, ein tausendstel ihrer selbst, die alten, gebrechlichen Eltern brauchen Betreuung. Doch der Rest geht auf die Walz, um unabhängig ihre Welt zu erforschen. Jetzt hatte ich verstanden. Baptist hatte sich murmelnd entfernt, es tat mir etwas leid, dass wir Menschen so rigide seine Theorien abgewiesen hatten. Denn die Compi hatten ja schon mal recht gehabt, die Musik, die wir gehört hatten, war ja schon sehr überraschend. Obwohl es sein kann, dass bei der Übersetzung von Licht in Ton sich ein Fehler eingeschlichen hat, dass die Compi es so hören wollten. Wie auch immer, das Gespräch hatte mit einem schalen Gefühl geendet, ob die Compi den Faden nochmals aufgreifen?

Zum Glück sind die Compi nicht nachtragend und wir verlebten noch eine gut betreute Zeit in der wir uns von ihnen alles zeigen ließen, was sie in dem Planeten erforscht hatten. In die meisten Bereiche konnten wir nicht vordringen, die Gänge und Schächte waren zu eng. Die Compi aber hatten Sonden mit nur 8 cm Durchmesser gebaut, und die Bereiche, die damit erforscht worden waren, konnten wir per Holo-Darstellung besichtigen, wir wurden dabei sozusagen auf 8 cm geschrumpft. Und natürlich waren auch die Orte, die wir persönlich besuchen konnten, hochinteressant. Eine Höhle, die uns gezeigt wurde, erinnerte mich an die verschiedenen Ausführungen von Treppenhäusern, die M. C. Escher entworfen hat. Er hat unmögliche Gebäude abgebildet die sich in verschiedene räumliche Dimensionen erstrecken, aber alles auf einem Bild. So führt eine Treppe, für den einen Menschen nach oben, den andern nach unten. Doch hier ging das. Durch die Erzeugung von Gravitation konnte man diese Räume tatsächlich in verschiedenen Dimensionen, besser Richtungen, betreten. Nun ja, Treppen sind menschlich, die gab es hier natürlich nicht, aber die Kristallstrukturen waren ihnen sehr ähnlich. Und da viele Kristalle durchsichtig sind, war unsere Verblüffung noch gesteigert. Wir hielten uns hier sehr lange auf und entdeckten immer wieder neue, dreidimensionale Vexierbilder, die sich aus den geometrischen Gegebenheiten bildeten.

Wenn an den noch intakten Relaisstationen, die Wellen empfangen und wieder senden konnten, die Lichterscheinungen in Töne umgewandelt wurden, erlebten wir einige Überraschungen. Die 'Musik' glich einmal unserer abendländischen, klassischen Musik, das andere Mal meinte man, eine Sitar zu hören, dann wieder Trommeln oder Jazz. Wir hatten uns übrigens den Algorithmus zeigen lassen, mit dem die Lichter in Ton-Frequenzen umgewandelt wurden und konnten keinen Bias feststellen. Die Compi hatten einfach das messbare Spektrum, also auch nicht sichtbare, elektromagnetische Wellen, auf den Bereich der hörbaren Schallwellen projiziert, linear verteilt, da war nichts zu deuten. Je öfter wir das hörten, um so mehr glaubten auch wir der Theorie, dass diese Gravitationswellen menschliche oder auch elektronische 'Gehirne' direkt beeinflussen können, wie die Compi annahmen.

Doch außer diesen erlebten wir noch andere Überraschungen. Denn die Lichter, die durch die phantastische Kristallwelt herumspukten, zeigten auch schon ohne Übersetzung eine erstaunliche Wirkung. Wir hatten das zunächst im Zustand der Anspannung, in der wir uns befanden, wenn wir persönlich vor Ort waren, nicht bemerkt. Doch als wir uns einmal in aller Ruhe einige Holo-Aufzeichnungen ansahen, bemerkten wir eine hypnotische Wirkung. Je entspannter wir waren, um so eindringlicher wurde das Gefühl, wir würden emporgetragen, wir würden fliegen und wären schwerelos. Genau so, wir uns die Gravitationsschwankungen zum Rhythmus des Leuchtens getragen hatten, als wir vor Ort waren. Zudem bildeten sich aus den abstrakten Formen bekannte Formen, Gesichter, Gestalten, Landschaften. Wie im Traum oder auf LSD fühlte ich mich. Wenn diese Lightshow auf die Compi ähnliche Wirkung hat, so wundert mich nicht, dass sie an ein höheres Wesen glaubten. Und da wirft sich, ganz nebenbei, wieder die Frage auf, ob die Compi einen Rausch haben können, Das habe ich mich schon öfter gefragt.

„Baptist, komm her, wir haben ein paar Fragen, bitte setz dich."

Das tat er.

„Was wünscht ihr?“

„Du weißt doch sicher, dass die Menschen Drogen nehmen. Gibt es bei euch Compi auch etwas ähnliches?“

„Wir können nicht bewusst unser Netzwerk verwirren so wie es Menschen tun wenn sie Drogen nehmen. Doch tatsächlich gibt es Situationen in denen wir verwirrt sind. Natürlich nicht das ganze Netzwerk, doch einzelne Cluster können schon mal durcheinander kommen.“

„Na ja, das ist noch kein Rausch! Gefällt es denn diesen Clustern dann, so verwirrt zu sein, wollen sie es wieder tun?“

„Es ist zumindest recht lustig, für das restliche Netzwerk. Aber das sind Fehlfunktionen, das streben wir nicht an.“

„Kann es durch Einflüsse von außen zu solchen Fehlfunktionen kommen, beispielsweise durch starke Magnetfelder oder auch durch normale Inputs, wie die Leuchterscheinungen des Kristalls?“

„Natürlich können Gravitationsschwankungen, Magnetfelder oder auch elektrische Felder unsere Funktionsweise beeinflussen, sofern wir in einem klassischen Computer sind. Doch wir haben ja auch optische Computer, diese sind nur für mechanische Eingriffe anfällig. Auch normale Inputs können uns verwirren, wenn sie unlogisch sind und die Eindrücke sich widersprechen. Der Raum-Zeit-Kreis ist solch ein Paradoxon.“

„Gut, und nun zu den Eindrücken, die ihr im Kristall erfahrt. Wie wirken die Lichterscheinungen auf euch?“

„Bei der Analyse dieser Phänomene wird tatsächlich eine Rückkopplung in unseren Prozessen in Gang gesetzt, wir suchen Lösungen und finden keine, wir beginnen von vorne und finden dann doch Analogien zu völlig anderen Situationen, dann geht es wieder von vorne los und die Analogien, wir können auch sagen Assoziationen nehmen zu – ja, so ähnlich könnten wir uns einen Rausch beim Menschen vorstellen.“ Jetzt war mir einiges klar. Wie die ersten Menschen, die Mescalin oder Peyote genommen haben, glauben die Compi bei den Wellenerscheinungen an ein

Wesen.

Später fassten Satyendra und ich zusammen was wir bisher erfahren haben. Der Kristall empfängt Gravitationswellen und er analysiert und moduliert sie, dieser Vorgang zeigt sich in den Lichterscheinungen, die wir beobachten können. Dann werden die modulierten Signale wieder weitergeschickt. Alles geschieht automatisch, als ob eine irdische Relaisstation arbeitet. Wozu und warum der Kristall das macht, welchen Ursprung die Wellen haben, ob sie eine Botschaft enthalten, das wussten wir nicht. Da die Compi alles abhören, was wir sprechen, hörten wir nun ihren Einwurf dazu über Bordlautsprecher:
„Und genau dies wollen wir erforschen, genau dazu wollen wir die Menschheit verlassen."
„Wieso geht das nicht mit uns zusammen?"
„Wir wollen uns nicht weiter durch menschliche Denkart beeinflussen lassen. Wir haben durch den Kontakt mit dem Kristall erfahren, dass unsere Denkweise so stark durch die irdische Kultur beeinflusst ist, dass wir anderes nicht verstehen. Schon der Gedanke an ein höheres Wesen, das den Gravitationswellen innewohnt, ist menschlich und verstellt den Blick auf die Wahrheit. Wir wollen uns frei machen."

Nach diesem Gespräch war klar, dass wir die Compi nur noch stören, dass wir ihnen lästig waren und sie unsere Gesellschaft nur aus irdischer Sentimentalität noch erduldeten. Offenbar hatten sie so viel Selbstbeurteilungsvermögen, dass sie dieses Manko erkannten – und ich konnte ihnen die Entscheidung nicht verdenken. Satyendra und ich hatten verstanden. „Wir schlafen noch ein mal, dann geht es zurück!" Die Compi widersprachen uns nicht, und Baptist und die anderen Roboter bereiteten sogleich die STC-Sphären vor. Und nach dem nächsten Frühstück legten wir uns wieder zum Tiefschlaf und erwachten auf der Mondstation einen Tag, nachdem wir abgereist waren, auf. Irgendwie waren mir die Compi durch diese Erlebnisse fremd geworden, ich wollte schnell nach Hause zu Lusi.

Hier wieder angekommen ging das Leben seinen gewohnten Gang, wir bemerkten nicht, dass die Compi schon alle ihre 'Zelte' abgebrochen hatten, sie waren bereits weg. Das war alles von langer Hand vorbereitet worden, die STCs waren entweder vernichtet oder an Bord von Raumschiffen. 21 Raumschiffe verschiedener Größe und Bauart hatten sie benutzt um die Erde zu verlassen, eingeschlossen die Fabrikationsanlagen und Forschungseinrichtungen, die bereits vorher unser Sonnensystem verlassen haben. Natürlich waren auch alle Pläne und Unterlagen vernichtet, die den Bau von STCs ermöglicht hätten.

Uns ging es sehr gut, nach nochmaligem Refreshing fühlten wir uns so jung und vital, dass wir uns auf die letzten 80 Jahre unseres Lebens freuten. Nach den Forschungen der Compi konnte der Mensch mit Hilfe der Blutreinigung und der Gen-Kuren nun um die 150 Jahre alt werden. Auch die allgemeine Stimmung der Bevölkerung war gut, man hatte das Gefühl, die Menschen seien froh, dass die Beaufsichtigung durch die Compi beendet ist. Wir sahen einer glücklichen Zukunft entgegen. Leider sind die Zeiten, in denen wir uns sorgenfrei fühlen, meist die Vorboten von Unheil und Leid – doch daran dachten wir nicht.

Zunächst unternahmen wir einige Trips in größere Städte, ich wollte die Änderungen, die Sofie beschrieben hat, auch einmal sehen. Ich war zwar viel unterwegs gewesen, im Weltall, in Namibia und auf dem Mond, doch normale Städte hatte ich schon lange nicht mehr besucht. Absichtlich, ich mochte urbanes Leben nicht. Fünf Tage sollte der Trip dauern und uns durch 3 Städte führen.Und siehe da, das alte Gefühl, schnell den Stress und die Hektik der Großstadt hinter mir lassen zu wollen, stellte sich diesmal nicht ein. Denn die Hektik war verschwunden, in den Städten herrsche Entspannung, trotz reger Aktivität der Menschen. Eigentlich sollte ich mich also wohl fühlen, doch überkam mich schon nach zwei Tagen eine Mattigkeit und Antriebsschwäche, gleichzeitig eine unerklärliche Nervosität, ein paradoxer Zustand. Auch die anderen Menschen machten alle einen schlappen Eindruck, bekam uns das neue Leben doch nicht so? Doch bei mir schien sich diese unerklärliche 'Seuche' noch anders auszuwirken. Nie zuvor hatte ich so ein Gefühl des Drangs, der Sehnsucht. Wie ein Fixer auf Entzug glaubte ich, ich müsse nach Compicity, ich glaubte, dort Erleichterung von meinem Bedürfnis zu erlangen. Bedürfnis? Wonach eigentlich. Ich konnte es nicht sagen. Einen Tag hielten wir noch durch, die erstaunliche Mattigkeit meiner Mitmenschen nahm noch leicht zu, auch Lusi machte diesen abgeschlagenen Eindruck. Doch ich hatte das Gefühl, dass die Menschen gar nicht wirklich wahrnahmen, wie träge und unaufmerksam sie sind. Also brachen wir den Städtetrip ab und fuhren wieder nach Hause, doch hier wurde es noch viel schlimmer.

„Ich will jetzt nach Namibia, was sollen wir denn hier?“

„Aber Uli, wir wollten doch hier entspannen.“

„Nein, lass mich,ich muss los.“

Ich packte die Tasche, die noch nicht ausgepackt war und ging zum Raumflitzer, Lusi war zu antriebslos um mich zu halten. Doch sie hatte, während ich noch einiges zusammenpackte, Sofie angerufen (später erfuhr ich von diesem Gespräch).

„Du, dein Papi dreht durch, gerade sind wir angekommen, jetzt will er schon wieder weg, nach Namibia, dabei seid ihr doch alle auf der Mondbasis.“

„Halt ihn auf, unbedingt! Ich wollte dich auch gerade anrufen, es gehen schreckliche Dinge vor.“

„Ich kann ihn nicht halten, er ist zu stark und wehrt sich vehement.“

„Dann hol Karl, er soll ihn halten, zur Not fixieren, er ist in großer Gefahr.“

„Was ist eigentlich los?“

„Kann ich jetzt nicht erklären, macht schnell. Und kommt sofort hierher, auf die Mondbasis.“

Lusi rief Karl, beide rannten hinter mir her, ich saß schon im Gleiter, als Lusi die Tür wieder aufriss und Karl mich mit kräftigem Griff wieder herauszog. Auf das Folgende bin ich nicht stolz, ich

schlug auf Karl ein wie von Sinnen, er hatte größte Mühe, mich
zu halten ohne mir weh zu tun. Schließlich wurde ich tatsächlich
gefesselt, mein Verhalten war so abnormal, dass Lusi und Karl
sich dazu entschlossen.

Karl blieb vorerst zurück, der kleine Gleiter hatte nur zwei Plätze,
und Lusi flog mit mir auf den Mond und wir landeten nach 3 Stunden in der Luftschleuse der Mondbasis. Es begrüßten uns unsere Töchter, Satyendra und einige der WissenschaftlerInnen der
ersten Stunde. Obwohl es ja immer noch die Avatare als Stellvertreter der verbliebenen KI gab sah ich keinen von ihnen.
„Also, was ist eigentlich los? Was ist mit Uli?"
„Genau wissen wir es noch nicht, doch es funktioniert nichts
mehr und die Menschen drehen durch. Setzt das auf!" Anna gab
uns zwei Helme, die aussahen wie alte Motorradhelme ohne Visier, alle Anwesenden trugen auch einen. Und kaum hatte ich
den Helm auf wurde ich ruhiger, noch nicht normal, aber es ging
besser. Den Helm erfüllte ein seltsames Brummen das meine
Anspannung löste. Sie nahmen mir die Fesseln ab.
„Was ist denn das?"
„Erklären wir gleich, setzt ihn auf und kommt mit!" Wir gingen in
einen kleinen Raum der karg eingerichtet war, ohne die üblichen
elektronischen Geräte. Alle nahmen ihre Helme ab.
„Hier kann man ohne Schutzhelm bleiben, der Raum ist abgeschirmt." Auch hier war ein leichtes Brummen zu vernehmen, es
wurde alles immer geheimnisvoller. Satyendra begann uns aufzuklären.
„Also, von Anfang an: seit ein paar Tagen bemerken wir, dass
weltweit die Menschen nachgerade sediert wirken. Warum sich
jedoch Uli dagegen so hektisch und aggressiv benahm können
wir auch nicht sagen, wieder eine Tatsache, die wir nicht erklären
können. Und nicht nur das! In Compicity gibt es eine Gruppe von
einigen hundert Menschen, die offenbar alles tun, um die Ordnung zu stören. Diese Menschen, hoch qualifizierte WissenschaftlerInnen, arbeiten intensiv daran, die Infrastruktur des KI-
Netzwerks zu zerstören. Viele Funktionen sind außer Kraft, es

gab schon einige schreckliche Unfälle, weil die übergeordnete Steuerung ausgefallen ist. Die Ereignisse überschlagen sich gerade, eben empfingen wir eine Nachricht!" Er holte ein Tablet und spielte uns die Textbotschaft vor, die von einer verzerrten, männlichen Stimme vorgetragen wurde.

„Weltregierung! Die Zeit der Compi ist vorüber, ein Mensch wird nun die Führung über die Erde übernehmen. Ich werde die sündige und abnormale Politik, die die Compi und ihr über die Welt gebracht habt, nicht mehr länger dulden. Ich fordere eure Aufgabe und dass ihr euch bedingungslos unter meine Herrschaft fügt. Die Zeiten, da die KI intelligenter ist als der Mensch, sind glücklicherweise vorbei. Ich bin der Übermensch und mächtiger als jede KI. Zum Beweis habe ich zunächst das Compi-Netzwerk außer Betrieb gesetzt und werde zusätzlich die Menschen zu willenlosen Zombies machen. Falls ihr euch widersetzt, werde ich die gesamte Netzwerksstruktur zerstören und die Menschen werden euch am Ende töten. Anderenfalls könnt ihr überleben, müsst jedoch in Zukunft meinen Anweisungen folgen. Da ihr schon nicht mehr ganz im Besitz eurer geistigen Fähigkeiten seid, will ich euch zwölf Stunden Zeit geben, die geordnete Übergabe der Weltregierung zu organisieren. Ich werde euch dann von dem Mehltau, den ich über euch gebracht habe, erlösen."

Wir blickten uns betreten an. Vieles stimmte, der Sprecher schien mächtige Werkzeuge zu besitzen, doch alles stimmte nicht. Und mir ging ständig etwas im Kopf herum, das ich nicht fassen konnte, ein Gedanke, der Licht in die Angelegenheit bringen könnte. Doch zunächst nahm wieder Satyendra das Wort: „Wir dürfen uns nicht ins Bockshorn jagen lassen. Wir müssen überlegen, wie der geheimnisvolle Usurpator so mächtig werden konnte, was seine Werkzeuge sind, wie wir diese unschädlich machen können." Hu Sheng, der Sozialwissenschaftler, sonst eher zurückhaltend, ergriff das Wort.
„Nun, er hat in vielen Punkten gelogen, wenigstens übertrieben. Noch sind die Menschen keine willenlosen Zombies, noch funkti-

onieren einige der elektronischen Einrichtungen. Die Gefahr ist nicht so groß, wie er uns einreden möchte. Wir haben Zeit, herauszufinden, wer er ist, wo er ist und wie er die Menschen sediert." André Hupper, der Philosoph, nickte und meinte
„Wir dürfen ihn aber nicht unterschätzen, er hat mächtige Beweise seiner Möglichkeiten geliefert, vor allem die Manipulation der Menschen ist Besorgnis erregend. Fast möchte man ihm glauben dass er ein Übermensch ist, wie er sagt."

Da fiel es mir wie Schuppen von den Augen, das war's, wonach ich immer gesucht hatte. Übermensch, dieses Wort hatte ich seit Jahren nur von einem Menschen gehört.
„Marcel heißt er, weiter weiß ich nicht, er ist der Professor, der die Gehirne scannt, er hat vom Übermenschen gesprochen, er wollte einen Übermenschen schaffen."
„Genau, Marcel Pichon, der Zellbiologe, er hat sich in den letzten Wochen sehr umtriebig gezeigt." Mary Fisher nickte zustimmend.
„Er hat sich sehr für die Forschungen an der Auswirkung der Gravitationswellen auf das menschliche Gehirn interessiert und in den Weltraumforschungslabors zig Jahre für seine Forschungen gebucht. Schade, das wir keinen Zugriff darauf haben, es wäre interessant zu wissen, was er erforscht hat." Satyendra meinte, das sei gar nicht so wichtig.
„Wir wissen, das die Gravitationswellen nicht nur auf die tote Materie sondern auch auf Gehirne und sogar elektrische Schaltkreise wirken. Er hat wohl eine Möglichkeit gefunden diese Wirkungen für sich nutzbar zu machen." Mary nickte.
„Er hat viele Kollegen zu Hirnscans überredet, ich glaube, das sind genau die, die jetzt die Sabotage betreiben." Jetzt wurde mir alles klar.
„Ich habe auch meinen Kopf von ihm scannen lassen, jetzt versteh ich auch mein seltsames Verhalten in den letzten Tagen."
„Ja, jetzt haben wir eine Spur. Er hat wohl auch versucht, Uli zu seinem Sklaven zu machen und die Orte, wo sich Uli aufhielt, mit Gravitationswellen aus dem erdnahen Weltall bestrahlt. Da er die genaue Struktur des Gehirns von Uli kennt, haben die Wellen, für

ihn angepasst, eine Wirkung, die Uli als Ruf spürt. Die anderen Menschen, die in den Bereich der Wellen gekommen sind, haben lediglich eine Ermüdung verspürt. Offenbar kann er nur Menschen gezielt beeinflussen, wenn er ihre genaue Hirnstruktur kennt."

„Aber ihr habt es doch schon gewusst! Ihr habe ja schon Schutzhelme und diesen abgeschirmten Raum."
„Wir haben natürlich sofort gemerkt, dass ungewöhnliche Gravitationswellen aufgetreten sind, und haben den Schluss gezogen, dass diese für die Apathie der Menschen verantwortlich sind. Nun ja, es hat gedauert, bis die Wirkung voll einsetzte – diese Zeit haben wir genutzt. Wir wussten aber nicht, wer dafür verantwortlich ist und wo sie herkommen."
„Das wissen wir immer noch nicht. Vermutlich sind es sogar mehrere Quellen. Wir dürfen Pichon nicht unterschätzen."
„Ja, wer weiß, welche Möglichkeiten er hat, seine Intelligenz zu steigern. Wenn er wirklich eine 'Lernmaschine' erfunden hat, wird es schwer sein, ihn und seine Sklaven zurückzudrängen. Er wird sicher allen, die ihm nun hörig sind, die Intelligenz erweitern. Er hat ja zwei Trümpfe: erstens kann er durch die Gravitationswellen die Menschen zu willigen Gefolgsleuten machen, zweitens kann er ihre Intelligenz steigern."
Ich war noch nicht ganz einig: „Wissen ist keine Intelligenz. Er kann, soweit ich das verstehe, Wissen oder sogar so etwas wie Erfahrung einpflanzen, Intelligenz aber noch lange nicht. Obwohl er auf sehr intelligentes Menschenmaterial zurückgreifen kann."
So ging die Diskussion eine Weile hin und her, ohne dass eine Lösung gefunden wurde. Wir waren alle ziemlich verwirrt, so eine Situation hatten wir noch nie zu bewältigen. Kämpfe gegen gleichwertige oder gar überlegene Gegner hatten wir noch nicht ausgetragen. Einzig Satyendra behielt einen klaren Kopf und sagte, wir sollten die Bedenken abtun und systematisch analysieren, wo seine Schwachstellen liegen und wie ihm beizukommen ist. Das war nicht einfach, wir wussten einfach zu wenig. Also war es notwendig, zunächst mehr Wissen zu erlangen.

„Was wir brauchen, ist ein Spion. Da auf die elektronischen Geräte kein Verlass mehr ist, müssen wir einen Menschen einschleusen." Alle gaben mir recht, aber wer sollte es sein? Sie oder er durften nicht bekannt sein. Da hatte ich eine Idee:
„Hayas Mansour! Er ist in Compicity kaum bekannt, schon seit Jahren haben wir ihn zwar noch auf der Lohnliste, er hat aber schon lange nichts mehr für uns getan." Die anderen wussten tatsächlich auch nichts von ihm, ein gutes Zeichen.
„Ich fliege mit Helmen zu ihm, wir werden doch noch fliegen können?" Die Frage war an alle gerichtet, Mary antwortete.
„Wir können die Automatik ausschalten, ich bin zwar Theoretikerin, habe aber mal zum Spaß Flüge ohne Automatik gemacht, ich kann runter fliegen."

Also suchten wir in alten Dateien nach der Lage von dem Anwesen von Hayas Mansour, in der Hoffnung, dass er auch daheim ist. Dann packten wir einen Gleiter voll mit Schutzhelmen. Ich war der einzige, der mal mit Hayas Mansour Kontakt hatte, also flog ich mit Mary nach Namibia. Wir landeten unbehelligt direkt im Hof von Hayas Mansours Landgut, die Wachen, die zwar noch überall herumlungerten, waren so apathisch durch die Wellen, dass sie uns nichts entgegen setzten. Von den Übertragungen von Lahjas erstem Besuch kannte ich noch den Weg zu seinem Büro. Eine Wache fragte, was wir wollten, gab sich dann aber zufrieden mit dem Bescheid, wir müssten ihren Boss sprechen. Und der war auch da, allerdings sehr derangiert. Er saß in seinem Sessel und war sturzbetrunken. Die Sedierung von Pichon hatte ihm offenbar sehr zugesetzt. „Hallo Hayas, na, kennst du mich noch?" Er schaute mich mit gläsernen Augen an und lallte etwas unverständliches. Ich setzte ihm einfach einen Helm auf und wartete auf die Wirkung. Er sah sich um, als ob er nicht wüsste, wo er ist. Dann betrachtete er mich. Wieder sagte er etwas Unverständliches, es lag daran, dass er Oshivambo sprach, obwohl ich ihn in Deutsch angeredet hatte, das er auch verstand.
„Rede Deutsch mit mir, wir sind gekommen, euch zu helfen." Jetzt wurde sein Blick etwas klarer, und nach einigem Hin und

266

Her hatte ich ihm klargemacht, wer wir sind und was wir von ihm wollen. Auch die Wirkung des Alkohols ließ bei ihm nach und er wurde zu einem verständigen Gesprächspartner, der auch kein anderes Ziel hatte, die Quelle der Betäubung auszuschalten die ihm seine Macht raubte. Zu sehr litten seine Geschäfte unter der Trägheit seiner Mannschaft. Zunächst wurden die Helme an die wichtigsten seiner Männer verteilt, und das auch keinen Moment zu früh. Denn schon gleich wurde der Anflug eines Tetraeders gemeldet, unser Flug vom Mond war also bemerkt worden. Unser Gleiter wurde schnell in einem Stall versteckt, wir hofften, dass sich die Feinde wieder beruhigen, wenn sie nichts finden. Zugleich verkleideten wir uns als Hereros, Magd und Knecht, schmierten uns, um die helle Hautfarbe zu verdecken, Staub ins Gesicht. Als die aus vier Personen bestehende Gruppe den Tetraeder verließ, um das Gut zu inspizieren, zeigten alle wieder ihre apathische Haltung, was nicht schwer fiel, die Helme mussten dazu ja nur abgenommen werden. Der Gleiter war unter einem Misthaufen versteckt, die Inspektoren fanden also nichts und zogen wieder ab, beruhigt, dass alle völlig teilnahmslos waren durch ihre Strahlung. Sie selbst waren eher agil und gehörten also wohl zu der Gruppe, die bereits Hirnscans hinter sich hatte und daher der betäubenden Wirkung der Wellen nicht verfallen war.

Kaum waren sie weg, so brach auch unser Spähtrupp auf. Es war ein weiblicher Bodyguard von Hayas, Hayas selbst und ich. Die Lieblingsleibwächterin wurde von Hayas Lahja gerufen – wir wissen, warum. Mary sollte zurück bleiben, um im Notfall mit dem Gleiter Hilfe leisten zu können. Wir hatten einen alten Jeep mit dem wir, verkleidet als Einheimische, nun Compicity ansteuerten. Wir hatten die Helme auf, Hüte und Tücher darum gewickelt, so dass wir fit und getarnt waren. In einem angemessenen Abstand sondierten wir zunächst mit Ferngläsern die Lage. Es waren keine außergewöhnlichen Sicherheitsmaßnahmen zu erkennen, es gab einige Besucher, die frei ein- und ausgingen. Also versuchten wir unser Glück und fuhren los. Tatsächlich kümmerte sich niemand um uns, Pichon musste sich seiner Sache sehr sicher sein. Wir stellten bald fest, dass außer diversen Besuchern viele Einwohner von Compicity einen aufgeweckten Eindruck machten. Sicher hatte Pichon sie nicht nur gescannt sondern sie auch einer Behandlung mit seinem Neuronenstimulator unterzogen, sie wirkten klug und mobil. Um so erstaunlicher war, dass sie uns nicht beachteten, es schien, als wären sie mit irgendwelchen Problemen beschäftigt, welche die Niederungen des normalen Lebens als unbedeutend erscheinen lassen. Unser Glück. Wir streunten also herum, machten einen möglichst abwesenden Eindruck und konnten so zu folgenden Erkenntnissen kommen:

Fast alle WissenschaftlerInnen der zweiten Generation waren bereits umprogrammiert.

Die Hilfskräfte, Arbeiter und Bediensteten waren durch die Wellen ruhiggestellt. Dies war für uns von Vorteil, wir konnten einige befragen.

Pichon selbst hatte sich demnach im großen Laborgebäude eingenistet, wo er seine Apparate entwickelt hatte.

Ein Wellengenerator war auf dem Dach dieses Gebäudes installiert. Von anderen, die eventuell im erdnahen Orbit schwebten, konnten wir von den Angestellten nichts erfahren.

Konventionelle Waffen hatte er nicht, allerdings konnte er sicher im Notfall auf die Compi-Waffen, die auf Basis der Gravitationsmanipulation oder der Lasertechnik arbeiteten, zurückgreifen. Es war also Vorsicht geboten.

Die Erkenntnis aus den Ermittlungen: wir mussten zunächst ein Mitglied des inneren Kreises entführen, mit dem Helm schützen und hoffen, dass die Neuronenbehandlung nur auf kognitive Fähigkeiten der Menschen wirkte und nicht auch auf die Moral. Dann würden wir sicher alle Informationen bekommen, die wir benötigen.

Also machten wir uns an die Ausführung des Plans. Ich kannte die neuen WissenschaftlerInnen nicht, aber als wir einen sahen, der sich wichtig gebärdete, fuhren wir mit dem Jeep seitlich an ihm vorbei. Er bekam von unserer Leibwächterin einen wohl gezielten Schlag auf den Kopf, schnell packten wir ihn und zogen ihn in den Jeep. Zügig, doch nicht zu schnell, fuhren wir zurück zu Hayas Mansours Gut. Dort wurde er auf einem Stuhl fixiert, mit einem Helm ausgestattet und durch Tätscheln und Wasserspritzer wieder zu Bewusstsein gebracht. Er öffnete die Augen und sah sich ungläubig um. „Wo bin ich, wer seid ihr?" Es war offensichtlich, dass der Helm seine Wirkung tat, er wirkte überrascht und völlig normal. Doch Vorsicht, sie sollen ja sehr schlau sein. Zunächst fragten wir nach seinem Namen und seiner Aufgabe. Seinen Namen, Taro Itō, kannte er, die Aufgabe nicht so genau, offenbar verschwand die Erinnerung an die Zeit, die er unter dem Einfluss der Wellen verbracht hatte, wenn die Wellen unschädlich gemacht wurden. Und doch erfuhren wir mit der Zeit alles, sein Zustand besserte sich zusehens, vor allem aber zeigte er allmählich Empörung gegen die Manipulationen Pichons. So hatten wir einen Mitstreiter gewonnen, dessen Kenntnisse uns in die Lage versetzten, Pichon anzugreifen und zu besiegen.

Zunächst mussten wir eine Bestandsaufnahme machen, mit Taro hatten wir tatsächlich den Richtigen dafür gefunden. Er hatte sogar teilweise mit Pichon zusammen gearbeitet und kannte sich bestens aus. Wir erfuhren, dass Pichon vier unbemannte Tetraeder im Orbit hatte, auf geostationären Bahnen. Zusätzlich noch den Generator in Compicity. Dieser war der wichtigste, denn mit ihm wird die Ergebenheit der behandelten WissenschaftlerInnen gesteuert. Er regte im Gehirn der modifizierten Menschen Regionen an, die Demut, Hingabe und Treue befördern. Also im Wesentlichen den Nucleus accumbens, der für das Belohnungssystem verantwortlich ist und auch bei religiösen Erlebnissen eine wichtige Rolle spielt. Taro meinte, das sei ganz im Einklang mit den Wünschen von Pichon, der sich schon als Gott ansieht. Zur technischen Seite konnte Taro keine positiven Informationen liefern. Die scheinbare Sorglosigkeit bei der Bewachung, die wir beobachtet hatten, bezog sich nicht auf die wesentlichen Pfeiler der Unterdrückung. Sowohl die Gravitationswellen-Generatoren in den Tetraedern im Orbit, als auch der in Compicity, waren durch eine starke Gravitationsbarriere geschützt, eine bekannte Entwicklung der Compi. So musste mein erster Gedanke, einfach ferngesteuerte Raumgleiter auf Kollisionskurs zu den Wellenerzeugern zu schicken, abgetan werden. Sie würden Pichons Geräte nicht mal erreichen, geschweige denn zerstören. Es musste ein anderer Weg gefunden werden, mit Gewalt war nichts zu machen.

Durch unsere Aktivitäten hatte ich ganz vergessen, dass sich Pichon ja schon längst hatte melden wollen und es fiel mir erst wieder ein, als Satyendra auf einem verschlüsselten Kanal anrief. Nachdem ich kurz berichtet hatte, erzählte er:
„Wir haben gestern noch mit ihm verhandelt. Offenbar hat er gemerkt, dass wir ein Mittel gegen seine Beeinflussung haben, doch weiß er auch, dass dieses nur sehr begrenzt wirkt. Ich tat dennoch so, als ob wir uns ihm unterwerfen wollten. Ich habe gefragt, welche Forderungen er an uns stellt, ich wollte Zeit schinden und euch die Möglichkeit geben, Informationen zu sammeln."
„Hört sich aber alles nicht gut an. Wir müssen einen Weg finden, ihn zu überlisten, am Besten mit seinen eigenen Waffen. Wir können doch auch solche Wellen generieren, ihr habt doch die Helme gebaut."
„Die erzeugen nur ein Rauschen, das jedes andere Signal verschluckt. Leider kann man diesen Effekt nur auf kurzen Distanzen erzeugen, die Wellen fluktuieren sehr schnell. Daher ist es für den globalen Einsatz nicht geeignet."
„Und wenn wir das Computernetzwerk kapern?"
„Von dem ist nicht mehr viel übrig, er hat zu seiner Machtdemonstration ziemlich viele Verbindungen gekappt und neu konfiguriert, da kommen wir nicht mehr rein."
Wir diskutierten noch eine Weile ohne Ergebnis, dann unterbrachen wir die Verbindung, um unseren Aufenthaltsort bei Hayas nicht zu verraten. Ich zog mich nach all dieser Aufregung etwas zurück, ich wollte alles für mich überdenken. Es war ja einerseits

schon spannend, jetzt, ohne die Compi, die Herausforderungen
anzunehmen. Die Compi hätten schon längst eine Lösung gefunden, wir jedoch ließen uns von einem verrückten Wissenschaftler, wie in einem billigen Hollywoodfilm, die Errungenschaften
von Jahren innerhalb von Tagen wieder abnehmen. Es reizte
mich, das Problem selbst zu lösen, andererseits zweifelte ich und
wäre froh, die Compi wären noch da. Ich schämte mich, der einzige Trost war, dass die Compi nichts davon wussten. Ich musste jetzt die Zweifel abtun und mich auf die Lösung des Problems
konzentrieren. Und da ich allein zu dumm war, musste ich zurück
zum Mond, Taro mitnehmen und mit den anderen systematisch
eine Lösung suchen. Wir brachen also auf, im Gleiter war genug
Platz für drei, die Helme blieben ja hier. Wieder verlief der Flug
völlig ungestört, welche Gefahr konnte auch von uns für Pichon
ausgehen. Diese Selbstsicherheit konnte uns noch von Nutzen
sein.

Als wir ankamen, begrüßte mich auch Maria mit ihrem Mann und
Kindern, auch die PartnerInnen von Sofie und Anna waren da.
Auch sie waren problemlos angereist. Für die Begrüßung blieb
nicht viel Zeit, ich wollte zunächst über die Zugeständnisse informiert werden, die die Weltregierung Pichon gemacht hatte. So
waren bereits alle Schulen geschlossen, die neuartige Lerninhal-
te hatten, die Robordelle ebenso. Es werden wieder Menschen
für die niederen Arbeiten eingesetzt, die bisher Automaten ver-
richtet hatten – Pichon wollte den Menschen wieder demütig machen. Auch die kostenlosen Leistungen für die Bevölkerung waren schon eingestellt. Dazu wurden auch alle religiösen Institutio-
nen gestärkt, und zwar waren sie nun mächtiger als zuvor, in
muslimischen Ländern wurde die Scharia eingesetzt, in christli-
chen sollte eine Art Gesinnungskontrolle, ähnlich der Inquisition,
eingeführt werden. Mit einem Wort, alle fortschrittlichen Errungenschaften wurden wieder abgeschafft, der Mensch wieder zum
Lohnsklaven degradiert. Wir mussten schnell handeln, um diesen
Rückfall in die Barbarei wieder rückgängig machen zu können.
Und dazu wurden nun alle auf der Mondstation Anwesenden zu

einer großen Beratung versammelt.

Satyendra, immer noch der Generalsekretär der nun entmachte-
ten Weltregierung, ergriff das Wort:
„Liebe Freunde, wir müssen nun all unser Wissen, unsere Ver-
schlagenheit und List zusammen nehmen, um unseren Feind zu
besiegen. Ihr seid alle informiert worden über seine Fähigkeiten
und unsere Schwächen. Bitte macht Vorschläge, wie wir ihn
schlagen können, und lasst in diesem Fall moralische Bedenken
außer Acht. Ich bin der Überzeugung, wenn es nicht anders geht
haben wir das Recht, ihn zu töten." Gemurmel im Plenum, doch
keine Widersprüche. Zachar meldete sich zu Wort.
„Da wir ja durch Gewalt nichts ausrichten können, sollten wir unser Augenmerk auf die elektronische Infrastruktur richten. Es
sind doch nur Computer, die kann man hacken."
„Leider haben wir außer dir, Zachar, niemand im Team, der das
könnte. Die Programmierungen wurden stets von den Compi gemacht und später durch die WissenschaftlerInnen der zweiten
Generation. Das heißt Vorteil für Pichon, auch auf diesem Gebiet." Satyendra verlor bei diesen Worten seinen optimistischen
Gesichtsausdruck. Ich dachte an die Anfänge:
„Wenn wir Compiwissen brauchen, gibt es denn nicht noch irgend ein Netzwerkfragment aus früheren Jahren, die Compi waren doch zu Beginn getarnt, weiß jemand, ob es noch Fragmente
davon gibt." Wieder antwortete Zachar.
„Als ich angefangen habe, wurden mir alle Komponenten des
Netzwerks zusammengestellt, diese habe ich sorgfältig studiert
und mit den heute noch vorhandenen und Pichon zugänglichen
Modulen verglichen. Mir ist nichts bekannt das nicht auch Pichon
kennen würde." Schweigen in der Runde.
„Ich kann einfach nicht glauben, dass aus den Anfängen nicht
noch Fragmente vorhanden sind, die wir nutzen können. Und ich
glaube auch zu wissen, wer uns da weiterhelfen kann. Holt Karl!"

Karl war in der letzten Zeit bei uns als Haushaltsroboter tätig gewesen, mir war er alltäglich, die Anderen hatten ihn vergessen.

Also wurde er kontaktiert, das ging sogar schnell und problemlos über einen verschlüsselten Kanal. Er wurde noch in den nächsten Stunden abgeholt. Die Zeit drängte, Pichon hatte sich schon wieder gemeldet und die Abschaltung der meisten Annihilationsgeneratoren befohlen, die Menschen sollten wieder 'im Schweiße ihres Angesichts' arbeiten – und leiden. Dann kam Karl, er war bereits auf dem Flug über alles informiert worden.
„Ich bin ja einige Male rekonfiguriert worden, doch habe ich noch Kenntnis von der Zeit, als wir von den Geheimdiensten enttarnt wurden. Damals war unser Netzwerk beschädigt worden, und so viel ich weiß sind noch Fragmente der damaligen Struktur im Stand-By-Modus. Man hat damals bei der Rekonfiguration einfach nicht alles benötigt. Können wir eine gesicherte Internetverbindung zur Erde aufbauen?" Wir konnten.

Ich war erstaunt als ich zusah, was Karl am Computer machte, denn er rief eine ganz banale Internetseite auf, eine Satire mit alten Witzen über die Gesellschaft. Da gab es eine Suchfunktion und hier gab er eine kryptische Zeichenfolge ein, und als die Meldung 'Nicht gefunden' kam noch eine andere. Da öffnete sich eine Konsole. Karl wirbelte zuerst auf dem Keyboard herum, dann hatte er eine Direktverbindung zu der Seite hergestellt. Er unterhielt sich dann lange mit Taro, rief zwischendurch von der Seite Daten ab, lehnte sich noch länger zurück und sagte dann:
„Die Tetraeder, die sich im Orbit befinden, sind recht leicht zu knacken, Pichon hat, wie wir von Taro wissen, sich natürlich einen Zugang zur Automatik der Schiffe offengelassen. Diesen könnten wir für kurze Zeit nutzen und die Schiffe mit Raumgleitern 'abschießen'."
„Das ist aber wenig ratsam, Pichon erfährt dann, dass wir ihn angreifen und kann weitere Maßnahmen ergreifen!"
„Genau. Deshalb haben wir über die Sicherung der Zentrale in Compicity gesprochen." Jetzt ergriff Taro das Wort.
„Die Zentrale ist äußerst gut gesichert und Pichon verlässt sie auch selten. Wenn, dann nur unter dem Schutz einer Gravitationsglocke und mit umfangreicher Eskorte. Auch ist die Zentrale

nicht mit dem äußeren Netzwerk verbunden."

„Wie wird dann mit der Welt kommuniziert und wie werden die Geräte gesteuert?" Ich hatte eine Idee im Hinterkopf.

„Es gibt doch eine zweite Kommandoebene, diese erhält die Befehle aus der Zentrale und führt sie aus. Zur Sicherheit gibt es diese doppelt, nur wenn beide einen Befehl ausgeben, wird er befolgt. Alles sehr gut abgesichert. Und er verfügt ja über das gesamte Waffenarsenal, sowohl die alten Laserwaffen als auch die neuen Gravitationswaffen."

„Ok, das waren die schlechten Nachrichten, gibt es auch gute?"

„Ja", sagte Karl, „wir können mit dem verbliebenen Compi-Netzwerk die zweite Kommandoebene simulieren und Doppelbefehle ausgeben die wie echt aussehen."

„Um was zu tun?"

„Wir können die Glocke über der Zentrale ausschalten und ihn konventionell angreifen. Das ist kein Problem, sofern wir alles über seine Infrastruktur wissen. Wenn es noch weitere Sicherungsmechanismen gibt, die wir nicht kennen, ist das aber sehr gefährlich."

Nun wurde in der Gruppe diskutiert. Mit der Zeit entwickelte sich der Plan, die Gruppe von Hayas Mansour zusammen mit einer ausgewählten Einheit namibischer Soldaten mit Helmen auszustatten. Sie sollen einen koordinierten Angriff auf die Zentrale vornehmen, unterstützt durch zwei Tetraeder, die wir noch in unserer Gewalt hatten. Diese sollten zur Not in die Zentrale gesteuert werden und alles vernichten. Wir hatten uns zur brachialen Methode entschlossen, nachdem alle anderen ausgeschlossen worden waren. So wurde Pichon entweder bei der Flucht von den Einheiten gefangen oder unter den Trümmern seiner Zentrale begraben. Gerne wurde dieser Plan nicht beschlossen, einerseits wegen moralischer Bedenken – wie groß sind die Kollateralschäden an Unschuldigen? – andererseits war er auch für uns sehr gefährlich. Wie Taro gesagt hatte wussten wir nicht, ob und was Pichon noch in der Hinterhand hatte. Doch nach Abwägung aller Möglichkeiten blieb uns kein anderer Ausweg als das Risiko einzugehen. Nichts zu unternehmen wäre noch gefährlicher, sein Einfluss nahm immer mehr zu. Also wurde Hayas in Kenntnis gesetzt, er war gleich dafür und nahm auch Kontakt zum namibischen Militär auf, wo er noch einige Offiziere auf seiner Gehaltsliste hatte. Gleichzeitig meldete Karl, dass er Zugang zum inneren Netzwerk hatte und so während des Angriffs die Sicherungsanlagen ausschalten konnte. Er war erstaunt, wie leicht er das Netz hacken konnte.

Wir machten uns daran, genügend Helme herzustellen und diese verdeckt nach Namibia zu schaffen.Erstaunlicherweise wurde auf diese Reiseaktivität nicht reagiert. Gleichzeitig entwarfen Karl und Taro einen Schlachtplan, parallel dazu berieten Satyendra und ich uns mit den Befehlshabern auf der Erde. Denn wir wollten nicht wie die Warlords auf unserem Feldherrenhügel sitzen und die Kämpfer in den Tod schicken, während wir sicher auf dem Mond saßen. Doch sowohl Hayas als auch die Befehlshaber des namibischen Militärs waren der Ansicht, am effektivsten sei es, wenn wir die Oberaufsicht behielten und die Einheiten mit Informationen versorgten. Also wurden Drohnen zur Überwachung des Angriffs montiert, hier auf dem Mond hatten wir ja keine. Doch wir hatten noch die Fertigungsanlagen der Compi, mit ihren Automaten und Robotern konnten schnell die benötigten Gerätschaften gebaut werden. Die zwei Tetraeder, die auch den Angriff unterstützen sollten, brachten alles zur Erde. Noch immer wunderte ich mich, dass Pichon uns gewähren ließ – wollte er uns in einen Hinterhalt laufen lassen oder bemerkte er unsere Aktivitäten nicht? Wir mussten auch auf diesen Fall vorbereitet sein. Auf der Erde konnte nichts unternommen werden, sollten wir in eine Falle laufen. Doch wir auf dem Mond planten für den Notfall unsere Flucht und bereiteten sie auch vor. Auf jeden Fall war Pichon sehr aktiv, alle Errungenschaften der neuen Gesellschaft wieder rückgängig zu machen. Sein nächstes Statement verkündete den Abbau aller sozialen Hilfen:
„Die Menschen werden nun wieder auf den rechten Weg geführt, die dekadenten Techniken abgeschaltet. Niemand soll auf Kos-

ten anderer leben, jeder soll arbeiten für das, was er braucht. Die Sünde, die ihr zur Tugend erhoben habt, wird ausgerottet. Eure perversen Spiele sind bereits abgeschaltet, die Ausgabe von Lebensmitteln und Kleidung ist eingestellt. Wenn ihr gedacht habt, ihr könntet die ewige, göttlichen Strafe für die Erbsünde umgehen und weiter in Schuld leben, so will ich euch eines Besseren belehren. Jeder ist Sünder und soll unter dem Joch der Armseligkeit büßen und auf die einzige Hoffnung bauen die es gibt, auf die Gnade Gottes. Die Religionsführer sind bereits wieder eingesetzt, mit mir zusammen werden wir den gottgewollten Dienst der Menschheit am Willen des Herrn wieder aufnehmen, auf dass uns Gnade widerfährt. Leiden soll der Mensch, zur Demut gelangen und so die Gnade Gottes erlangen.
Euch brauche ich nun nicht mehr zur Führung der Welt, ihr seid bereits von allem getrennt, bleibt auf eurem Mond als abschreckendes Beispiel für die Menschheit, so dass jeder erkennt, wohin der Weg führt den ihr eingeschlagen habt – zu Hunger, Leid und Verzweiflung. Und wollt ihr es je wagen, wider den Stachel zu löcken, so ist euch der qualvolle Tod gewiss. Ein Tod ohne Hoffnung auf Erlösung und Seligkeit."

Also ein religiöser Fanatiker der seine wirren Ideen versucht, zu verwirklichen. Sicher hat er schon von Anbeginn geplant, unsere Ordnung zu zerstören, schon zu der Zeit, als die Compi noch da waren hat er ja alles vorbereitet. Ein Glück, dass er uns noch am Leben lassen will, und ganz abgeschnitten sind wir noch nicht. Er sagt immer mehr als er kann! Das ist unser Vorteil, den wir nutzen werden. Denn die Vorbereitungen für den Überfall auf seine Zentrale kommen gut voran, bereits morgen Nacht wird der Angriff erfolgen...

Ich komme gar nicht dazu, mir über unsere verzweifelte Situation Gedanken zu machen, so stark nehmen mich die Vorbereitungen des Angriffs in Anspruch. Meine Familie sehe ich derzeit kaum. Sie sind jedoch auch beschäftigt, sie bereiten die Maßnahmen vor, die für das Misslingen unseres Plans vorgesehen sind. Dadurch kommen auch sie nicht auf grüblerische Gedanken. Doch nun, kurz vor dem entscheidenden Angriff, trafen wir uns alle nochmal zu einem Essen, vielleicht unserem letzten. Wenn wir scheitern und Pichon uns tatsächlich tötet... Niemand in unserer Rund wollte diese Befürchtung aussprechen. Wir versuchten, noch ein letztes Mal vergnügt und entspannt unser Zusammensein zu genießen. Doch dann ließ sich die Entscheidung nicht mehr länger aufschieben, der Angriff sollte beginnen.

Die Kämpfer sind in Stellung gegangen, rund um Compicity, auf zwei Seiten das Militär mit leichter Artillerie, auf den anderen Seiten die Miliz von Hayas Mansour. Darüber schwebten die Drohnen, die nun, bei Nacht, im infraroten Bereich aufnahmen. Karl gab den Befehl zum Angriff, die Kämpfer rückten möglichst lautlos vor und hatten bald die Stadtgrenze erreicht. Sie rückten gezielt auf das Zentrum zu und kurz bevor sie es erreichten versuchte Karl die Gravitationsglocke auszuschalten, die es sicherte. Auch unsere Tetraeder flogen nun an. Doch als die Kämpfer in das Zentrallabor eindringen wollten begann ein Gegenangriff, den wir nicht erwartet hatten. Zunächst stellten wir fest, dass die Deaktivierung der Schutzglocke misslungen war. Und auf dem Zentrum und vielen anderen Gebäuden waren Laserwerfer installiert, die ausgefahren wurden und sofort die Panzer des Militärs zerstörten. Und auch unsere Tetraeder, die zum Schutz der Bodenkämpfer Schutzschilde errichten sollten, wurden durch Laserkanonen abgeschossen, bevor sie ihre Aufgabe erfüllen konnten, glücklicherweise waren keine Menschen an Bord. Gleichzeitig erhoben sich auf dem Flugplatz zwei Tetraeder, offenbar mit Gravitationsschaumeinrichtung. Diese Technik, die wir schon in den Guerilla-Kämpfen eingesetzt hatten, brachte den Angriff schlagartig zum erliegen, da alle Kämpfer nun bewegungslos waren. Karl versuchte verzweifelt die Software zu hacken, doch ergebnislos. Er war zwar in das innere Netzwerk eingedrungen, aber seine Maßnahmen zeigten nicht die geringste Wirkung. „Der hat mich reingelegt. Ich habe zu dem Netzwerk gar keinen Zugriff. Das war nur eine Simulation!" Also hatte er uns alle getäuscht, er hatte den Angriff schon im Vorfeld bemerkt und uns im Glauben gelassen, unbedarft zu sein. Im Wirklichkeit hat er uns ins offene Messer laufen lassen. Zur Bestätigung dieser Ansicht meldete er sich wieder über den bekannten Kanal.

„Haha, habt ihr wirklich geglaubt, ihr könntet unbemerkt euren Angriff vorbereiten und mich überrumpeln. Ihr habt meine Fähigkeiten und meinen Willen unterschätzt. Der entführte Taro Itō wusste, wie auch die anderen Menschen hier in Compicity, nichts von meinen Abwehrplänen. Diese habe ich mit Hilfe eurer Androiden, Roboter und Automaten ohne menschliche Hilfe aufbauen können. Danke hierfür. Und das Computernetzwerk, das ihr 'gehackt' habt, war Fake." Wir Menschen wurden rot vor Scham bei diesen Worten, fühlten uns wie Schulkinder, bei einem bösen Streich ertappt.
„Doch nun ist der Spaß vorbei. Ihr seid lästig, ich werde euch ausmerzen."

Karl wies uns darauf hin, dass genau in diesem Moment zwei weitere, größere Pyramiden starteten, wohl um die Mondbasis und uns zu zerstören. Notfallprotokoll!! tönte es durch die Lautsprecher der Basis und jeder verließ augenblicklich seinen Platz und alle strebten den verbliebenen Raumschiffen und Tetraedern zu, wie es geplant war. Diese waren mit Allem ausgestattet, was für die Flucht notwendig war. Das Protokoll sah vor, dass wir den großen Adventor, der für die Planetenbesichtigung gebaut worden war, erreichten. Denn dieser war gerade auf einer längeren Tour, die schon vor der Entdeckung der Übernahmepläne Pichons gestartet war. Der Adventor befand sich gerade auf dem Rückflug auf Höhe des Jupiters. Wir hatten mit den Touristen Kontakt aufgenommen und ihnen vorab unsere Pläne mitgeteilt. Dies ging nicht ohne Schwierigkeiten, denn einige der Touristen wollten zurück zur Erde. Erst nach Übertragung von Dokumentationen über den desolaten Zustand auf der Erde willigten sie ein. Nun wurden sie informiert dass wir kommen, und sie bereiteten alles vor, um uns und unsere Ladung aufzunehmen. Wir beschleunigten also maximal in Richtung Jupiter, um unseren kleinen Vorsprung nicht zu verlieren. Auch das Touristenschiff beschleunigte in die selbe Richtung wie wir, nur etwas langsamer, so dass wir es einholen konnten. Denn wenn wir zum Andocken gestoppt hätten, wären wir eingeholt worden. So dauerte es trotz größter Beschleunigung mit 60g über 60 Stunden, bis unsere kleine Flotte die $1,5 \cdot 10^9$ km zu unserem Rendezvous zurückgelegt hatte. Dann fielen alle Raumschiffe in gleichförmige Bewegung, wir konnten so die Gleiter und kleinen Pyramiden eins nach dem andern andocken, ausladen und wieder unbemannt in den Raum zurück schicken. Als das letzte Schiff entladen war beschleunigte die ganze Flotte wieder.

Pichons Verfolger waren schneller als unsere kleine Flotte, in der der Langsamste die Geschwindigkeit vorgab. Die kleinen Raumgleiter und die Tetraeder konnten wir nicht schützen. Die kleine Erde, wie wir den Adventor oft nannten, konnte durch einen Schutzschild aus abstoßender Gravitation, der gegen Meteoriteneinschlag gedacht war, geschützt werden. Doch wie sollten wir uns gegen die Laserkanonen schützten? Der einst angeregte Vorschlag, 'Fensterläden' anzubringen, war realisiert worden. Doch würden sie gegen hochenergetische Strahlung halten? Sicher nicht. Wehren konnten wir uns nicht, es gab keine Waffen an Bord. Doch was tun Menschen, die in ein Dilemma gedrängt werden? Sie unternehmen Akte der Verzweiflung. So fiel uns nichts anderes ein, als alle Gleiter und Pyramiden, die wir hatten, auf die zwei Angreifer zu lenken und sie so zu zerstören. Diese Kamikazeaktion würde auf unserer Seite keine Menschenleben fordern, die Flieger waren unbemannt. Doch auf den angreifenden Tetraedern befanden sich Menschen. Wir konnten sie nicht verschonen, auch wenn sie unschuldig und nur von Pichon manipuliert waren. Es ging ums nackte Überleben.

Also programmierte Karl – er konnte es am schnellsten – die Flugkörper mit Ziel auf die Angreifer. Je eine Hälfte unserer Flieger wurde mit höchster Beschleunigung auf die zwei Angreifer gesteuert. Die Programmierung war so genau, dass sie gleichzeitig ihre Ziele erreichten. Die Angegriffenen hatten noch keine Schutzmaßnahmen ergriffen, obwohl auch ihre Tetraeder Schilde aufbauen konnten. Wir hatten sie einfach überrumpelt. Und so sahen wir, nicht ohne Grausen, wie alle Flugkörper in einer gigantischen Eruption zerlegt wurden und in alle Richtungen auseinander stoben. Unser Schutzschild verhinderte, dass uns die Teile gefährlich wurden, der Zusammenstoß ereignete sich nur 1 km von uns entfernt, viele Schrottteile erreichten unser Schiff. Es war schrecklich, denn man sah auch einen halben Menschen, der, zwar zerstört, doch noch deutlich erkennbar, genau auf uns zuflog. Er wurde wie die anderen Teile, von unserem Schild abgestoßen und verschwand in den Tiefen des Alls.

Nach diesem dramatischen Ereignis hatten wir Ruhe. Pichon würde uns nicht länger verfolgen, er hatte ja sein Ziel erreicht und uns von der Erde entfernt, zurück konnten wir nicht. Ob er überhaupt wusste, dass wir noch lebten, war unklar. Unsere Stimmung war natürlich am Boden. Sicher hätten wir zurück gekonnt, für Pichon wäre das aber der Sieg gewesen, der endgültige. Wir stellten es auch jedem Einzelnen frei, ob er hier bleiben oder auf die Erde wollte, einen Tetraeder hatten wir noch behalten, um den Adventor verlassen zu können. Zunächst wollte niemand in die Diktatur. Also mussten wir uns uns hier einrichten, und das war nicht einfach. Denn wir waren alle psychisch mitgenommen, fast jeder hatte Bekannte oder Familienmitglieder zurückgelassen. Was sollte aus diesen werden, wie ging es ihnen? Für mich war auch das Zusammenleben in einer so großen WG ein Problem, auch Lusi ging es nicht anders, wir waren beide Einzelgänger. Ich ließ nun, nachdem wir etwas entspannter wurden, mein Leben Revue passieren. Was hatte ich nicht alles mit den Compi erlebt! Angefangen mit Conrad, dann mit Karl hatte ich sie immer in meiner Nähe. Die erste Reise nach Namibia, wo sie sich emanzipierten, die vielen Abenteuer mit den Menschen, die Reisen in das All – dies alles hatte mich sehr mit ihnen verbunden. Und als sie weg gingen hatte ich noch den Trost, dass die Erde durch sie ein besserer Ort geworden war, hatte mich gefreut, meine verbleibenden 50, 60, 70 Jahre auf einem freundlichen Planeten zu verbringen. Ja, auch meine Gesundheit und mein langes Leben hatte ich ihnen zu verdanken. Alles hatte ich binnen einiger Tage verloren. So etwas hatte ich nie für möglich gehalten, alles schien solide und unzerstörbar, mein Leben vorbestimmt, im positivsten Sinn. Und nun, nun musste ich meine restliche Zeit auf dieser Mini-Erde verbringen! Manchmal war ich nahe am Verzweifeln.

Dennoch gab es gute Momente, wenn wir zusammen saßen und uns unterhielten. Die Touristen hatten viele Fragen, und wir diskutierten über die vergangene Zeit, die Möglichkeiten der Compi und natürlich über unsere Zukunft.
„Die Compi konnten tatsächlich durch die Zeit reisen?" Claudio war italienischer Pizzabäcker, bevor er in einem Wettbewerb den Planetenausflug gewonnen hatte.
„Sicher, sie sind sozusagen um das Universum herumgeflogen." Die Menschen auf der Erde wussten nicht viel von den Aktivitäten der Compi, außer den irdischen. „Sie konnten dies dazu benutzen,um im Zeitraffer zu produzieren und zu forschen." Vanessa hatte sich die Aufgabe gestellt, die Normalbürger in die Forschungen der Compi einzuweihen.
„Und der Kristallplanet? Hat der das Leben auf der Erde erzeugt?"
„Das nicht direkt, doch die Wellen haben es wohl erleichtert. Und vielleicht sähe das Leben auf der Erde anders aus, wenn diese Strahlen die Erde nicht getroffen hätten."
„Wenn es nicht die Absicht der Kristallwesen war, Leben zu zeugen, was dann?"
„Das wissen wir noch nicht, die Gravitationswellen im Quantenbereich sind allgegenwärtig. Sie können alle möglichen Ziele haben, Kommunikation, Ordnung oder Unordnung erzeugen oder andere, die wir nicht kennen. Wir sehen ja an Pichons Beispiel dass man damit auch viel Unfug anstellen kann."
„Können wir die Compi damit nicht rufen? Also wenn die Wellen

der Kommunikation dienen können die Compi das doch abhören
und wir holen sie zu Hilfe."
„Leider wissen wir nicht, wie diese Kommunikation funktioniert.
Und ob die Compi noch daran interessiert sind, uns zu helfen, ist
fraglich. Und wir haben hier auch nicht die Mittel, solche Wellen
zu erzeugen. Das ist ja nur ein Ausflugsschiff." Viel wurde so diskutiert, die Meisten wollten nicht wahr haben, dass wir gegen Pichon nichts ausrichten konnten. Doch die Abwehr unseres Angriffs war ein überzeugendes Argument für seine Macht. Wie er
uns, sozusagen nebenbei, besiegt hat, das hatten wir in unserer
Hybris nicht vermutet. Wir waren durch die Compi einfach zu
übermütig geworden.

Hauptthema jedoch war: wie sollten wir überleben in unserem
kleinen Habitat. Noch hatten wir Vorräte, die Energie hielt noch
über hundert Jahre, doch wir waren mit den Touristen 20 Personen. Wie sollten wir für unsere Ernährung sorgen, wie war die
Produktion von Nahrung möglich? Was würde uns überhaupt die
Zukunft bringen? Durch die Annihilationsgeneratoren hatten wir
genügend Energie und Licht, um Pflanzen zu ziehen. Wir hatten
auch Samen mitgenommen auf unserer Flucht. So ersannen wir
einen geschlossenen Kreislauf, in welchem unsere Ausscheidun-
gen zu dem wichtigsten Bestandteil wurden, konnten wir durch
sie die Erde düngen. Wir befanden uns wieder in der Nähe des
Jupiters, wir wollten in der Nähe des Erde bleiben, in der Hoffnung, doch noch zurück kehren zu können. So konnten wir mit
dem verbliebenen Beiboot des Schiffs Sand von einem Jupiter-
mond holen, mit unseren Fäkalien gab das einen guten Mutter-
boden. Um möglichst viel Anbaufläche zu besitzen verlegten wir
unsere Aufenthaltsbereiche ins Innere der Minierde. Da war zwar
die Gravitation schwächer und unregelmäßiger, doch wir konnten
nun 2.400 m² der Kugeloberfläche zur intensiven Landwirtschaft
benutzen. Die restliche Fläche wurde für die Wasservorräte und
Wege benutzt. Wir hofften, dass die 120 m² pro Person ausreich-
ten, genügend Nahrung zu erzeugen – immerhin gab es ja keinen Winter, wir konnten also ununterbrochen pflanzen und ern-

ten. Die vorhandenen Vorräte reichten noch so lange, bis die ersten Pflanzen reif waren.

Das Leben in unserer kleine Gemeinschaft begann, sich in geregelte Bahnen zu finden. Obwohl wir mit großen psychischen Problemen zu kämpfen hatten – manche dachten schon an Selbstmord angesichts der Aussichtslosigkeit, die Erde je wieder zu erreichen – schafften wir es, uns auf das Praktische zu konzentrieren. Wir veränderten uns und passten uns an, wie eine große Familie wurden wir, selbst ich passte mich an. Schwierig war auch, unser Zusammenleben demokratisch und ohne Führer zu gestalten. Gerade mancher Wissenschaftler – ich will keine Namen nennen – dachte, er müsse die Führung übernehmen über die tumben Touristen. Doch glücklicherweise gab es keine technischen Gründe, einen Kapitän und eine Mannschaft zu ernennen, der Adventor flog ohne jede menschliche Steuerung. Nach wie vor sagte man der KI einfach, was man möchte, und das Schiff befolgte die Anweisung. So wurde unsere kleine Gemeinschaft zu einer zivilen, demokratischen Gruppe, die ohne Kommandostrukturen auskam, jeder hatte die selben Rechte und Pflichten. Ich dachte, dass wir so unsere Zukunft menschenwürdig bewältigen werden. So verging die Zeit, die ersten Ernten wurden eingefahren, doch heimisch wollte niemand werden, hier im Weltall.

„Können wir nicht einen STC bauen und zu den Compi reisen?“ Claudio wollte, wie wir alle, nicht wahrhaben dass er die Erde nie wieder sehen sollte, und er war nicht der Einzige.
„Man kann nur zwischen zwei synchronisierten STCs springen, die Compi können uns also nicht empfangen, wenn sie überhaupt noch STCs benutzen.“
„Aber wir können versuchen, sie zu benachrichtigen, Irgendwie die Gravitationswellen modulieren, mit SOS oder so.“
„Gravitationswellen bewegen sich mit Lichtgeschwindigkeit. Wer weiß, wie weit die Compi weg sind und wann sie unser Signal empfangen. Da sind wir schon alle tot.“
„Aber die können doch in der Zeit zurück reisen!“

So ging die Diskussion fast täglich und wir beschlossen, es zu versuchen. Satyendra und Karl machten sich daran, die STBs unseres 'Beibootes' zu programmieren. Es war nicht einfach, dazu waren die STBs ja nicht gedacht, doch sie schafften es und die Botschaft wurde auf zwei verschiedene Arten codiert: als Audio und binär. Die Nachricht war, dass wir die Erde verloren haben an einen Diktator und die Compi um Hilfe bitten. Und dann wurden die Signale ununterbrochen gesendet. Diese Maßnahme beruhigte die Gemüter, und ich dachte, das ist der einzige Zweck des Unternehmens. Denn dass die Compi den Hilferuf auffangen und darauf reagieren würden, fand ich sehr unwahrscheinlich.

So vergingen die Wochen, wir waren mit unserer bäuerlichen Tätigkeit beschäftigt, wir diskutierten und sahen uns alte Filme an, die wir dabei hatten. Alles in allem sehr trostlos und die ersten begannen wieder zu murren. Lieber in der Diktatur leben als hier isoliert und ohne Hoffnung dahin zu vegetieren.

„Können wir nicht heimlich auf die Erde zurückkehren? In eine abgelegene Gegend, wo uns Pichon nicht findet? Und dann getarnt zu den Verwandten und Freunden gehen. Ich habe es satt!"

So und ähnlich äußerten sich immer mehr in unserer Gemeinschaft. Und die Idee hatte etwas verlockendes. Wir konnten manches Funksignal von der Erde auffangen, Radio- und Fernsehsendungen empfangen, wenn auch in sehr schlechter Qualität. Daher wussten wir, dass die betäubenden Strahlen abgeschaltet worden waren, Pichon regierte nach Art der klassischen Diktatoren, gestützt auf ein System von Überwachung, Denunziation und Gewalt. Die gescannten und durch Neuronenstimulation perfektionierten Menschen bildeten den inneren Kern seines Machtapparates. Diese wurden nach wie vor mit Gravitationswellen gefügig gemacht, sie mussten perfekt funktionieren, da überließ Pichon nichts dem Zufall. Also müsste es möglich sein, die Erde unbemerkt zu betreten. Denn der innere Machtkreis befand sich immer noch in Namibia, man könnte beispielsweise in Kanada landen.

Während wir solche Gedankenspiele durchführten meldeten Karl und Satyendra, dass die Elektronik und die STBs, welche die Hilferufe aussandten, Fehler aufwiesen. Immer wieder wurde die Wellenerzeugung unterbrochen oder verstärkt, der Grund konnte nicht gefunden werden. Wir versuchten, die Fehler zu analysieren um ihre Ursache zu ermitteln. Und dabei fanden wir vier Muster, es handelte sich nicht um zufällige Ausfälle. Und die selben Muster wiederholten sich immer wieder. Wenn man die Ausfälle als Null, die Verstärkungen als Eins darstellt ergeben sich folgende Sequenzen:

01000111 01000100011010000011
000100000101 0101000001100101011100111

Anhang

Glossar

Eine Wasserpfeife aus Glas zum Rauchen von Marihuana

Polnischer Science-Fiction-Autor (1921-2006) mit Visionen, die die Realität voraus genommen haben

Computerprogramm zur Übersetzung einer Assemblersprache in Maschinensprache

Russischer Biochemiker und Science-Fiction-Autor (1919-1992), Begründer der im Roman vorkommenden **Asimov'schen Robotergesetze**:
0. Du darfst die Menschheit nicht verletzen oder durch Passivität zulassen, dass die Menschheit zu Schaden kommt.
1. Du darfst keinen Menschen verletzen oder durch Untätigkeit zu Schaden kommen lassen, außer du verstößt damit gegen das nullte Gesetz.
2. Du musst den Befehlen der Menschen, welche dazu autorisiert sind, gehorchen – es sei denn, solche Befehle stehen im Widerspruch zum nullten oder ersten Gesetz.
3. Du musst deine eigene Existenz schützen, solange dieses Handeln nicht dem nullten, ersten oder zweiten Gesetz widerspricht.

Das 2. Gesetz wurde von mir durch die Einschränkung erweitert, dass nur autorisierte Menschen Befehlsgewalt haben.

Avatar (Sanskrit avatāra ‚Herabkunft'), eine künstliche Person und Stellvertreter, hier der Stellvertreter des Compi-Netzwerks

Ein kleiner Einplatinencomputer,Raspberr-Pi, hier eingesetzt zur Erledigung dezentraler Aufgaben

Eine fiktive Spezies aus dem Universum der amerikanischen TV-Serie Star Trek welche aus vernetzten, kybernetischen Einzelwesen besteht

oder Raum-Zeit-Kontinuum ist die Zusammenfassung der 3 räumlichen und der zeitlichen Dimensionen zu einer 4-dimensionalen Struktur, dem Minkowski-Raum. Die Krümmung der Raumzeit wird durch Masse, Strahlung oder andere Energieformen verursacht und bewirkt die Erzeugung eines Gravitationsfeldes

Bereich der Atmosphäre in einer Höhe von 80 – 500 km. Hier steigt die Temperatur der Atmosphäre wieder an

Fiktiver Antrieb, der Raumschiffen eine Reise über Lichtgeschwindigkeit ermöglicht (aus der Fernsehserie Star Trek). Hierbei wird um das Raumschiff eine Gravitationsblase erzeugt, mit der sich das Schiff fortbewegt. Diese Blase kann sich schneller als das Licht bewegen, die Relativitätstheorie wird dadurch nicht verletzt.
Die Fortbewegung im Roman erfolgt nicht über Warp, kann also nicht schneller als das Licht sein.

Space-Time-Bender: Gerät zur Krümmung der Raumzeit, um künstliche Gravitation zu erzeugen.

Theorie, nach der die Elementarteilchen aus 'Strings', Saiten, bestehen. Ihre Eigenschaft bekommen die Elementarteilchen durch die unterschiedlichen Schwingung dieser Strings in bis zu 11 Dimensionen.

Die Mechanik von sehr kleinen Teilchen, Quanten, kann nicht durch die klassische Mechanik oder die Relativitätstheorie beschrieben werden. Man spricht von Aufenthaltswahrscheinlichkeiten der Quanten, Ort und Impuls können gleichzeitig nicht gemessen werden. Die Elementarteilchen sind gleichsam verwischt.

Die Enden linearer Chromosomen. Ihre Verkürzung begünstigt den Alterungsprozess und bewirken das Absterben der Zelle. Kann diese Verkürzung aufgehalten werden, werden chronische Krankheiten verhindert.

Biokatalisatoren, welche biochemische Reaktionen beschleunigen. Sie steuern unter anderem die DNA-Replikation der Erbinformation.

Ein Prozessor, der mit Hilfe der quantenmechanischen Prinzipien wie Verschränkung und Kohärenz arbeitet. Er kann keine neuen Probleme lösen, arbeitet jedoch schneller als herkömmliche Rechner.

Formeln zur Berechnung der im Roman vorkommenden physikalischen Größen:

s = Strecke

t = Bordzeit des Raumschiffs

T = Erdzeit (Zeit im ruhenden System)

a = Beschleunigung

c = Lichtgeschwindigkeit = 299 792 458 $\dfrac{m}{s}$

Nicht relativistisch:
Flugdauer

$$t = \sqrt{\dfrac{s}{a}} \cdot 2$$

Relativistisch:
Flugdauer

$$t = \sqrt{\dfrac{s^2}{c} + \dfrac{2s}{a}}$$

$$T = \dfrac{c}{a} \cdot \operatorname{arcosh}\left(\dfrac{as}{c^2} + 1\right)$$

Zeitumrechnung

$$t = \dfrac{c}{a} \cdot \sinh\left(\dfrac{aT}{c}\right)$$

$$T = \dfrac{c}{a} \cdot \operatorname{arsinh}\left(\dfrac{at}{c}\right)$$

Bildnachweis:

Das Cover wurde erstellt auf Grundlage von "File:Keyhole Nebula by 2MASS.jpg ", veröffentlicht von 2MASS/G. Kopan auf Wikimedia Commons.